《中國詩詞大會》——金牌擂主夏昆

融合音樂、電影、哲學的宋詞跨界全解讀

最美的國文課

宋詞

夏昆——著

點墨齋 17

最美的國文課 宋詞

《中國詩詞大會》——金牌擂主夏昆

融合音樂、電影、哲學的宋詞跨界全解讀

作　　者　夏昆

社　　長　張瑩瑩
總 編 輯　蔡麗真
主　　編　鄭淑慧
責任編輯　陳瑾璇
協力編輯　余純菁
專業校對　魏秋綢
行銷企劃　林麗紅
封面設計　児日設計
內頁排版　洪素貞
出　　版　野人文化股份有限公司
發　　行　遠足文化事業股份有限公司
地址：231新北市新店區民權路108-2號9樓
電話：（02）2218-1417　傳真：（02）8667-1065
電子信箱：service@bookrep.com.tw
網址：www.bookrep.com.tw
郵撥帳號：19504465遠足文化事業股份有限公司
客服專線：0800-221-029

讀書共和國出版集團
社　　長　郭重興
發行人兼出版總監　曾大福
印　　務　黃禮賢、李孟儒
法律顧問　華洋法律事務所　蘇文生律師
印　　製　成陽印刷股份有限公司
初版首刷　2018年10月
初版4刷　2019年01月

國家圖書館出版品預行編目資料

最美的國文課【宋詞】：融合音樂、電影、哲學的宋詞跨界全解讀/ 夏昆作. -- 初版. -- 新北市: 野人文化出版 : 遠足文化發行, 2018.10
面；　公分. -- (點墨齋；17)
ISBN 978-986-384-307-8(平裝)

1.宋詞 2.詞論

820.9305　　107014399

最美的國文課【宋詞】

線上讀者回函專用 QR CODE，你的寶貴意見，將是我們進步的最大動力。

目錄

晚唐五代詞人

第一部

從大山大河，走入小情小愛

誕辰
西元年

唐朝年號

晚唐

李白

701年

長安元年

我寫狂詩，亦寫狂詞！

不只是詩仙，更是百代詞宗

簫聲咽，秦娥夢斷秦樓月。
秦樓月，年年柳色，灞陵傷別。

023

張志和

730年

開元18年

哥釣的不是魚，
是皇帝的心

最懂皇帝胃口的釣魚叟

029

西塞山前白鷺飛，桃花流水鱖魚肥。
青箬笠，綠蓑衣，斜風細雨不須歸。

我最擅寫女孩兒的
嬌媚姿態

溫庭筠

812年

元和7年

在花叢中開出一條幽深大道 033

小山重疊金明滅，鬢雲欲度香腮雪。
懶起畫蛾眉，弄妝梳洗遲。
照花前後鏡，花面交相映。
新帖繡羅襦，雙雙金鷓鴣。

人家的作品是被禁，
我卻是自己查禁
自己的詞

韋莊

不詳

不詳

消失千年的傳奇詞人 044

記得那年花下，深夜，初識謝娘時。
水堂西面畫簾垂，攜手暗相期。
惆悵晚鶯殘月，相別，從此隔音塵。

907年

唐朝滅亡

五代十國

我的人生，被血、淚、悲
給狠狠浸透……

李煜

937年

天祚3年

窩囊的皇帝，不朽的詞家 066

無言獨上西樓，月如鉤。
寂寞梧桐深院鎖清秋。
剪不斷，理還亂，是離愁。
別是一般滋味在心頭。

第二部 北宋詞人

攀向巔峰，豪放派、婉約派盡情綻放！

北宋

誕辰 西元年	宋朝年號	詞人	標題	詞句	頁碼	對話
989年	端拱2年	范仲淹	胸中自有百萬雄兵	羌管悠悠霜滿地。人不寐，將軍白髮征夫淚。	107	我左手拿筆寫詞，右手拿槍打仗！
990年	淳化元年	張先	一樹梨花壓海棠	沙上並禽池上暝，雲破月來花弄影。	137	別再拿我的爺孫戀開玩笑了！
991年	淳化2年	晏殊	最優雅的炫富詞人	梨花院落溶溶月，柳絮池塘淡淡風。	095	沒讀過我的詞，別說你懂什麼是富貴！
998年	咸平元年	宋祁	以一個字獨步千古	綠楊煙外曉寒輕，紅杏枝頭春意鬧。浮生長恨歡娛少，肯愛千金輕一笑。	132	十個女人在我耳邊嘰嘰喳喳，我才會寫出「鬧」這一字啊
1007年	景德4年	歐陽修	愛才如命的文壇盟主	文章太守，揮毫萬字，一飲千鍾！	118	唐宋八大家裡，有一半是我的學生呢！
1021年	天禧5年	王安石	自信到近乎偏執的政治家	六朝舊事隨流水，但寒煙衰草凝綠。至今商女，時時猶唱，後庭遺曲。	143	沒人比我更了解「強國夢碎」的憤懣感傷

晏幾道

1030年

天聖8年

從別後，憶相逢，幾回魂夢與君同。
今宵剩把銀釭照，猶恐相逢是夢中。

滿紙荒唐言，一把辛酸淚
世人謂我痴，誰解其中味

柳永

不詳

不詳

有三秋桂子，十里荷花。
羌管弄晴，菱歌泛夜，嬉嬉釣叟蓮娃。

我就是11世紀
周杰倫啊！

蘇軾

1037年

景祐3年

大江東去，浪淘盡、千古風流人物。

我是古今最懂得自嘲、
最開得起玩笑的文人

黃庭堅

1045年

慶曆5年

莫笑老翁猶氣岸，君看，幾人黃菊上華顛？

老夫有話直說，
從來不怕得罪人

秦觀

1049年

皇祐元年

纖雲弄巧，飛星傳恨，銀漢迢迢暗渡。
金風玉露一相逢，便勝卻人間無數。
柔情似水，佳期如夢，忍顧鵲橋歸路。
兩情若是久長時，又豈在朝朝暮暮。

時間，阻隔不了
我對妳的愛

賀鑄

1052年

皇祐4年

少年俠氣，交結五都雄。肝膽洞，毛髮聳。
立談中，生死同。一諾千金重。

比起吟風弄月，
我更想上陣殺敵！

第三部 南宋詞人

繁華落盡，人比黃花瘦

誕辰 西元年	1084年	1103年	1125年	1127年
人物	李清照	岳飛	陸游	
宋朝年號	淳熙11年	崇寧2年	宣和7年	北宋滅亡

北宋

我隔著一簾幽夢，
獨自垂淚、斷腸……

要打敗我，
比撼動一座山還難！

人生是一夢，
不堪回首，太匆匆

尋尋覓覓，冷冷清清，悽悽慘慘戚戚

花自飄零水自流。一種相思，兩處閒愁。
此情無計可消除，才下眉頭，卻上心頭。

渴飲匈奴血的剽悍將軍 299

怒髮衝冠，憑欄處、瀟瀟雨歇。
抬望眼、仰天長嘯，壯懷激烈。
三十功名塵與土，八千里路雲和月。
莫等閒、白了少年頭，空悲切。

綻放在大雪裡的一樹梅花 258

紅酥手，黃縢酒，滿城春色宮牆柳。
東風惡，歡情薄。
一懷愁緒，幾年離索。錯，錯，錯。

南宋

自序——

溫和地走進宋詞的涼夜

中國文學史上最令人自豪的瑰寶

很多年以後，當我們習慣性地把詩稱為「詩歌」，大概很少有人會想到，詩與音樂曾經在很長一段時期是緊密聯繫在一起的。

這種聯繫大概在世界各個民族都存在。從《荷馬史詩》到《羅蘭之歌》，從《格薩爾王》到《詩經·蒹葭》，莫不是如此。

叔本華說過一句讓文人喪氣的話：「音樂與文學結婚就是王子與貧兒結婚。」因為他認為：「音樂的內容聯繫著宇宙的永恆，音樂的可能性與功能超越其他一切藝術之上。」雖然這段話文學家們不見得願意聽，但是卻道出了一個簡單的事實：**當文學與音樂結合後，文學的表現力和傳播力便大大增強了**。畢竟，記歌詞要比背古詩容易得多，更重要的是，讓人愉快得多。

音樂與詩歌的聯姻由來已久，《詩經》三百零五篇，每篇都可以合樂歌唱，所以古人稱為「誦詩三百，弦詩三百，歌詩三百，舞詩三百」（《墨子·公孟》）。古人還說：「古者教以詩樂，誦之、歌之、弦之、舞之」（《毛詩·鄭風·子衿傳》）。屈原的〈九歌〉、〈九章〉在當時也是能合樂歌唱的。到漢代，樂府本身就是一個音樂機構，負責搜集各地歌曲，以供朝廷樂工演奏歌唱之用。而到了唐代，唐詩也是可以由伶人演唱的。

薛用弱《集異記》裡說：

開元中，王之渙與王昌齡、高適齊名。一日天寒微雪，三人共來旗亭小飲，正好有十多個梨園伶官和四位著名歌妓也來此會宴，他們三人便在旁邊一面烤火一面觀看。王昌齡提議說，我們各擅詩名，究竟誰勝於誰，今天我們可看她們所唱誰的詩多，誰便為優者。第一個歌妓唱的是王昌齡的「一片冰心在玉壺」[1]，王昌齡在壁上為自己畫了一道。第二個唱的是高適的「開篋淚沾臆」[2]，高適也為自己畫了一道。隨後王昌齡又添得一道。王之渙說，這幾位為普通歌妓，唱的都是下里巴人[3]。應看那位最佳的歌妓唱的是誰的詩。若唱的不是我的詩，則終身不敢與你們二位爭衡了。待那名妓唱時，果然為王之渙的「黃河遠上白雲間」[4]，三人不覺開心地笑起來。諸伶因他們大笑而見問，知是王之渙等，非常高興，即拜請他們入席。

因此，與其說音樂與文學的聯姻是王子與貧兒的結合，還不如說是兩種最能打動人心的藝術形式強強聯手。

什麼才是好的音樂、好的詩歌？

——中國藝術史上的雅俗之戰

也許是由於兩者都太強了，所以從很久以前，就沒有逃過過於早慧的中國人法眼。古人很早就注

1 出自王昌齡〈芙蓉樓送辛漸〉。
2 出自高適〈哭單父梁九少府〉。
3 原指戰國時代楚國民間流行的歌曲，後泛指通俗的文學藝術。
4 出自王煥之〈出塞〉。

意到音樂與文學強大的功能，並本著維護統治權力的意圖，有意將音樂與文學都納入載道的大船中。孔子就提出「放鄭聲」（屏除鄭國的音樂），並將其與「遠佞人」（遠離心術不正的人）並列（《論語・衛靈公》）。因為他覺得鄭國的音樂過於「淫」，與宏大敘事、莊嚴肅穆的雅樂不合，對精神有害，因此必須禁絕。由此可見，**孔子認為，藝術最大的功用是教化，而不是表現與傳播美。**後世儒生則將詩歌和音樂列於「六經」之中，即《詩經》、《尚書》、《樂經》、《禮記》、《易》、《春秋》、《樂經》（後亡佚，故今人多稱「五經」）。看起來，中國古人對詩歌和音樂確實非常重視。

不過這種重視很難說是好事還是壞事。**很多東西但凡列入封建教化的範疇，就由草根搖身變成了經典，而經典大抵都是單調乏味甚至面目可憎的。**正因為這樣，當權者才在臺上聲嘶力竭地號召大家讀經典名著、聽古典音樂，當然他們自己私底下還是會偷偷看《金瓶梅》、聽靡靡之音。可見統治者真的裝得很辛苦。

這種辛苦的統治者戰國時期就有了。一次齊宣王偷偷透露了一個驚天大祕密給大臣莊暴：自己身為一國之君，居然不喜歡那些正經高雅的先王之樂，卻喜好那些市井草民歡唱的低俗歌曲。後來莊暴把這話告訴孟子，孟子見到齊宣王，劈頭第一句話就問：「大王曾經跟莊暴說您喜歡低俗音樂，有這回事嗎？」（王嘗語莊子以好樂，有諸）齊宣王聽到之後臉色都變了，只好無比羞澀地承認自己喜歡低俗音樂。（《孟子・梁惠王下》）

孔子的擔心也不是完全沒有道理，人過分沉浸於下里巴人之中，品味難免變得低下，格調也肯定會跌破底線。可是先儒們似乎又犯了另一個錯誤，他們過分相信權力的強大，甚至認為權力可以決定人性，於是脖子上青筋暴起，拚了老命要與三俗[5]宣戰，而這場戰爭結果注定是悲壯的。即使孔子刪了《詩經》裡那麼多郎情妾意的詩篇，還是防不勝防，留下了眾多哥哥妹妹之間暗送秋波的文字。無奈之下，後世儒生們只好說這些詩篇表現的是君王與后妃的恩愛，彷彿君王與后妃的關係就不是男女關係似的。後來大儒們似乎也覺得這樣解釋不妥當，乾脆說這講的是君王與大臣之間的關係，就是俗稱的「香草美人法」[6]。儒生們終於鬆了口氣：這樣一來，《詩經》終於「思無邪」（心無邪念）了。

這種雅與俗的戰爭在歷史上從未停止過，但是到了唐朝，局勢似乎發生了微妙的變化。

晚唐「燕樂」大盛，伴曲而唱的「詞」興起

出身隴西的李氏家族據說是鮮卑族拓跋氏的後代，他們似乎並沒有大儒們那麼多的思想框架，而是以寬宏的胸懷和自信的態度從容地對待外來的文化，包括音樂。

葉嘉瑩先生的《迦陵說詞講稿》第一講〈從西方文論看花間詞的美感特質〉指出：

> 中國過去的音樂，是宗廟朝廷祭祀典禮所演奏的莊嚴肅穆的音樂，謂之雅樂，端莊肅穆。到了六朝的時候，就有了所謂的清樂，是比較接近民間的清商的樂曲，……包含各種民間音樂在內的一種音樂總稱。……我們中國把從外邊傳來的都稱「胡」，比如胡琴，因此從外邊傳來的音樂就謂之「胡樂」。……還有宗教的音樂，我們管它叫「法曲」。
>
> 外來的胡樂與宗教的法曲跟清樂相結合，從而產生了一種新的音樂，我們管它叫「燕樂」。燕樂又叫「宴樂」，是當時流行的一種音樂。

用現代的話來說，在唐朝，由於統治者的自信和寬宏，外國流行音樂得以傳入中國。這些音樂，有些來自天竺（今印度）、高麗（今朝鮮半島地），來自康國（今烏茲別克斯坦瑪律罕地）、安國（今烏茲別克斯坦布哈拉地）等地，有的來自我國西北部少數民族邊遠地帶，如龜茲（今新疆庫車縣地）、疏勒（今新

5 意指庸俗、低俗、媚俗。

6 「香草美人法」是指由屈原創立，借由香草、美人意象以寄託身世之感的文學傳統，既是創作手法，也是解讀方式。

疆喀什地區）、西涼（今甘肅敦煌西）、高昌（今新疆吐魯番地）等地。外來音樂經過改造（有的先在邊區與各民族音樂相融合），逐漸中國化，並與漢民族固有的傳統音樂（雅樂和清商樂）相互交融結合，形成一種融合各民族形式的新型民族音樂。（施議對《詞與音樂關係研究》）

有了新的音樂，那麼以前合樂而歌的唐詩似乎就不適用了，於是，一種新的詩歌在唐代悄悄興起，經過上百年的演變，在宋代成為最流行的文學體裁，並成為中國文學史乃至文化史上讓中國自豪的瑰寶。

這就是詞。

第一部

晚唐五代詞人

從大山大河，走入小情小愛

概論

唐代詞

詞境狹窄，言語清麗

晚唐皇帝開 party 最常見的助興文體

高雅與低俗不僅是藝術的兩面，其實也是人性的兩面。沒有了高雅，人就沒有了高蹈向上的願望，必墮入沉淪，萬劫不復；沒有了低俗，或者說適度的低俗，天天高蹈的人難免太累，況且人總有趣味稍低的一面，這與文化水準有關，也與人性有關。要每個人隨時隨地都繃著一張嚴肅的臉不是言志就是載道，不僅人受不了，這言的志、載的道難免也會成為灌水豬肉。更何況藝術的變遷，往往受制於時代變化。

前面說過，燕樂也叫宴樂，顧名思義，就是宴飲之後演奏的音樂。

從古至今，酒都是一個好東西。三杯黃湯一下肚，眼也朦朧了，話也多了，動作也大了，距離也縮短了。尤其是微醺之際，更能體會到飄飄欲仙的快感，無形中增添了捨我其誰的豪壯，很多不敢說的話，不敢做的事，這時候都敢說敢做了，而且很多時候還不會受到責罰。

有一次，唐太宗召集三品以上官員宴飲，席間唐太宗提筆寫字賜群臣，大臣們趁著酒勁蜂擁上去爭搶。大臣劉洎竟然登上了皇帝的御座去搶，這在當時可是褻瀆皇帝的大罪，有大臣馬上啟奏皇帝，要嚴懲劉洎，結果唐太宗認為劉洎不過是酒後失態，宴酣之樂，因此一笑而過。

而宴酣之樂，莫過於席間的輕歌曼舞了。清代張宗橚選編的《詞林紀事》，開篇第一首便是唐玄宗所作的〈好時光〉。

好時光

寶髻偏宜宮樣，蓮臉嫩，體紅香。
眉黛不須張敞畫，天教入鬢長。
莫倚傾國貌，嫁取個，有情郎。
彼此當年少，莫負好時光。

【白話文】妳裝飾珠寶的高高髮髻，最適合宮中流行的樣式。妳的臉龐像蓮花一樣鮮嫩，肌膚白裡透紅、散發馨香。妳墨黑的眉毛不需描畫，天生雙眉入鬢又細又長。不要倚仗自己有傾國之貌，應該嫁給一個有情有意的郎君。你們正當青春年少，千萬不要辜負了美好時光。

這是一首頗有人情味的詞。上闋描述女子之美貌：髮型是宮裡流行的樣式，面容姣好，臉色紅潤。即使沒有漢代張敞那樣的男子為她畫眉，她的眉毛也是斜飛入鬢，真是天生美人！下闋則似乎是一個長者在勸告年輕人：別仗著自己好看而東挑西揀，最好嫁個愛妳珍惜妳的有情郎君，你們年齡相當，共度人生，此樂何極！

不是以帝王之尊擺架子，而是以大叔或者爺爺的口吻讚美和勸告小女孩，這樣的詞雖然不算低俗，但也算不上言志載道。不過話說回來，宴飲時候的詞大多是由妙齡女子歌唱的，要這些嬌滴滴的小女孩板著臉、立著眉、做娘子軍狀，開口便是先王曾經說過，也未免太煞風景。

皇帝開了此例，臣下當然不甘落後。唐中宗李顯據說很怕他的妻子韋后，當時的大臣裴談恰好也是個「妻管嚴」，一次在朝堂上大家拿裴談開玩笑，裴談為解嘲，竟然拉皇帝墊背，寫了一首〈回波樂〉。

回波樂

回波爾時栲栳，怕婦亦是大好。
外邊只有裴談，內裡無過李老。

【白話文】怕老婆是一件大好事。朝臣中怕老婆的是裴談，宮廷裡怕老婆的則是李老（唐中宗李顯）。

不知道皇帝陛下聽到這首詞感受如何，據說韋后聽到之後十分高興，還厚賞裴談。怕老婆是男人的忌諱，卻是女人的驕傲，這也是情理之事。

更聰明的人，居然很快就學會用這種新興的詩歌體裁為自己謀福利。唐代詩人沈佺期因罪曾被流放嶺南，後來遇赦回朝，一時間他的官服還沒換回以前的紅色。一次在宴會上，他就撰寫了一首〈回波樂〉。

回波樂

回波爾時佺期，流向嶺外生歸。
身名已蒙齒錄，袍笏未復牙緋。

【白話文】佺期因罪流放灌州，遇恩赦復職，卻還沒有恢復緋袍待遇。

皇帝聽到這首詞後，龍顏大悅，馬上賜給沈佺期緋魚[1]，而當時朝廷官員配緋魚是特別的恩寵，沈佺期憑一首詞得到，讓眾人跌破眼鏡。

相比之下，中宗時的給事中李景伯就太過於一本正經了。

回波樂

回波爾時酒卮，微臣職在箴規。
侍宴既過三爵，喧譁竊恐非儀。

【白話文】勸諫是臣的職責所在，今晚宴會已經進行一段時間了，再繼續喧譁下去恐怕會遭人議論。

中宗一次宴請群臣，叫每個人寫一首〈回波樂〉助興，這個李景伯卻絮絮叨叨說大家酒喝得差不多了啊，時間已經很晚了啊，要是再喝下去吵吵鬧鬧，就會影響朝廷威儀了啊，還會妨礙鄰居休息……雖然有人私下稱讚他不忘職責，不過在大夥兒玩得正開心的時候說這個，的確有些掃興，也難怪「帝不悅」（宋朝尤袤《全唐詩話》）。

不過中宗的不悅比起他的後代唐昭宗李曄的不悅，可謂小巫見大巫了。唐昭宗是晚唐著名的倒楣皇帝，他二十一歲登基，曾經也有過一番宏圖大志，想重振大唐王朝的雄風，可是晚唐已經積重難返，權力全集中在宦官和軍閥手裡，皇帝大權旁落，帝國頹勢已非他一力能夠挽回。

乾寧二年（八九五年），為了躲避軍閥李茂貞的迫害，昭宗被迫逃往河東去尋

1 指緋袍與魚符袋，是唐宋時期皇帝獎勵大臣時，賜予大臣配戴的服裝和飾物。

求李克用的庇護，在路上被另一個軍閥韓建追上，韓建將皇帝挾持到華州，幽禁了他將近三年。在這三年裡，皇帝宗室親屬有十一人被殺，昭宗自己也時刻處在恐懼和痛苦中。就在被囚禁華州期間，他寫下了這首〈菩薩蠻〉。

菩薩蠻・登華州城樓

登樓遙望秦宮殿，茫茫只見雙飛燕。
渭水一條流，千山與萬丘。
遠煙籠碧樹，陌上行人去。
安得有英雄，迎歸大內中。

【白話文】登上華州齊雲樓，西望皇都長安，一片蒼茫無際，只有燕子雙雙飛落其間。渭水滔滔奔瀉，彷彿一條白線，千山萬丘連綿起伏，參差錯落。原野上的雲霧煙氣，將碧綠的樹木籠罩，田間的路上行人點點，匆匆而去。怎麼樣才能盼得一個英雄豪傑平息叛亂，重新迎接我回到長安宮殿，繼續大業。

客觀地說，這首詞的藝術成就並不高，尤其是結尾兩句，直白淺俗，沒有一點詩味。但是昭宗在幽禁期間用詞來表達自己的哀愁與痛苦，說明了**在晚唐的時候，詞已經成為人們用來表情達意的常見體裁。這種情意可以是宴酣之樂，也可以是調侃嬉笑，也可以是對加官晉爵的渴求或者對自身職責的堅守，還有可能是對人生痛苦和家國不幸的感慨。**唐昭宗這首作於囚禁期間的詞，或許可以看作是為後來的李煜打開了道路。雖然他的詞與李煜的詞在藝術價值上不可相提並論，但是兩人的身世境遇卻是驚人相似。和李煜一樣，唐昭宗最終也沒能用詞挽救自己和帝國，天祐元年（九〇四年），他最終還是被軍閥朱溫殺害，不久，唐朝滅亡。

在花前月下傾訴衷腸

——唐詩逐漸沒落，「曲子詞」悠然登場

這種在唐代出現的新式詩歌體裁「詞」，開始承擔起替詩人抒發胸中情懷的任務。「詞境」尖新狹窄，不似「詩境」闊大渾厚（李澤厚《美的歷程》）。但是這種尖新狹窄卻切合了此時詩人們的心境。因為，黃鐘大呂畢竟只是廟堂之音，慷慨激昂也只適合關西大漢，而傾訴心裡那一點隱隱的哀愁，淡淡的憂傷，還是拿著紅牙拍板[2]的十七八歲女孩更為合適。**詞又叫曲子詞，是配燕樂詠唱的詩歌。**詞的演唱方法由於曲譜散佚，現在已經失傳了。但是我們可以從另一個角度去想像詞的演唱方式，這個角度就是詞牌。早期的詞牌其實就是詞的題目，規定了詞的內容，而形式往往是由內容決定的。我們現在看到的大多數詞牌，如「念奴嬌」、「沁園春」、「醉花陰」、「小重山」、「清平樂」、「憶江南」、「虞美人」等，沒有殺伐之氣，沒有慷慨悲歌，更沒有文以載道的一本正經，有的只是對心裡掠過的那一點淡淡哀傷的追尋，對外界傳達給自己的那一點意緒的描摹。「玉階空佇立，宿鳥歸飛急」（她在玉梯上久久凝眸佇立，看一群群鳥兒匆匆飛回棲宿），期待已經成為一種毫無希望的堅持，但是心裡的那點希望卻似乎不曾消

2 一種檀木製的拍板，用以調節樂曲的節拍。

逝；「落花人獨立，微雨燕雙飛」（如今花落人散，只剩霏霏細雨中燕子雙飛舞），孤獨和冷清因為大自然的冷漠而更顯尷尬；愁緒如一江春水向東流，棄我去者，昨日之日不可留，亂我心者，今日之日多煩憂。

但是，這種尖新狹窄的境界和心緒，卻也是人不可或缺的一個後院。酣眠固不可少，小睡也別有滋味；朗照的月亮固然可愛，而抹上一層薄雲的月，似乎更有一番情趣。人生需要緊繃的弓弦，也需要散漫的游絲。對於很多人來說，**詩的句子太過於整齊，不如參差不齊的長短句更能描摹出那長長短短的心緒；詩的調子過於高昂，不如小紅低唱我吹簫更適合在花前月下傾訴衷腸；詩的殿堂也太過於宏大，內心深處那一點小小的哀傷放在這殿堂裡太過尷尬。**於是，人們需要一間小小的房間，這房間可以是優雅的書齋，也可以是脫俗的精舍，但更常是女子的閨房。這小小的房間裡，也擺著紙筆，但是，紙不是寫奏章用的整齊雪白的紙，而是印著暗花的薛濤箋[3]；筆不再是寫奏章時用的如椽大筆，而是寫蠅頭小楷的細筆，甚至是女子化妝的眉筆。因此，在詞這間小屋裡，詩人們找到另一個自我：一個步下了戰車、脫去了鎧甲、放下了投槍的自我。

太陽落下，月亮慢慢升起，萬籟俱寂。詩人離開了白日裡的喧囂和嘈雜，無言獨上西樓，變成了詞人。我醉欲眠君且去[4]，詩人在後院休息了。

3 唐代名妓薛濤製作的深紅小彩箋。

4 出自李白〈山中與幽人對酌〉。

我寫狂詩，
亦寫狂詞！

第一章

李白

不只是詩仙，更是百代詞宗

‧生卒年：西元701～762年
‧字：太白
‧號：青蓮居士
‧稱號：詩仙、詩俠、酒仙、謫仙人，與杜甫合稱「李杜」
‧作品賞析：〈憶秦娥〉、〈菩薩蠻〉

每一條大河，都起源於上流那一滴水滴；每一座高山，都奠基於最初的那粒石子。可是，沒人能淘盡三千弱水，找出那最初的水滴，更無法搬去巍峨高山，尋出那為高山奠基的石子。於是，我決定，從河流上游那條已經初具規模的小溪出發，泛舟而下，開始我的宋詞之旅。

詞起源於唐代，初唐、盛唐時期，就有很多詩人寫作過詞，清代張宗橚編的《詞林紀事》就收錄了唐玄宗李隆基、沈佺期、張說等人的作品。第一首詞是什麼樣的，正如河流開始的第一滴水，山脈開始的第一粒石子，我無法查考，只找到了宋詞河流上游的一條小溪，宋詞山脈邊緣的一段山麓，並從這裡，開始了我的宋詞之旅。這條小溪，這段山麓，就是李白的〈憶秦娥‧簫聲咽〉。

用符號學解碼李白〈憶秦娥〉

憶秦娥・簫聲咽

簫聲咽，秦娥夢斷秦樓月。
秦樓月，年年柳色，灞陵傷別。
樂遊原上清秋節，咸陽古道音塵絕。
音塵絕，西風殘照，漢家陵闕。

【白話文】玉簫的聲音悲涼嗚咽，秦娥從夢中驚醒，秦家的樓上正掛著一弦明月。月色正好，橋邊的楊柳年年青綠，讓人想起灞陵橋上送別的哀傷。寒冷的秋季，樂遊原上一片淒清，通往咸陽的古道上再無音信、征塵。西風輕拂，夕陽餘暉，只剩漢朝的墳墓和宮闕遺蹟。

這首詞存在爭議，有學者認為這並非李白所作。的確，我們很難想像，高歌「黃河之水天上來」（〈將進酒〉）、「直掛雲帆濟滄海」（〈行路難〉）的謫仙人居然會有這樣的兒女柔情。其實，細想之下也很自然，每個人都有慷慨豪邁的一面，同時也有低首徘徊的一刻。李白有〈將進酒〉「會須一飲三百杯」的豪放之外，也有〈夜思〉「舉頭望明月，低頭思故鄉」的溫情，更有〈長干行〉「妾髮初覆額，折枝門前劇。郎騎竹馬來，繞床弄青梅」的柔情。《詞林紀事》引《湘山野錄》說：「這首詞最早被題在鼎州滄水驛站，不知道是誰寫的，魏道輔很喜歡這首詞。後來到長沙，在內翰曾子宣家裡看到一本古風集，上面寫著這首詞是李白所作。」（此詞不知何人寫在鼎州滄水驛樓，復不知何人所撰。魏道輔泰見而愛之。後至長沙，得古集於子宣內翰家，乃知李白所作）雖然到現在還有爭論，但是大多數人還是認為李白就是作者。

葉嘉瑩先生在《唐宋詞十七講》中，使用符號學解說古詩詞，觀點十分精到。她引用俄國符號學家洛特曼[1]的觀點說：

語言文字符號的社會文化背景是重要的，每一個語言符號，在一個特定的社會文化背景中，形成了一定的效果。

葉先生將這種在特定社會文化背景下能引起人一定聯想的文字符號稱為「語碼」（Code），她說：

而當一個語言符號，在一個國家、一個社會裡有了這樣普遍聯想的作用時，它就是一個語碼了。就等於你一按這個鈕，就有一串聯想出現。

而〈憶秦娥〉這首詞裡，就有幾個很重要的語碼。

首先是灞陵。灞陵是漢唐兩代長安人送別之所，後人也多以灞陵來指代送別。可見這首詞應該與送別有關，可是縱觀上下闋，詞人卻絲毫未提到送別的是何人，難道不是很奇怪嗎？因此我們繼續看下面的語碼：咸陽。

咸陽是秦代的首都，秦朝是中國歷史上第一個統一的封建王朝，也是一個建立在武力之上的王朝。秦始皇統一六國自不待說，在秦朝建立之後，為了防備北方匈奴侵襲，「乃使蒙恬北築長城而守藩籬，卻匈奴七百餘里，胡人不敢南下而牧馬」。（賈誼《過秦論》）武功可謂赫赫，而今安在哉？

除了前面「樂遊原」三字與漢朝有關之外，這首詞詞尾還有一個值得注意的句子：漢家陵闕。在防禦外侮方面，漢代可謂是中國人最揚眉吐氣的時代。漢武帝多次派衛青、霍去病出擊匈奴，深入大漠，覆軍殺將；東漢時，朝廷又派竇固、竇憲攻打匈奴，最後終於打得北匈奴遠竄大漠，南匈奴款塞入朝。這一切的榮耀和偉大，卻在歲月的洗刷下漫漶湮滅，如今只剩下西風殘照。

1 洛特曼（Yuri Mikhailovich Lotman，一九二二～一九九三年），俄裔猶太人。文學家、符號學家和文化史學家。

《列仙傳》記載：春秋時蕭史善於吹簫，秦穆公把女兒弄玉嫁給了蕭史。一天晚上，夫婦倆在樓頭吹簫，引來了鳳凰，載二人飛去。（蕭史者，秦穆公時人也。善吹簫，能致孔雀白鶴於庭。穆公有女，字弄玉，好之，公遂以女妻焉。日教弄玉作鳳鳴，居數年，吹似鳳聲，鳳凰來止其屋。公為作鳳台，夫婦止其上，不下數年。一旦，皆隨鳳凰飛去）

可是，今天的簫聲，為何哽咽難以卒聽？物換星移，那秦樓的殘月，見證了多少悲歡離合，生離死別？漢代的樂遊原曾經盛極一時，可是現在，已經成為傷別之地；通往咸陽的古道曾經車水馬龍，而現在已經沒有行人了。殘陽如血，西風漸緊，破敗的漢闕魏碑，傾圮在歲月的風霜之下。

而在中國文化中，西風與殘陽象徵的也是蕭瑟與淒涼。這一點與西方文化似有不同。雪萊〈西風頌〉[2]中說：

西風啊，
請你吹響預言的號角，
喚醒沉睡的人類，
冬天已經來了，
春天還會遠嗎？

在這裡，西風象徵的是「秋之生命的呼吸」。而在中國，則是東風浩蕩，南風和煦，北風淒厲，而西風蕭瑟。所以王實甫《西廂記》裡有「西風緊，北雁南飛」的句子。**東西方「西風」引發的聯想不同，似乎也可作為語碼必須植根於特定社會文化背景中才能產生作用的證明。**

在時代的廢墟中，與夢想和豪情永恆告別

再回到這首詞，不難看出，上闋作者言離別，到底別的是什麼？我認為不是親朋，也不是好友，而是一個時代，一個以秦漢為代表的國力強盛、不畏外侮的時代。作者一直對這個時代寄予莫大的期望，希望能在這個時代裡展示自己的才華，實現自己的人生價值。可是，七五五年「安史之亂」爆發。當開元天寶的盛世被漁陽動地的鼙鼓擊得粉碎時，詩人的夢想也被敲碎了。**「年年柳色，灞陵傷別」，永遠告別的，其實是詩人曾經寄託夢想和豪情的時代。**詩人不願直接面對這滿目瘡痍，只願飛升天際，從渺茫的太空俯瞰：「俯視洛陽川，茫茫走胡兵。流血塗野草，豺狼盡冠纓。」（李白〈古風之十九〉）可是，飛升天際，只是詩人的夢想，無法做到，於是，他只好登上殘破的宮垣，在蕭瑟的西風中，吟唱出這盛世的哀歌：「西風殘照，漢家陵闕。」

很多人認為這首詞主旨是借樂遊原的昔盛今衰來寄託對江河日下的大唐帝國的哀嘆。清代劉熙載在《藝概》中說，這首詞大概是作於「安史之亂」中唐玄宗逃奔蜀地之後。（想其情境，殆作於明皇西幸後乎）清代黃蘇在《蓼園詞評》裡也說：「此乃太白於君臣之際，難以顯言，因托興以抒幽思耳。……嘆古道之不復，或亦為天寶之亂而言乎？然思深而托興遠矣。」

這種感覺就像歌德在《少年維特的煩惱》[3]中說的，當維特有一天終於明白自己對綠蒂的愛情已經化為泡影時，他寫道：好像是一個老貴族，一直想把家鄉的一座祖傳城堡作為遺產留給自己的兒子。可是，當他的生命即將走到盡頭的時候，他突然發現，那座被他寄予無限希望的城堡，現在已

2 〈西風頌〉（Ode to the West Wind），英國浪漫主義詩人雪萊（Percy Bysshe Shelley，一七九二～一八二二年）的詩歌作品。

3 《少年維特的煩惱》（Die Leiden des jungen Werthers），歌德（Johann Wolfgang von Goethe，一七四九～一八三二年）於一七七四年發表的小說。

野人文化出版
《少年維特的煩惱》

經成了一座廢墟。

古人說：「詞為豔科。」且不說在詞剛誕生的唐代，即使在詞盛極一時的五代，似乎也只能負擔起吟詠花前月下兒女私情的任務。可是，這首詞卻一反常態，上闋柔婉，下闋雄渾，結句八個字如一聲低吟，又如一聲吼叫，這低吟吼叫容納了太多的憤怒，太多的傷感，詩人有形的生命已經無法再容納，於是，借著這八個字，由詩人胸腔中徐徐吐出。一千多年後的王國維先生在《人間詞話》中說：「『西風殘照，漢家陵闕』八字，遂關千古登臨之口。」

後人評說，**李白的這首〈憶秦娥·簫聲咽〉和他另一首〈菩薩蠻·平林漠漠煙如織〉可稱「百代詞宗」**。（《詞林紀事》評注引桃花庵語）這話一點不錯，因為從這時開始，詞的小溪已經在潺潺流淌，在經歷了盛唐的傾頹之後，它將流過夢想復興的中唐、蕭瑟的晚唐，將流過干戈四起的五代。在這旅程中，它的水面將越來越寬闊，水流將越來越湍急，直到抵達中國歷史上另一個文化的高峰——宋代。

菩薩蠻

平林漠漠煙如織，寒山一帶傷心碧。
暝色入高樓，有人樓上愁。
玉階空佇立，宿鳥歸飛急。
何處是歸程，長亭更短亭。

【白話文】煙霧籠罩在一片平遠的樹林上，秋天的山巒還留著一抹惹人傷感的翠綠。暮色映入高樓，有人獨在那裡煩心憂愁。她在玉梯上久久凝眸佇立，看一羣羣鳥兒匆匆飛回棲宿。你將從哪裡回來呢？路途如此遙遠，一個個長亭接連一個個短亭4。

4 古時十里一長亭，五里一短亭。

哥釣的不是魚，
是皇帝的心。

第二章

張志和

最懂皇帝胃口的釣魚叟

・生卒年：西元730～810年
・字：子同
・號：煙波釣徒、玄真子
・作品賞析：〈漁歌子〉

李白早年經道士吳筠推薦，曾在玄宗朝廷做過一段時間的翰林供奉。不過詩人散淡浪漫的性格與政府部門森嚴的等級制度實在不合，因此他後來被賜金還鄉。之後漫長的時間裡，除了「安史之亂」爆發後他糊裡糊塗被捲入永王李璘幕府，還差點丟了性命之外，基本上沒與官場有太多的交集。這似乎也是大多數中國文人共同的道路：春風得意之時銳意仕進，仕途失意之後放情山水。跟李白差不多同時的張志和走的也是這條路。

為自己的生命，找一道出海口

《詞林紀事》說，張志和原名張龜齡，大概是他的父母希望他能健康長壽，後來他自己改名志和。他參加唐朝的明經考試被錄取，唐肅宗讓他待詔翰林院（跟李白同一個部門）。可是不久後他不知道犯了什麼罪被貶官，一氣之下，乾脆辭官不做，從此「居江湖，自稱煙波釣徒，又號元真子」。（《詞林紀事．卷二》）世上的事情有時候就是如此吊詭，張志和當官的時候沒沒無聞，當隱士之後反而名滿天下，成了所謂的「著名隱士」。他成天乘船釣魚，船壞了就去找顏真卿，要他給自己換一艘，顏真卿當然樂於從命。甚至皇帝唐肅宗也開始欽佩張志和了，唐肅宗賜他一個奴僕，取名漁童，專門幫他撐船、收拾釣具；又賜給他一個婢女，取名樵青，幫他做飯燒茶之類。皇帝之所以給他如此恩寵，多半是因為讀了他的〈漁歌子〉。

漁歌子

西塞山前白鷺飛，桃花流水鱖魚肥。
青篛笠，綠蓑衣，斜風細雨不須歸。

【白話文】西塞山前白鷺翱翔，江水中漂浮著片片桃花，肥美的鱖魚優游。江岸邊一位老翁戴著青色的斗笠，披著綠色的蓑衣，不管斜風細雨，悠然自得地垂釣，不想回家。

做個惡意揣測：如果張志和隱居不是釣魚而是去燒炭會怎麼樣？答案是：他很可能就成不了隱士了，只能當賣炭翁。因為隱士必須是雅的，至少在文化發展興盛的唐代是如此。**雅俗之辨，多在做事情是否能獲得實利**。比如家裡有一陶盆，用來栽花是雅的，種蔥就俗了；院子裡種幾竿竹子那是雅到極致，要是種青菜蘿蔔就俗不可耐。如魯迅先生在《病後雜談》所說：

> 「雅」要地位，也要錢，古今並不兩樣的，但古代的買雅，自然比現在便宜；辦法也並不兩樣，書要擺在書架上，或者拋幾本在地板上，酒杯要擺在桌子上，但算盤卻要收在抽屜裡，或者最好是在肚子裡。
>
> 此之謂「空靈」。

可是，釣魚也會有實利收穫又如何解釋？原因就在於，漁翁、釣叟在中國文化裡也是一個特殊的語碼。**姜太公釣魚願者上鉤，最後釣到了周文王，並輔佐周武王滅商，建立了一番千秋偉業，從那時候起，「釣叟」就成了身懷安邦定國大才，卻從不招搖的高人的代名詞。**李白的〈行路難〉裡就說「閒來垂釣碧溪上」，意思也是希望能像姜子牙一樣，遇到賞識自己的明君。而孟浩然〈望洞庭湖贈張丞相〉說：「坐觀垂釣者，徒有羨魚情。」（旁觀垂釣的人，空有一廂羨慕之情）這裡釣魚的人又成了身居高位、志得意滿的官員的代稱。至於柳宗元〈江雪〉裡描寫的那個在大雪天釣魚的漁翁，更可能是他自身遭打擊排擠迫害的寫照。所以，釣叟這個形象在中國文化裡具有相當特殊的涵義。

而〈漁歌子〉這首小詞將垂釣者安放在大自然清新美麗的環境中：山清水秀，白鷺高飛，粉紅的桃花映襯在碧綠的水中。垂釣者的衣著也與環境十分相稱：青綠的斗笠與蓑衣，人與自然和諧一體，莫可分離，這也與中國傳統哲學對自然的尊崇與喜愛是完全一致的。在這樣美麗的風景中做這般雅致的事情，當然樂而忘返了。

張志和還有個哥哥叫張松齡，擔任浦陽縣尉這樣一個小官。張志和隱居之後，覺得其樂無窮，因此寫了〈漁歌子〉邀請哥哥一起隱居。而他哥哥則寫了一首〈漁父〉作為回應：

漁父

樂在風波釣是閒，草堂松檜已勝攀。
太湖水，洞庭山，狂風浪起且須還。

【白話文】看微風吹皺水面、在江上垂釣很快樂悠閒，但家門口種植的松檜都已經長大長高，足以攀爬了。太湖的水、洞庭的山都是美景，但是狂風吹起大浪的時候還是回家來吧。

看來這兩兄弟志趣不同，弟弟勸哥哥隱居，哥哥希望弟弟回家。不過，他們似乎都各安所依，找到了自己生命的出海口。出仕也好，隱居也好，屬於自己的歡樂，往往是很難與人言說的，更多的是「欲辯已忘言」（陶淵明〈飲酒〉）。不過，出仕的精進與壯志，似乎用言志載道的詩來表達更為合適；而隱居的閒適與逍遙，可能用「要眇宜修」的詞[1]來傳遞更為合適吧。

1 出自王國維《人間詞話》：詞之為體要眇宜修。意指詞是最精緻、最細膩、最纖細幽微，而且是帶有修飾性、非常精巧的一種美。

我最擅寫女孩兒的嬌媚姿態。

第三章

溫庭筠

在花叢中開出一條幽深大道

- 生卒年：西元812～870年
- 字：飛卿
- 稱號：溫八叉、救數人、花間鼻祖
- 作品賞析：〈菩薩蠻〉、〈望江南〉、〈更漏子〉

他參加科舉考試的目的不是為了金榜題名，而是為了幫別人作弊。關係著無數人前途命運的考試對他來說更像是跟權貴示威。在與監考老師無數次的鬥智鬥勇中，他的作弊技術也爐火純青，甚至在主考嚴密監視下，還能幫八個人口授答案。他就是溫庭筠。

唐開成四年（八三九年），長安，進士考場。

溫庭筠叉了三次手，卷面上已經是三聯音律和諧、對仗工整的詩。試卷的要求是按照所給韻律作八聯，還有五聯即完成。溫庭筠想起別人替自己取的外號「溫八叉」，不禁笑了起來，因為別人說他才思敏捷，只要叉八次手，一首八韻詩就完成了。曹子建七步成詩傳為美談，而自己八叉成詩，應當不輸陳思王（曹植）了。溫庭筠對自己第一次科舉考試充滿了信心，但是他不知道，在他走入考場之前，結局就已經注定了。

從「溫八叉」到「救數人」

——才思敏捷性格不羈，蔑視科舉熱衷作弊

溫庭筠，原名岐，字飛卿，並州祁（今山西祁縣）人，唐代溫彥博之裔孫。溫彥博是貞觀初年著名的宰相，因此溫家也算是簪纓世家，不過到溫庭筠這一代，家道早已中落。溫庭筠少時讀書十分勤奮，《唐才子傳．卷八》說他「少敏悟，天才雄贍」。除了文學之外，溫庭筠在音樂上也頗有造詣，能跟隨樂隊的演奏寫出與音樂相配的歌詞，因此早年就名滿天下。但是，溫庭筠最大的夢想，還是透過科舉來光耀門楣。

唐開成四年，年輕的溫庭筠第一次到長安應試就聞名遐邇，「人士翕然推重」（《舊唐書．卷一九〇下》）。按照當時的慣例，溫庭筠拜訪了很多達官貴人，向他們推薦自己的作品，甚至還認識了太子李永，從其宴遊。此時的溫庭筠，大有奪功名如探囊取物的豪情。可是，開成四年的進士考試，溫庭筠名落孫山。

詩人落榜的原因有人認為是他好飲酒狎妓，行為不端，於是朝廷不予錄用。溫庭筠的確愛好流連花街勾欄，與當時很多歌妓均有交往，但是這在晚唐社會其實是很平常的事情，比如著名詩人杜牧就有流連花街柳巷的愛好，而且當時文人狎妓宴遊後高中的士子比比皆是，為何溫庭筠被道貌岸然地加以訓斥？後代學者經考證，認為溫庭筠落榜並不是由於他的道德品行，而是因為他的政治立場。

唐文宗大和九年（八三五年），十一月二十一日，大唐帝國發生了著名的「甘露之變」。為了剷除專權的宦官，唐文宗以甘露下降為名，引誘宦官前去觀看，希望將其一網打盡。誰知計畫洩漏，宦官挾持皇帝並策畫反撲，誅殺大臣近兩千人，朝廷為之一空。

事變發生後，朝廷人人重足而立，道路以目。可是當時剛到長安，年輕的溫庭筠卻不畏宦官，寫了〈過豐安里王相故居〉、〈題豐安里王相林亭〉兩首詩，悼念被殺的宰相王涯。萬馬齊喑之中，不

難想像溫庭筠發出的聲音讓宦官切齒痛恨。但是，溫庭筠惹怒權臣的事還不止於此。

溫庭筠剛到長安的時候，廣泛結交官員貴族，以期獲得引薦，其中包括文宗的太子李永。可是，文宗的妃子楊賢妃一直想廢掉太子，她勾結宦官，終於使太子在開成三年被廢，之後莫名其妙地死去，後人多認為他是被宦官毒死的。李永死後得追諡號莊恪，就是唐代有名的莊恪太子。太子去世之後，曾為友人的溫庭筠寫了兩首〈唐莊恪太子輓歌詞〉，其中一首這樣寫道：

東府虛容衛，西園寄夢思。鳳懸吹曲夜，雞斷問安時。
塵陌都人恨，霜郊賵馬悲。唯餘埋璧地，煙草近丹墀。

文宗因哀傷自己居然無法保護兒子的生命，不久也鬱鬱而死。宦官立了新皇帝，就是唐武宗。溫庭筠在「甘露之變」後寫詩悼念被宦官害死的王涯，後來又寫詩悼念莊恪太子，在宦官氣焰沖天的晚唐，他的仕途結局早已注定。開成四年的科舉落榜之後，溫庭筠在〈病中書懷呈友人〉悲嘆道：「賦分知前定，寒心畏厚誣……積毀方銷骨，微瑕懼掩瑜。」（我命中注定不能飛黃騰達，但讓我膽寒的是他人誣衊……眾口鑠金我百口莫辯，美玉恐怕也會被瑕疵掩蓋）

開成四年落榜對溫庭筠是一個重大打擊，以至於他韜光養晦八年，才再次踏入考場。這時候，不僅「溫八叉」的外號依然掛在他頭上，他還多了一個新的外號：「救數人」。

敢於拿自己的前途開玩笑的人，如果不是目空一切的狂生，就是對前途已經徹底絕望的失意者，溫庭筠大概兩者兼具吧。因為從那時開始，他考試不僅要答好自己的試卷，還主動幫別的考生答卷。**他的才思敏捷讓人吃驚，據說一次考試能幫十餘人寫試帖詩，於是得到了「救數人」的外號**。這種考生當然不受主考官喜歡，因此要考中進士無疑是癡人說夢。不過，這時候的溫庭筠參加進士考試似乎更像是一種行為藝術，考中與否已經不是他關心的問題，怎麼樣在考官眼皮底下作弊，向考官示威，挑戰他深惡痛絕的考試制度似乎才是他的興趣所在。

大中九年，禮部侍郎沈詢擔任主考官，溫庭筠「救數人」的名氣他早有耳聞，為了防止他幫人作弊，沈詢特地讓溫庭筠在自己衙前簾下考試。無法暢快幫人作弊的溫庭筠顯然很不高興，提前交卷離開了，「是日不樂，逼暮先出」（《唐才子傳．卷八》）。可是考試之後沈詢詢問他才得知，在這種情況下他仍給八個人口授答案！當然，溫庭筠這次又落榜了。

花間詞派鼻祖，開創濃豔語言、精緻詞風

在儒家文化根深柢固的中國，很多東西都被賦予了教化的功能，詩歌就是其中之一。孔子說：「詩可以興，可以觀，可以群，可以怨。」（《論語．陽貨．第十七》）其實也就是強調了教化功能。為了突出這種功能，傳說孔子刪削了《詩經》，刪去那些他認為格調不高、不利於教化的「鄭衛之音」。因此，詩歌在中國歷來被提升到了一個無與倫比的高度，所謂「文章千古事，得失寸心知」（文章是傳之千古的事業，而其中甘苦得失只有作者自己心裡知道。出自杜甫〈偶題〉），說的就是這種心態。而唐詩，從整體上而言，也是傳承了《詩經》的教化功能。

在唐代，詞被稱為「曲子」或者「曲子詞」，從這些名字就可以知道，詞是用來合樂歌唱的，性質就和現在的歌詞一樣。我一直認為，詞發展成今天這種形態，與古代音樂家的關係密切，應該不亞文學家吧？一首新曲子出來之後，人們覺得十分好聽，就為這首曲調填上新的詞，所以最早的歌名就成了現在的詞牌。在早期的詞中，詞牌往往和詞的內容是一致的，例如李白〈憶秦娥．簫聲咽〉。

曲子詞的音樂多取材於唐代流行的小曲，這些音樂多「用於人們酬酢交歡，流傳於貴族、官僚到文士、百姓各個階層。由此看來，詞不只是宴飲作樂時的雜曲小唱，甚至是浪子風流中的妓樂傳唱」。（蔣哲倫《詞別是一家》）

了解這一點，就不難明白，為什麼唐詩總是境界雄渾，格調高昂，而詞境界相對狹隘，格調婉

溫庭筠

在花叢中開出一條幽深大道

轉；也不難明白，為什麼唐詩大多是壯志凌雲的宏大敘事，而宋詞呢喃的則大多是個人的抑鬱愁思，因為「詞是最精緻、最細膩、最纖細幽微，而且是帶有修飾性、非常精巧的一種美」。（葉嘉瑩《唐宋詞十七講》）北宋末年李清照的《詞論》一語中的：「詞別是一家。」

詞在初唐就已經開始流行，而溫庭筠是中國第一個專力填詞的詩人。王拯《龍壁山房文集懺庵詞序》說，詞體乃李白、王建、溫庭筠所創。而自溫庭筠之後，詞這種文體才開始為世人重視，這與溫庭筠高深的藝術造詣密切相關。王拯說，溫庭筠的詞「其文窈深幽約，善達賢人君子愷惻怨悱不能自言之情」，因此「論者以庭筠為獨至」。周濟《介存齋論詞雜著》云：「詞有高下之別，有輕重之別。飛卿下語鎮紙，端已揭響入雲，可謂極兩者之能事。」劉熙載《藝概》更說「溫飛卿詞，精妙絕人」。可見溫庭筠在詞的發展史上地位之高。

五代後蜀的趙崇祚，收集晚唐到五代的十八位詞人的作品，編成了第一部文人詞集，取名《花間集》，靈感出自花間詞人張泌的〈蝴蝶兒〉「還似花間見，雙雙對對飛」（初如花間所見，蝴蝶翩翩成雙）。他將溫庭筠列為第一，且因為收入此集的作品被稱為花間詞，所以溫庭筠被後人稱作「花間鼻祖」。

相比於詩，詞多抒寫閨怨之思，風格婉麗綺靡。詞句子長短不一，參參差差、吞吞吐吐，而這種參差與吞吐，更適合表現含蓄幽微的感覺。葉嘉瑩先生在《迦陵說詞講稿》中談道：

> 而小詞和詩不同，它是破碎的、零亂的。……我們說詞是女性的形象，女性的情思。……女性跟男性語言的區別在於，男性的語言是明晰的、有邏輯的；女性的語言是零亂的、破碎的。

花間詞比起宋代許多詞似乎格調不高，但是它的出現，預見了詞這種新的詩歌體裁，在唐詩逐漸淡出文學舞臺之際，接過了文化傳承的火把，開始執行屬於自己的歷史使命。花間詞還是婉約詞的前身，如果說，沒有溫庭筠和韋莊等一批花間詞人的努力，就不可能有後來的晏殊、晏幾道、歐陽修、柳永、秦觀、李清照，甚至蘇軾、辛棄疾的出現，一點也不為過。唐詩重「言志」，而詞重「言情」，這種變化代表了文學本質重歸以關注個人生命與情感體驗為主。而**溫庭筠和花間詞的出現，更直接導致了宋代「詞為豔科」觀念的形成**。

花間詞的主要對象還是女子，但是沈家莊《宋詞的文化定位》說：

> 《花間集》現象與南朝宮體詩現象的本質不同。宮體詩對女性的欣賞，尚處於男性「物化」女性的審美階段，即將女性當成美麗的玩物或尤物，其作品帶有較多色情成分。而「花間」詞已將女性視為審美對象，尤其是「知己」觀念與家庭成員意識觀念，使作品飽含著真情至愛。

於是，溫庭筠用詞將詩歌從神壇上牽了下來，遠離崇高的廟堂，遠離高雅的樽俎，遠離枯燥的說教，將詞引到花叢邊，借著如水的月色，詩人以筆為鋤，在花叢中開出了一條幽深的路。這條路指向中國詩歌的另一個高峰，指向美的另一個維度，幽深，卻又宏大。

放不下，只為一個人

——溫庭筠擅長描寫深閨女子等待的惆悵

菩薩蠻

小山重疊金明滅，鬢雲欲度香腮雪。
懶起畫蛾眉，弄妝梳洗遲。
照花前後鏡，花面交相映。

【白話文】眉色淡了，額上塗的鵝黃妝也掉了，烏黑的髮絲披散，遮蓋住潔白的香腮。女子懶洋洋地起來，慢吞吞地畫眉打扮。她拿起兩面鏡子前後對照，鏡子裡映著頭上的紅花與她的新帖繡羅襦，雙雙金鷓鴣。

容顏。女子接著穿上的綾羅短襖，上面繡著一雙雙的金鷓鴣。

九月的女子將自己定格在三月，描畫著自己的容顏。水似眼波，山如蛾眉，九月的眉宇間還映著三月的草長鶯飛，鬢髮如雲，香腮如雪，鏡中的那個人似乎永遠無憂無慮，無牽無掛。沒人會嫌自己動作太慢，沒人會再催促自己。九月的女子似乎感到一絲難得的輕鬆。細細地描眉，細細地畫眼，當美麗成為一種習慣，梳妝就成為一種甜蜜的儀式。雖然沒有了那雙熟悉的手為自己畫眉，卻也多了一份難得的自在；雖然沒有了那雙熟悉的眼睛為自己品評，可是也少了一些苛刻的挑剔。眉際的鵝黃妝可以按照自己的意思想多濃就多濃，頭上的鮮花可以依著自己的性子要多豔就多豔。九月的女子不願承認自己是為了某個人而美麗，更不願承認自己的美麗還牽掛著三月的卿卿我我，耳鬢廝磨。

九月的女子在鏡子中看到了三月的自己。眼波如水，但是九月的水似乎如這個季節一樣，已經多了一些深深的東西；蛾眉如山，可眉峰交聚之處，隱現的是否是淡淡的惆悵？

九月的女子拿出女紅，細細的針沒有刺到她的手，熟悉的圖案卻輕輕刺了一下她的心。那一對金色的鷓鴣讓她看到了停滯在她生命中的三月，於是，九月的女子在九月的秋光中定格。也罷！女子放下女紅，獨自登上高樓，就算為了這一早上的淡妝濃抹，輕描淺畫吧。

望江南

梳洗罷，獨倚望江樓。

過盡千帆皆不是，斜暉脈脈水悠悠，腸斷白洲。

【白話文】梳洗完畢，獨自一人登上望江樓，倚靠著樓柱凝望著滔滔江面。上千艘船過去了，所盼望的人都沒有出現。太陽的餘暉脈脈灑在江面上，江水慢慢地流著，思念的愁腸縈繞在那片白蘋洲上。

三月的白花曾經開遍天涯，那時很傻地以為，天涯其實很近。直到漫江的白花變作連天的衰草，九月的女子才似乎明白，有些東西，跟已經逝去的三月一樣，很難再回來。

誤幾回，天際識歸舟！

九月的女子盛裝如濃濃的秋色，眼波卻已如脈脈流水，盛滿了憂傷。問君歸期，卻總是遙遙無期。九月的女子總是每天盛裝登上這臨江的樓，遠眺這片片歸帆。楊花謝了，燕子飛了，江水流春去欲盡，入骨相思知不知？

九月的女子把自己化作三月的白花，讓他摘下，遞到自己手上，因為人們說，白花是定情的花。情定了，可是，人卻離開了，去了天涯，天涯是否也有這漫江的白花？

太陽已經西斜，餘暉在江上躍動，粼粼波光像漫江的白花。九月的女子想，如果每一朵白色的小花就是一張白色的歸帆，那裡面一定會有自己等待的那張帆吧？如果是這樣，自己一定不會再認錯了。因為九月的女子知道，那張帆一定會在陽光下開放如一朵白花，會被他的手輕輕摘下來，送到自己面前，遞到自己手上。

九月的女子把自己定格在三月，盛裝如花兒開放，直到黯然神傷。時節欲黃昏，無聊獨倚門。

更漏子

玉爐香，紅蠟淚，偏照畫堂秋思。
眉翠薄，鬢雲殘，夜長衾枕寒。
梧桐樹，三更雨，不道離情正苦。
一葉葉，一聲聲，空階滴到明。

【白話文】玉爐散發著爐煙，紅色蠟燭滴著燭淚，搖曳的光影映照出華麗屋宇的淒迷。她的蛾眉顏色已褪，鬢髮也已亂了，漫漫長夜無法安眠，只覺枕被一片寒涼。窗外的梧桐樹，淋著三更的冷雨，也不管屋內的她正為別離傷心。一滴滴的雨點，一聲聲地敲打著一葉葉的梧桐，滴落在無人的石階上，直到天明。

庭院深深幾許？愁有多深，庭院就有多深。

三月的芳草在遙遠的天涯，多少個夜晚，善解人意的紅蠟都是這樣，替人垂淚到天明。盛裝的九月和開滿鮮花的三月一樣，都在這夜漏中如沙般悄然逝去。可是，這九月的秋夜卻比九月還要漫長。九月的女子不知自己是否在做一個永遠不會醒來的夢，在夢裡無期限地等待，等待下一個三月的春光明媚、草長鶯飛，等待下一個白花開滿天涯的時節。

花落月明殘，錦衾知曉寒。九月的女子沒有等到三月的春光，等來的是深秋的細雨。梧桐樹葉被雨滴敲擊，滴答作響。也好，這樣也許別人就不會聽到九月的這個夜晚，深深庭院裡那幽幽的嘆息。

三月的風不起，九月的帆不歸，深埋在心裡的一池秋水，不知道已經歷多少次滄海桑田。是誰在此時吟起思歸的歌謠，是誰在這夜裡沉寂，直到悲涼？

滴答的雨聲在九月的庭院裡勸慰著九月的女子，似乎說：「放下吧，放下吧。」可是，九月的女子心裡知道，她已經放下了天真，放下了矜持，放下了自尊，甚至放下了希望，但是，卻放不下那一點點思念，只因為，放不下一個人。

力抗科舉黑箱，客死異鄉不知所終

大中十三年（八五九年），五十九歲的溫庭筠參加了人生最後一次科舉考試，落榜。但是他的名聲實在太大，於是朝廷給他了一個縣尉的小官，貶到方城去了。

也許，溫庭筠那首著名的〈商山早行〉，就是在這顛沛流離之時寫的吧？

商山早行

晨起動征鐸，客行悲故鄉。
雞聲茅店月，人跡板橋霜。
槲葉落山路，枳花明驛牆。
因思杜陵夢，鳧雁滿回塘。

【白話文】 黎明起床，車馬的鈴鐸已震動；一路遠行，遊子悲思故鄉。雞聲嘹亮，茅草店沐浴著曉月的餘暉；足跡依稀，木板橋覆蓋著早春的寒霜。枯敗的槲葉，落滿了荒山的野路；淡白的枳花，鮮豔地開放在驛站的泥牆上。想起昨夜夢見杜陵的美好情景；一羣羣鴨和鵝，正在岸邊彎曲的湖塘嬉戲。

離開長安七年後，溫庭筠回到了長安，並且以國子監助教的身分主持考試。昔日屢試不第的詩人今天竟然成了主考官，而他當考官之後帶給人們的震撼，一點也不亞於昔日的「救數人」。考試結果出爐之後，溫庭筠做出了一個大膽的舉措：他竟將錄取士子的作品公開張貼，說這些作品「聲調激切，曲備風謠。標題命篇，時所難著。燈燭之下，雄詞卓然」，而他真正的用意是「並仰榜出，以明無私」（溫庭筠〈榜國子監〉）。天真的詩人想借此一掃考場權貴請託、舞弊公行的積習，他當然不知道，出於和諧與安定的考慮，一千多年後的高考試卷都是不公布的，何況是在黑暗腐朽的封建時代。他這樣做，不僅惹惱了很多既得利益者，又因為展示的文章中不乏指斥時政之作，令權臣更是咬牙切齒。於是，這個新上任的主考官一夜之間又被貶到山南。而溫庭筠的狂，並不只體現在他對科舉的蔑視和惡搞式的行為藝術上，還體現在他對權臣的態度上。

溫庭筠年輕時在長安結交的貴戚中，有一個是當朝宰相令狐綯的兒子令狐滈。當時的皇帝唐宣宗喜歡聽〈菩薩蠻〉曲，令狐綯就請溫庭筠代筆寫詞獻給皇上，假裝是自己寫的。他再三叮囑溫庭筠不要將此事外傳，誰知道溫庭筠根本沒有當槍手的「職業道德」，居然將此事說了出去，讓令狐綯十分惱怒。一次唐宣宗寫詩有「金步搖」三字，苦於找不到對仗的詞。令狐綯告訴溫庭筠之後，他應聲回答：「可以對『玉條脫』。」令狐綯十分高興，問典故出自哪裡，溫庭筠說：「出自《南華經》[1]。」

之後又補了一句「這書也不是什麼生僻的讀物，宰相大人還是應該多讀書啊」（非僻書也。或冀相公燮理之暇時宜覽古），弄得令狐綯十分尷尬。溫庭筠並非不小心說出這樣刻薄的話，他對令狐綯不學無術卻官居高位一直心存不滿，甚至說他是「中書省內坐將軍」，意思是令狐綯只是個武夫，根本沒有為相之才。[2]

據說，一次皇帝微服出遊，在旅社裡遇見溫庭筠，溫庭筠不認識皇帝，傲然詢問：「你大概是個司馬、長史一類的小官吧？」（公非司馬長史之流）皇帝回答「不是」（非也），溫庭筠又問：「那無非就是參軍、主簿、縣尉一類的官員了？」（得非大參簿尉之類）皇帝回答「也不是」（非也）。[3]有人說溫庭筠也可能是因為這事惹惱了皇帝，於是始終仕途坎坷。野史固不可全信，但是有一點是確定無疑的，國子監助教是溫庭筠一生做過最大的官，但是，由於公布考卷事件，很快被撤職了。他離開的時候，無數長安文人為他送行。著名詩人張祜把溫庭筠比為才氣逼人卻命運坎坷的漢代思想家賈誼，寫詩說：

方城新尉曉銜參，卻是傍人意不甘。
晝夜與君思賈誼，瀟湘猶隔洞庭南。

離開長安的溫庭筠結局怎樣，史無明載，《唐才子傳》只有寥寥幾個字：「竟流落而死。」甚至無人知道詩人葬身何處。但是，在他身後，詞的小溪仍潺潺流淌，並接納了沿途的溪水，漸漸匯成一條蜿蜒的小河。

1 即《莊子》。
2 此段故事出自北宋孫光憲《北夢瑣言》卷二及卷四。
3 此段故事出自北宋孫光憲《北夢瑣言》卷四。

人家的作品是被禁，我卻是自己查禁自己的詞

第四章

韋莊

消失千年的傳奇詞人

- 生卒年：不詳
- 字：端己
- 稱號：秦婦吟秀才、與溫庭筠並稱「溫韋」
- 作品賞析：〈秦婦吟〉、〈荷葉杯〉、〈女冠子〉、〈菩薩蠻〉

一首詩在相隔一千多年的兩個時代都被查禁，算得上是奇觀了；更奇的是，其中一次查禁竟然是作者自己發起的。

黃巢大軍洶湧起義，倒楣詩人受困戰火

九世紀的大唐帝國，已是狂風暴雨中一艘千瘡百孔的大船了。在中唐無力回天的「中興」之後，誰都明白，這個歷史上最偉大的帝國已經如同風燭殘年的老人，一步步走向末日。

宦官專權、藩鎮割據、朋黨之爭、政治黑暗、民生凋敝……什麼都不缺，只缺壓垮駱駝的最後一根稻草。這根稻草在乾符二年（八七五年）終於壓了上來。

這年年初，王仙芝、尚讓等在長垣（今河南長垣東）起義，唐末農民戰爭爆發。五月，一個販賣私鹽出身的山東人和同族兄弟募集數千人響應，這個人叫黃巢。

乾符五年（八七八年），王仙芝戰死，黃巢成為農民軍的最高領導人。廣明元年（八八〇年），黃巢軍隊攻克東都洛陽；年底，攻克天險潼關；次年，攻占帝國都城長安。

西元八八一年正月十六日，黃巢在長安大明宮含元殿即皇帝位，國號大齊。

此時的黃巢大概怎麼也想不到，就在第二年，他的重要部將、同州（今陝西大荔）防禦使朱溫就出賣了自己，投降唐軍。同時，沙陀族李克用應唐朝乞援，率精兵一萬七千人南下。黃巢被迫於中和三年（八八三年）撤出長安，一路上被唐軍狙擊，最後退至虎狼谷（今山東萊蕪市西南），兵敗自殺。

朱溫投降唐軍之後，為嘉獎他的「忠誠」，皇帝賜名「朱全忠」。不過，朱「全忠」可一點都不忠，他靠著出賣黃巢起家，在戰爭中擴大了自己的勢力，成為晚唐最大的軍閥之一。西元九〇二年，他殺害了唐昭宗，立十三歲的李柷為傀儡，是為唐哀帝。哀帝即位僅三年，朱溫就演出了一場煞有介事的「禪讓」鬧劇，自己即皇帝位，國號「大梁」，史稱「後梁」，並在次年毒死了已被廢為濟陰王的哀帝。至此，立國二百七十九年、傳帝二十一代的唐朝滅亡，中國進入自魏晉南北朝以來又一次大分裂時期：五代十國。

西元八八一年的那個正月，剛剛即位的黃巢當然沒有注意到，就在他的軍隊攻入長安的時候，有一個來都城參加進士考試的讀書人沒能及時逃出，被困在這座對他來說生死未卜的城市裡，這個讀書人的名字叫韋莊。

韋莊，字端己，長安杜陵（今陝西市長安區）人。《唐才子傳．卷十》說他「少孤貧」，很早父親就去世了。也許是為了振興家門，他「力學」，而且「才敏過人」。韋莊從年輕就開始考進士，可是考了很多次都沒有考上。西元八八一年，他再次應考，不料黃巢的軍隊殺進長安，韋莊就被困在這座戰火紛飛的城市裡。

不久，韋莊在戰亂中，從長安逃到洛陽，在這裡，他寫下了一首堪稱在中國詩歌史上命運最奇特的詩：〈秦婦吟〉。

說到唐代的長詩，人們最先想到的往往是白居易的〈長恨歌〉以及〈琵琶行〉，事實上，**唐代最長的敘事詩並非〈長恨歌〉，而是韋莊的〈秦婦吟〉**。這首詩借由一個在戰亂中淪落黃巢軍隊的婦女〈秦婦〉之口，描述了西元八八一年，詩人身陷長安戰亂之中的親眼所見。在詩中，韋莊描寫了唐軍抵禦農民軍的不力，也揭露了農民軍對百姓的侵凌，更多的是描寫了戰亂中普通百姓所遭遇的苦難。

農民軍攻入長安時，都城遭遇火災：

火迸金星上九天，十二官街煙烘焵。

在戰爭中哀號的百姓：

家家流血如泉沸，處處冤聲聲動地。

百姓們東奔西逃：

扶羸攜幼競相呼，上屋緣牆不知次。南鄰走入北鄰藏，東鄰走向西鄰避。

而農民軍進京之後：

內庫燒為錦繡灰，天街踏盡公卿骨……

韋莊這首詩引起了巨大的轟動，很多人家把這首詩刺在幛子上。韋莊從此聲名大噪，被稱為「秦

婦吟秀才」。

傳奇詩詞〈秦婦吟〉，命運多舛兩度遭禁
——一為避主諱，二因觸犯文革禁忌

從長安逃到洛陽不久，韋莊又到江南避亂，之後再次參加科舉，中了進士，擔任校書郎。當時王建擔任西川節度使，駐紮成都，韋莊前去投奔他，後被任命為掌書記。

西元九〇七年，朱溫自立為帝，唐朝滅亡。得知這個消息之後，韋莊便勸王建也即位當皇帝。王建聽從了他的建議，便在成都稱帝，國號「大蜀」，史稱「前蜀」，並任命韋莊為宰相。據史書記載，前蜀立國的法令制度，都是韋莊制定的，由此可見，他深得王建信任。

當了宰相的韋莊，諱言自己的名作〈秦婦吟〉，甚至在《家戒》裡明確規定「不准垂〈秦婦吟〉幛子」。陳寅恪先生說，究其原因，是因為韋莊在詩中描寫了官兵搶掠民女之實，而王建本來就是好色之徒，很多民女很可能就是被他擄走的。王建稱帝後，韋莊為避主諱，極力查禁自己的這首成名之作，連自己的作品集《浣花集》也不收錄這首詩，於是這首詩就這樣從中國詩歌史上消失了一千餘年。

一九〇八年，法國教授伯希和[1]在敦煌石窟中劫掠了一批珍貴文物，其中竟然有韋莊失傳已久的〈秦婦吟〉。著名學者羅振玉先生知道之後，前往觀看，並寫了一篇《莫高石室祕錄》，讓國人第一次知道，〈秦婦吟〉竟然有抄本傳世。至此，消失了一千多年的現存唐代篇幅最長的詩歌，終於浮出

1 伯希和（Paul Pelliot，一八七八～一九四五年），法國語言學家、漢學家、探險家。他從敦煌石窟帶走的大批文物，今收藏在法國國家圖書館舊館。

水面。

只不過學者們恐怕沒有想到，半個多世紀以後，這首詩在文化大革命時又一次觸犯忌諱，被視為「地主階級對農民起義的誣衊」，因為〈秦婦吟〉裡不少篇幅描寫了黃巢軍隊進入長安之後，官兵姦淫搶掠的場面。詩中描寫很多長安女子抗拒農民軍官兵凌辱，橫遭慘禍的情景：

西鄰有女真仙子，一寸橫波剪秋水。……牽衣不肯出朱門，紅粉香脂刀下死。
南鄰有女不記姓，昨日良媒新納聘。……忽看庭際刀刃鳴，身首支離在俄頃。

一個女子為了免遭凌辱，爬上屋梁，結果被人在下面放火：

煙中大叫猶求救，梁上懸屍已作灰。

其情其景慘不忍睹。

當描寫農民新貴的醜態，詩人說：

翻持象笏作三公，倒佩金魚為兩史。朝聞奏對入朝堂，暮見喧呼來酒市。

這首詩在一千多年前觸犯了忌諱，被作者自己查禁；一千多年後，又觸犯了新的忌諱，再次被打入冷宮。

其實，黃巢軍隊入長安之後，大屠殺是否存在，多部史籍均有明載，但是對於政治來說，歷史只不過是可以隨意裝扮的小丑，想怎麼裝扮，就怎麼裝扮。

而文學，其實連小丑都不如。

相別從此隔音塵
——蜀國皇帝好色無度，愛姬遭奪悲慟抑鬱

當了宰相、深得皇帝王建信任的韋莊，生活似乎並不如人們想像的那樣順心如意。

荷葉杯

記得那年花下，深夜，初識謝娘時。
水堂西面畫簾垂，攜手暗相期。
惆悵曉鶯殘月，相別，從此隔音塵。
如今俱是異鄉人，相見更無因。

【白話文】 還記得那年花前月下，深夜裡，我初認識謝娘。那時候水堂畫簾低低放下，我們手牽著手，依依不捨，相約日後再見。遺憾曉鶯啼鳴、明月西沉，天亮了，妳我互相道別。此去一別天涯海角、人各一方，音訊從此斷絕。如今妳我都是寄居異地之人，相見之日更是渺渺無期。

據說，王建好色無度，凡被他看中，就連大臣的妻女也全不放過。韋莊有一名愛姬，資質豔麗，兼工詞翰，兩人情意深厚。王建知道後，藉口要其教授後宮女子書畫，將韋莊愛姬強行帶入宮中。韋莊知道此去即為永訣，可是懾於君威，也無可奈何。

愛姬被搶的詩人難忍心中鬱悒，寫了數首〈荷葉杯〉，表達自己的感傷。而這首詞中的「如今俱是異鄉人」，更是表達出羈旅天涯的詩人，借懷念故鄉來表達的那絲哀嘆。年已垂暮的詩人，此時竟像離開了家門，被外人欺負的孩子，唯一的願望，就是回到家裡，在故鄉的羽翼下，好好療傷。其實詩人未必不知道，欺凌自己的，並不是「異鄉」這樣一個空泛而含混的概念，而是高坐金鑾殿上，那個手操生殺予奪大權的皇帝。

據說，這首詞後來傳入宮中，韋莊愛姬看到之後，十分感傷，於是絕食而死。韋莊知道之後，更加悲慟，寫了幾首悼亡詞，其中有一首〈女冠子．昨夜夜半〉：

女冠子

昨夜夜半，枕上分明夢見，語多時。
依舊桃花面，頻低柳葉眉。
半羞還半喜，欲去又依依。
覺來知是夢，不勝悲。

【白話文】昨天深夜，我清楚記得自己夢見了妳。和妳說了許久的話，發現妳依舊那麼美麗，頻頻低垂的眼睛，彎彎的柳葉眉。害羞又歡喜的樣子，想走卻又依依不捨。等到一覺醒來才驚覺只是夢一場，不禁悲從中來。

存者且偷生，死者長已矣。

回不去的，是故鄉

——軍閥佔領家鄉，晚年五首〈菩薩蠻〉道盡思鄉之苦

韋莊的〈秦婦吟〉中有這麼一句：「適聞有客金陵至，見說江南風景異。」的確，相比當時山河板蕩、生靈塗炭的中原，寧靜秀美的江南，堪稱世外桃源。韋莊從陷落黃巢手中的長安逃出，到了洛陽，據說就在這裡寫下了〈秦婦吟〉。之後，他就躲到江南，直到戰事結束。

多年以後，當詩人回想起那段歲月，內心蕩漾起年少時難以忘懷的柔情：

菩薩蠻（五之二）

人人盡說江南好，遊人只合江南老。
春水碧於天，畫船聽雨眠。
壚邊人似月，皓腕凝霜雪。
未老莫還鄉，還鄉須斷腸。

【白話文】大家都說江南好，遠遊的人就該在江南終老。江南湖水碧綠，比天色的碧藍更美，臥在畫船中聽那瀟瀟雨聲入眠。江南酒壚賣酒的女子光彩照人，賣酒時攘袖舉酒，露出的手腕白如霜雪。人還沒老，還不用歸鄉，歸鄉必會悲傷。

後人評價，**與溫庭筠的濃豔華美相比，韋莊的詞顯得更清新質樸。同時，韋莊更善於透過看似平靜的描寫來寄託自己深深的感情。**白居易曾感慨：「能不憶江南！」（〈憶江南〉）韋莊則更進一步：「遊人只合江南老。」詩人借別人挽留遊人的口，盛讚江南的美麗。中國人向來安土重遷，屈原《楚辭．九章．哀郢》說：「鳥飛返故鄉兮，狐死正首丘。」遠遊在外的遊子，無時無刻不期盼著回到魂牽夢縈的故鄉。可是，江南是如此美麗，如此迷人，竟然可以讓詩人樂不思蜀。春水連天，蕩舟湖上，美麗的酒家女彩袖殷勤，這一切，都讓詩人流連忘返。於是他似乎很自然地得出結論：「未老莫還鄉。」

可是，「還鄉須斷腸」又是什麼意思？難道詩人真的是被江南美景迷惑而樂不思蜀嗎？還鄉固然會對江南依依不捨，可是至於到斷腸的地步嗎？其實想想作者寫作此詞的時間便不難發現，詩人此處還有他意：誰不想回鄉，誰能真正如賈島，卻把并州作故鄉？[2] 即使成都美景如畫，生活安定，杜甫不也還是一直盼望回到故鄉嗎？以至於他聽說官軍收復河南河北的時候，竟寫出了生平第一大快詩〈聞官軍收河南河北〉。可是，詩人能回去嗎？詩人的故鄉在長安，而此時的長安，完全浸泡在血泊中，哀號滿地，遺屍遍野，詩人此時回鄉，怎能不斷腸呢？

作者寫作五首〈菩薩蠻〉的時候，已經是垂暮之年了，這時的韋莊，居住在生活安定的成都，王建稱帝之後，他被封為宰相，受到皇帝的重用。垂暮的老人，回憶起自己年輕時在江南少年英俊、裘馬輕狂的歲月，似乎仍然有一絲自得：

菩薩蠻（五之三）

如今卻憶江南樂，當時年少春衫薄。
騎馬倚斜橋，滿樓紅袖招。
翠屏金屈曲，醉入花叢宿。
此度見花枝，白頭誓不歸。

【白話文】現在我才回想起江南的美好，當時年少風流，春衫飄舉，風度翩翩。我騎著大馬，斜靠小橋，滿樓的女子都為我的英姿傾倒。閨房屏障曲折迂迴，掩映深幽，我醉宿花叢間。如果此刻我能重返這樣的生活，我還是情願在此白頭，誓不歸鄉。

英俊瀟灑、才氣逼人的詩人在江南想必收藏了無數甜蜜溫暖的回憶吧。當時他騎馬倚橋而立，滿樓紅袖都為之揮舞，江南的溫香軟玉讓人深深沉醉，他流連花叢之中，樂而忘返。可是，詞的最後一句讓人費解：如果此刻我能重返這樣的生活，我還是情願在此白頭，誓不歸鄉。在前一首詞中，詩人說「未老莫還鄉」，畢竟留下了一條後路：老了之後再還鄉。可是為什麼這裡的詩人竟然毫不猶豫地斷絕了回鄉的念頭呢？因為到這個時候，家已經回不去了。自己的故鄉長安現在已經成了敵國（朱溫自立「大梁」），即使詩人想回去，又能回到哪裡呢？山河已經不再是原來的山河，故鄉也不再是原來的故鄉。從中原到江南，從江南到西蜀，詩人的足跡在中國半個版圖上畫了一個大圈，最後，就無奈地留在巴山蜀水中了。

到成都之後，韋莊在西南浣花溪畔、杜甫曾經居住過的地方安頓下來，他重新修整了杜甫留下來的草堂，舍南舍北皆春水，但見群鷗日日飛。難如上青天的蜀道暫時阻隔了中原連天的戰火，成都，這個在一千多年後被電影導演張藝謀譽為「來了就不想走」的城市，此時以一貫的溫厚和寬容收留了詩人，收留了再也無法回家的詩人。

在擔任王建的宰相三年之後，七十四歲的韋莊離開了人世。我有時候想，在詩人看這多災多難的山河最後一眼的時候，耳邊是否響起了兒時母親為他唱過的歌謠？眼前是否出現故鄉山坡上的柳枝？日暮鄉關，生，無法回去，也許，詩人在死後，終於魂歸故里了吧。

2 出自賈島〈渡桑乾〉「客舍并州已十霜，歸心日夜憶咸陽。無端更渡桑乾水，卻望并州是故鄉」。

概論

五代詞

一片紙醉金迷、渾渾噩噩

歷史背景：軍閥掌權，五代文人慘遭迫害

史書多將西元九〇七年，朱溫廢唐哀帝，自立為皇帝作為五代的開始；將西元九六〇年趙匡胤發動「陳橋兵變」，黃袍加身建立北宋作為五代的結束。前後歷時僅五十三年。但是這五十三年，卻是中國歷史上最混亂動盪、最暗無天日的五十三年。

這五十三年，梁、唐、晉、漢、周五個朝代更迭相替，延續時間最長的後梁，不過十六年，而劉知遠建立的後漢，這個短命朝代，竟然只存在了三年。與此同時，前蜀、後蜀、吳、南唐、吳越、閩、楚、南漢、南平、北漢十國政權相繼建立，中華大地分崩離析。每一次政權更迭，都建立在血泊和哀號之上；每一個王朝覆滅，都將無數冤魂拉入深淵。這其中，更不會少了文人的哀號和冤魂。

黃巢起義已經為唐王朝的滅亡敲響了喪鐘，西元八八四年，黃巢起義被撲滅，但是中國分裂割據的局面也拉開了序幕。在這亂世之中，草莽英雄粉墨登場，而文人卻遭遇前所未有的慘禍，這慘禍，自黃巢時期就已經開始了。

西元八八二年春天，有人在尚書省門上題詩嘲諷農民政權，黃巢部將尚讓知道之後大怒，殺死了在該省任職的官員，又殺死京師所有會作詩的人，並將其他

識字的人罰做僕役。

黃巢起義被撲滅之後，大權在握的朱溫先後殺害了唐昭宗和唐哀帝，為了掃清自己篡位的障礙，嗜殺成性的朱溫還殘害了大批正直敢言的大臣。

據新舊《唐書》記載，朱溫在手下李振的攛掇下，將朝中三十多位大臣聚集到白馬驛，一夜之間將其全部殺害，並把屍體扔進黃河。李振對朱溫說：「這些人平時都自詡自己是『清流』，現在把他們投到黃河裡去，讓他們永為『濁流』！」（此等自謂清流，宜投諸河，永為濁流）朱溫「笑而許之」。

《資治通鑑．卷二六五》記載，一次朱溫和手下幕僚在一棵大柳樹下乘涼，朱溫隨口說了一句：「這木頭可以用來做車轂。」（此木宜為車轂）旁邊就有十多個文士站起來附和：「的確可以做車轂。」（宜為車轂）誰知朱溫突然臉色一變說：「大凡書生們就喜歡順著別人說話來欺騙人，你們就是這樣！做車轂應該用榆樹，柳樹怎麼能用！」（書生輩好順口玩人，皆此類也！車轂須用夾榆，柳木豈可為之）然後對左右說：「你們還等什麼！」（尚何待）於是衛士上前，把這些書生全部用木棍打死。

除朱溫的後梁之外，後唐、後晉、後漢幾個政權的統治者，重視武人、凌辱文士的作風也和朱溫一脈相承。武夫悍將們聲稱只要兵強馬壯，就可以當皇帝，秩序、倫理、道德被踐踏在腳下，父子反目，兄弟爭位。陳師錫《新五代史．序》說，五代的時候，設立國君就像委任小吏一樣隨意，改換國家就像換家旅店一樣輕率，正所謂「置君猶易吏，變國若傳舍」。政治混亂到了極點。

在軍閥混戰的時代，文人的命運完全操縱在武夫手中。這些武夫很多大字不識一個，多擅權不法，文人能夠在這亂世中保住自己的性命已屬不易，遑論致君堯舜，經國安邦！

盛唐以功業自詡，以詩歌來表達對那個偉大帝國的希冀的輝煌時代已經過去；中唐盼望中興，希望帝國能夠回歸昔日輝煌的時代責任感也成為陳跡；甚至晚唐，對昔日輝煌不再，帝國江河日下的惋嘆也沒人再提起。帝國已經不是以前那個帝國，君王也不是以前那個君王。

國事、天下事，似乎已經不關文人的事。亂世中僥倖保住小命的文人們，不再像他們的先輩王勃、陳子昂一樣，將自己的眼光放在山河和廟堂之上；也不像杜甫、白居易一樣，用悲憫的目光關懷塗炭的蒼生；甚至很少像王維、孟浩然一樣，把自己的身體與心靈放逐到山水和信仰之中。談國家、談蒼生顯得太奢侈，也太危險，因此**文人們開始把目光由社稷轉移到了閨房，由塞外轉移到了庭院，由建功立業轉移到了兒女私情。唐詩的高歌，就轉變為了花間的淺斟低唱。**

詞人躲入閨房，開啟沉迷聲色的「西蜀詞派」

在十國割據政權中，前蜀皇帝王建算是尊重文士的武人，他任用韋莊等一批文士為高官即是證明。這種相對寬鬆的政策外加秀麗的巴山蜀水，也使前後蜀成了當時文人難得的避難場所，以至於部分後人將花間詞派稱作「西蜀詞派」。

前後蜀君臣都沉迷聲色，醉生夢死。據清代葉申薌所著《本事詞》記載：

> 前蜀主王衍好裹小巾，其尖如錐。宮妓多衣道服，簪蓮花冠，施燕支夾粉，號「醉妝」。

從前蜀皇帝王衍作的〈醉妝詞〉中，依稀可以看見他醉生夢死的情景：

者邊走，那邊走，只是尋花柳。
那邊走，者邊走，莫厭金杯酒。

在酒杯和女人堆裡打滾的詞，必然帶有濃濃的脂粉味。比如王衍〈甘州曲〉描寫宮人的羅裙：

畫羅裙。
能結束，稱腰身。柳眉桃臉不勝春。
薄春。
薄媚足精神。可惜許，淪落在風塵。

這樣的詞，已經拋棄了三百年唐詩建立起來的宏大氣魄與格調，變得跟齊梁時期的淫詞豔曲無異了。

相比之下，後蜀主孟昶的審美品味似乎要高一些。《蜀檮杌．卷下》記載，他曾經對臣下說：「王衍品行浮薄，喜歡作一些輕豔的詞，我是不作這些的。」（王衍浮薄，而好輕豔之詞，朕不為也）**孟昶是寫春聯的鼻祖**，他曾創作了中國歷史上記載的第一副春聯：「新年納餘慶，嘉節號長春。」從此開啟了中國貼春聯的習俗，至今不衰。孟昶當蜀主的時候，覺得成都顏色過於單調，就下令讓城上遍種芙蓉，盛開四十里。唐代以來，成都因織錦而被稱為錦城，而從孟昶之後，成都又多了一個新的美稱「蓉城」，這個美稱一直沿用至今。

蘇軾說，他七歲的時候，在眉山遇見一個姓朱的老尼姑，九十多歲了，老尼說曾經跟隨師父到孟昶宮中。一次天氣很熱，孟昶與寵妃花蕊夫人到摩訶池上避暑，作了一首詞，老尼還記得。蘇軾說，這事過去四十多年，老尼已經去世，沒人知道這首詞。蘇軾也僅記得前兩句，於是他就以此為開頭，湊成一首〈洞仙歌．冰肌玉骨〉。

洞仙歌

冰肌玉骨，自清涼無汗。
水殿風來暗香滿。
繡簾開，一點明月窺人，
人未寢，攲枕釵橫鬢亂。
起來攜素手，庭戶無聲，
時見疏星渡河漢。
試問夜如何？夜已三更。
金波淡，玉繩低轉。
但屈指，西風幾時來？
又不道，流年暗中偷換。

【白話文】她的肌膚瑩澈白皙，高雅如神仙之人。清風吹來，香氣浮動，微微掀開了繡簾一角。孟昶夫婦因暑熱而輾轉難眠，於是起身來到中庭。四周寂靜無聲，兩人攜手仰看天際，時見流星掠過銀河，不知不覺已到三更。月色逐漸朦朧，星辰轉移了方位，在盼望秋風送涼之際，卻沒有意識到時光正悄然流逝。

雖然這首詞大部分出自蘇東坡之手，但是能讓蘇東坡有興趣續寫下去的詞，本身應該不是泛泛之作，這也間接證明了孟昶的水準。《蜀檮杌》說孟昶「好學，凡為文皆本於理」，應該是有根據的。

《詞林紀事》載有孟昶的〈玉樓春．冰肌玉骨清無汗〉，有人說就是那首原詞：

玉樓春（夜起避暑摩訶池上作）

冰肌玉骨清無汗，水殿風來暗香滿。繡簾一點月窺人，欹枕釵橫雲鬢亂。
起來瓊戶啟無聲，時見疏星渡河漢。屈指西風幾時來，只恐流年暗中換。

這首傳說是孟昶的原詞居然與蘇軾續寫的詞驚人相似，顯然不是蘇軾的記憶力太好。有後人指出，這首詞其實是當時東京的士子改寫東坡詞而來，這種解釋應該是合乎邏輯的。

與前後蜀類似的是，五代時期的南唐也是當時難得尚文好士的政權，但這種尚文好士似乎又走向另一個極端：**上下競相填詞，君臣置江山社稷於不顧，如南唐中主李璟與大臣馮延巳就屬此類。**

南唐君臣不理政事、競相填詞

馮延巳（九〇三～九六〇年），又名延嗣，字正中。他學問淵博，文采飛揚。但是作為大臣，他卻尸位素餐，無能之極。據陸游《南唐書．卷十一．馮延巳傳》記載，馮延巳曾經說：「先主李昪（南唐先主）打仗損失幾千人，就愁得吃不下飯，成天唉聲嘆氣，這是道地的田舍翁，怎麼能成大事。現在主上（李璟），數萬軍隊在外面打仗，一點不放在心上，照常享樂，這才是有氣魄的皇帝。」（安陸之後，喪兵數千，輟食咨嗟者旬日。此田舍翁，安能成天下事！今上暴師數萬於外，宴樂擊鞠，未嘗少輟，此真英雄主也）馮延巳在朝中結黨營私，專橫跋扈，和其他幾個善於投機鑽營的大臣被人稱為「五鬼」。但是他又多才多藝，這一點連他的政敵也十分佩服。當時的大臣孫晟曾經當面指責馮延巳說：「我文章十輩子都趕不上你，言談詼諧，宴飲喝酒，我一百輩子都趕不上你。」但是孫晟緊接著又說：「說到諂媚奸詐，我萬世都趕不上你。」（鴻筆藻麗，十生不及君；詼諧歌酒，百生不及君；諂媚險詐，累劫不及君）

馮延巳的為人鄙夷，但是在南唐卻做到了宰相，深得皇帝歡心，一個重要的原因，就是中主李璟也十分愛好填詞。李璟流傳下來的詞作有四首，其中最著名的，就是這首〈攤破浣溪沙．菡萏香銷翠葉殘〉：

攤破浣溪沙

菡萏香銷翠葉殘，西風愁起綠波間。
還與韶光共憔悴，不堪看。
細雨夢回雞塞遠，小樓吹徹玉笙寒。
多少淚珠無限恨，倚闌干。

【白話文】荷花落盡，香氣消散，荷葉凋零，深秋的西風吹皺一池綠水，恰似年華老去人憔悴，不忍卒睹。細雨綿綿，夢境中塞外緲遠，寒笙嗚咽迴盪在小樓中。含淚倚欄，懷抱多少眼淚與哀恨。

這首詞雖然仍未脫花間一派的痕跡，但是語句中已經顯露出後代宋詞氣象深

遠蘊藉的特點。特別是「細雨夢回雞塞遠，小樓吹徹玉笙寒」一聯，回味雋永，餘音嫋嫋，中主自己也十分得意。

而馮延巳最為人稱道的，則是他那首〈謁金門．風乍起〉：

謁金門

風乍起，吹皺一池春水。
閒引鴛鴦香徑裡，手挼紅杏蕊。
鬥鴨闌干獨倚，碧玉搔頭斜墜。
終日望君君不至，舉頭聞鵲喜。

【白話文】春風乍起，吹皺了一池碧水。我閒來無事，在花間小徑裡逗引池中的鴛鴦，隨手折下杏花蕊輕輕揉碎。獨自倚靠在池邊欄杆上觀看鬥鴨，頭上的碧玉簪斜垂下來。我整日思念心上人，但心上人始終不見回來，正在愁悶時，忽然聽到喜鵲的叫聲。

這首詞的第一句特別令人擊節：春水如心，心如春水，風乍起，池水泛起的波紋，其實就是女子心中那隱隱的愁思。雖然以水紋比喻心中波瀾並非馮延巳首創，初唐張若虛的〈春江花月夜〉中就有「鴻雁長飛光不度，魚龍潛躍水成文」（鴻雁不停飛翔，卻不能飛出無邊月光；月照江面，魚龍在水中跳躍，激起陣陣波紋）的句子，但是，平心而論，**張若虛的詩句遠比不上馮延巳的詞那麼語言清麗，意境深婉**。據《南唐書》說，這句詞讓皇帝李璟也十分嫉妒，一次他不無醋意地對馮延巳說：「吹皺一池春水，干卿何事？」（吹皺一池春水。何干卿事）馮延巳順口回答：「不如陛下小樓吹徹玉笙寒。」（安得如陛下小樓吹徹玉笙寒之句）這句回答有兩解，一來暗示皇帝，寫淫詞豔曲的不只我一個人，陛下您也不能免俗；

二來巧妙地奉承皇帝，我這句詞雖然好，哪裡比得上陛下的名句，那才是千古少見的才情啊！馮延巳的機敏過人和善於逢迎由此可見一斑。

動盪不安的時代，醉生夢死的皇帝，巧於逢迎的大臣，紙醉金迷中的顧影自憐，淺斟低唱中的渾渾噩噩，成了五代大部分花間詞人的共同底色。男兒的豪氣已經被脂粉氣掃得蕩然無存，唐詩的精神已經被兒女情長的呢喃沖淡乃至掩蓋，整個社會，籠罩在一片娛樂至死的香霧中。國家淪亡，民生凋敝，生靈塗炭，在他們眼中，似乎都算不上什麼。犬儒主義和及時行樂是幾乎所有君臣共同遵奉的準則，我死後，哪管洪水滔天。

一個女人，擔起一個時代的悲涼

然而，與男性的普遍沉淪相對應，一位女子，卻在一片末世的鶯鶯燕燕桃色文字之中，用自己的歌喉唱出了明亮卻短暫的銀色哀歌，這個女子就是花蕊夫人。

花蕊夫人姓徐（一說姓費），是後蜀青城山人。也許正是清幽深邃的山色養育了女子的蘭心蕙質，花蕊夫人從小就靈氣逼人，長大之後更是才色雙絕，因此被選入後蜀主孟昶的後宮，備受寵愛，賜號花蕊夫人。《能改齋漫錄》評說：「意花不足擬其色，似花蕊翻輕也。」其意思是鮮花都不能與她的美麗相比，跟花蕊相較，她顯得更加美麗輕盈。

西元九六四年十一月，宋軍六萬伐蜀，蜀軍十四萬不戰自潰，孟昶投降宋朝，花蕊夫人隨其一起到了汴梁。趙匡胤早就聽說花蕊夫人才華過人，便叫她賦詩一首，於是有了花蕊夫人這首〈國亡詩〉：

君王城上豎降旗，妾在深宮那得知。
十四萬人齊解甲，更無一個是男兒。

【白話文】君王在城樓上豎起了白旗，我在深宮之中怎麼會知道？十四萬守衛一起脫下了鎧甲投降，這些人中沒有一個是真正的男子漢！

一句「更無一個是男兒」，足以使沉迷於酒色之中的鬚眉男子汗顏，足以使流連於花前月下的君臣蒙羞。也許，正是家國一夜淪亡，使這個女子竟然擁有超越那一時代多數男子的悲涼，而她也用詩歌來鑄就屬於那個時代共同的感傷。

據說，在花蕊夫人跟隨孟昶到汴梁的路上，經過葭萌驛站時，她還作了一首詞：

初離蜀道心將碎，離恨綿綿。
春日如年。馬上時時聞杜鵑。

【白話文】才剛剛離開蜀道，我的心就要碎了，離愁哀恨綿綿不絕。春天一如往常來到，馬上就會聽到杜鵑啼叫了。

詞還沒寫完，軍士催促趕路，於是這半首詞就留在了驛站的牆壁上。後來有好事者看見，為它續寫道：

三千宮女如花貌，妾最嬋娟。
此去朝天。只恐君王寵愛偏。

【白話文】後宮佳麗三千，個個貌美如花，其中就屬我最柔媚。此次前去汴梁朝見新君，只怕得不到君主的寵愛。

這樣的續作真讓人哭笑不得：原詞抒寫國破家亡之悲，去國懷鄉之愁，雖然只有半闋，卻是字字泣血，聲聲啼淚，而續寫之作竟將原作變成了後宮女人爭風吃醋的無聊故事，惡俗到了極點，就連《本事詞》也忍不住斥責：「成何語意耶！」按常理，這個續寫的人定是男子無疑，這也恰好是一個反諷：在這個衰亡的亂世，中國文人的風骨早已蕩然無存，取而代之的，是奴顏媚骨的臣妾之風，逢迎爭寵的奴婢之態。這些居廟堂之高的鬚眉男子，在面臨家國破亡的關頭，卻只能作鳥獸散，不知他們在花蕊夫人面前，是否會感到慚愧。

可是，歷史的荒謬就在於，當男人們因紙醉金迷斷送了江山之後，卻還要把女人拉出來做代罪羔羊，而女人的罪，就是她們的美麗和才華。周幽王被流放，據說是因為褒姒；陳後主亡國，則是拜寵妃張麗華所賜；孟昶丟了江山，根據「紅顏禍水」的原則，當然是花蕊夫人的錯。正如魯迅在《阿Q正傳》中寫的：

> 「中國的男人，本來大半都可以做聖賢，可惜全被女人毀掉了。商是妲己鬧亡的；周是褒姒弄壞的；秦……雖然史無明文，我們也假定他因為女人，大約未必不會錯；而董卓可的確是給貂蟬害死了。」

花蕊夫人到宋朝之後，趙匡胤十分喜愛，幾天之後，孟昶暴亡，太祖將花蕊夫人寵之後宮。當時還是晉王的宋太宗趙光義多次勸諫，認為花蕊夫人是蜀國亡國之禍根，必須除去，趙匡胤不聽。一次兄弟圍獵，花蕊夫人跟從，趙光義張弓搭箭瞄準獵物，突然回身射向花蕊夫人，弓弦響處，香消玉殞。宋太祖雖然惱怒，卻也無可奈何。

五代的烽煙和離亂，隨著花間詞的低吟漸漸成為了歷史的陳跡。**雖然花間詞在描摹景物、刻畫內心等方面是詩歌史上的一次重大突破，但是，由於相當一部**

分詞人的人格低下、境界狹窄，以及大多數詞作格調不高等原因，花間詞一直不為人稱道，乃至於很多評論家閉口不言五代花間詞。但是，我的宋詞之旅不能躲開這一段必經的路程，因為唯有經過這動亂委靡的五十餘年，我們才能進入下一段期盼已久的旅程；唯有經歷過這些吟風弄月的詞人，我們才能與下一位詞人相遇。正是他，用自己的國家和自己的生命，揭開了宋詞真正的黃金時代的帷幕；也正是他，用自己黯然嘶啞的歌喉，把宋詞從脂粉和酒精中喚醒，從委頓和狹隘中掙脫出來，為宋詞撕開了一片蒼涼但是卻浩渺的天空。這個人，就是李煜。

我的人生，
被血、淚、悲
給狠狠浸透。

第五章

李煜

窩囊的皇帝，不朽的詞家

・生卒年：西元937～978年
・字：重光
・作品賞析：〈一斛珠〉、〈菩薩蠻〉、〈破陣子〉、〈浪淘沙〉、〈望江南〉、〈相見歡〉、〈虞美人〉

真正的悲劇中，往往不存在邪惡力量，人所要抗爭的，是希臘神話中經常描述的雙眼皆盲的命運女神。伊底帕斯王如是，阿基里斯和赫克特如是，李煜亦如是。李煜並不是真正的皇帝，他只是穿著皇袍的詞人，而詞人的本性決定了他的懦弱和遲疑，也決定了他的率真和多情。

伊底帕斯王出生那一刻，就被預言將弒父娶母。即使他一生下來就被父親命人丟棄，命運的車輪仍然無法逆轉，當一切大錯鑄成之後，他只好刺瞎雙眼，離開祖國，四處流浪。

阿基里斯不顧母親的警告，明知自己會死在戰場之上，但是為了戰士的榮譽和尊嚴，毅然披上鎧甲，走上戰場。於是，阿基里斯之踝成了他生命的終點。

赫克特明知不是阿基里斯的對手，但是他不願開城投降，更不願逃遁躲避，而是在老父的淚眼和妻兒的哭泣中拿起盾牌和投槍，勇敢走向自己的死亡。

李煜明知自己是囚徒，卻無法放棄作為詞人的思索，仍然是那樣熱烈地、永不停頓地向宇宙、向自己的靈魂探索、查問。他不願順理成章地服從命運，服從外界的安排，外在世界與自己內心世界的矛盾總是無情地撕扯著他。最後，他終於和伊底帕斯王、阿基里斯、赫克特一樣，用自己的生命鑄成了一幕大悲劇。

生性文雅懦弱，撐不住大宋進逼，扶不起南唐小國

西元十世紀的那個秋天，當李從嘉聽說自己的長兄突然暴死之後，壓在心中長達十年的一塊石頭終於落下。

李從嘉的長兄名叫李弘冀，被父親南唐中主李璟立為太子。雖然帝位對他來說幾乎已如囊中之物，但是李弘冀一刻也不放心時時覬覦自己位置的弟弟們。

李從嘉是李弘冀的六弟，在他長大成人的過程中，他的四個哥哥相繼去世，於是，他成了次子。李從嘉對帝位從無興趣，他關心的只有與僚屬們吟詩作賦，與高僧們講經論道。但是哥哥對自己的防範和迫害，仍然如一雙黑色的翅膀，高懸在頭頂，陰影籠罩著自己，而這一籠罩，就是十年。

這一年秋天，他們的叔父李景遂猝死，外面紛紛傳聞兇手就是太子李弘冀。因為父皇李璟曾經在一次盛怒之下，聲稱要讓弟弟李景遂繼承帝位，為了消除這個隱患，李弘冀便毒死自己的叔父。僅僅一個月之後，太子殿下也得病歸西，坊間傳聞其實是殺害叔父東窗事發，皇帝陛下下令處死他。

長期壓在李從嘉心上的死亡恐懼終於消除了，但是他不知道是否應該慶賀。因為他明白，太子長兄的死雖然使自己不再生活在隨時可能被害的陰影下，但是也給自己出了一道難題：五個哥哥都離開了人世，原來以為跟自己毫無關係的皇帝之位，現在卻實實在在地擺在了面前。雖然李從嘉對這個位置沒有絲毫興趣，但是，命運之神卻把他這個溫厚懦弱的書生一掌推上了歷史的舞臺。這一掌，推出了中國歷史上一個無能的皇帝，也推出了中國歷史上一個偉大的詞人。

西元九六一年夏，李璟去世，李從嘉登上了南唐皇位，改名李煜，這一年，他二十四歲。

事實上，李煜登上南唐帝位時，這個位置已經不能算是真正的帝位了。就在李煜即位的前一年，後周大將趙匡胤在陳橋發動兵變，奪取了帝位，建立了宋朝。在隨後的十餘年裡，宋軍東征北討，逐步消滅各方割據勢力。而偏安江南的南唐，從中主李璟開始就顯露出敗象。馮延巳擔任宰相，派大將陳覺、馮延魯進攻福州，結果大敗，死傷數萬人。之後又進攻湖南，大敗而歸。再後來淮南被後周攻陷，馮延魯兵敗被俘。無奈之下，南唐宰相孫晟出使後周，豈料竟被殺害。

長年戰爭使國內財富虛耗，民不聊生，以至於南唐無法為士兵配備武器鎧甲，只能讓士兵穿著紙做的鎧甲，拿著農具當武器，這支部隊被稱為「白甲軍」。而這樣的軍隊，不過是裝備精良的敵軍刀下的冤魂。

與此同時，南唐朝廷內鉤心鬥角，黨爭不斷，內耗不休，中主李璟焦頭爛額，被迫著手整頓朝政，罷免了馮延巳。但是不久，中主就去世了，這個內憂外患、積重難返的爛攤子，就扔給了後主李煜。

李煜登上皇位的時候，南唐已不再自立為國，而是向北宋稱臣，每年需向北宋按時進貢。北宋的使節來到南唐，李煜總是要換下黃袍，穿上官員穿的紫袍見使臣，表明自己是大宋的臣子。李煜即位後不久，乾脆上表大宋皇帝，聲明自己不再稱帝，而稱江南國主，希望以此換得趙匡胤的容忍，好讓自己在這江南的一隅繼續偏安下去。

生性文雅懦弱的李煜和他的父親李璟一樣，的確不是好皇帝，可這兩位不稱職的皇帝偏偏又遇上了兩位雄才大略的君主：李璟遇上了後周的周世宗柴榮，於是連連敗北割地；而李煜則遇上了大宋的開國皇帝趙匡胤，於是注定成為這個江南小朝廷的陪葬人。

朝政日趨敗落使南唐很多大臣心急如焚，大臣潘佑在一次踏青的宴會上，作了一首名為賞春，實際上諷刺朝政的詞：

失調名

樓上春寒山四面，
桃李不須誇爛漫，
已輸了春風一半。

【白話文】在初春寒意中登上紅羅亭，四下眺望，桃花李花不用再競相爭豔了，你們早已被春風吹落了一半。

此時的南唐朝廷，正如詞中所說的一樣，春寒逼近，四面危機，而與後周的長期作戰，使南唐丟掉了淮河以南、長江以北的大片土地，這幾乎占南唐疆土的一半。潘佑不無心酸地說「已輸了春風一半」，正是哀嘆南唐日益衰弱的國力。

這首詞寫出來之後，似乎也沒見李煜有什麼特別的反應。因為，這位多情詞人此時的心思並不在此，而在自己那位身患重病，很可能即將與世長辭的皇后身上。

多情皇帝不理政事，後宮生活耽溺貪歡

李煜的皇后姓周，名薔，小字娥皇，是大司徒周宗的女兒。相貌嬌美，音律、歌舞、書史、圍棋無不精通，是南唐著名的才女。中宗李璟在世的時候，就十分喜愛這個聰明伶俐的女子，於是做主把她許給了李煜，這一年，李煜十八歲，娥皇十九歲。李煜即位之後，娥皇被立為皇后。

一斛珠

晚妝初過，沉檀輕注些兒個。
向人微露丁香顆。一曲清歌，暫引櫻桃破。
羅袖裛殘殷色可，杯深旋被香醪涴。
繡床斜憑嬌無那。爛嚼紅茸，笑向檀郎唾。

【白話文】晚妝剛剛畫好，在唇邊點上一抹紅色胭脂。含笑未唱，先露出一點花蕾般的舌尖，接著櫻桃小口微張，流出婉轉如鶯的歌聲。羅袖沾到點點殘紅，酒杯邊緣也染上紅色，女子微醺，斜靠在繡床上笑著，口中咀嚼著紅色絨線，吐向心上人。

這首詞收錄在《白香詞譜》，後面還加了個標題：香口。看樣子，這首詞寫的是美人的櫻桃小嘴：女子晚妝畫好，在嘴唇抹上沉檀（一種化妝品），調皮地向人吐了一下舌頭，櫻桃小嘴一開，清亮的歌聲繞梁不絕。歌聲停止，女子小酌，沒喝幾杯，已露醉態，連衣裙都被酒沾濕。不過她似乎不在意，斜靠繡床，爛嚼紅絨，嬌嗔癡笑，朝心愛的郎君吐去。

馬令《南唐書．卷六》說周后「通書史，善音律，尤工琵琶」，因此這首詞描寫的美女，很可能就是周后，畢竟在皇宮裡面能夠當情郎的只有皇帝一人。由此可猜想李煜與周后的婚後生活應該十分幸福吧。史載周后天性活潑，嬌憨可愛，加之才華出眾，與李煜這位才子皇帝倒是天生一對。深宮繡簾，輕歌曼舞，這樣的人間天堂，怎能不讓人陶醉？

可惜好景不長，李煜即位三年之後，周后身患重病，病中，他們四歲的兒子意外夭折，這對尚在病中的周后而言更是雪上加霜。正在這個時候，另一位美麗可愛的少女出現在李煜面前，就是皇后的妹妹周薇。

馬令《南唐書》也記載皇后的妹妹「警敏有才思，神采端靜」，因為探望姐姐的病而進宮，很快，就和這位多情的才子皇帝墜入情網，在周后病中，兩人就頻頻約會。李煜這首〈菩薩蠻．花明月黯籠輕霧〉，描寫的就是他和皇后妹妹一次幽會的情景：

菩薩蠻

花明月黯籠輕霧，今宵好向郎邊去。
剗襪步香階，手提金縷鞋。
畫堂南畔見，一向偎人顫。
奴為出來難，教君恣意憐。

【白話文】朦朧的月色下花兒是那麼嬌豔，這樣的夜晚正好與情郎祕密相見。我穿著襪子躡手躡腳步上香階，手裡提著那雙金縷鞋。在畫堂的南畔我終於見到了你，依偎在你的懷裡輕輕顫抖。你可知道我出來見你一次多麼不容易，今晚我要讓你盡情愛憐。

這位大膽率真的詞人，竟然把自己與情人約會的情景寫入詞中，其情其景活靈活現：月暗花間，思念情人的少女抑制不住內心的期待，去與情人約會。少女因為怕別人知道，脫下金縷鞋，只穿著襪子，輕輕地溜過寂靜的宮殿臺階。見到情人，依偎在他懷裡，因為激動，也因為害怕，身體竟止不住地顫抖，嬌姿美態，令人愛憐。

不過，不諳世事的少女似乎並不像李煜詞裡描寫的那樣謹慎小心。馬令《南唐書》記載，周后生病期間，有一天突然發現妹妹站在自己床邊，她驚問道：「妳什麼時候來的？」（妹在此耶）天真幼稚的少女不假思索信口回答：「已經來了幾天了。」（既數日矣）聽到這話，周后一言不發，把身體轉了過去，再也沒有轉過來，一直到死。

娥皇死後，李煜十分悲痛，也許悲痛裡還有些內疚吧。他寫了很多詩詞表達對周后的懷念，稱自己為「鰥夫煜」。

娥皇死後三年，李煜立娥皇的妹妹周薇為皇后。後來為了區分，人們便稱娥皇為「大周后」，稱她的妹妹為「小周后」。

很多人對李煜娶小周后的事情頗有微詞，清代一位詩人甚至諷刺說：

別恨瑤光付玉環，誄辭酸楚自稱鰥。
豈知剗襪提鞋句，早唱新聲菩薩蠻。

【白話文】別怨恨紅顏薄命，還在誄哀文字中難過地自稱鰥夫，〈菩薩蠻〉剗襪提鞋那一句，已透露出你早有新歡。

皇帝的緋聞鬧得滿城風雨，一時間成為士庶茶餘飯後談不厭的話題。這時候誰也不會注意到，南唐金陵城裡，有一個書生已經多次科舉考試落榜了。而他的落榜，將直接改變這個江南小朝廷的命運。

趙匡胤兵臨城下滅南唐，李煜脫下皇袍成囚徒

十世紀末的這個秋天，遊蕩在金陵城裡的樊若水覺得這也是自己人生的秋天，因為，他又一次名落孫山。

《宋史·卷二七六》記載，樊若水不相信，自己落榜是因為才華不夠。他自幼聰明好學，博聞強識，以神童自許，長大之後，也想透過科舉入仕，光耀門楣。可是，一次次落榜使他看到了這個小朝廷太多的腐敗和黑暗，更讓他覺得，即使在這個偏安江南的小國謀得一官半職，將來也無任何前途可言。於是，這個走投無路的書生開始醞釀他一生中最冒險的一步棋：投靠當時如日中天的大宋。

樊若水知道，宋太祖趙匡胤崛起於北方，先後已經滅掉楚、荊南、後蜀和南漢等諸國，勢力愈來愈大，南唐肯定是他的下一個目標。但是長江自古為天塹，阻擋住了大宋的猛將雄兵。三國時西晉王浚是從長江上游造船，沿江東下，才滅了吳國，但是造船財力時日都耗費太多，這也是趙匡胤遲遲未動手的原因。樊若水想，如果能在長江上架設浮橋運送軍隊，那麼大軍如履平地，攻下南唐豈不是易如反掌？於是，樊若水暗自計畫要設計出一個最好的架橋方案，作為見面禮，送給宋太祖。

從那時起，長江邊上就多了一個神祕的漁翁。沒人知道他從哪裡來，更沒人知道，這個漁翁經常

在別人沒注意的時候，偷偷帶著絲繩，把絲繩一端拴在東岸的礁石上，然後划船到西岸，以此測量江面的寬度。

開寶三年（九七〇年），這個漁翁消失了。沒人知道，這個叫樊若水的書生逃到了汴梁，向宋太祖呈上他親手繪製的《橫江圖說》，上面將長江采石一帶的險要曲折標明清楚，尤其對江面寬度更是標註詳細。宋太祖大喜，決定採納樊若水的建議，在采石江面架設浮橋攻打南唐。（知古嘗舉進士不第，遂謀北歸，乃漁釣采石江上數月，乘小舟載絲繩，維南岸，疾棹抵北岸，以度江之廣狹。開寶三年，詣闕上書，言江南可取狀，以求進用）

開寶七年（九七四年）九月，宋太祖派遣大將曹彬率領大軍出征。宋軍先在長江荊湖一帶打造黃黑龍船數千艘，又砍伐巨竹，做成巨大的纜繩，紮製竹筏。依照樊若水的建議，宋軍先在石牌口架設浮橋，然後把浮橋運至采石，只用了三天，一座巨大的浮橋便出現在采石江面，「不差尺寸」（尺寸分毫不差）。

當宋軍兵臨城下，李煜怎麼也想不到，被自己視為不可逾越的長江天險，竟然被一個落第書生給攻克了。李燾《續資治通鑑長編．卷十六》記載，危急之下，李煜派大臣徐鉉前往汴梁求和，徐鉉見到太祖，說：「李煜侍奉陛下就像兒子侍奉父親，陛下為什麼還攻打南唐呢？」（李煜以小事大，如子事父，未有過失，奈何見伐）太祖說：「難道父子還要分得這麼清楚嗎？」（爾謂父子者為兩家可乎）徐鉉竟不能對。同年十一月，徐鉉再次入奏，只可惜，宋太祖冷冷地吐出了霸氣十足的十個字：「臥榻之側，豈容他人酣睡！」

開寶八年（九七五年）十一月，金陵城被宋軍圍困已經一年多。在這一年多裡，李煜也曾對戰事抱有各式各樣的幻想，做過各式各樣的努力：他命令上江的南唐軍隊馳援都城，但是這支軍隊一與宋軍交戰便全軍覆沒；篤信佛教的李煜甚至還搬出一位高僧，企圖以「佛力」迫使宋軍退兵，這當然只能成為一場鬧劇。李煜曾經說，城破之日，他要自焚殉國，可是，當這一刻真的來臨，這個多情的詞人沒有勇氣自殺，而是肉袒面縛，投降宋軍。

破陣子

四十年來家國，三千里地山河。
鳳閣龍樓連霄漢，玉樹瓊枝作煙蘿，幾曾識干戈？
一旦歸為臣虜，沉腰潘鬢消磨。
最是倉皇辭廟日，教坊猶奏別離歌，垂淚對宮娥。

【白話文】南唐開國已有四十年，錦繡河山三千里。宮殿高大雄偉，直入天際，宮苑內珍貴的草木茂盛，攀滿了蘿藤，彷彿罩在煙霧裡一般。我何曾見過戰爭呢？自從做了俘虜，我日日在憂慮傷痛的折磨中腰肢漸瘦、鬢髮斑白。最難過的是匆忙辭別宗廟的時候，宮廷裡音樂教坊的樂工們還奏起別離的歌曲，而我只能面對宮女垂淚。

誰都知道，這一去，便是訣別。大廈已傾，山河已改，曾經富庶繁盛的南唐已經成為史書上一個逝去的名詞。在翰墨和溫柔中長大的皇帝，初接觸戰爭，便輸得徹徹底底，毫無轉圜餘地。南唐的皇帝，成了大宋的「違命侯」，開始過上了「日夕只以眼淚洗面」（《古今說海．卷八五》）的囚徒生活。在他以後的記憶中，總是出現辭別故國的那一刻，與宮娥垂淚告別。蘇東坡曾經對這一句頗有微詞，他說：後主國破家亡，應該是在宗廟前痛哭之後離開，怎麼能垂淚對宮娥，聽教坊別離曲呢？

也許，這恰恰證明了一個事實：**李煜並不是真正的皇帝，他只是穿著皇袍的詞人，而詞人的本性決定了他的懦弱和遲疑，也決定了他的率真和多情。**辭別宗廟的是皇帝，辭別宮女的是詞人。而此時，李煜脫下了皇袍，一個真正的詞人踏上了宋詞之旅，並且用自己和著血淚的足跡，為後來的詞人們標出通向未來的道路。

多少恨，昨夜夢魂中？

——皇后遭污、百姓被屠，李煜的「恨」只敢在夢中訴說

就在南唐亡國，李煜被挾持北上的這一年十月，宋太祖趙匡胤莫名其妙地去世，即位的是太祖的弟弟、宋太宗趙光義。不過這一切對李煜來說其實並沒有什麼關係，雖然按照新皇帝即位的慣例，他的封號由以前帶有侮辱性的「違命侯」，「進封」為「隴西郡公」，但是李煜心裡十分清楚，自己只不過是一個囚徒罷了。雖然心胸博大的太祖換成了胸懷狹窄的太宗，對李煜的囚徒身分來說，這種變化其實沒有什麼意義。

汴梁的李煜被安置在一個偏僻的小院子裡，門口有一個老軍看守。李煜的所有活動都要預先向皇帝請示，經常還有大臣來「探訪」，目的無非是想探聽這個昔日皇帝是否還心存故國，甚至期望重返帝位。

熟悉史書的李煜不會不知道，晉統一中國之後，蜀國後主劉禪與吳國國君孫皓的不同表現。《三國演義》記載，司馬炎在朝堂上叫孫皓坐下，並且說：「這個位子朕已經為你準備很久了。」（朕設此座以待卿久矣）孫皓竟然也硬著脖子說：「我那裡也為你準備了這樣的位子。」（臣於南方，亦設此座以待陛下）而劉禪卻是樂不思蜀，說了一番沒心沒肺的話，讓皇帝消除了戒備，也保住了自己的命。李煜想必也明白，要留住自己的命，劉禪就是自己的榜樣，可是，這位憂鬱的詞人卻做不到。

李煜在這座僻靜的院子裡，經常做回去的夢，總是覺得自己還在如畫的江南，在自己遊獵的上苑，每個人臉上都洋溢著幸福滿足的笑容，每朵花上都繫著一縷溫暖和煦的春風。

望江南

多少恨，昨夜夢魂中。
還似舊時遊上苑，車如流水馬如龍。
花月正春風。

【白話文】昨夜夢裡有多少愁恨。夢裡好像又回到故土，在上苑遊玩，車子如流水穿梭，馬隊像長龍不息。正是春風融融、百花爛漫的好時節。

其實李煜並不想做這樣的夢，這個憂鬱的詞人很清楚自己的處境，他不敢說任何話。即使自己的皇后小周后被皇帝三番五次叫到宮裡去「侍宴」，一去就是數天，他也只能在妻子回來之後，夫妻抱頭痛哭，如此而已。

李煜也不敢回憶，因為回憶的每一頁，都浸透了血淚和悲涼。城破時震天的喊殺聲和士庶的哭喊聲經常在耳邊縈繞，自己面縛出降，本是為了減少殺戮，可是，金陵陷落的時候，宋軍和吳越軍隊還是慘不忍睹的搶掠和屠城。祖先的基業，秀麗的江南，在那幾天裡，成了人間地獄。他還聽說，在他投降之後，江州城仍然堅守不下。被圍數月之後，宋軍突入城市，殺盡全城男女老幼，死者數萬人。這種恨，如今已經是囚徒的李煜，又怎麼能對別人說呢？於是，李煜最多也只能回憶一下昔日的繁華，過去的美夢，在皇帝的猜忌和密切監視中，戰戰兢兢地走鋼絲。

他可以盡量不回憶，卻無法不做夢。夢還是洩漏了他的祕密。

剪不斷，理還亂，是離愁……

——「思念故國」成為李煜的創作主軸

浪淘沙

簾外雨潺潺，春意闌珊。羅衾不耐五更寒。
夢裡不知身是客，一晌貪歡。
獨自莫憑欄，無限江山，別時容易見時難。
流水落花春去也，天上人間。

【白話文】門簾外傳來雨聲潺潺，春天就要走了。絲綢薄被抵不住五更時的冷寒。只有在夢中才能忘記自己是個囚擄，才能享受片刻的歡愉。獨自一人不要登高樓倚欄遠望，曾經擁有的無限江山，離別容易，再見卻很艱難。落花隨著流水而去，春天也逝去，今昔對比，有如天上人間，再難追回。

在這個春色將盡的早晨，小院中的囚徒從夢裡醒來，他是被凍醒的。其實，春寒早已過去，炎夏即將來臨，可是詞人的孤衾寒枕，根本無法抵擋哪怕是一點點淒涼，因為，他內心的辛酸實在太多太多了。詞人不想說，夢裡自己又經歷了什麼，但是，「一晌貪歡」卻已經清楚地告訴我們，那揮之不去的，是對永恆故國的離思，是無法遏阻的思念。可是，現在的詞人，卻不再是那個年輕瀟灑、無憂無慮的少年天子了。一個「客」字凝聚了詞人多少無奈和悲涼？李煜知道，自己哪裡是什麼座上「客」，但又怎麼敢直說自己只是囚徒？

連自己的身分都不能清楚表白，這時的李煜，其實已經連囚徒都不如了。

李煜想到自己的父親、中主李璟那首著名的〈攤破浣溪沙〉。在那首詞裡，父親寫道：「多少淚珠無限恨，倚闌干。」（詳見第60頁）可是父皇哪裡知道，有那麼一天，連憑欄思念都成了一種奢侈！東南是如此遙遠，就算目力用盡，眼光的盡頭也無法達到那曾經熟悉的親切河山；就算眼光能夠穿透崇山峻嶺，得見那三千里地山河，難道不更是平添無數的悲涼和哀傷嗎？兩百年後，詞人辛棄疾在〈摸魚兒．更能消幾番風雨〉裡也這樣寫道：「休去倚危欄，斜陽正在，煙柳腸斷處。」（詳見第295頁）思念無法遏阻，卻又不敢面對思念的悲涼，也許只有身處其間的詞人才能體會吧。

春天將盡，可是，大自然的春天總是沉著輪迴，明年，春天還會如約前來，而詞人的春天，卻跟著城破時的那個冬季遠去，從此不再回來。時間的流逝將故國從時間和空間上拉得離詞人愈來愈遠，流水落花，故鄉不再。

經歷了這番巨變的詞人，痛苦之深、之切，是可想而知的。但是，最大的痛並不是痛苦本身，而是痛苦無法言傳，無法傾訴。於是，痛苦只能在詞人心中深埋，慢慢發酵，變成一甕濃得化不開的苦酒，唯獨傾進詞人已經苦不堪言的內心。

相見歡

無言獨上西樓，月如鉤。
寂寞梧桐深院鎖清秋。
剪不斷，理還亂，是離愁。
別是一般滋味在心頭。

【白話文】獨自一人無言登上西樓。抬頭仰望，只有一彎冷月如鉤。低頭望去，秋色清冷的庭院中，只見梧桐樹寂寞孤立。滿腹離愁，剪也剪不斷，理了卻更亂，真是別有一番滋味在心頭。

陳子昂在悲情上湧的時候，還可以登上幽州台，對著空廓的天地和更加空廓的歷史發出響徹雲霄的怒吼，可是，李煜卻無法怒吼，甚至連低語都不敢。不必責怪這個被逼上帝位的書生，更不必責怪他為何丟失了河山，成為南冠楚囚，他只是命運之神手裡一顆渺小的棋子，被別人在棋盤上移來移去，他的堅守和失去都只是命運的安排，沒有任何討價還價的餘地。

在靜靜的夜裡，寂寞的詞人只有氣斷聲吞，獨自登上同樣寂寞的小樓，讓一彎殘月與自己為伴，用孤單來浸透這已經無法言傳的孤單吧。

小樓昨夜又東風，故國不堪回首月明中

——〈虞美人〉種下殺機，宋太宗御賜毒酒了殘生

淪為囚徒的李煜，在汴梁最後的日子裡，要忍受的不僅是皇帝的猜忌和迫害，還有太宗對小周后美色的垂涎，還有以前大臣對自己的凌辱。

《續資治通鑑．卷九》記載，張洎曾是南唐大臣，在金陵被圍之時，李煜曾經派他和徐鉉一起到汴梁乞和。張洎借著這個機會與宋朝大臣深相接納，為自己預先找好後路，南唐滅亡之後，他就擔任了大宋的太子中允。李煜降宋之後，生活拮据，而張洎多次藉故向他索要財物，無奈之下，李煜把自己的白金頮面器（一種洗臉盆）送給了張洎，可是張洎仍然不滿足。（右千牛衛上將軍李煜自言其貧。乙未，詔賜錢三百萬。煜雖貧，張洎頗丐索之，煜以白金頮面器與洎，洎意猶不足）

儘管這樣，李煜心裡還是盼著以前的大臣們能夠來探望自己，因為跟他們一起，多少能有些故人的感覺，雖然回憶總帶有創痛，畢竟也能聊以自慰。更重要的是，這位皇帝囚徒滿腹的鬱悶和痛苦迫切地想找到一個傾訴的對象，而這些前朝大臣也許是最好的人選。只不過，李煜也許並沒有想到，自己深深信賴的大臣，現在已經把出賣自己當成保命或者晉升的最佳途徑了。

太平興國三年（九七八年），南唐舊臣徐鉉來見李煜，君臣相顧無言。良久，李煜長嘆：「當時悔殺了潘佑李平！」（《古今說海．卷八五》）這兩個人曾經力勸李煜以武力反抗宋軍，而此時的李煜，也許認為徐鉉是自己的舊臣，竟然天真到衝口說出，絲毫不考慮後果。徐鉉回去之後，趙光義問李煜說了些什麼，徐鉉不敢隱瞞，把這話告訴了太宗，太宗於是動了除掉李煜的念頭。

而讓趙光義更不快的是李煜作的那首〈虞美人．春花秋月何時了〉。

虞美人

春花秋月何時了？往事知多少！
小樓昨夜又東風，故國不堪回首月明中。
雕欄玉砌應猶在，只是朱顏改。
問君能有幾多愁？恰似一江春水向東流。

【白話文】春去秋來，年復一年，這樣的日子何時才能了結？多少往事歷歷在目。昨夜小樓上又吹來春風，在這明月當空的夜晚，故國的點滴真是不堪回首。精雕細刻的欄杆、玉石砌成的臺階應該都還在，只是我的容顏已經衰老。試問心中有多少哀愁，就像這滔滔不盡的春水滾滾向東流。

在痛苦的人眼裡，任何景物都烙上了深深的淒涼，哪怕是欣欣向榮的春天，每一次季節的輪迴，對於詞人來說，都是一次無情的折磨。不敢想起，卻總也無法淡忘。有誰經歷了這樣的天崩地裂，有誰經歷了這樣的滄海桑田？一句「不堪回首」凝聚了詞人多少的無奈與感傷？國破山河在，但已物是人非，任何人經過這樣的巨變，怎能不對著蒼蒼青天，發自內心追問？愁入江水，一去不回；愁如江水，滔滔不盡，這狹窄的小院，怎能容納這充塞天地的離恨、橫亙古今的悲慘？這有限的人生，怎能擔負如此無止境的沉痛，如此無邊界的淒涼？

可是，政壇上的失敗者是沒有權利憂愁的。成王敗寇的規則注定了他們只能在丹墀之下俯首貼耳山呼萬歲。這一點，李煜不會不明白。可是，他並不是政治家，他只是天性率真的詞人，一個翩翩的濁世佳公子。命運的巨變沒有使他在現實中甦醒，從此按照政客的遊戲規則安排自己的人生，而是給了他詩意的靈魂一次浴火涅槃的機會，而鳳凰涅槃之後，只會變成鳳凰，不會成為鷹隼。

從他登上帝位那一天起，他的命運就已經注定了是不可逆轉的悲劇，悲劇的路標永遠指向一個目的地：毀滅。

這一天，終於來了。

太平興國三年（九七八年）七月初七，這一天，是李煜四十二歲生日。夜裡，李煜在那座偏僻的小院裡與姬妾們飲酒慶祝生日，也算是苦中作樂。這時候，太宗派人送來一種叫牽機藥的毒藥，命令李煜服下。一代詞人，就在自己的生日那天離開了人世。李煜死後，他的皇后小周后也絕食而死。兩人合葬在洛陽北邙山，那個中國人一直用來指埋骨之所的地方。

用生命成就一幕大悲劇
——李煜、伊底帕斯、赫克特，共同演繹對命運的執著反抗

魯迅先生曾說，悲劇就是把美好的東西毀滅了給人看，而美好的東西之所以被毀滅，多半是出於壞人之手。但如果只是用這種角度來看待悲劇，其實過於片面，也過於浮淺。悲劇不是悲哀，也不是悲慘，亞里斯多德說：悲劇是對一個嚴肅、完整、有一定長度的行為的模仿。悲劇是嚴肅的。悲劇不是驚悚片，也不是催淚彈。**真正的悲劇，是明知面對不可能戰勝的命運，卻還要舉起投槍和盾牌的決絕，是「弱小的人類面對強大對手時，由人生失意的沉痛昇華為對宇宙人生本體詢問的傷感情懷」**[1]**，是人在與命運的對決中，由抗爭走向行動，再走入毀滅的壯烈和偉大。**

一個從來無心王位的書生，在命運的安排下，陰錯陽差，竟然登上了王位。其實責怪李煜不是個好皇帝有些多餘：他何曾能當一個皇帝，他何曾願意當一個皇帝？他只是命運之神手中一顆無法決定自己未來的棋子而已。從李煜登上寶座的那一刻起，他的悲劇命運就已經注定。假如他選擇的是另一條路：從此放棄自己的詞人天性，專心致志當一個政客，難道這不是中國文化的一個悲劇了嗎？

黑格爾說，悲劇必須顯示出倫理實體的因素，悲劇的矛盾雙方都要有倫理的辯護理由，它們應該

1 語出張法，現為中國人民大學美學研究所所長、教授。

體現為不同的倫理力量。李煜的悲劇也是如此。作為國君，他是完全不稱職的。從國家統一的角度來看，宋滅南唐是歷史潮流必然的結果。南唐被滅之後，很多遺老遺少也夢想復國，李煜的死訊傳來，很多南唐百姓為他舉哀，這恰恰也證明了太宗除掉他並不是完全沒有理由。因此，他的毀滅是必然，甚至是「應該」的，而美好事物必然和應該的毀滅，卻顯出一種動人心魄的悲劇力量。

在命運的支配下，悲劇人物往往是一如既往地執著於自己神聖的使命。伊底帕斯王堅持要查出殺害先王的兇手，卻不知道兇手就是自己，更不知道先王就是自己的父親；阿基里斯堅持要為戰士的尊嚴和榮譽而戰，即使戰鬥的結果注定是獻出自己的生命；赫克特堅持要出門迎戰阿基里斯，即使他知道根本無法取勝。李煜被俘之後，發出對宇宙、對人生的最後追問。他們愈執著，就離末日愈近。

悲劇就像死亡的陰影一樣，把人生存最苦痛、最殘酷的一面凸顯出來。悲劇就是讓人們正視死亡，正視人生痛苦，但又不是讓人沉淪，「把不能復活的個人的死亡看成整個世界不可挽回的毀滅，同時，又堅信宇宙是堅固、永恆、無止境的。」[2]

於是，屈原悲涼地抬起頭，向著天空，一口氣提出了一百七十二個問題；於是，司馬遷在遭受宮刑之後，仍然執意要完成他的《史記》；於是，李白在被斥退之後，仍然高歌「安能摧眉折腰事權貴」（〈夢遊天姥吟留別〉）；而李煜，在面對這無邊的愁緒時，用宋詞的嗓音，輕輕吟出了「問君能有幾多愁？恰似一江春水向東流」。

詞至李後主而眼界始大，感慨遂深！

清代詩人趙翼在〈題遺山詩〉中說：「國家不幸詩家幸，話到滄桑語始工。」司馬遷也早在《報任安書》說過：「《詩》三百篇，大抵聖賢發憤之所作為也。」**李煜前期詞尚未脫花間詞之藩籬，風格綺麗柔靡，而亡國之後的詞作，則是一首首泣盡以血繼之的絕唱。**

「四十年來家國，三千里地山河」，這樣的氣象，斷非花間詞人所能顯出；「獨自莫憑欄，無限江山」，這樣的情懷，沒有切身體驗的人怎能感覺得到？「問君能有幾多愁？恰似一江春水向東流」，這樣的沉痛，古今又有幾人能體會得出？

偉大的藝術家往往是這種人，他們承擔了常人無法承擔的苦難，然後將苦難中的掙扎和呻吟化為文字、畫面和旋律，而多年之後承受了相似苦難的人們看到他們的作品時，會從這些文字、畫面和旋律中獲得慰藉，得到安撫。換言之，他們是用自己的毀滅為代價，成了後世無數痛苦人們的代言人。所以王國維說：「後主則儼有釋迦基督擔荷人類罪惡之意。」

李煜用自己悲劇的生命，為後人所有生命的滄海桑田做了注腳，為後來所有的天翻地覆做了代言，而他自己的生命，也被這悲劇提純、昇華，超越了時間與空間，永垂不朽。

王國維對李煜評價極高，他在《人間詞話》說：「溫飛卿（溫庭筠）之詞，句秀也；韋端己（韋莊）之詞，骨秀也；李重光（李煜）之詞，神秀也。」他還說：「詞至李後主而眼界始大，感慨遂深，遂變伶工之詞而為士大夫之詞。」

納蘭性德《淥水亭雜說》也說：「花間之詞，如古玉器，貴重而不適用，宋詞適用而少質重，李後主兼有其美，饒煙水迷離之致。」

可以說，李煜不僅把宋詞之旅由花間詞的羊腸小徑引向了婉約詞的寬闊大路，更為蘇軾、辛棄疾的豪放詞埋下了伏筆，是承前啟後的大宗師。

2 出自鮑列夫《悲劇》。鮑列夫（Yuri Borev），俄國當代美學家、文學博士。著作甚豐，如《美學》（Aesthetics）、《悲劇》（Tragedy）等。

第二部

北宋詞人

攀向巔峰，豪放派、婉約派盡情綻放！

概論

北宋詞

孕育無數詩歌精靈的肥沃土壤

西元九六〇年正月初三，趙匡胤在部下的支持下發動「陳橋兵變」，在親信石守信、王審琦等的接應下，兵不血刃，順利奪取了政權，宋朝建立。

誓不殺士大夫，宋太祖開啟知識分子的黃金時代

幾乎所有的開國皇帝，為了王朝的長治久安，都把總結前代滅亡教訓看得很重要。漢代統治者總結秦代滅亡的教訓主要是施行暴政，唐代皇帝總結隋代滅亡的原因主要是濫用民力，而經過了五代的變亂，又是透過不光彩的軍事政變登上皇位的宋太祖趙匡胤，總結出的五代覆亡根源就是武人專權。

「陳橋兵變」半年之後，西元九六〇年七月十日，晚朝之後，趙匡胤約石守信、王審琦等大將喝酒，酒過三巡之後，太祖似乎不經意地說：「沒有你們的幫助，我不可能當皇帝。但是當皇帝之後我卻天天無法睡覺，還不如當個節度使輕鬆。」

石守信等人不明原因，宋太祖解釋說：「皇帝這個位置，誰不想來坐呢？」

幾位親信明白皇帝對自己已經有了猜忌，急忙申辯：「今天下已定，誰還敢

有異心？陛下大可放心。」

趙匡胤說：「不然，如果你們的部下想圖富貴，把皇袍披在你們身上，你們會拒絕嗎？」

幾位部下嚇得酒也醒了，慌忙涕泣叩頭，趙匡胤見時機已到，趁勢說：「人生在世，如白駒過隙，你們不如多積存錢財，使子孫不受貧窮，再多買美女歌妓，舒舒服服過日子。」

第二天，石守信等人便稱病辭職，宋太祖趁機解除了功臣們的兵權。這就是著名的「杯酒釋兵權」的故事。

目睹過五代軍隊兵變、武人專權、政權不斷更迭的趙匡胤認為，文人掌權，最多不過是貪污受賄，而武人專權，很可能危及自己的統治。因此，從宋朝建立開始，宋太祖首先用「杯酒釋兵權」解除了大將的兵權，並採取了一連串措施，將原屬臣下的權力收歸君主，加強了中央集權。在限制武將權力的同時，宋太祖對文人則實行了十分寬鬆的政策。

宋朝開國之初，宋太祖祕密叫人刻了一塊石碑，這塊石碑藏在皇宮，覆以黃布，從不示人，每當新皇帝即位後，就由不識字的內侍小太監陪同，揭開黃布，由新皇帝默讀誓詞。因此，除了皇帝，誰都不知道碑上的文字。西元約一一二六年「靖康之變」時，皇帝出逃，宮門大開，人們才得以看到碑上的文字，上面刻有三條誓詞，據王夫之《宋論》記載：

第一：保全柴氏子孫[1]；

1 指遭趙匡胤篡奪政權的五代周恭帝「柴宗訓」之子孫。

第二：不殺士大夫；

第三：不加農田之賦。

這三條遺訓，尤其是前兩條，在帝王專制時代是很少見的。

陳舜臣《兩宋王朝：奢華帝國的無奈》中提到：

> 自從王莽首開由漢受禪讓的例子以來，前朝皇帝以及皇族被全數誅殺，已是司空見慣的事。縱使禪讓的天子得享天年，也會設法使他斷絕子孫，這是很普遍的情形。
>
> 而後周柴氏卻透過整個宋王朝的運作，即使國都由開封遷至杭州，也受皇室的優渥保護。柴氏受宋王朝的寬容待遇長達三百餘年，堪稱稀有。

的確，斬草除根的例子在中國歷史中不勝枚舉，而宋王朝對前朝皇族的恩遇，在歷史上可以說是絕無僅有。

石刻遺訓的第二條在中國也算是稀有事件，陳舜臣《兩宋王朝：奢華帝國的無奈》道：

> 不得以言論之故處死士大夫，宋太祖這條遺訓實在值得推崇。因此之故，雖然宋代有過新、舊兩法的激烈對立，政策言論中落敗者，至多也只被左遷至海南島。……司馬光、王安石、蘇東坡等黨爭首領，即使失勢也沒有被殺。……宋代之言論自由，對社會貢獻良多，則是事實。

後代的宋朝皇帝謹記太祖教誨，終宋之世，竟沒有文人因直言進諫而被殺。看過了太多焚書坑儒和文字獄，宋代制定的這一政策實在讓人意外，彷彿是歷史在這裡突然拐了一個大彎，或者說前進了一大步，直接穿越元明清而來到提倡言論自由的現代。

宋代善待文士的程度有時候到了無法想像的地步，張邦昌篡位，最後的結果也只是讓他自殺；即使像蔡京、賈似道這些禍國殃民的大奸臣，也只是免職或者貶黜。這在任何朝代都是匪夷所思的。

善待文臣的另一面，是對武將權力的抑制。這不僅是宋太祖在經歷了五代武將專權之後得到的教訓，也包含以趙普為代表的文士們極力推動。王夫之指出，趙普等人鼓勵皇帝抑制武將權力，其實就是不讓他們立下大功而分享皇帝對自己的眷顧而已。

但是如果憑此就得出結論，認為宋代非常重視文官似乎也太天真了。

《宋史．卷二五六》記載，有一次趙普接受吳越的賄賂，此事被宋太祖知道了，太祖並沒有懲罰他，而是冷冷地說了一句：「他們以為天下事都是由你們這些書生決定的。」（彼謂國家事皆由汝書生爾）趙普聽後不寒而慄。由此可見，**傳言宋代重文抑武也好，善待文士也罷，最關鍵的事實其實是皇帝將國家大權獨攬，同時讓手下分權制衡，以維持統治需要。**

為了達到這一目的，宋代給大臣們開出的薪水也是封建朝代中最高的。據考證，宋代官員的俸祿是漢代的十倍，是清代的二至六倍。除了俸祿之外，官員還有各種名目繁多的福利，甚至家僕的工資也是由政府包辦。不僅如此，宋代還是封建時代中唯一實行祠祿制的朝代。祠祿制是對年老退職的官員給予名義上的「道觀使」職位，並繼續給付薪俸的制度。

也就是說，對年老的官員，朝廷會讓他離開本職崗位，擔任某個宮觀的管理人員，他們基本上不會去上班，但是朝廷依然會付給他們薪水。這有點類似政府官員退居二線後任個閒職養老之意。或許可以說，公務員待遇優厚，始作俑者就是宋代朝廷。

宋代政策如此寬厚，究其原因，王夫之曾有一個很精闢的觀點，**他認為宋代政策寬鬆源於統治者內心的恐懼。**

王夫之認為，趙匡胤出身寒微，在亂世中奪得王位，很多手下都是他以前的老朋友。因此王朝建立的時候，「權不重，故不敢以兵威劫遠人；望不隆，故不敢以誅夷待勳舊；學不夙，故不敢以智慧輕儒素；恩不洽，故不敢以苛法督吏民。懼以生慎，慎以生儉，儉以生慈，慈以生和，和以生文。」（《宋論．卷一》）也就是說，皇帝權位不重，所以不敢用軍事力量來脅迫遠方的敵人；威望不高，所以不敢用誅殺的手法來對待老部下；學識不淵博，所以不敢用自己的智慧輕視讀書人；恩德沒有遍布天下，所以不敢用嚴苛的法令來管束吏民。由於恐懼而產生了謹慎，由於謹慎而產生簡樸，由於簡樸而產生慈愛，由於慈愛而產生平和，由平和而產生文德。

雖然宋朝統治者透過抑武揚文的辦法成功避免了五代時期因軍閥崛起而造成的國家分裂，但就如英國著名歷史學家湯恩比（Arnold Joseph Toynbee）在《人類與大地母親》（Mankind and Mother Earth）所說：「其代價卻是犧牲軍事實力，這使宋朝在處理他們與富於進攻性的蠻族鄰居的關係時，處於不利的地位。」這也為兩宋軍事上的無能及最後王朝的滅亡埋下了伏筆。但是不管怎麼樣，**中國文人遭受五代近乎瘋狂的凌辱和殺戮之後，終於迎來了一個黃金時代，宋代也成了中國歷史上知識分子待遇最好的朝代**。因此，若你問一些學者，願意生活在中國哪個時代，半數以上都會回答：「宋代。」

這個文人的時代，為宋詞之花提供了一塊盡情綻放的肥沃土地。

帝國繁華榮盛，皇帝鼓吹享樂，宋詞穠艷登場！

「杯酒釋兵權」傳達出兩個訊息，通常我們只注意到第一個，就是宋太祖對武將的權力限制。而透過他勸說武將的理由（多積存錢財，使子孫不受貧窮，再多買美女歌妓，舒舒服服過日子）我們還可以看出，皇帝其實是鼓勵大臣們享受富貴，享受生活。在皇帝的號召下，大臣們當然是何樂而不為：上有好之，下必從之。一時間，崇尚享樂之風遍及整個社會。

宋代崇尚享樂，與經濟發達是分不開的。跟其他封建朝代不同的是，在宋代，傳統的「重農抑商」思想受到批判，商人地位提高了。宰相韓琦曾說：「商者，能為國致財者也。」（呂祖謙《宋文鑑．卷第四十四》）這與視商業為「末技」的傳統思想有很大不同。而比較激進的葉適在《習學記言序目》中更強調「抑末厚本[2]，非正論也」，公然為商人翻案。商人地位大為提高，以至於南宋臨安流行一句俗語：「欲得官，殺人放火受招安；欲得富，趕著行在賣酒醋。」（莊季裕《雞肋編》）

在宋代，規模數萬戶至十萬戶的大城市就超過了十個，宋代的人口統計將城

2 戰國時商鞅和韓非等人認為，農業是人民衣食和富國強兵的源泉，因而把農業稱為「本」，把工商業稱為「末」，認為重農必須抑商和禁末，以保證農業部門的勞動力和生產積極性。

市中的非農業人口單獨列為坊郭戶（也就是有城市戶口的人），這種城鄉人口的劃分方法一直延續至今。

而更讓人驚訝的是，西元九六五年，宋朝剛剛建立五年，便下詔開放夜市，這意味著，從唐代一直延續下來的宵禁令已經名存實亡了。

在唐代，城市分成很多坊，每個坊上都有門，到晚上擊鼓，每坊必須關門，天亮之後方可大開。這便是宵禁。宵禁期間上街行走叫作犯夜，要笞二十。晚唐詞人溫庭筠有一次犯夜，遭到巡夜兵丁凌辱，連牙齒都被打掉了，可見當時宵禁令執行之嚴格。

宋代的夜市開放時間很長，有些據說可以開到四更天，幾乎是通宵營業了。開放夜市為宋代人提供了更多的娛樂時間和空間，也意味著中國人從此多活了十二個小時。

宋代的城市生活豐富多彩，孟元老在《東京夢華錄》卷二〈酒樓〉裡有令人眼花撩亂的描述：

> 京師的酒樓門口都紮著五彩門樓，進入店門，通過一百多步的主廊，南北天井兩廊都是小閣子，晚上的時候，燈燭輝煌，上下相照。妓女們濃妝豔抹，聚集在樓上，等待酒客呼喚。

而卷二〈飲食果子〉提到的酒店服務更是花樣繁多：

> 酒客進去喝酒之後，會有街坊的婦女腰繫青花布手巾，挽著高高的髮髻，自動來為酒客換熱水、斟酒，俗稱「焌糟」；還有一些貧民看到穿著華貴的公

子哥進入酒館，就自動上前供使喚，幫公子買東西、叫歌姬、取送錢物之類，俗稱「閒漢」；又有臨時上來給酒客換熱水、斟酒、唱歌、獻果子、送香藥的，俗稱「廝波」；還有一些下等的歌姬，不請自來為酒客獻唱，酒客臨時用些小錢物打發，俗稱「禮客」，也叫「打酒坐」；還有一些小販，賣點花生水果之類，不管客人要與不要，上來就散在桌上，然後要錢，俗稱「撒暫」……

酒館裡都有包廂，「排列小閣子，吊窗花竹，各垂簾幕，命妓歌笑，各得穩便。」

酒店菜式豐富，孟元老列出了百味羹、頭羹、乳炊羊、炒兔、炒蛤蜊等數十味，想來也足夠老饕們大快朵頤了。

汴梁市井之繁華，如今我們在張擇端的《清明上河圖》中可以窺見一二。

平時尚且如此，到了節日，汴梁更是美不勝收。

《東京夢華錄》卷六〈元宵〉展示了元宵節汴梁那些巧奪天工的花燈：

> 彩山左右，以彩結文殊、普賢，跨獅子白象，各於手指出水五道，其手搖動。用轆轤絞水上燈山尖高處，用木櫃貯之，逐時放下，如瀑布狀。又於左右門上，各以草把縛成戲龍之狀，用青幕遮籠，草上密置燈燭數萬盞，望之蜿蜒如雙龍飛走……

辛棄疾〈青玉案．元夕〉一詞讚嘆宋代元宵節「東風夜放花千樹。更吹落，星如雨」（詳見第297頁），絕非虛言。

寬鬆的文化政策、發達的城市經濟、注重享樂的社會風氣，成了催生宋詞之

花開放的肥沃土壤。在宋代，即使是平民，很多都能吟幾句詞。

《大宋宣和遺事》記載，宋徽宗一年正月十五觀燈，命令賜觀燈百姓每人一杯酒，一個女子趁機把酒杯偷走了。衛士把她押到皇帝面前，詢問原因，女子說：「賤妾與丈夫一同遊玩失散了，蒙恩賜酒，回去之後面帶酒容，又未與丈夫同歸，怕公婆責備，因此想拿金杯作為憑證。」（賤妾與夫侁同到鼇山下看燈，人鬧裡與夫相失。蒙皇帝賜酒，妾面帶酒容，又不與夫同歸，為恐公婆怪責，欲假皇帝金杯歸家與公婆為照）

為了證明自己所言不虛，女子即席吟誦自己作的〈鷓鴣天．月滿蓬壺燦爛燈〉為證：

月滿蓬壺燦爛燈，與郎攜手至端門。
貪看鶴陣笙歌舉，不覺鴛鴦失卻群。
天漸曉，感皇恩，傳宣賜酒飲杯巡。
歸家恐被翁姑責，竊取金杯作照憑。

【白話文】滿月照耀著如仙境般的汴京，花燈璀璨。我與先生攜手遊賞，至宮殿正門。我看著皇家的歌舞過於沉迷，竟和先生走散了。天快亮了，感謝皇恩，傳旨賞觀燈的百姓每人一杯酒。我怕這樣回家會被公婆責罵，所以想偷偷把金杯拿回家，作為憑證。

徽宗聽後大悅，便將金杯賜予女子。說到這裡，我們就不難理解，為什麼三百年的大宋王朝，能出現晏殊、歐陽修、柳永、蘇軾、辛棄疾等偉大的詞人了。因為**從宋代建國開始，詩歌的精靈就已經把自己埋藏在這塊肥沃的土壤裡，孕育，發芽，等待和風細雨，等待在紅塵中，開出一朵鮮豔的花。**

沒讀過我的詞，
別說你懂什麼是
富貴！

第六章

晏殊

最優雅的炫富詞人

- 生卒年：西元991～1055年
- 字：同叔
- 世稱：大晏、曲子相公、晏元獻，與歐陽修並稱「晏歐」
- 作品賞析：〈浣溪沙〉、〈破陣子·春景〉、〈蝶戀花〉

有身分跟沒身分的人寫東西顯然不一樣，後者可以不管不顧，一發不收，前者就必須考慮自己的地位角色，萬不可想唱就唱。**晏殊很多的詞技藝精湛、感情深醇，但卻始終感覺他有些欲言又止，就像蒙著面紗的女子，隔著一層，總是矜持。**

宋朝建立之後，宋太祖趙匡胤為了避免唐末五代時大臣專權情況再次出現，在官制改革上可謂煞費苦心。為了避免宰相專權，北宋在宰相之下設參知政事，作為副宰相，又以樞密使、三司分割宰相職權；州郡行政長官由文官擔任，地方官吏也由皇帝任免。這樣一來，中央集權大大加強。但是權力過分集中使很多官員無所事事，甚至宰相往往也是飽食終日，悠遊卒歲，晏殊就是這樣的宰相。

作為資深貴族，晏殊即使在炫耀富貴的時候也是有所矜持。

吳處厚《青箱雜記》卷五記載：

晏殊看到李慶孫寫的〈富貴曲〉，裡面有這樣的話：「軸裝曲譜金書字，樹記花名玉篆牌。」

晏殊說：「這是乞丐相，是那種不了解富貴的人寫出來的。」（此乃乞兒相，未嘗諳富貴者）晏殊自己吟詠富貴，從不誇耀金玉錦繡，只是說氣象，比如「樓臺側畔楊花過，簾幕中間燕子飛」（〈浣溪沙．小閣重簾有燕過〉）、「梨花院落溶溶月，柳絮池塘淡淡風」（〈寓意〉）之類。晏殊誇耀說：「窮人家可能有這種風景嗎？」（窮兒家有這景致也無）

所以，真正的富人絕對不會像今天這般上網炫耀自己的HERMÈS、LV，明天發文展示自己的藍寶堅尼、保時捷，那些都是淺薄的富二代，而且多半是騙人的。真正的富人似乎只會在不經意間「一不小心」露出自己的豪富，比如皺著眉頭，無比痛苦地抱怨上週吃的魚子醬可能不是黑海鱘魚的，不然為什麼口感這麼差；又如西施捧心般幽怨地向你傾訴兩個月來往返於歐洲和美國，時差始終沒調過來，已經罹患嚴重的神經衰弱。這時候你對他不僅不會有一絲仇富之心，還會伸出你溫暖的雙手緊緊握住他冰涼的小手，無比同情地建議：以後還是別這樣為了世人而糟蹋自己了吧，畢竟身體才是本錢。這時候他再充滿感激地淚眼與你對望，哽咽道：我何嘗不想做一個普通人，過平常的日子啊……如果這時候你們能不失時機地凝望對視，深深點頭，一場品味高雅的炫富秀就算功德圓滿了。

晏相公就很擅長這一套啊。

誠實、善保密，深獲皇帝寵愛

晏殊字同叔，北宋臨川人。據史載，晏殊自幼就聰慧絕倫，七歲就能寫文章。傳說小時候他讀私塾，老師出上聯：「聖賢書中求富貴。」晏殊馬上對出下聯：「龍虎榜上爭魁豪。」老師聽後連聲稱讚：「此兒日後必成大器！」不過這種名人的兒時勵志故事實在太多，不可全部當真，但是，晏殊十餘歲就被召入朝廷卻是史有明載的。

《宋史．卷三一一》說，晏殊十四歲的時候，由江南安撫張知白舉薦進京。宋真宗要他和其他千餘名進士一起考試，還是少年的晏殊「神氣不慴，援筆立成」（面不改色，很快就寫出文章）。皇帝十分欣賞，賜他同進士出身。當時的宰相寇準還有點瞧不起鄉下人，說晏殊是邊遠地區的人（殊江外人），皇帝反駁說：「唐代名相張九齡不也是邊遠地區的人嗎？」（張九齡非江外人邪）

按照當時的規定，兩天之後，晏殊還要參加詩賦考試。試卷發下來之後，晏殊說：「這個題目我以前寫過，希望能換一個題目。」（臣嘗私習此賦，請試他題）皇帝認為他為人誠實，十分高興。晏殊的試卷做好之後，皇帝更是大為讚賞，授予他祕書省正字官職。

《五朝名臣言行錄．卷六》則記到，在皇帝眼中，晏殊的誠實並不是矯飾，而是與生俱來。當時真宗想挑選一個品德高尚的大臣輔佐太子，便選中了晏殊，真宗說：「我近日聽說很多官員都嬉遊宴飲，通宵達旦，只有晏殊閉門與兄弟讀書，嚴謹厚道，正好可以當太子的老師。」（近聞館閣臣寮無不嬉遊燕賞，彌日繼夕，惟殊杜門與兄弟讀書，如此謹厚，正可為東宮官）晏殊接受任命之後，知道了皇帝選擇自己的理由，卻對皇帝說：「我不是不喜歡嬉遊宴飲，而是因為家貧沒有相應的器具。如果我有錢的話，一定還是會前往的。」（臣非不樂燕遊者，直以貧，無可為之具，臣若有錢亦須往）而他的坦白，更讓皇帝覺得他誠實，對他也就更加信任了。

晏殊擔任左庶子時，皇帝向他詢問政事，為了保密，都是把問題寫在方寸大小的紙上，晏殊拿到之後，總是認真地回答，然後把皇帝寫的紙條一併密封好交還。這樣的謹慎，讓皇帝很是滿意。

按照傳統，古代官員父母去世之後，官員必須辭官回家守孝，稱為「丁憂」，但是有些大臣身居要職，因此皇帝往往命令他們提前結束守孝回歸朝廷，稱為「奪情」或者「奪服」。晏殊父親去世的時候，他照例回家守孝，但是皇帝感到政事不可無他，於是特地下詔奪服。幾年之後晏殊母親去世，晏殊特地上書，請求能夠服完母喪，但是皇帝不許，由此可見皇帝對他的看重。事實上，**在古代，奪情甚至成了大臣是否得寵的風向標，某種意義上，也成了一種難得的特殊待遇**。而晏殊兩次被奪情，其地位之重要不言而喻。

真宗去世，宋仁宗即位，晏殊時年三十二歲，拜右諫議大夫兼侍讀學士，後遷給事中。真宗去世的時候，遺詔章獻明肅太后代理朝政，但是宰相丁謂、樞密使曹利用都想趁此機會獨攬大權，晏殊提出讓太后垂簾聽政，解決了權力糾紛。中國的垂簾聽政也自此始，不知道慈禧太后會不會因此感激晏殊？

晏殊的仕途基本上是一帆風順的，雖然其間曾經有過一些小波折，但是都沒有影響大局。慶曆年間，五十三歲的晏殊晉中書門下平章事，成為宰相，已是朝中地位最高的官員。

罕見的理性詞人，詠愁詩精於掌握、有所節制

《能改齋漫錄》裡有一段故事，晏殊出巡揚州時，到大明寺遊覽，見牆壁上有很多題詩。於是他坐下，叫隨從為自己念，但是不許念出作者名字和身分。聽了一會兒，晏殊覺得有一首詩不錯，就問是誰寫的，隨從回答，作者是當地一個小主簿，名叫王琪。晏殊叫人把王琪找來，一起探討詩文，終結成忘年之交。

一次，晏殊告訴王琪，自己有一句詩「無可奈何花落去」，經過幾年苦思，一直未得下句（每得句，書牆壁間，或彌年未嘗強對。且如「無可奈何花落去」，至今未能也），王琪思索之後回答：「何不對『似曾相識燕歸來』？」晏殊聽後連聲叫絕。

於是，晏殊在他的律詩〈示張寺丞王校勘〉中，第一次使用了這聯：

示張寺丞王校勘

元已清明假未開，小園幽徑獨徘徊。
春寒不定斑斑雨，宿醉難禁灩灩杯。

【白話文】農曆三月初的清明佳節還未結束，我獨自徘徊在飄著花香的小園幽徑。春天裡寒暖不定，忽然又飄下一陣細雨。昨晚的酒意還未醒，卻又忍不住將酒杯斟滿。花兒凋落是無可

無可奈何花落去，似曾相識燕歸來。
遊梁賦客多風味，莫惜青錢萬選才。

奈何的事，那翩翩歸來的燕子好像舊時的相識。漫遊梁園的文人雅士，多麼富於風采詩情，請不要吝惜那青錢萬選的才華，將新麗的詩篇吟哦。

不過，這兩句真正為人們熟知，還是因為下面這首〈浣溪沙．一曲新詞酒一杯〉：

浣溪沙

一曲新詞酒一杯，去年天氣舊亭台。
夕陽西下幾時回？
無可奈何花落去，似曾相識燕歸來。
小園香徑獨徘徊。

【白話文】吟一首新詞，配一杯美酒，和去年同樣的季節，樓臺和亭子也依舊。夕陽西下，逝去的時光何時會回來？花兒凋落是無可奈何的事，那翩翩歸來的燕子好像舊時的相識。在瀰漫花香的園中小路上，我獨自徘徊。

人生短暫，是因為有自然的永恆為參照。而永恆的自然卻偏愛用看似重複的季節變換來折磨人的精神。**詞是新的，酒也是新的，但是，新詞新酒背後暗示的卻是舊詞舊酒的逝去。**每一年的春天都是那樣沉著而不動聲色地到來，每一個季節似乎都是去年那個季節的回歸，而在周而復始的季節變換中，容顏卻漸漸老去。春景愈是美麗，愈是提醒詞人，這樣的美麗，已經愈來愈少了。花開似錦的背後，永遠是花落不知多少；燕去燕歸，似曾相識的風景之中，永遠是日漸陌生的容顏。

「一向年光有限身，等閒離別易銷魂。」（時光短暫，生命有限，不要輕言別離，每一次別離都是痛苦）

1 歲月的流逝是人生永恆的主題，而且不因人的境遇不同而相異，甚至，境遇優渥的人更擔心美好的逝去，更懷念流逝的時光吧？而這種擔心和懷念，用詩的語言表現出來，便成了人魚的眼淚，輕輕滴下，化作珍珠，與大海一樣永恆。晏殊把自己的詞集取名為《珠玉集》，原因大概也就在此吧。

值得注意的是晏殊在詞中對待情感的態度。葉嘉瑩先生認為，晏殊是一個理性的詞人。《唐宋詞十七講》中說道：

每個人用情的態度是不同的，每個人感情的本質是不同的。我所說的理性的詩人，不是那種雞毛蒜皮斤斤計較的理性，而是說對自己的感情有所節制，有所反省，有所掌握，有這樣修養的能力，這是理性的詩人。

葉嘉瑩先生認為，李煜對人生的悲哀是入而不返，「栽進去就不回頭了。而圓融者，就是有一個周遍的、對於宇宙迴圈無盡的、圓滿的、整體的認識，融就是融合貫通。」所以，**李煜的愁是「恰似一江春水向東流」，覆水難收，而晏殊的愁卻是「小園香徑獨徘徊」，時刻留有餘地。**

不過，將李煜與晏殊比較多少有點不公平：一個是從皇帝淪落為囚徒，而一個是權傾朝野、悠遊卒歲的宰相。囚徒自當以淚洗面、呼天搶地，而相爺則是時時顧忌地位身分，不能過於情緒化。

還給少女一個清朗、可人的形象
——晏殊翻轉傳統詩詞中的女性觀點

破陣子．春景

燕子來時新社，梨花落後清明。

【白話文】燕子飛來正趕上春社時分，梨花紛飛，清明節就要到了。青苔點綴著池岸，黃鸝的歌聲從池上碧苔三四點，葉底黃鸝一兩聲，日長飛絮輕。
巧笑東鄰女伴，採桑徑裡逢迎。
疑怪昨宵春夢好，原是今朝鬥草贏，笑從雙臉生。

樹上枝葉間傳來，白晝漸長，柳絮飄飛。在採桑的路上遇見東邊的鄰居小女孩，笑得正甜。原來她昨晚做了個美夢，預見到今天鬥草獲得勝利，難怪兩頰堆滿笑意。

女性題材在中國詩歌中並不少見，在宋詞中更是常見。但是，傳統詩歌中的女性主角多為少婦，於是，有了無數的閨情、思婦乃至怨婦詩，從〈氓〉到〈春江花月夜〉莫不是如此。即使是寫少女，也多描摹少女懷春之態。**傳統詩歌中的女性形象其實並非獨立的文學形象，她們的存在，是以她們與男性的關係為前提，她們的自身價值，也是以與男子關係的親疏為標準。**至於齊梁宮體詩視女性為玩物，則更是惡趣。

晏殊此詞卻是以天真純潔的少女為主角，描寫少女生活的美麗與快樂。既非少女思春，也不是思婦懷人，更不是借男女關係影射君臣之義的香草美人，而是與男子毫無關係的清清朗朗、明明白白的小女孩。這樣的少女形象，以前很少作為獨立的文學形象出現在中國的詩歌當中，簡單得乾淨，乾淨得純潔。

春天輕快地到來，黑白的燕子、純白的梨花、池上的碧苔，春和景明，明媚可愛。黃鸝啼叫，飛絮輕飄，這樣的春日，怎能不讓人陶醉！女孩從採桑的路上走來，一路與朋友嬉笑打鬧。純潔如水的女孩還沒有遇到人生的淚珠，快樂如春的女孩還沒有走到離別的秋季，人生太多的沉重在她看來都尚不存在。這時候，她生命中最美麗的事情，不是情人的一瞥，也不是意中人的歸來，而是與朋友玩大人們都看不起的小孩子鬥草遊戲取得勝利。這樣的歡樂是單純而廉價的，卻也是最昂貴的。當她再長

1 出自晏殊另一首〈浣溪沙・一向年光有限身〉。

大一點，開始逐步涉入人世間的各種困局之後，這種單純的快樂將永遠不會再有，即使富可敵國，也難以買得。

韓愈曾說：「歡愉之辭難工，窮苦之音易好。」（歡樂愉快的文辭很難寫得好，描寫窮苦困頓的作品才容易感動人。〈荊潭唱和詩序〉）但是這首詞也許是例外吧？沒有歲月沉積的凝重，沒有傷春悲秋的淒涼，少女眼裡的春天，是沒有被污染的春天，是最簡單，也是最純潔的春天。

境界高超，一首詞能同時寫透閨情、治學

蝶戀花

檻菊愁煙蘭泣露，羅幕輕寒，燕子雙飛去。
明月不諳離恨苦，斜光到曉穿朱戶。
昨夜西風凋碧樹，獨上高樓，望盡天涯路。
欲寄彩箋兼尺素，山長水闊知何處。

【白話文】菊花被輕煙籠罩，好像有著無盡的憂愁，蘭葉上掛著露珠，好像在哭泣，微寒的風吹進簾幕，一雙燕子飛去。明月不知道離別的愁苦，斜斜照進窗裡，直到天明。昨天夜裡，秋風吹落綠色的葉子，我獨自登上高樓，看著延伸到天邊的路。我想寄一封信，但是山高水遠，想念的人在哪裡呢？

不知道王國維先生是怎麼從浩繁如煙的宋詞海洋中找出這流傳千古的詩句，來解釋他的「治學三境界」。

很多人可能和我一樣，在開始這次宋詞之旅以前，就已經從王國維先生的《人間詞話》中知道了這首詞的名句：

古今之成大事業、大學問者，必經過三種之境界。「昨夜西風凋碧樹，獨上高樓，望盡天涯路」，此第一境也。「衣帶漸寬終不悔，為伊消得人憔悴」[2]，此第二境也。「眾裡尋他千百度，驀然回首，那人卻在燈火闌珊處」，此第三境也。

記得最初看到這段話的時候還在讀中學，當時最熟悉的是辛棄疾〈青玉案．元夕〉的那句「眾裡尋他千百度，驀然回首，那人卻在燈火闌珊處」（詳見第297頁），經常吟哦，餘味無窮。後來年歲稍長，才知道，那看似不經意的回頭而與成功不期而遇的境界雖然美麗，但是與自己距離還十分遙遠，沒有經過千折百回，豈敢輕言成功？於是再回過頭來看前兩種境界，才開始體味晏殊這首詞中的無窮意蘊。

一夜西風，玉露凋傷，一個不眠之夜後，登樓之人遠眺無盡天涯，看見秋風蕭瑟，洪波湧起，因而心感凄涼。面對這滿目蕭然的人，是勇敢的，也是哀痛的，還是幸福的。在這颯颯秋風中的登臨者，心中湧起的不是盲目的豪邁和自信，而是對漫長時間和空廓天地的敬畏。從他登上高樓的那一刻起，就融入了孤獨，而當他放眼無盡天涯的時候，就知道，從此，自己注定要承受與天涯一樣的無盡孤獨。

中學的時候，還不知道晏殊是誰，更不知道這句詞出處何在，以為整首詞大概也就是講求學立志的主題。直到後來讀了〈蝶戀花．檻菊愁煙蘭泣露〉，才知道這竟然是一首閨情詞，與求學立志毫無關係。難怪王國維先生說：「如果用這個意思來解釋這些詞，恐怕晏殊、歐陽修諸公不會贊成的。」（然遽以此意解釋諸詞，恐晏、歐諸公所不許也）

2 出自柳永〈蝶戀花〉。

而令人驚訝的是，這句閨情詞放在王國維先生的境界說裡居然如此切合。這除了與王國維先生功底深厚，對詩詞瞭若指掌有關之外，恐怕與這首詞本身的境界也不無關係吧。

葉嘉瑩先生在《唐宋詞十七講》提到：

……詞初起的時候，本來就是那些詩人文士們寫給美麗歌女去歌唱的歌詞，沒有想把思想懷抱、理想志意都寫到詞裡去。他最初本來沒有這種用心，沒有這種想法。寫美麗女子的愛情，就是寫美麗女子的愛情。可是，奇妙的事情就是發生在這裡。……每個人都帶著自己的思想、文化、教養、性格等種種不同背景，……就在這些詩人文士，當他用遊戲筆墨為了娛賓遣興給歌女寫歌詞的時候，無法避免地把自己的性格思想，在不知不覺中，無意識的，自己完全都不知道的，unconscious，流露表現在愛情的歌詞中了。

所以，雖然這是一首閨情詞，晏殊大概也是遊戲筆墨為之，但是在自己也沒有意識到的情況下，他將自己的思想與懷抱不經意地表達在這首詞裡。所以，**這首詞表面上是說思婦的想念，但透過語言的外衣去觸及內心，又未嘗不可理解為對理想和價值的追求。**

人生總免不了有所追求，從廣義的角度來看，對愛情的追求與對學術的追求，本質上並沒有兩樣。獨坐時候的愁思，黑暗之中的尋覓，為伊消得人憔悴的執著，只要是真誠的追求，誰都曾經歷過；這樣一種具有普遍性的心理，所有苦苦求索的人們，都共同擁有過。但是，只有真正的詞人，才能將這種人人心中皆有，人人筆下皆無的心理維妙維肖地描摹出來。因此王國維先生也說：「此等語皆非大詞人不能道。」

不過王國維先生的「然遽以此意解釋諸詞，恐晏、歐諸公所不許也」的觀點也許不盡正確，因為，真正的詞人，總是用心靈去寫作，不管這題材是閨怨，還是治學。正如他自己所說：「詞人之忠實不獨對人事宜然，即一草一木亦須有忠實之意，否則所謂遊詞也。」而正是因為這種忠實，使恩怨爾汝的閨情詞穿透了低沉的霧靄，打通了閨情與立志之間的通道。因此，每當後人再吟詠起這句詞的時候，不會感覺自己是在抒發離愁別恨，而是透過這閨情的霧靄，凝望未來。

「曲子相公」悠遊卒歲，一生成就萬餘闋詞

宋代真宗、仁宗兩朝算是「百年無事，天下太平」的時代，更重要的是，宋代皇帝集權、官員互相牽制的官制，使得包括宰相在內的官員都很難有太大的作為，因此，晏殊作為宰相的建樹實在不大。

據《宋史．卷三一一》記載，晏殊擔任宰相期間做過最著名的一件事，就是廢除「陣圖授諸將」制度。宋代為了防止武將專權，大力限制武將權力，但是矯枉難免過正，當時規定，將軍外出打仗，皇帝要派宦官作監軍；將軍打仗時，必須按照出發前皇帝授予的陣圖排兵布陣，這種完全無視戰爭規則的做法無疑是可笑的。因此，宋真宗時朝廷在陝西對外用兵，連連失利。在這種情況下，晏殊請求廢除宦官監軍和陣圖授諸將制度。嚴格來說，這只是修正了一個基礎錯誤，並不能表現出宰相應該有的膽識和眼光。

晏殊最大的貢獻，應該是興辦學校。在擔任地方官的時候，他請來范仲淹等著名文人當老師，興建學校，教授學生。史書說，從五代以來，天下學校都荒廢了，而宋代興辦學校，是從晏殊開始的。**晏殊興辦的學校為宋代培養了大批優質人才，范仲淹、孔道輔、韓琦、富弼、宋庠、宋祁、歐陽修、王安石等，或出自晏殊門下，或得晏殊推薦，這些人後來都成為朝廷重臣，而宋仁宗時期也被稱為宋代人才最多的時代。**

但總括說來，晏殊的生活還是十分清閒。宋代朝廷對士大夫的待遇十分優厚，據學者考證，唐代白居易擔任翰林學士，其待遇還不如宋代一個地方小官。而宋代因經濟發展和統治者提倡，更使享樂

成為整個社會的主旋律。宋代很多文人夜夜擁妓豪飲，沉醉於聲色之中。位高權重的晏殊當然也不能免俗。

在這悠遊卒歲的生涯中，晏殊留下了一萬多首詞，著有詩文集兩百四十卷，被人稱為「曲子相公」。對晏殊來說，「國家不幸詩家幸」這句話大概不能說完全正確，畢竟晏殊能賦佳作是事實，其仕途通暢、生活優渥亦為真。

第七章

范仲淹

胸中自有百萬雄兵

- 生卒年：西元989～1052年
- 字：希文
- 諡號：文正
- 作品賞析：〈蘇幕遮〉、〈漁家傲〉、〈岳陽樓記〉

宋仁宗慶曆五年（一〇四五年），是前涇州知府滕子京被貶到岳州擔任知府的第二年。這一年，他主持重修了洞庭湖邊的名樓岳陽樓，按照慣例，他邀請了一位文人寫文章來紀念此事。滕子京對這篇文章充滿期待，因為他請的人，是自己的同舉進士，當時已經名滿天下的大文豪：范仲淹。兩個人都希望這篇文章名垂千古。一千年後，歷史證明，他們做到了。

自幼孤貧，「斷虀畫粥」晝夜苦讀

真正偉大的作品，只有擁有偉大心靈的人才能寫出，這樣的心靈，不是醉生夢死、蠅營狗苟之輩能擁有的。當文人們還沉醉在花間的旖旎、婉約的柔情之中時，范仲淹用一首詞[1]撕裂了漫天的花雨，露出了青黑色的天幕，宋詞的輝煌時代，即將到來。

端拱二年（九八九年），范仲淹出生在徐州，他的父親范墉曾任職吳越王幕府。范仲淹出生的第二年，父親就去世了。范仲淹的母親謝氏孤苦無依，只好帶著尚在襁褓中的兒子改嫁山東淄州一戶朱姓人家，范仲淹也改名朱說。

朱說從小讀書就十分刻苦，至今還流傳著他勤學的佳話。朱家是當時的富戶，但是為了激勵志氣，朱說二十一歲就到附近的醴泉寺讀書，生活極其艱苦。每天只煮一鍋粥，涼了之後分成四份，早晚各吃兩份，拌一點韭菜和鹽，就是一頓飯。[2]後來一次偶然的機會，他得知自己並不是朱家後人，便下定決心脫離朱家生活，於是獨自前往南京（即今河南商丘）讀書。

在南京期間，朱說仍然晝夜苦讀，由於經濟拮据，仍不得不靠喝粥度日，甚至有時候連粥都沒得喝。他的一位同學知道之後，告訴了自己的父親，並送來了許多飯菜給朱說，可是飯菜放到都壞了，他還是一點不碰。問及原因，他說：「我很感激你的厚意，但是如果現在就習慣了豐盛的食物，以後就喝不下粥了。」（非不感厚意，蓋食粥安之已久，今遽享盛饌，後日豈能啖此粥乎？出自《范文正公集．年譜》）他晚上讀書累了，就用冷水潑臉，繼續苦讀。

大中祥符七年（一〇一四年），宋真宗率領百官到亳州朝拜太清宮，路過南京，全城萬人空巷，爭睹天子容顏，只有朱說閉門讀書。別人來叫他，他隨口說了句：「將來再見也不晚。」（異日見之未晚，出自《范文正公集．年譜》）就在第二年，他果真中了進士。

得中科舉的朱說終於實現了自己脫離朱家獨立的心願。他被任命為從九品的廣德軍司理參軍。上任之後，他把母親接來，贍養侍奉。兩年後，他調任集慶軍節度推官，這時候，他恢復了范姓，改名仲淹，字希文。

耿直招黑三次被貶，范公自嘲「前後已是三光」

范仲淹入仕之後，最初十多年一直擔任地方小官員。據史載，每到一處，他總是關心百姓疾苦，興利除弊。加之他學識淵博，因此聲望很高。當時的應天府知府晏殊聽說他的才名，專門請他來創辦學校。范仲淹擔任學官盡心竭力，把自己的俸祿都用來奉養四方士人，《宋史・卷三一四》云：學者們「多從質問，為執經講解，亡所倦」（學習經學的人大多向他請教，解決疑難，他手捧經典為有疑者答疑解難，不知疲倦），但是范仲淹的興趣顯然不僅僅在教育方面。

據《宋史》本傳記載，范仲淹擔任學官的時候，向皇帝上了一封萬言書，提出了擇郡守、舉縣令、斥游惰、去冗僭、慎選舉、撫將帥等施政措施，條條擊中北宋王朝的積弊，轟動一時。經過晚唐五代對文人的濫殺之後，很多文人不願涉足政治，崇尚優遊卒歲，但是范仲淹卻常常縱論天下事，「奮不顧身」。《宋史》說：「一時士大夫矯厲尚風節，自仲淹倡之。」（當時士大夫矯正世風，嚴以律己，崇尚品德節操，就是從范仲淹倡導開始的）

范仲淹的風骨，從他對待劉太后垂簾聽政可見一二。

宋仁宗登基時年僅十三歲，在晏殊的建議下，由章獻劉太后垂簾聽政。天聖七年（一〇二九年）冬至這天，太后要接受皇帝率領百官朝賀，范仲淹上書極諫，認為皇帝侍奉太后屬於家事，應該用家人禮，不應該讓百官同時跟隨朝賀太后，還上書請太后歸政。東漢政治家杜根也做過同樣的事，他曾經上書勸當時的鄧太后[3]歸政皇帝，結果鄧太后大怒，叫人把杜根抓起來裝在布袋裡摔死。幸好行刑的人仰慕杜根的人品，沒有用力，杜根昏死過去，又被扔到城外。鄧太后不放心，派人檢查，杜根裝

1 意指〈漁家傲〉。
2 成語「斷虀畫粥」的典故，出自《五朝名臣言行錄・卷七》
3 即和熹皇后，東漢和帝第二位皇后。

死，眼睛裡長出了蛆蟲，才讓鄧太后相信他已死，杜根得以僥倖逃生。也多虧宋代對大臣言事的寬容，范仲淹上書觸怒了太后，也僅僅是被貶至河中府。

根據《宋史．卷三一四》記載，章獻劉太后去世之後，朝廷一幫大臣又趁機跳出來指責太后生前的不是，而仁宗因為謠傳生母李妃可能是為劉太后所害，也對劉太后十分不滿。這時曾被劉太后迫害的范仲淹卻站出來說：「太后受先帝遺詔，護持陛下十多年，應該掩其小過，以保全太后的聖德。」（太后受遺先帝，調護陛下者十餘年，宜掩其小故，以全後德。）可見其君子之風。

不過劉太后對權力也太過貪戀，去世前還留下遺詔，要楊太妃擔任皇太后，繼續她的事業垂簾聽政。這時候范仲淹又強烈反對：「今天一位太后去世了，又立一個太后，天下人將會懷疑陛下沒有一天能離開母后的幫助。」（今一太后崩，又立一太后，天下且疑陛下不可一日無母后之助矣。）剛剛得到實權的仁宗當然不願再生活在太后的羽翼下，加之范仲淹進諫，這件事就不了了之了。

明道二年（一〇三三年），京東和江淮一代發生旱災和蝗災，范仲淹請求朝廷派使者賑災，可是仁宗不予理會。范仲淹對仁宗說：「如果宮中半天不吃飯會怎樣？」（宮掖中半日不食，當何如？）皇帝無言以對，只好派他去安撫災民。

而范仲淹的直諫也惹得皇帝十分不快，不久，便藉口郭皇后被廢事件，把范仲淹貶到睦州去擔任知府了。范仲淹每到一地都興利除弊，政績卓然，幾年之後又被召回朝廷。已經經過兩次貶謫的范仲淹似乎沒有汲取教訓，依然直言不改，這次，他針對的目標是當時權傾一時的宰相呂夷簡。

呂夷簡是北宋重臣，《宋史．卷三一一》載「夷簡當國柄最久，雖數為言者詆，帝眷倚不衰」（呂夷簡擔任宰相最久，雖然多次遭人彈劾，皇帝依然很倚重他）。呂夷簡任人唯親，把自己的親信、黨羽都安插在要職上。而剛回京師不久的范仲淹對此十分憤怒，他將京官升遷情況繪製成一幅《百官圖》，一一指出一些官員被破格提升，其實只是宰相假公濟私，呂夷簡十分惱怒。

北宋官制冗雜，軍事頹敗，經常受到少數民族政權的威脅。范仲淹上書說：「洛陽地勢險固，而汴京四方受敵，太平的時候應該定都汴京，而天下有事的時候應該建都洛陽，現在就應該在洛陽營建宮室。」（洛陽險固，而汴為四戰之地，太平宜居汴，即有事必居洛陽。當漸廣儲蓄，繕宮室）皇帝問呂夷簡的看法，呂夷簡說：「這不過是范仲淹的迂腐之論罷了。」（此仲淹迂闊之論也）范仲淹與呂夷簡發生了激烈爭執，後者指控范仲淹結黨營私，於是范仲淹又被貶謫到饒州。

范仲淹雖然三次被貶，但是聲望卻與日俱增。第一次被貶時，親朋好友為他送行，說：「此行極光。」（非常光榮）第三次被貶還有人稱讚他說：「此行尤光。」范仲淹大笑說：「仲淹前後已是三光了。」

酒入愁腸，化作相思淚

——倔強如范仲淹，也難忍貶謫的悲涼

面對貶謫，范仲淹表現出智者的樂觀和通達，但是，當送行的親友都各自散去，詞人獨自踏上這漫漫的羈旅之途的時候，心中浮起的，恐怕還是深深的孤獨與悲涼吧？

蘇幕遮

碧雲天，黃葉地。秋色連波，波上寒煙翠。
山映斜陽天接水。芳草無情，更在斜陽外。
黯鄉魂，追旅思。夜夜除非，好夢留人睡。
明月樓高休獨倚。酒入愁腸，化作相思淚。

【白話文】白雲滿天，落葉遍地。秋天的景色映入江上的綠波，波上籠罩著寒煙顯得一片蒼翠。遠山沐浴著夕陽，天空連接著江水。萋萋的芳草遠在西斜的太陽之外。思念家鄉讓我黯然神傷，羈旅的哀愁纏繞心頭，每天夜裡除非是做了美夢才能好好入睡。每當明月高照，我最怕獨自倚樓遠眺。舉杯飲酒，酒入愁腸，都化作思念家鄉的眼淚。

男人的眼淚，只能在沒人看見的時候悄悄流下。

秋天的天空總是那麼高遠，但高遠得讓人感到更加空寂和淒清。黃葉凋落，漫天紛飛，似乎是詞人隨風飄零的命運。地平線那端，是詞人前往的目的地，也是詞人未知的命運。這蕭瑟的秋季，最容易激起遷客騷人的無限愁思。去國懷鄉，憂饞畏譏，滿目蕭然，怎能不讓人感極而悲呢？夕陽西下幾時回？詞人更在問自己：又一次離開京城，自己還有回來的一天嗎？

戰士的淚，映著寶劍的寒光，滴落在酒裡。這樣的夜，詞人心裡浮起的，還是家鄉依依的垂柳，飄飛的雨雪吧。不眠的詞人盼望在這孤寂的夜裡能夠做到關於家鄉的夢，可是，真正做了這夢，醒來時，難道不會後悔一晌貪歡嗎？羈旅宦愁是士人不變的主題，對正直敢言的范仲淹來說更是如此。在這黃葉飄飛的秋季，詞人再次離開，懷著對故土無盡的眷戀，但是，卻沒有絲毫的悔意，更沒有奴顏媚骨的哀求。

多年以後范仲淹〈岳陽樓記〉寫出了那句傳誦千古的名言：「不以物喜，不以己悲。」（不因外物的好壞和自己的得失而或喜或悲）但是，這裡的淚，並不是詞人哀嘆自己仕途坎坷的淚，而是映射出對鄉梓無限眷戀的淚，這淚折射出的光輝，為後來無數遭受挫折者，照亮了離開家鄉的路。

兩百多年後，元代的王實甫在《西廂記》裡轉化了范仲淹這首詞的前兩句——崔鶯鶯在張生上京趕考，於長亭送別時滿懷悽愴地唱道：

碧雲天，黃花地。西風緊，北雁南飛。曉來誰染霜林醉？總是離人淚！（白雲滿天，黃花遍地，秋風吹起，大雁南飛，清晨經霜的楓葉由綠轉紅，是誰把它染紅？是離鄉人的眼淚）

別離的愁思，穿越了時空，被不同的人吟唱，被不同的人品味。每當我們再次仰望這秋天湛藍高遠的天空時，也會想起一千年前那位倔強的男人，也會看到發黃的書頁上，那滴沒人看見的淚。

「小范老子」擅軍事，胸中自有百萬雄兵！

我曾在《最美的國文課【唐詩】》中談道：

每個朝代都有邊境，但卻不是每個朝代都有邊塞。邊境是一個地理概念，意味著山川、界河、烽火臺；邊塞是一個審美概念，意味著大漠孤煙、夜雪弓刀、金戈鐵馬。或者說，**邊境是現實化的邊塞，而邊塞是詩化的邊境**。而要將邊境詩化為邊塞，不僅要有雄厚國力支持的國民豪邁自信，也要有能在沙場和詩壇兩個戰場都縱橫馳騁、遊刃有餘的詩人。

因此，漢代有邊塞，唐代有邊塞，而到了宋代，連稱邊境都勉為其難，最多只能稱邊關了。而邊關，只能意味著固守防線，用消極的防禦來維持暫時的平安。

景祐五年（一〇三八年）十月，黨項族首領李元昊稱帝，建立大夏國，史稱西夏。此後，宋夏每年交戰，宋軍每戰必敗。康定元年（一〇四〇年），范仲淹被任命為陝西經略安撫、招討副使，並請知延州（今陝西延安）。

宋代對軍事的忽視在與外族作戰中充分暴露出來。范仲淹到任後驚訝地發現，宋軍很多騎兵竟然不會披甲上馬，射手們射出的箭竟然落在一、二十步開外。《續資治通鑑》記載：「武備廢而不修；廟堂無謀臣，邊鄙無勇將，將愚不識干戈，兵驕不知戰陣，器械朽腐，城郭隳頹」（國家荒廢軍事，朝堂內缺乏有謀略的大臣，邊關沒有驍勇善戰的大將，將士愚昧不會使用兵器，兵士散漫連陣勢也排不好，武器老舊鈍弊，城牆傾頹失修）。王倫反叛的時候，一些州縣官棄城而逃，朝廷要誅殺這些人，范仲淹指出：「朝廷平時諱言武備，敵人來了卻要官員為國家而死，這樣做是正確的嗎？」（平時諱言武備，寇至而專責守臣死事，可乎？）在他據理力爭之下，這些守令得以保住性命。

面對西夏的崛起和宋朝軍事的衰朽，范仲淹認為應該固守邊關，堅壁清野，使敵軍無隙可乘，於是他修固邊城、精練士卒、招撫部屬。但是好大喜功的大臣們卻還高叫出擊。慶曆元年（一〇四一年），宋軍進攻西夏軍隊，好水川和定川寨的兩戰，損失兵將一萬餘人。節節失利之下，宋仁宗被迫放棄主動出擊的戰略，採用范仲淹固守邊隘的主張。

范仲淹將延州建設成西北邊境堅不可摧的堡壘，西夏人把他稱為「小范老子」，以區別於以前頻頻喪師失地的范雍[4]，還說「小范老子胸中自有百萬雄兵」（出自《五朝名臣言行錄．卷七》）。

范仲淹是北宋少有了解軍事的大臣，皇帝對他十分倚重。當時大將葛懷敏在定川戰敗，敵人大舉入侵，關中震恐，百姓紛紛逃亡山中。范仲淹率領六千士兵從邠州、涇州馳援。定川之敗的消息傳到朝廷時，仁宗指著地圖對左右說：「如果范仲淹能夠出兵救援，我就無憂了。」（若仲淹出援，吾無憂矣）後來范仲淹出兵的消息傳到朝廷，仁宗大喜說：「我就知道范仲淹是可用之才！」（吾固知仲淹可用也，出自《宋史．卷三一四》）

但是，這樣的堅守卻是無可奈何之下的權宜之計，也就在這裡，范仲淹寫下了著名的〈漁家傲．秋思〉。

漁家傲．秋思

塞下秋來風景異，衡陽雁去無留意。
四面邊聲連角起。千嶂裡，長煙落日孤城閉。
濁酒一杯家萬里，燕然未勒歸無計。
羌管悠悠霜滿地。人不寐，將軍白髮征夫淚。

【白話文】秋天到了，邊境的風景蕭瑟，雁羣向衡陽飛去，毫無留戀。隨著軍營的號角聲響起，四面傳來戰馬嘶鳴。像千里屏障一般並列的山峰，煙霧瀰漫中，落日朦朧，只見四野荒漠，一座孤城緊緊關閉。空對一杯酒，想起萬里外的家鄉，邊患還未平定，不知何時才能返回故里。羌笛的聲音悠揚，寒霜鋪滿大地。這樣的夜晚怎能入睡，長年戍守的將軍愁白了頭髮，士兵流下傷心的眼淚。

宋朝的邊關，已不再有盧綸〈和張僕射塞下曲〉「欲將輕騎逐，大雪滿弓刀」的戰功，也不再有王翰〈涼州詞〉「欲飲琵琶馬上催」的豪邁。衡陽的大雁去了又來，來了又去，而駐守邊關的將士卻不知何時能夠回到故鄉。暮色漸起，戍角悲鳴，層巒疊嶂之下，孤城緊鎖，天地一片愴然。但是，即使是這樣的悲涼，這樣的無奈，這位堅強的男人的凜凜生氣卻沒有被湮沒。即使是悲，也不願是悲哀，而寧願是悲壯；即使是被迫退守孤城，心裡也總掛念著建功立業。明代沈際飛說，「燕然未勒」句，悲憤鬱勃，那些窮塞主哪裡能有這樣的詞句！（參見沈際飛《草堂詩餘正集》）

走出男歡女愛的苑囿，范仲淹找回宋詞的士大夫精神

——〈岳陽樓記〉重現「以天下為己任」的士人抱負

慶曆三年（一〇四三年）四月，宋夏局勢有所緩和，范仲淹被調回東京，升任參知政事（副宰相）。此時，北宋官僚機構愈來愈冗餘，行政效率愈來愈低，內憂外患接連不斷。面對嚴重的危機，宋仁宗委派范仲淹等人實行改革。范仲淹很快上呈了著名的《答手詔條陳十事》，提出了包括嚴明官吏升降制度、限制高官推薦人做官、嚴密貢舉制度、修整武備等十條改革建議。宋仁宗接受了范仲淹的建議，於是，北宋轟動一時的「慶曆新政」就這樣拉開了帷幕。

范仲淹罷免了一大批尸位素餐的官員，一次，樞密副使富弼有些擔心地說：「您這樣勾掉了官員的名字罷免他們，恐怕他們一家人都會痛哭啊！」（六丈則是一筆焉知一家哭矣）范仲淹說：「一家哭總比一路[5]哭好！」（一家哭何如一路哭耶）

4 北宋官員，曾任振武軍節度使。
5 「路」是宋代的行政單位之一。

「慶曆新政」和很多改革一樣，觸動了權貴的既得利益，於是，也和很多改革一樣，從一開始就注定了它的失敗。僅僅一年，在巨大的壓力下，宋仁宗宣布廢除一切新政，並將范仲淹貶到了鄧州。就在這時，滕子京請求范仲淹為重新整修的岳陽樓作一篇記。

事實上，范仲淹一生中從未到過岳陽樓。滕子京請他寫文章的時候，范仲淹剛因為「慶曆新政」失敗，而被貶到鄧州（今河南鄧州市）。坐在鄧州的花州書院裡，范仲淹寫下了這篇名垂後世的〈岳陽樓記〉。此時，他眼前也許浮現出了屢次被貶途中的悲涼，遠謫遐荒時的痛楚，「薄暮冥冥，虎嘯猿啼……滿目蕭然，感極而悲」（到了傍晚天色昏暗，傳來陣陣老虎怒吼及猿猴哀號的聲音……滿眼淒涼，感觸至深而悲從中來）。這樣的心情，沒有切身體會的人，是斷然寫不出來的。也許詞人又想起了自己多次被重新起用時的志得意滿：「寵辱偕忘，把酒臨風，其喜洋洋者也」（得失榮辱全都忘記，舉杯迎風，歡喜洋溢的心情）。面對想像中浩蕩的湖水，范仲淹終於明白，人生總要歷盡磨難，嘗盡痛苦，但是，從更高的角度來看，這些都不重要，真正的男人，應該是「不以物喜，不以己悲」。而這便是作為一個士大夫的擔當，作為一個士人，對天下蒼生的責任感。於是，一個振聾發聵的聲音穿越千山萬水，從鄧州的這個小院裡，傳到了煙波浩渺的洞庭湖邊，響徹在這碧水藍天之際：

居廟堂之高則憂其民，處江湖之遠則憂其君。
是進亦憂，退亦憂，然則何時而樂也？
其必曰：先天下之憂而憂，後天下之樂而樂也。

【白話文】身居朝廷高位，就憂慮他的人民，身處民間邊塞，就憂慮他的國君。進也憂慮，退也憂慮；這樣要到什麼時候才會快樂呢？他一定會說：在天下人還沒憂慮之前就先憂慮，在天下人都快樂之後才快樂吧！

在寫完〈岳陽樓記〉七年之後，皇祐四年，范仲淹去世，諡號文正。范仲淹並不是一個純粹的詞人，他的詞流傳到現在僅有數首。但是，他用自己的人生為宋詞之旅插上了一個明顯的路標，這個路標指向以前從未有人指過的方向。於是，詞人們開始尋回在晚唐五代時期丟失的風骨，尋回士大夫的精神。**宋詞開始逐漸走出男歡女愛的苑囿，用唐詩的精神去關注天下蒼生，用杜甫、白居易的眼光去凝視時代的悲涼。**

范仲淹在祭拜東漢著名隱士嚴光時，曾寫過一篇《嚴先生祠堂記》，這篇文章的結句，也許正好可以為范仲淹自己做一個精采的注腳：

雲山蒼蒼，江水泱泱，先生之風，山高水長！（雲霧繚繞的高山，鬱郁蒼蒼，大江的水浩浩蕩蕩，先生的品德，比高山還高，比江河還長）

唐宋八大家裡，有一半是我的學生呢！

第八章

歐陽修

愛才如命的文壇盟主

- 生卒年：西元1007～1072年
- 字：永叔
- 號：醉翁、六一居士
- 諡號：文忠
- 作品賞析：〈醉翁亭記〉、〈朝中措〉、〈臨江仙〉、〈南歌子〉、〈踏莎行〉、〈蝶戀花〉

很多人都知道，唐宋散文八大家，唐朝占了兩個（韓愈、柳宗元），宋代占了六個。但是很少有人注意到，宋代的六個名家中，除了王安石之外，剩下的五個都是歐陽修團隊的成員以及他自己（三蘇和曾鞏都算是歐陽修的學生）！這代表了歐陽修不僅是當時最好的文學家，更是一個善於發掘人才、獎進後學的文壇導師。

「畫荻教子」傳爲佳話，急公好義直言敢諫

歐陽修，字永叔，號醉翁，又號六一居士。歐陽修童年生活艱難，四歲喪父。母親鄭氏含辛茹苦撫養兒子，家貧，買不起筆墨，於是母親用蘆荻畫地，教歐陽修學習寫字。這個故事至今傳為佳話。

一次，歐陽修在別人家偶然看到一本唐代文豪韓愈的文集，為之傾倒，發誓一生要趕超韓愈。

宋仁宗天聖八年（一〇三〇年），二十三歲的歐陽修以甲科[1]第一的成績得中進士，被任命為洛陽推官，與當時的著名文人尹洙、梅堯臣、蘇舜欽等人交遊，從此文章聞名天下。

之後，歐陽修歷任館閣校勘、右正言、龍圖閣學士等職。在他擔任館閣校勘時，范仲淹被貶，歐陽修極力為之申辯。據《宋史．高若訥傳》記載，當時的諫官高若訥認為應該貶黜范仲淹，急公好義的歐陽修竟不顧大臣禮節，寫信痛罵他：「范仲淹為人剛正，通古博今，在位的大臣無人能與他相比。他無罪被驅逐，而你身為諫官不能分辨忠奸，還有臉見士大夫，出入朝廷，你簡直不知道人間還有羞恥二字！」（仲淹剛正，通古今，班行中無比。以非辜逐，君為諫官不能辨，猶以面目見士大夫，出入朝廷，是不復知人間有羞恥事耶）惱羞成怒的高若訥向皇帝告狀，把歐陽修的信交給了皇帝，於是歐陽修也被貶為夷陵縣令。

後來，范仲淹擔任陝西經略安撫、招討副使，念及歐陽修對自己的救護，於是想請歐陽修擔任自己的掌書記，歐陽修笑道：「以前我的行為，難道是為了一己私利嗎？我跟大人可以同退，但是不想跟大人同進。」（昔者之舉，豈以為己利哉？同其退不同其進可也）慶曆三年（一〇四三年），歐陽修又擔任諫官，仍然無所顧忌，直言敢諫，很多大臣視他為仇敵，皇帝卻對歐陽修十分讚賞。當時諫官是七品官職，皇帝特地下詔賜歐陽修五品官服以示褒獎，還對別人說：「像歐陽修這樣的人，到哪裡去找啊！」（如歐陽修者，何處得來？）

歐陽修聲名之盛，連外族對之都十分景仰。歐陽修出使契丹時，契丹國主請他赴宴，並命令四個貴人陪同歐陽修，國主對歐陽修說：「這種待遇不符合禮制，但因為您的名位很高，所以才這樣做。」（此非常制，以卿名重故爾）

1 考試科目，唐宋進士分甲、乙科，甲科試題最難。

政敵誣陷遭貶滁州，寫〈醉翁亭記〉名垂千古

——歐陽修首創在遊記散文中注入生命哲思

慶曆五年（一〇四五年），范仲淹等人主持的「慶曆新政」失敗，參與新政的官員均被貶謫。歐陽修作〈論杜衍范仲淹等罷政事狀〉，尖銳地指出：「今此數人一旦罷去，而使群邪相賀於內，四夷相賀於外。」疏上，遭到阻撓改革的大臣忌恨。有人藉口歐陽修與外甥女張氏有私情，將歐陽修牽連下獄。中國人習慣揮動道德大棒來攻擊對手，水一經攪渾，便再難澄清，這招從古至今被陰謀家們屢試不爽。所謂的歐陽修與外甥女有私情的案子後來經查明純屬誣衊，但是歐陽修還是被貶為滁州知州，而就在這裡，他寫出了名動千古的〈醉翁亭記〉：

射者中，弈者勝，觥籌交錯，起座而喧譁者，眾賓歡也。（投壺的投中了，下棋的下贏了，酒籌在賓客手中傳來傳去，有的站起來，有的在座位上大聲喧譁，賓客都很盡興歡樂）

在歡樂的賓客之間，「蒼顏白髮」（容貌衰老、頭髮花白）的詩人也「頹然乎其間」（醉醺醺的歪坐在眾人之間）。

中國古人往往在仕途失意時，便縱情山水，慰藉心靈。雖然「人與自然衝突最大表現就是自然對人的沉默和不屑一顧」（出自劉士林《中國詩學精神》），然而，即使自然對渺小可笑的人類不屑一顧，當人類置身於偉大恆久的自然之中時，還是會從心底湧起對沉靜莊嚴的山水的景仰，從而開始反思暗流湧動的人世的可笑、蝸角虛名的可憐，由此得到一種在塵世中罕能得到的昇華。

這種昇華往往只有經歷風雨之後的人才能擁有。葉嘉瑩先生《北宋名家詞選講》說：「歐陽修富於遣玩的意興，很有欣賞的興趣，……他遣玩的意興都是對一種傷感、悲哀的反撲，而這也是為

什麼歐陽修同樣寫遊賞宴集，聽歌看舞，卻一點也不膚淺，反會使人感到包含一種人生哲理的緣故。」

此時，被貶的歐陽修是孤獨的，但是，「人生之中，有很多深刻的思想都是在孤獨的時候產生的，有的時候，寂寞和孤獨也能成全一個人，並不一定會毀損一個人，結果如何，全取決於一個人對之採取的態度。」（出自葉嘉瑩《北宋名家詞選講》）

仕途失意再貶揚州，寫〈朝中措〉重振詞壇豪邁之風！

——歐陽修歷盡遷謫卻不感時傷世，倔強依舊！

如果說歐陽修被貶滁州是滁州之幸的話，不久，命運之神又把這種幸運贈給了繁華富庶的揚州，因為三年後，歐陽修就離開滁州，擔任揚州知州去了。

揚州城外有一座叫蜀岡的山丘，丘上有唐代鑑真和尚[2]出家的大明寺，歐陽修在公務之餘，常去探訪。詞人心愛此地風景優美，於是就在大明寺附近修建了平山堂。《揚州府志》記載：

平山堂在郡城西北五里大明寺側，宋慶曆八年，郡守歐陽修修建，負堂遙眺，江南諸山皆拱揖檻前，山與堂齊，故名。

陸游在《避暑錄話》中說，歐陽修每到暑時，便「凌晨攜客往遊」，派人到邵伯湖摘千朵荷

2 鑑真和尚（六八八～七六三年），唐朝僧人，律宗南山宗傳人，日本佛教律宗開山祖師。

花，插在盆中，又讓眾賓團坐，「遣妓取一花傳客，以次摘其葉，盡處則飲酒。往往侵夜，載月而歸。」（要歌妓去取來一枝花，在賓客間傳遞，並依序摘掉一片葉子，拔到最後一片的人要喝酒。常常玩到夜幕降臨，趁著月色返家）

但歐陽修在揚州任上不到一年就離開了；多年後，他的朋友劉敞（字原甫）將出鎮揚州，歐陽修便以這首〈朝中措．平山堂〉送行：

朝中措．平山堂

平山欄檻倚晴空，山色有無中。
手種堂前垂柳，別來幾度春風。
文章太守，揮毫萬字，一飲千鍾。
行樂直須年少，尊前看取衰翁。

【白話文】平山堂的欄杆外是晴朗的天空，遠山迷濛，若有似無。我在堂前親手栽種的那棵柳樹，已經好幾年不見了。我這位愛好寫文章的太守，下筆就是萬言，喝酒一飲千杯。趁年輕及時行樂吧，您看那坐在酒杯前的老頭兒已經不行了。

詞人記憶中的平山堂，想必還是那樣清秀而美麗吧，美得如王維的〈漢江臨眺〉：「江流天地外，山色有無中。」（遠望江水好像流到天地之外，近看山色縹緲若有若無）堂前，有詞人種下的垂柳。東晉桓溫看到金城中自己親手栽植的柳樹現已合抱，不由得感慨：「樹猶如此，人何以堪！」（樹木尚且有這麼大的變化，更何況是人呢？出自《世說新語．言語》）乃至泫然流涕。這種世事無常之感，隨著年齡增長，只會愈來愈強。可是，歷盡遷謫之苦的詞人既沒有滿腹牢騷，也沒有桓溫的痛楚。春風幾度，白駒過隙，如果只是感世傷時，不但於事無補，更是辜負了大好春光。何不「揮毫萬字，一飲千鍾」！

這樣的豪氣，從晚唐五代以來的中國詩壇已經暌違許久了，因為只有具備樂觀自信、豪邁強健的生活態度，才能有如此的瀟灑和飄逸。遭遇貶謫之苦的詞人並不是沒有痛苦，他還不到四十歲，鬢髮就已全白，皇帝看到都為之惻然。詞人的肉體也許會衰朽，但是他的心靈卻是強大的、倔強的，因此也是偉大的。**歐陽修讓人們明白，他的宋詞之旅即使走在遠竄遐荒的路上，仍然能夠保持開朗和堅強，能夠保持率真而純淨的微笑。**

提拔蘇洵、蘇軾、蘇轍，擠身「唐宋散文八大家」！

——憑一己之力，扭轉北宋艱澀文風

在經歷了官場的幾番浮沉之後，嘉祐二年（一〇五七年），歐陽修擔任當年科舉的主考官，就在這時，來自眉山的三蘇進入了他的視線，也進入了中國文學史的視線。

嘉祐元年（一〇五六年），四十七歲的眉山人蘇洵帶著十九歲的長子蘇軾和十七歲的次子蘇轍來到了京城，為兩個兒子準備參加下一年的禮部考試。川人多狂放，蘇洵也不例外，可是他再狂，也沒有想到，自己和兒子們這一次出門，將成為比曹操三父子更為著名的父子文學家，和「三曹」一樣，他們被稱為「三蘇」。

一到京城，蘇洵就精心挑選出自己的二十二篇文章獻給歐陽修，歐陽修大為激賞，將蘇洵的文章交給朋友傳閱，一時間老蘇名噪京師，並在歐陽修的推薦下，參與了北宋禮儀文獻《太常因革禮》的編撰。不久，蘇洵的兩個兒子蘇軾和蘇轍，就走進了大宋禮部的考場。

宋代的科舉制度比起唐代已經完善許多，考生的試卷都要密封，糊上名字。為了防止考官與考生串通作弊，考生交卷之後，還要由專人將試卷謄抄一遍才交給考官。因此，當歐陽修看到一篇名為〈刑賞忠厚之至論〉的文章讚賞不已時，很自然就想到，這篇優秀的文章很可能出自自己的學生曾鞏之手。歐陽修很想將此卷評為第一，但是又怕別人說自己袒護門生，因此評為第二。試卷公布之後，歐陽修才知道，這篇文章的作者並不是曾鞏，而是當時名不見經傳的年輕人：蘇軾。

考試之後，一天歐陽修問蘇軾：「你那篇〈刑賞忠厚之至論〉裡面有一段堯和下屬的對話，我以前沒有見過，是出自哪本書呢？」蘇軾豪爽地回答：「哪本書都沒有記載，是我自己寫的。」歐陽修不以為忤，反而十分讚賞蘇軾的膽識與坦蕩。歐陽修對蘇軾的賞識毫不掩飾，他曾對人說：「讀軾書，不覺汗出，快哉，快哉！老夫當避路，放他出一頭地也。」（讀蘇軾的信，不覺汗都出來了，真是痛快！我們應該避讓一下，讓他有機會出人頭地，〈與梅聖俞書〉）歐陽修甚至對兒子說：「記住我的話，三十年後，將無人再談論老夫了。」（汝記吾言，三十年後世上人更不道著我也）歐陽修的眼光令人欽佩，而他愛才的赤誠和胸懷坦蕩更是令人景仰。

在這次考試中，蘇軾的弟弟蘇轍、歐陽修的學生曾鞏也高中進士，於是，嘉祐二年（一〇五七年），「唐宋散文八大家」中宋代的四位（蘇洵、蘇軾、蘇轍、曾鞏）在歐陽修的帶領下，正式邁入了中國文壇。

不過，歐陽修主持的這一次考試，卻在當時的文人界激起了軒然大波。

北宋初年，文壇追求辭藻華美、對仗工整的詩體，楊億、劉筠、錢惟演曾經合編了《西昆酬唱集》，在當時影響很大，學生紛紛效法，稱為西昆體。這種體裁少有現實內容，多為酬唱之作，堆砌典故辭藻。在歐陽修之前，就有人對西昆體提出了嚴厲批評，而歐陽修主持文壇之後，更是提倡言之有物的古文體，於是西昆體逐漸銷聲匿跡。

但是，一些學者對西昆體的批評矯枉過正，又走上了另一個極端。當時以太學生為主的青年士子摒棄了西昆體華而不實的文風，走上了險怪艱澀的道路。他們的文章以引經據典為時尚，以佶屈聱牙為高明，故弄玄虛，自我標榜。**如果說西昆體的關鍵字是無病呻吟、顧影自憐的話，太學體的主要特徵就是故作高深，藉以嚇人，頗有點類似於現代那些絞盡腦汁、不說人話的學術論文。**

歐陽修對西昆體的浮靡十分反感，對太學體的艱澀也很不以為然。因此，在嘉祐二年他主持的那次科舉考試中，凡是寫太學體文章的士人全部被他判為不合格而落第。這些士子大多是太學推選上來的優等生，消息傳出，一片譁然，下第的士子們守候在歐陽修上朝的路上圍攻歐陽修，連巡邏的兵丁都無法制止。有人甚至寫了一篇〈祭歐陽修文〉投至歐陽修家，詛咒他早死。這次事件雖然為歐陽修帶來一場風波，但是自此以後，北宋的文風還是逐漸扭轉，「文格遂變而復古，公之力也。」（改革文體、復興古文，歐陽文忠公功不可沒）

歐陽修對自己的文章也是精益求精，他曾說自己做文章多在「三上」，即「馬上」、「枕上」、「廁上」，足見其勤奮。[3]即使到了晚年，他仍然修改文章不知疲倦，夫人問他：「難道現在還怕老師批評嗎？」（何自苦如此，當畏先生嗔耶？）歐陽修笑道：「不是怕老師批評，而是怕後輩笑話啊！」（不畏先生嗔，卻怕後生笑）

至和元年（一〇五四年）八月，歐陽修奉詔入京，與宋祁同修《新唐書》。結束之後，歐陽修又自著《新五代史》，比起薛居正的《舊五代史》，《新五代史》篇幅只有一半，但是記載的史實卻是《舊五代史》的數倍，而且糾正了《舊五代史》的許多錯誤。至今，《新唐書》和《新五代史》都是二十四史中文學水準較高的兩部。

在詩歌上，歐陽修也造詣頗高，他的《六一詩話》是中國文學史上第一部詩話，著名的「詩窮而後工」[4]觀點，就是在這部書裡提出來的。至今《六一詩話》仍是研究詩歌的學者的必讀書。

歐陽修散文和詩歌的成就舉世公認，但是，在詞上，卻評價不一。

寫閨房詞但無脂粉氣，玩妓風流卻有品格

歐陽修留下詞數十首，題材廣泛。但是元人吳師道認為，那些粗鄙猥褻的詞格調太低，不可能是

3 出自歐陽修《歸田錄．卷二》：「余平生所作文章，多在三上，乃馬上、枕上、廁上也。」

4 意指人生愈是困頓坎坷的人，感受愈是真切、深沉而激烈，足以為創作的動力和源泉。

歐陽修所作，「當是仇人無名子所為」（元人吳師道《吳禮部詞話》）。這種為尊者諱說法的出發點也許是好的，但是很明顯的是，吳師道並不十分了解宋代的民俗，更不了解歐陽修的個性。

據《本事詞》記載，歐陽修任河南推官期間，跟一個歌妓感情深厚。有些下屬認為歐陽修「有才無行」，經常向他的上司西京留守錢惟演打小報告，但是錢十分惜才，從來不以為意。一天，錢惟演大宴賓客，歐陽修和那個歌妓遲遲不來。過了很久，兩人才到，在座位上還眉目傳情。錢惟演責問歌妓為何遲到，歌妓說：「天氣炎熱，我在涼堂睡著了，醒來發現金釵不見了，歐陽推官幫我尋找，所以才遲到。」（患暑，往涼堂小憩，覺後失金釵，竟未覓得，是以來遲）錢惟演也不過分責怪，說：「你如果能讓歐陽推官寫一首詞，我便不追究你遲來之過，還可以補償你的金釵。」（若得歐推官一詞，當為償釵）歐陽修即席填詞一首：

臨江仙

柳外輕雷池上雨，雨聲滴碎荷聲。
小樓西角斷虹明。闌干倚處，待得月華生。
燕子飛來窺畫棟，玉鉤垂下簾旌。
涼波不動簟紋平。水精雙枕，傍有墮釵橫。

【白話文】柳林外傳來輕輕的雷聲，池塘上飄來稀疏細雨，雨滴打在荷葉上發出細碎聲響。雨歇後，小樓西邊掛著半截彩虹。倚著欄杆，等待明月升起。燕子飛來似要窺視美麗的畫棟，但窗簾已經垂下。平展的竹蓆上似有波光，凝著涼意。一對水晶枕頭旁，遺落了一枚金釵。

在座無不稱善，錢惟演也令公庫補償了歌妓的金釵。

值得注意的是，與歐陽修繾綣纏綿的是官妓。宋代歌妓有三類：官妓、家妓和私妓。官妓又叫營妓，為官府豢養，主要供官員娛樂時遣用；家妓是士大夫家養的歌妓，除了唱詞佐飲之外，有的兼作主人的侍妾婢女；私妓以賣藝為生，兼賣身。宋代明確規定：官員不得與官妓發生關係，違者雙方均會受到重處。仁宗時觸犯此規定而被貶的官員屢有其人，例如一個叫蔣堂的官員就是因為與官妓有私而被貶河中府。祖無擇擔任杭州知府的時候，有人說他與官妓薛希濤私通，王安石負責審理此案，結果薛希濤被拷打致死，也沒有承認她與祖無擇的私情。直到南宋，這條禁令依然存在。南宋著名的理學家朱熹因為不喜歡天臺郡守唐仲友，便誣陷他與官妓嚴蕊私通，嚴蕊被關押了一個多月，受盡拷打，但是仍然不肯承認。

由此可見，歐陽修是冒著受罰的危險與官妓相戀，因此同僚說他「有才無行」也不算誣陷。不過好在他有一個惜才愛才而且通情達理的上司錢惟演，歐陽修才沒有因此而受到懲戒。

宋詞的歷史應該感謝錢惟演，正因為他的寬容，才讓歐陽修留下了如此豐富的佳作：

南歌子

鳳髻金泥帶，龍紋玉掌梳。
去來窗下笑相扶，愛道畫眉深淺入時無？
弄筆偎人久，描花試手初。
等閒妨了繡功夫，笑問「鴛鴦兩字怎生書？」

【白話文】手持巴掌大小的龍形玉梳，用鳳釵及金絲帶把頭髮梳飾成髻。妻子走到窗下依偎在丈夫懷裡，問道「眉毛畫得好不好？」她的纖手擺弄著筆管，一直依偎在丈夫身邊，試著描繪刺繡的花樣，卻不知不覺忘了刺繡，笑著問丈夫：「鴛鴦二字怎麼寫？」

沈家莊在《宋詞的文化定位》中提到，「宋代文化表現出一種人的解放的文化精神，這種『人的解放』，事實上也包括婦女的解放。宋代婦女解放的評價視角，一是男人世界之婦女觀發生改變，男人已肯定婦女也是『人』，與男人有同等的人的價值。」當宋詞不再像齊梁詩歌那樣將女性當成玩物，文學中的女性形象便綻放出了不同尋常的光彩。這首〈南歌子．鳳髻金泥帶〉為我們描繪了一個新嫁娘嬌憨可愛的形象。少婦還未褪去少女的天真，與夫君纏綿閨房，時而要丈夫模仿漢代張敞為自己畫眉，時而依偎著丈夫。新婚燕爾的甜蜜早已使新嫁娘忘記了手裡的女紅，為了掩飾自己的尷尬，故作認真地請教夫君鴛鴦兩字如何書寫。

漢代的京兆尹張敞愛為妻子畫眉，有大臣揭發他無大臣威儀。當皇帝責問的時候，張敞滿不在乎地回答：「閨房之樂，有甚於畫眉者。」（夫妻閨房裡，有比畫眉更狎暱的事）弄得皇帝也無話可說。看來，歐陽修也是深諳此道，不然，這位新婚的少婦何以一千多年來都在撩動人們的情思呢？

歐陽修的詞雖然也是以描寫女性形象為主，但是已經漸漸洗去了花間詞的脂粉氣，走向清疏峻潔，讓人玩味。因此王國維先生在《人間詞話》裡評價道：「詞之雅鄭，在神不在貌。永叔、少游雖作豔語，終有品格。」（詞是典雅或是淫靡，不在於使用的字句或是歌詠的題材，而在於內容涵義。歐陽修和秦觀的詞雖然綺麗，但是有品格的）

庭院深深深幾許？淚眼問花花不語……

——「深深深」三疊字獲李清照鍾愛

幸福的時光即使再長，也會被分離的苦痛分割至無形，也許，這就是為什麼詩歌中，別離永遠是不敗的主題。江淹〈別賦〉裡第一句便感嘆：「黯然銷魂者，惟別而已矣。」（最使人心神沮喪、失魂落魄的，莫過於別離啊）行子腸斷，百感淒惻。風蕭蕭而異響，雲漫漫而奇色。那個登樓遠望的人，何時才能看到視線盡頭的思念？

踏莎行

候館梅殘，溪橋柳細，草薰風暖搖征轡。
離愁漸遠漸無窮，迢迢不斷如春水。
寸寸柔腸，盈盈粉淚，樓高莫近危闌倚。
平蕪盡處是春山，行人更在春山外。

【白話文】旅館的寒梅已經凋零，溪橋邊的柳樹冒出了綠芽。在溫暖的春風、花草的芳香裡，我送走了你。你漸行漸遠，我的愁緒漸生漸多，就像眼前這一江春水，來路無窮，去程不盡。我肝腸寸斷，淚流滿面，不敢登樓倚闌遠眺。那綿綿不絕的春野盡頭是隱隱青山，而你，更在遙遠的青山之外。

離別的日子，竟是在這草長鶯飛的三月，滿懷蕩漾的春潮此時竟變成了難以名狀的苦水。青青的楊柳已不再賞心悅目，縱然折下千條萬縷，也拼不出一個「留」字。良辰美景奈何天，賞心樂事誰家院，有形的離別之路丈量著無形的相思之愁，終於將無形化為無窮，隨著春水，流到天涯海角。從此，只願思念能穿越層巒疊嶂，陪伴在一個人的身邊。

登樓遠望的女子，想把自己的心放在那條遙遠的地平線上，因為她想，這樣，就會離他近一點了吧？可是，無數次登臨，無數次遠望之後，女子終於明白，地平線那頭是山，山之外，還會有更多的山，而他，就在更多的山的另一邊。目力有限與思念無限此時化作一把剪刀，而女子的思緒與離別時的柳條互相纏繞，剪不斷，理還亂，才下眉頭，卻上心頭。

更多的時候，這個看不到自己未來的女子，只能靜靜地守在那深深的庭院中，帶著自己都不相信的希望，默默地等待。

蝶戀花

庭院深深深幾許？楊柳堆煙，簾幕無重數。
玉勒雕鞍遊冶處，樓高不見章台路。
雨橫風狂三月暮。門掩黃昏，無計留春住。
淚眼問花花不語，亂紅飛過秋千去。

【白話文】庭院深深，不知有多深？楊柳的枝條似煙霧籠罩大地，重重簾幕數也數不清。公子騎著華麗的馬匹前往尋歡作樂的地方，我登上高樓卻看不見尋芳的路徑。暮春三月狂風驟雨，重重門扉將暮色掩閉，也無法留住春意。淚眼汪汪問落花可知道我的心意，落花默默不語，零零落落紛飛到秋千外。

深深庭院似深深的心思，已經很久沒有人經過了。春天的柳如煙，又如重重幕幃，頑強地擋在女子和離去的人中間。那個騎著馬的男子什麼時候還會如初見時那般出現？他曾經許下的承諾是否能夠實現？

沒有未來的女子害怕，害怕連過去也要失去。他離去的路已經湮沒在柳蔭中，再不復見，又是一個春天，難道他不知道，江水流春，一去不回？女子不敢再想，不敢再問，因為每一次苦苦的追索，得到的總是同一個答案。風乍起，落紅滿徑，殘花飛舞，似女子無助而注定飄零的未來。

有人說，這首詞是歐陽修借女子口吻來抒發自己不得志的苦惱，是「香草美人」筆法，這種說法和吳師道為尊者諱的觀點同等荒謬。腐儒們總是一邊凌辱著女人，一邊又生怕跟女人扯上關係，有失自己的身分。倒是歐陽修的率性讓人覺得可愛：大膽地愛，大膽地用情，大膽地同情，用詞人的歌喉吟唱出女子內心的祕密。或許，這也是這首詞深得女性喜愛的原因吧。李清照曾在〈臨江仙〉詞序中說：「歐陽公作〈蝶戀花〉，有『庭院深深深幾許』之句，予酷愛之，用其語作『庭院深深』數闋。」（歐陽文忠公作〈蝶戀花〉一詞，我尤其喜愛其中「庭院深深深幾許」一句，因此以「庭院深深」作了好幾首詞）的確，三字連用，在詩歌史上也有其例，如「夜夜夜深聞子規」（唐朝劉駕〈春夜〉），又如「日日日斜空醉歸」（唐朝劉駕〈春夜〉），以及「更更更漏月明中」（唐朝劉駕〈望月〉），但是，哪句能像歐陽修的「庭院深深深幾許」一樣，讓人玩味，讓人感嘆呢？

歷經困厄依舊豁達，蘇軾寫詞悼念恩師

歐陽修去世八年後，蘇軾也擔任了揚州太守，有一次，他登臨平山堂，緬懷自己的恩師，作了一首〈西江月．平山堂〉：

西江月．平山堂

三過平山堂下，半生彈指聲中。
十年不見老仙翁，壁上龍蛇飛動。
欲吊文章太守，仍歌楊柳春風。
休言萬事轉頭空，未轉頭時皆夢。

【白話文】我第三次經過平山堂，前半生在彈指間過去了。十年沒見到老仙翁了，只有牆上他的墨跡，仍是那樣氣勢雄渾，猶如龍飛蛇舞。我在平山堂前「歐公柳」下，寫了這首詞悼念文壇英傑、故揚州太守歐陽修。別說人死後萬事皆空，即使活在世上，也不過是一場夢。

此時的蘇軾已經歷無數次的困厄，繼承了老師的淡然微笑，並用這豁達的微笑來面對以後還會遭遇的挫折。而這微笑的心態，又由蘇軾傳之後世，於是，後代無數身處逆境的讀書人，都從這種心態當中，獲得了恩澤。

十個女人在我耳邊嘰嘰喳喳，我才會寫出「鬧」這一字啊！

第九章

宋祁

以一個字獨步千古

・生卒年：西元998～1061年
・字：子京
・號：與兄長宋庠合稱「二宋」
・作品賞析：〈浪淘沙近〉、〈鷓鴣天〉、〈木蘭花〉

嘉祐二年，來自四川眉山的蘇軾、蘇轍兩兄弟雙雙考中進士，傳為一時佳話。其實，在此之前的宋仁宗天聖二年（一〇二四年），就有一對兄弟也雙雙考上進士，還被時人稱作「雙狀元」，就是宋祁和他的哥哥宋庠。

狀元「小宋」性格放蕩，喜好宴飲夜夜笙歌

宋祁，字子京，安陸人，年少穎悟，十歲便能作詩。二十六歲這年，他和哥哥宋庠一起參加進士考試，禮部奏宋祁第一，宋庠第三，但是當時的章獻太后不願弟弟居於兄長之上，於是把宋庠拔為第一，而把宋祁安置到第十。於是，一次考試，兩兄弟其實都中了狀元，時人譽為「雙狀元」，又稱他

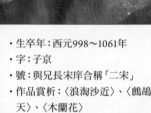

們為「大宋、小宋」。

雖然同科入仕，但是兄弟倆性格似乎很不一樣，哥哥沉著穩重，為人簡約，好學不倦。而宋祁喜好宴飲，夜夜笙歌，經常通宵達旦，在他任三司使時，還遭到包拯彈劾，說他擔任益州知州時遊山玩水，宴請賓客，不理政事。他的享樂無度連他哥哥也看不過去，一年上元節，當時已任宰相的宋庠，在府裡讀書，聽說宋祁「點華燈，擁歌妓，醉飲達旦」，心中不快，次日捎話教訓宋祁：「聽說你昨夜歡飲達旦，極盡奢華，不知你是否記得某年上元夜，我們一起在州學裡吃鹹菜喝稀粥的情景？」（聞昨夜燒燈夜宴，窮極奢侈，不知記得那年上元，同在州學吃齋煮飯否？）宋祁聽後笑著回答：「不知我們當時吃鹹菜喝稀粥是為了什麼呢？」（不知那年在州學吃齋煮飯為甚的？）[1]

宋代享樂成風，是當時普遍的價值觀，不過宋祁可算是其中翹楚。他曾與歐陽修一起修《新唐書》，不過他寫書的排場可不比一般，《東軒筆錄．卷十五》記載，「每宴罷，盥漱畢，開寢門，垂簾，燃二椽燭，媵婢夾侍，和墨伸紙」（每每宴飲結束，梳洗完畢，回寢室，開房門，垂簾子，點燃兩根大蠟燭，隨嫁婢妾左右服侍，幫忙磨墨遞紙），這簡直不像在寫書，倒像是在表演，「遠近觀者，皆知尚書修唐書矣，望之如神仙焉。」（不論遠近的人看了，都知道宋尚書在修《新唐書》，看起來如神仙一般）

及時行樂可以說是宋祁的人生座右銘，正如他在〈浪淘沙近〉中寫的一樣：

到如今，始惜月滿、花滿、酒滿。（如今分外珍惜，明亮的圓月，爛漫的春花，杯中的醇酒）

倚蘭橈，望水遠、天遠、人遠。（倚著船槳，眺望遠處水天無盡，人也愈行愈遠）

1 此段故事出自北宋錢世昭《錢氏私志》。

《東軒筆錄．卷十五》又載，宋祁「後庭曳羅綺者甚眾」（家中妻妾成群），生活奢侈。不過他似乎仍未滿足，有一次，他居然把主意打到了皇帝宮女的身上。

《本事詞》裡記載了一個故事：

一日宋祁經過京城大街，遇到幾輛皇宮的車子，還沒來得及躲避，一輛車子的簾子被撩起，裡面一位宮女驚訝地說：「是小宋啊！」當晚宋祁徹夜難眠，賦〈鷓鴣天．畫轂雕鞍狹路逢〉一首：

鷓鴣天

畫轂雕鞍狹路逢。一聲腸斷繡簾中。
身無彩鳳雙飛翼，心有靈犀一點通。
金作屋，玉為籠，車如流水馬如龍。
劉郎已恨蓬山遠，更隔蓬山幾萬重。

【白話文】路上巧遇彩繪精雕的馬車，簾中傳來一聲呼喚，讓人魂牽夢縈。可惜我沒有彩鳳的翅膀，不能飛到佳人身邊，但彼此彷彿心靈相通。佳人已有金屋玉籠，馬車載著她消失在車水馬龍中。往昔劉郎入山尋仙侶怨蓬山太遙遠，如今我追尋佳人卻似隔了好幾重蓬山。

不久，這首詞和故事一起傳到了仁宗皇帝耳朵裡，皇帝要清查到底是哪輛車，誰在呼喚小宋。那個宮女承認說：「那天見到宋學士，大家都說是小宋，我就隨便喊了一聲。」（頃侍御宴，見宣翰林學士，左右內臣曰：「小宋也。」時在車子偶見之，呼一聲耳）仁宗召見宋祁，談起這事，宋祁大恐，叩頭謝罪，皇帝笑著說：「蓬山也不遠啊！」（蓬山不遠）於是把這個宮女賜給了宋祁。宋祁經歷虛驚一場，宋詞也多了一段佳話。

不過太幸福的生活也會帶來麻煩：他在成都當知州時，有一次在錦江邊與客人宴飲，江風吹來，覺得有些寒冷，於是便命婢女回家替自己取一件半臂（唐宋一種類似短風衣的衣服），結果每個婢女都幫他拿了一件，頃刻間拿了十多件來。可憐的宋祁害怕厚此薄彼，竟然一件都不敢穿，受凍回家。[2]

這個故事當然被人傳為笑談。不過下面這首詞，大概是和婢女們一起遊春時所作的吧。

憑一「鬧」字名動京城、獨步千古！
——「紅杏枝頭春意鬧」用移覺手法，成傳世傑作

木蘭花

東城漸覺風光好，穀皺波紋迎客棹。
綠楊煙外曉寒輕，紅杏枝頭春意鬧。
浮生長恨歡娛少，肯愛千金輕一笑。
為君持酒勸斜陽，且向花間留晚照。

【白話文】城東風光日漸美好，湖面漾起波光粼粼，迎接遊人客船來到。霧氣如煙籠罩著綠楊垂柳，拂曉的寒氣四處瀰漫，唯有紅豔的杏花在枝頭綻放喧鬧。人生苦短，歡娛總是太少，誰會吝惜千金博美人回眸一笑？且以一酒杯勸說西斜的金色太陽，為聚會的好友賓客在百花叢中留下一抹晚霞夕照。

春和景明，風光無限，詞人和朋友同上蘭舟，春寒尚未褪盡，但是枝頭紅杏已分明宣示了春天的到來。沒有文人常見的傷春之情，悲秋之嘆，詞人此時像一個頑童，盡情地揮霍春光，盡情地享受無邊的美景。人生易老，歡樂太少，與其預約明天的幸福，不如享受眼下的快樂。及時行樂如果換個角度來看，也未嘗不是熱愛生活。千金一笑，萬鍾不醉，人生如此，不亦樂乎！而這樣的歡娛，唯一的缺點就是太容易逝去，於是宋祁甚至想讓斜陽止步，將這纏綿的夕照，永遠留在花間。

2 此段故事出自《東軒筆錄・卷十五》：嘗宴於錦江，偶微寒，命取半臂，諸婢各送一枚，凡十餘枚皆至。子京視之茫然，恐有厚薄之嫌，竟不敢服，忍冷而歸。

在北宋的富貴詞人中，這種奢望歡樂永恆的情感非常常見，晏殊的〈浣溪沙〉「無可奈何花落去，似曾相識燕歸來」表達的就是這樣的感懷。只不過，宋祁直筆描景，直言抒懷，不像晏殊含蓄委婉，因此從詞的意境上來說，其實不如晏殊。而這首詞之所以著名，還是緣於一個「鬧」字。

後世的修辭家喋喋不休地諄諄教誨，**宋祁在這裡使用了「移覺手法」，也就是將視覺形象轉化為聽覺形象，別致而生動**。王國維先生也說：「著一『鬧』字而境界全出。」不過我以小人之心度之，也許當時宋祁根本沒想到這些過於高深的詞彙，只是因為賞春之時，那十多個送半臂的夫人在耳邊嘰嘰喳喳鬧個不休，於是靈感突發，就寫下了這句「紅杏枝頭春意鬧」吧！

當然這也是笑談，但是宋祁一個字使這首詞獨步千古卻是事實，甚至在當時，這句詞就名動京城了。《古今詞話》裡說：一天宋祁去拜訪一位著名詞人，對守門的人說：「我來見『雲破月來花弄影』郎中。」（尚書欲見雲破月來花弄影郎中）裡面有人回答：「是『紅杏枝頭春意鬧』尚書來了嗎？」（得非紅杏枝頭春意鬧尚書耶？）

這個人，就是在〈天仙子〉寫出名句「雲破月來花弄影」的張先。

別再拿我的爺孫戀開玩笑了！

第十章 張先

一樹梨花壓海棠

- 生卒年：西元990～1078年
- 字：子野
- 稱號：張三中、張三影、桃李嫁東風郎中
- 作品賞析：〈一叢花令〉、〈天仙子〉

當有人告訴張先，他被譽為「張三中」的時候（因為〈行香子〉一詞中有「心中事，眼中淚，意中人」之佳句），張先不以為然地說：「你還不如稱我為『張三影』呢！」然後他對疑惑的朋友解釋道：「我平生最得意的句子乃是『三影』：『雲破月來花弄影』（〈天仙子〉），『嬌柔懶起，簾幕捲花影』（〈歸朝歡〉），『柔柳搖搖，墜輕絮無影』（〈剪牡丹〉）。」[1]

1 此段故事出自宋朝李頎《古今詩話》：「有客謂子野曰：『人皆謂公張三中，即心中事、眼中淚、意中人也。』公曰：『何不目之為張三影。』客不曉，公曰：『雲破月來花弄影；嬌柔懶起，簾幕捲花影；柳徑無人，墮風絮無影：此余平生所得意也。』」

八十張先娶十八新娘，性格風流詞藻艷麗

如果說「詞為豔科」是宋初詞的一紙詔令，歐陽修、張先等詞人便是執行這一詔令最不遺餘力的詞人。歐陽修散文開大宋文章之先，他的「詩」也秉承了唐人餘緒，格調高致，如〈戲答元珍〉「夜聞歸雁生鄉思，病入新年感物華」（夜晚聽到歸雁啼叫勾起我對故鄉的思念，帶病進入新的一年面對春色有感而發）之句，令人回味良久；而歐陽修的「詞」卻多描寫兒女情長，格調委婉，感情纏綿，乃至於有人認為那些豔詞不是出自歐陽修之手，而是有人為了敗壞他的名譽而作。不過張先似乎沒有這種煩惱。

張先，字子野，烏程（今浙江湖州吳興）人，天聖八年（一〇三〇年）中進士。曾任嘉禾判官，又任晏殊的通判[2]，治平元年（一〇六四年）以尚書都官郎中致仕（退休）。宋朝葉夢得《石林詩話》記載，張先「能為詩及樂府，至老不衰」，他的詞，大多反映的是詩酒生涯和男女之情，語言婉麗，格調綺靡。

雖是男子，張先刻畫女性心理卻是極為細膩生動，毫無鬚眉痕跡。這或許與他一生安享富貴、詩酒風流分不開有關。據說，他八十歲的時候，娶了一個十八歲的姑娘為妾，蘇軾知道之後調侃他說：「詩人老去鶯鶯在，公子歸來燕燕忙。」（〈張子野年八十五尚聞買妾述古令作詩〉）後來還特地寫詩開他的玩笑，時人傳為笑談：

十八新娘八十郎，蒼蒼白髮對紅妝。
鴛鴦被裡成雙夜，一樹梨花壓海棠。

「一樹梨花壓海棠」經常被誤認為是形容春光的詩而加以引用。事實上，它跟大自然的春光一點

關係都沒有，倒是跟北宋詞人張先八十歲的春光有關。

張先除了有「張三中」、「張三影」的外號之外，還有一個外號很有名：「桃李嫁東風郎中」，典出他的〈一叢花令〉。

一叢花令

傷高懷遠幾時窮？無物似情濃。
離愁正引千絲亂，更東陌、飛絮濛濛。
嘶騎漸遙，征塵不斷，何處認郎蹤。
雙鴛池沼水溶溶，南北小橈通。
梯橫畫閣黃昏後，又還是、斜月簾櫳。
沉恨細思，不如桃杏，猶解嫁東風。

【白話文】何時才能不再登高樓眺望，苦苦思念遠方的情人？在這世界上沒有比愛情更濃烈的。離愁千絲萬縷，分別的路上，垂柳已是飛絮濛濛。馬兒漸遠，塵土飛揚，我要到哪裡尋找你的蹤跡？池水溶溶，鴛鴦戲水，這水南北可通，時見小船往來。黃昏後，樓閣的梯子撤去，我再次獨自面對簾櫳，望著斜照在上面的冷清月光。心懷幽怨，我反覆思量，我的命運竟然不如桃花杏花，它們還能嫁給東風，隨風而去呢。

當分別成為一種習慣，思念並不會因此而變淡。相反的，每一次分別都像一把刀，反覆加深牆上的那道刻痕，直到厚實的牆壁無法承受，轟然倒塌。獨守閨房的女子對著這春日的勝景發出一聲無奈的詢問，此前的離別，已經讓女子萬般無奈，而現在的離別，更令她柔腸寸斷。什麼時候，才能結束這兩地相思，結束這無盡思念？柳絲千條，離思萬縷，飛絮濛濛，征塵漸遠，那個熟悉的背影又一次熟悉地離開，高樓上的女子終於看不見他的蹤跡。

2 負責監督知州的官員。

男人屬於天涯，女子卻只能屬於深深的庭院。鴛鴦成雙成對在池中戲水，小船往來南北，樓上的女子觸景傷懷，自憐孤寂。已經不記得有多少次，就是這般，在無盡的思念中，金烏西斜，玉兔東升。殘月入簾，離愁似水，可憐樓上月徘徊，應照離人妝鏡臺，這樣徹骨的思念，在這皎潔的月色中，顯得更加冷寂，更加淒涼。這種無濟於事的哀怨，終於變成了埋怨，而埋怨，也變成了深深的思考：這樣的日子，何時走到盡頭？女子想到了那曾經盛開的桃花李花，在其青春將逝，凋零將至的時候，至少還明白把自己託付給東風，以便有個依靠，而自己呢？自己的歸宿，到底在何方？

賀裳在《皺水軒詞話》中評說此詞「無理而妙」，這話似乎可有兩解：一說女子將自己與桃李相比，故意說桃李嫁東風是無理之至；二是，此時的女子還希望能夠找到自己的依靠，改變自己的命運，其實已經不可能了。也許命中已經注定，她必須承受這一次次沒有盡頭的別離，必須承擔這一番番沒有希望的思念，直到生命終結。

這首詞讓張先贏得了「桃李嫁東風郎中」的雅號。《詞林紀事》引《過庭錄》說：一次張先去拜訪歐陽修，守門人通報之後，歐陽修大喜過望，鞋子都沒有穿好就出來迎接，邊走邊喊：「『桃李嫁東風郎中』到了！」（此乃桃杏嫁東風郎中）

「張三影」寫影詞媲美李白

——「雲破月來花弄影」令眾人絕倒

不過正如張先自己所說，他最得意的作品還是「三影」。後人也評價，「三影」之中，品質最高的是「雲破月來花弄影」，其他「二影」遠不及它。（《詞統》）

張先。

一樹梨花壓海棠

天仙子

水調數聲持酒聽，午醉醒來愁未醒。
送春春去幾時回？臨晚鏡，傷流景，往事後期空記省。
沙上並禽池上暝，雲破月來花弄影。
重重簾幕密遮燈，風不定，人初靜，明日落紅應滿徑。

【白話文】一邊喝酒一邊聽人唱〈水調歌〉，想借聽曲喝酒來排解憂愁，一覺醒來已過中午，醉意雖消，但愁意未減。春天逝去，不知幾時會再回來？攬鏡自照，不禁感嘆年華易逝，往事已成追憶。夜晚水禽並眠在池邊沙岸上，明月衝破雲層灑下月光，晚風吹起花枝，似與影子搖曳嬉戲。拉上層層簾幕遮住搖擺的燈焰，風更大了，人們都已睡去，經過這場晚風，明天園中小路上應該滿是落花吧。

春天對少年來說是活潑的，對青年來說是熱情的，而對於老年，則是憂傷的。本想聽歌解愁，誰知愁緒更多；本想借酒澆愁，可是酒醒之後，愁思仍然不斷。攬鏡自照，鏡中白髮蒼顏，人生也如一場宴會，一場必然散去的宴會，酒闌人散之後，狼藉殘紅，剩下的只是落幕的悲涼和遺憾。詞人一生中已經數十次送走了這樣的春天，同時也送走了自己的青春年華，春天走後還會回來，可是青春一去不再復返。詞人在悄然無人的庭院中踱步，水禽都已熟睡，萬籟無聲。而就在這時，月亮從雲縫中鑽出，花兒輕搖，似乎在與自己的影子嬉戲，這樣的可愛嫵媚，似乎把詞人從一天的愁緒裡拉出來了一些。風乍起，燈影幢幢，詞人不無憂慮地想到：明天，大概小徑上又會有不少被吹落的花吧？

這首詞中的「雲破月來花弄影」歷來為人所稱道。沈際飛在《草堂詩餘正集》中說：「心與景會，落筆即是，著意即非，故當膾炙。」明代楊升庵（楊慎）在《詞品》中對之更是讚不絕口：「景物如畫，畫亦不能至此，絕倒絕倒！」

寫影的詩句並不鮮見，最著名的當屬李白〈月下獨酌〉中的「舉杯邀明月，對影成三人」。酒和劍的主人在孤獨的時候，只有以明月和身影為伴，而這臆想中的熱鬧，卻讓詩人感覺到更深的悲涼。（月既不解飲，影徒隨我身）而在張先的詞中，花未嘗不是詞人的化身，不然何以萬籟俱寂之時，詞人唯獨注意到了月光下的花呢？但是張先筆下的花與自己的影子並不孤單，月光瀉下，花兒輕擺，花影隨之而搖晃，似乎是花兒在擺弄著自己的影子，與影子嬉戲。花兒不知道「影徒隨我身」的道理，在它眼中，影子就是自己的玩伴，即使這世界上的一切都背棄了它，它仍然有自己的影子可以陪伴，跟自己對話，跟自己交流，自己和自己攜手，創造一個永遠沒有孤獨的世界。詞人的心中，也許並不認為「煢煢孑立，形影相弔」（晉朝李密〈陳情表〉）是一種深深的慘痛，因為不曾被背棄，自然也不知道被背棄的淒涼。

於是，唐詩的孤獨變成了宋詞的孤單，唐詩的悲涼變成了宋詞的哀傷，詩人在月下腳步淩亂，而詞人在花間顧影自憐。

沒人比我更了解
「強國夢碎」的
憤懣感傷！

第十一章 王安石

自信到近乎偏執的政治家

- 生卒年：西元1021～1086年
- 字：介甫
- 號：半山
- 作品賞析：〈桂枝香·金陵懷古〉

在大宋王朝的諸多大臣中，大概很少有人像王安石這樣備受爭議。與王安石同時的御史中丞呂誨就曾經上書彈劾王安石，說他「大奸似忠，大佞似信……罔上欺下，文言飾非，誤天下蒼生」。蘇洵還專門寫了一篇〈辨奸論〉，影射王安石，說他滿嘴仁義道德，似乎做著伯夷叔齊一樣的事情，為人卻不近人情，穿著囚犯的衣服，吃著豬狗的飯食，把自己弄得像個囚犯，還得意揚揚高談闊論。（誦孔老之書，身履夷齊之行，……衣臣虜之衣，食犬彘之食，囚首喪面，而談《詩》、《書》。）這些言論已經近乎人身攻擊了。而清朝梁啟超則對王安石評價極高，說「三代以下求完人，惟公庶當之矣」。而列寧更稱王安石為「中國十一世紀的改革家」。之所以有如此兩極的評論，都源於十一世紀那場短命的改革。

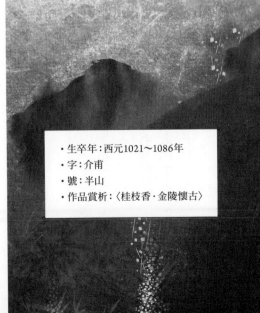

識人不明，「熙寧變法」一敗塗地

王安石，字介甫，晚號半山，封荊國公，世人又稱王荊公，臨川人。出生在小官吏家庭，自幼好讀書，勤學不倦。慶曆二年（一〇四二年）中進士，先後擔任過幾任地方官。治平四年（一〇六七年），宋神宗即位，詔王安石任江寧知府，不久轉為翰林學士。

由趙匡胤奠下基礎的宋代政治制度比較成功地消除了武將專權等晚唐五代積弊，使皇帝的權力大大增強，但這是以犧牲軍事實力為代價換來的，「這使宋朝在處理他們與具侵略性的蠻族鄰居的關係時，處於不利地位。」（湯恩比《人類與大地母親》）因此宋朝在與西夏、遼等政權的戰爭中頻頻失利，損失慘重，即使是范仲淹這樣的名臣，也只能做到堅城固守而已。而北宋盛行的奢靡風氣更使得社會財富逐漸減少，國家財政日見吃緊。人口逐漸增長，軍隊日益龐大，官僚機構愈來愈臃腫，宗教愈來愈興盛，導致各項行政費用比立國時增加了數倍。就如同《宋史．食貨志》記載，「承平既久，戶口歲增。兵籍益廣，吏員益眾。佛老外國，耗蠹中土。縣官之費，數倍於昔」，於是，「上下始困於財矣」。

早在嘉祐三年（一〇五八年），王安石就上書仁宗，要求對宋初以來的法制進行全盤改革，扭轉國家日漸明顯的頹勢。他的建議雖然沒有被皇帝採納，但是卻在官員間激起了巨大的迴響。很多憂國憂民的士大夫都把挽回國家局面的希望寄託在王安石身上，期待他早日執掌權柄。

熙寧初年（一〇六八年），王安石以翰林學士侍從之臣的身分，與年輕的宋神宗議論治國之道，深得皇帝賞識。熙寧二年（一〇六九年），王安石出任參知政事，即副宰相，次年，又升任宰相，自此，後人稱為「熙寧變法」的改革拉開了帷幕。

馬克斯．韋伯[1]說：「儒教樂觀主義的最後結論是：希望完全透過個人自身的倫理力量和有秩序的行政力量來實現純粹個人間的完美。」（《儒教與道教．中國的正統與異端的倫理之傳統主義性質》〔Konfuzianismus und Taoismus〕）王安石就是這樣的樂觀主義者。

林語堂在《蘇東坡傳》中說：「他之所求，不是太平繁榮的國家，而是富強具有威力的國家，向南向北，都要開拓疆土。他相信天意要使宋朝擴張發展，一如漢唐兩代，而他王安石就是上應天命成此大業之人。」

而王安石更是一個自信得近乎偏執的政治家，他堅信：「天命不足畏，眾言不足從，祖宗之法不足用。」林語堂先生調侃王安石的固執時說：「王安石很可能記得學生時代曾聽見的一則平常格言，說『決心』為成功的祕訣，自己卻把固執當作那種美德了。」

但是，王安石激進的態度激怒了傳統士大夫，他執拗的性格更是樹立了不少敵人，蘇東坡就嘲笑他是「拗相公」。在新法執行期間，他用人不善為變法失敗的主要原因之一。他重用的呂惠卿、李定、蔡卞、章惇等人，因為人品低下，早為士人不齒，而新法遇到阻礙之後，其中有些人更是率先出賣王安石；那些反對新法的，如湯恩比所說，「包括一些真正傑出的人」，像是司馬光、韓琦、富弼、歐陽修、蘇東坡、范仲淹等，連林語堂先生都說：「此一極不平衡的陣容，既令人悲，又令人笑。一看此表，令人不禁納悶王安石化友為敵的才氣，以及神宗寵用王安石所付代價之大。」

雖千萬人吾往矣！

——自命不凡，以國家興亡為己任

王安石曾在他的〈孤桐〉詩中寫道：「天質自森森，孤高幾百尋。凌霄不屈己，得地本虛心。」（梧桐樹天生就能長得茂盛繁密，巋然屹立，拔地高達幾百尋[2]。穿越雲霄也不屈服，是因為它深深扎根於大

1 馬克斯・韋伯（Maximilian Emil Weber，一八六四～一九二〇年），德國的政治經濟學家、法學家、社會學家、哲學家。
2 一尋＝八尺。

地）這也是他人格的寫照。他固執得近乎偏執的性格，固然不是陶陶然醉心於中庸之道的士大夫們所欣賞的，但是，**這種不合流俗，雖千萬人吾往矣的倔強性格和人生態度，也許正是過於早熟以至於功利油滑的中華民族最缺乏的**。即使到了晚年，兩次罷相，變法的希望已經愈來愈渺茫，他仍然寫〈孤桐〉激勵自己「歲老根彌壯，陽驕葉更陰」（時間愈久根愈壯實，太陽愈熾烈葉子愈濃密），更是一直盼望著有朝一日能重返政壇，繼續自己未竟的事業，正所謂「明時思解慍，願斫五弦琴」（即使是太平盛世也想著民間疾苦，願被砍伐製成帝舜的五弦琴）。

可是，隨著時間推移，王安石知道，自己對於大宋朝廷，對於這個繁華社會，已經成為過去式。雖然他口頭上極不願意承認，但是現實卻一次次無情地告訴他：他的強國夢，已經破滅了。

在一個深秋的傍晚，詞人登上六朝古都金陵（今南京）的一座高樓。秋高氣爽，繁花似錦，在盛世的秋風吹拂下，帝國的子民們都沉浸在這超越了大唐帝國的富庶和繁盛之中，除了這位孤獨而憂慮的詞人：

桂枝香・金陵懷古

登臨送目，正故國晚秋，天氣初肅。
千里澄江似練，翠峰如簇。
征帆去棹殘陽裡，背西風酒旗斜矗。
彩舟雲淡，星河鷺起，畫圖難足。
念往昔，繁華競逐，嘆門外樓頭，悲恨相續。
千古憑高對此，謾嗟榮辱。
六朝舊事隨流水，但寒煙衰草凝綠。
至今商女，時時猶唱，後庭遺曲。

【白話文】登上高樓憑欄遠眺，金陵一派晚秋景象，天氣開始蕭索。千里奔流的長江澄淨好似白練，青翠的山峰俊偉峭拔猶如叢叢箭鏃。夕陽下江上的歸帆緩緩駛過，岸旁酒旗迎著西風飄拂、斜斜矗立。彩色繽紛的畫船在水天交界處漸漸淡去，如在雲裡，江中沙洲上的白鷺飛起，這清麗的景色難以畫筆描繪。回想往昔，競相過著奢華的生活，「門外韓擒虎，樓頭張麗華」的亡國悲恨令人感嘆。千古以來憑欄遙望，都只能感慨歷史興亡榮辱而已。六朝的風雲變化全都隨水而逝，只有郊外寒冷煙霧和枯萎野草

王安石

自信到近乎偏執的政治家

> 還凝聚著一點蒼翠。直到如今，商女（歌妓）仍時時高唱著〈後庭〉遺曲。

在婉約宋詞的一片鶯鶯燕燕之中，詞人如詩人一樣登上高樓，立足之高，胸襟之廣，吟詠花間者無法望其項背。詞人極目望遠：多美的一片大好河山！晚秋的江南，雖沒有二月的枝頭紅杏，沒有三月的草長鶯飛，卻有另一番雄渾而不失嫵媚的境界：秦淮河柔波漫步，如一條白練蜿蜒而去，兩岸黛青的山峰負勢競上，直指高遠的藍天。江上征帆點點，岸邊酒旗飄飄，在江南暖風的醺醉下，人人臉上都帶著滿足的笑容，在娛樂至死的引領下，每個人都忙於享受這史上從未有過的繁華富庶。王勃〈滕王閣序〉說「閭閻撲地，鐘鳴鼎食之家，舸艦迷津，青雀黃龍之舳」（遍地是里巷宅舍，許多鐘鳴鼎食的富貴人家。舸艦塞滿渡口，盡是雕了青雀黃龍花紋的大船），也不過如此吧？畫舫在江中遊弋，星辰在江面映出倒影，白鷺從水中展翅飛起，如此的美景，如此的繁盛，即使用圖畫，也無法道其萬一！

可是，**王安石並不是盛世的吹鼓手，也不是和諧的唱詩班，而是一個充滿憂患意識的政治家，一個孤獨的沉思者**。是那個在別人家慶祝孩子出生的宴會上，據實說出「這孩子今後是要死」的賓客。這樣的賓客，在一干送出廉價祝福的賓客們看來，是愚蠢不識時務的；在滿懷欣喜接受祝賀的主人看來，是可惱而煞風景的。但是，很少有人知道，正因為他的「煞風景」，這風景才有了不同於以往的價值，才被賦予了不同於流俗的厚重。

於是，這一片深秋的美景，被詞人想起的六朝興衰「煞」了。那些王朝們，那些皇帝們，哪個不是「亂哄哄你方唱罷我登場」？哪朝哪代又不曾有過這樣的富庶和興旺？江南從來形勝，錢塘自古繁華。一個朝代的興起，往往就是另一個朝代的覆滅，這頻繁的興衰如流水一樣，從未間斷。而那些剛上台的雄心勃勃帝王們，哪一個不期望自己的帝國能傳之萬世而不朽？可是，沒有多久，他們也和前任皇帝一樣，不可避免地走上衰亡之路。陳朝的末代皇帝陳叔寶直到隋朝大將韓擒虎兵臨城下，還和寵妃張麗華在樓頂欣賞曼舞輕歌，詠唱〈玉樹後庭花〉的亡國之音，還在富庶繁華中做著萬世為王的夢。而用金戈鐵馬一統天下的隋朝，不也在短短的三十七年後煙消雲散？吳宮花草埋幽徑，晉代衣冠成古丘，曾經的功業如折戟沉沙，無人再去理會，而更讓人觸目驚心的是，宋王朝這輛龐大的戰車，正循著前朝走向衰亡的軌跡，義無反顧地走向深淵。

沉湎酒色的世風，缺乏大志的君王，醉生夢死的臣子，享樂至上的民眾，都是坐在這輛車上不斷揚鞭的馭手，卻不知末日已在眼前。「以史為鑑，可以知興替」（《舊唐書．魏徵傳》）中是君主和大臣們經常掛在嘴邊的一句話，可惜，真正理解這話的人，實在太少。王安石〈桂枝香〉「至今商女，時時猶唱，後庭遺曲」不是普通的警告，而是一記喪鐘。這喪鐘在一片歌舞昇平中極不和諧地敲響，如同巴比倫夜宴中神祕之手寫在牆上的字，預言了王國覆滅之日的到來。

亦罷至此乎！王安石強國夢碎，抑鬱而終

熙寧七年（一〇七四年），王安石第一次罷相，不久重返宰相之位，繼續進行變法。兩年後，王安石第二次罷相。宋神宗去世後，宋哲宗即位，元祐元年（一〇八六年），保守派得勢，所有新法廢除，「熙寧變法」宣告徹底失敗。

新法廢除的消息傳來時，王安石正閒居在江寧府，當他聽說連免役法也被廢除時，悲憤地說：「亦罷至此乎！」（竟然廢除到這個地步）[3]不久抑鬱而終。

湯恩比認為：「王安石的改革措施是及時的。它們由於私人間的恩怨而被廢除，但不到四十年這一弊政就得到了報應。」

王安石在變法失敗的悲憤中離開人世。此後不到四十年，也就是一一二六年，金兵攻克宋朝首都開封，俘虜宋徽宗和宋欽宗，北宋滅亡。湯恩比假設：「如果王安石的改革能假以時日並開花結果，災禍是能夠避免的。」可是歷史不可假設，四十年前王安石敲響的喪鐘，終於在「靖康之變」

中殘酷地證實。

一千多年後，林語堂在《蘇東坡傳》中評價王安石：

此等上應天命的人，無一不動人幾分感傷——永遠是個困於雄。已而不能自拔的人，成為自己夢想的犧牲者，自己的美夢發展擴張，而後破裂成了浮光泡影，消失於虛無縹緲之中。

3 出自《宋名臣言行錄．後集卷六》。

滿紙荒唐言，一把
辛酸淚。世人謂我
痴，誰解其中味？

第十二章

晏幾道

怡紅公子的前世今生

- 生卒年：西元約1030～約1112年
- 字：叔原
- 號：小山
- 作品賞析：〈臨江仙〉、〈鷓鴣天〉

行為偏僻性乖張，哪管世人誹謗！

——性格孤傲不識時務，仕途落魄一生坎坷

西元一〇五五年，北宋宰相晏殊去世。這一年，晏小山的生命才真正開始。

晏幾道，字叔原，號小山，撫州臨川文港（今南昌）人，是晏殊的第七子。晏殊是北宋名相，據史載，當時的名臣范仲淹、孔道輔、韓琦、富弼、宋庠、宋祁、歐陽修、王安石等，均出自晏殊門下，仁宗時朝野居要津者多為其門生故吏。大樹底下好乘涼，雖然晏幾道二十五歲那年，父親去世了，但是擺在這個前宰相公子面前的，仍然是一條寬闊坦蕩的大路。

可是，晏幾道的仕途卻不如人們預想的那樣順利。晏幾道一生坎坷，長期過著落魄公子的生活，沒有當過什麼大官，四十五歲的時候，還因反對王安石變法獲罪下獄，幾乎被誅。年過半百，才做了穎昌府許田鎮監這樣的八品小官。這在父貴子榮的中國傳統社會中是少見的，黃庭堅在為晏幾道詞集作的〈小山詞序〉中指明了箇中原委。

黃庭堅說：晏小山固然是人中才子，但他的癡也超過了一般人。黃庭堅列出晏小山的「四癡」：仕途坎坷卻不願意依傍貴人以求發達，此為一癡；文章寫得很好，能自成一體，但卻不願意為考功名寫文章，此又是一癡；揮霍無度，卻讓家人忍飢挨餓，此又是一癡；受到他人的欺騙卻不記恨，只要相信一個人，就絕對不會懷疑他欺騙自己，此又是一癡。（仕宦連蹇而不能一傍貴人之門，是一癡也；論文自有體而不肯一作新進士語，此又一癡也；費資千百萬，家人寒飢而面有孺子之色，此又一癡也；人百負之而不恨，己信人終不疑其欺己，此又一癡也）

黃庭堅的評論應該是比較中肯的，因為他是晏幾道的好友，就連蘇軾想拜見晏幾道，也是透過黃庭堅介紹。誰知道，晏幾道卻讓蘇軾碰了釘子。元朝陸友仁《硯北雜誌》記載，晏幾道對蘇軾說：「現在朝廷政事堂的大官們一半是我家舊客，我也沒時間見他們。」（今日政事堂中半吾家舊客，亦未暇見也）因此，晏幾道被人視為孤傲不群也是很自然的了。

在常人看來，晏幾道的確是有些傻氣。他似乎不知道，這個世界需要用官職來壘起人生的高山；也不知道，這個世界離不開柴米油鹽；更不知道，這個世界充滿了爾虞我詐。他總是生活在自己無限單純的世界，用孤高與驕傲在這個世界與現實世界之間建築了一道堅實而脆弱的牆，牆那邊有淒風苦雨，而牆這邊，卻是一切透明，透明得如同他自己。他的生命裡，沒有那些經世致用之學的位置：「潦倒不通世務，愚頑怕讀文章」；他的性格，又總是那樣孤高怪僻：「為人偏僻性乖張」；而他的身世，更容易讓人認為，他只不過是抱著父輩的輝煌不放，而「腹內原來草莽」[1]的一個紈褲子弟罷了。可是，清代詞論家馮煦在《宋六十一家詞選．例言》中卻說：「淮海（秦觀）、小山（晏幾

1 這幾句都出自《紅樓夢》，是對賈寶玉的形容。

道），古之傷心人也。」

晏幾道若生在清代，他便叫曹雪芹，也叫賈寶玉。

尋歡作樂都是一場空

——「記得小蘋初見，兩重心字羅衣」淚眼憑弔歌妓情人

晏幾道在〈小山詞自序〉中說，年輕的時候，朋友沈廉叔和陳君龍家裡有四名歌妓，分別叫蓮、鴻、蘋、雲。他們經常聚在一起，吟詩作詞，「每得一解，即以草授諸兒，吾三人持酒而聽，為一笑樂而已。」（每作出一首，就交由歌妓唱詠，三人飲酒聆聽，作為娛樂而已）這四位歌女，想必是為晏幾道和他的朋友們帶來了很多樂趣。時光荏苒，再回首前塵，陳君龍已經殘廢在家，沈廉叔也去世了，三個朋友各自雲散，於是這曾經的樂趣就變成了幸福，反映出世事的無奈與人生的哀傷。

臨江仙

夢後樓臺高鎖，酒醒簾幕低垂。
去年春恨卻來時。落花人獨立，微雨燕雙飛。
記得小蘋初見，兩重心字羅衣。
琵琶弦上說相思。當時明月在，曾照彩雲歸。

【白話文】夢醒後樓臺深鎖，酒醒時門簾低垂。想起去年春天的離愁，當時花好人在，如今花落人散，只剩霏霏細雨中燕子雙雙飛舞。記得與小蘋初次相見時，她穿著兩重心字的羅衣，透過琵琶的彈奏訴說自己的相思。當時照著小蘋離去身影的明月仍在，而小蘋卻已不見。

李後主曾經在闌珊的春意中醒來，面對著檻外的無限江山暗自神傷。晏小山面對同樣的春寒，同

樣關於過去美好的夢，從夢中醒來後感受到的，是夢中已經重複無數次的幸福。

為什麼不能讓這夢一直做下去，躲開這風流雲散後無法阻擋的悲哀？「衰草枯楊，曾為歌舞場」（《紅樓夢》），但是現在樓臺高鎖、簾幕低垂，哪裡還能尋到曾經熟悉的笑靨？

朋友或死或殘，四名歌女也從此流落人間。也許，她們又開始侍奉新的主人，也許，已經「零落成泥碾作塵」（凋零後被碾作泥土，最後化為塵。出自陸游〈卜算子〉），但是在小山的心中，她們的芳香卻依然如故。在這落花繽紛的時節，詞人獨自佇立在這塵世間，燕子如去年春來時一樣無憂無慮地雙飛雙棲，那曾經的花兒，不知流落到何方。

大觀園的姊妹們已經四散，曾經的歡笑只能永遠留在詞人的夢中。

獨自站在這淒冷的風中，小山想起了第一次與小蘋見面的情景。她的薄羅衫子上，兩個重疊的「心」字，少女的心思，也因這鎖住的「心」而更加神祕不可洞察。但是，女孩靈動的手指卻洩漏了她的心事，相思之情如泉水從弦上汩汩流出，那是多少年前的事情？明月依舊是那時的明月，可是霽月難逢，彩雲易散，身世浮沉，那些在小山生命中曾經那樣美麗的花兒，現在又在哪裡呢？

小山在〈小山詞自序〉中說，自己的詞章中記載的那些悲歡離合，「如幻如電，如昨夢前塵」，而這電光石火般襲來的前塵往事，每每讓小山猝不及防，這位癡情的詞人敏感而脆弱的心，總是被回憶擊個正著。這打擊蔓延開來，痛徹心扉，這疼痛，永遠無法平復。

從別後，憶相逢，幾回魂夢與君同？

鷓鴣天

彩袖殷勤捧玉鐘，當年拚卻醉顏紅。

【白話文】想當年，妳身穿彩衣、手捧玉杯殷勤勸酒，而我舉杯痛飲，醉到滿臉通紅。縱情跳舞，直到月亮從樓頂沉到楊柳舞低楊柳樓心月，歌盡桃花扇底風。
從別後，憶相逢，幾回魂夢與君同。
今宵剩把銀釭照，猶恐相逢是夢中。

樹下；盡興唱歌，直到桃花扇再也搧不動。自從離別後，便一直想再相見，多少次妳我重逢在夢中。今夜果真相逢，我拿起銀燈照了又照，就怕又是在虛幻的夢中。

繁花綻放的日子，就是「鈿頭銀篦擊節碎，血色羅裙翻酒污」（鑲著金花寶飾的雲紋梳子因打拍子而敲碎，鮮紅色的羅裙因酒杯翻覆而髒污，白居易〈琵琶行〉）的日子。女子的笑靨浮在滿斟的酒杯上，秀色可餐，更可佐酒。面對這樣的佳人，這樣的夜宴，怎能不催人一飲而盡？酒場如戰場，卻無戰場的血腥，只為那美人的盈盈一握，淺淺一笑。於是，在這個戰場上，「拚」的目的，只是那已然透出醉意的紅顏。鳳簫聲動，彩袖翻飛，竟不覺月已西斜；歌喉婉轉，團扇遮面，迷濛之中，只感到臉上拂過的陣陣香風。

可是，這一切如今都已成夢。自君別後，與君同夢，夢中，與你一樣，期盼著相逢之日，想再次見到你，如你想再次見到我；希望你不能離開我，正如我不能離開你。可是，注定的花落使相聚已成往事，多少次，「夢魂慣得無拘檢，又踏楊花過謝橋」（夢中的靈魂從來不受束縛，再度踏著滿地楊花走過謝家的小橋，去會意中人，晏幾道另一首〈鷓鴣天．小令尊前見玉簫〉），卻總是在看見你樓頭紅袖的時候，又悚然回到蕭瑟的現實。只有嗟嘆「夢魂縱有也成虛，那堪和夢無」（夢裡相逢也是虛幻一場，但我連做夢都辦不到，晏幾道〈阮郎歸〉）。

以為今生相聚已成泡影，誰知道，在這個花落時節，造物卻又將飄零的你我聚在了一起，難道真的是美夢成真？

小山舉起了燭臺。

這一照，照出的是驚喜，還是苦痛？是欣然，還是悲愴？小山沒有說，只是告訴我們，他害怕，害怕這相逢還是在夢中，與那些他曾經無數次做過的夢一樣，當他的手顫顫巍巍地伸向那隻熟悉的小手時，又會悚然驚醒，眼前只有空空蕩蕩的天花板。

不是夢，是真的相逢。也許，正是以前做過的那些夢終於感動了蒼天，於是安排這次意外的會面，安慰小山如落花一般的心情？

可是，當一朵落花與另一朵落花不期而遇的時候，那些早已塵封的往事卻更如一把尖刀，毫不憐惜地插入雙方心靈最柔軟之處。

這是怎樣的相逢啊！當年同駐枝頭的喧鬧此時成為背景，襯出更深的寂寞與悲涼。今晚的月，似乎也和那晚一樣；今晚的風，似乎也與那晚相同。所以，今晚之後，注定就是和那晚一樣的離別。唯一不同的是，那晚之後，經過了多年的世事風雨，我們終於在今晚重逢；而今晚之後，隨之而來的離別，也許就是永訣。

從前的那些夢，總希望能夠變成現實，可今晚的現實，倒不如化作一場夢。夢無法成為現實，心中有深深的悲哀，這樣的現實，讓小山感到心底升起的悲涼。

我們每個人，不過是造物主的玩物，連弄臣都算不上。

看破富貴，晏幾道修練成真正的精神貴族

有幾人能從笏滿床的當年轉回目光，追隨著飛入百姓家的燕子，凝視這現世的淒涼？而此時晏小山的心裡，富貴真的如雲煙一樣散去，不再回來。人世的滄海桑田在短短的人生中真切地發生，小山也許終於領悟到，富貴不過是場過於奢華也過於短暫的夢。從小在相府的生活讓他見慣了權力之爭的黑幕，不過這種見慣不是讓他習慣，而是讓他更深地看到權力背後的虛弱和荒謬。**他似乎更願意做一個簡單甚至單純的人，單純得讓別人以為他「癡」，連同他留下的那些詞章，那些只是為了他年輕時曾在一起的女孩子們寫的詞章。**但是，「都云作者癡」，可是「誰解其中味」[2]呢？

不會經綸事務的晏小山是癡，不願奔走於權貴之門的晏小山是狂，不相信朋友會欺騙自己的晏小山又有點傻。因為在這個現實的世界裡，人們都太聰明，也太狡猾，於是，天真、真誠就與呆傻無異，獨立個性也成為眾人眼中的異教徒。

可是，只有貴族才可能永遠是庸人眼中的異端，是這現世的不和諧者。看破富貴權位的晏小山，更願意把自己如水的文字送給那些如水的女孩，而不願為了名位奉獻給權貴。因此，在一代代興起又衰落的貴族面前，他昂然挺立，因為，他才是真正的貴族——精神的貴族，也是最後的貴族。

2 出自《紅樓夢》。

我就是11世紀周杰倫啊！

第十三章

柳永

最是風流的大眾歌手

- 生卒年：不詳
- 字：耆卿
- 稱號：柳三變、柳七、柳屯田、與兄長並稱「柳氏三絕」
- 作品賞析：〈鶴沖天〉、〈望海潮〉

西元十一世紀初的一天，科舉考試已經結束，來自全國的士子們正在焦急地等待放榜。當朝皇帝宋仁宗正在大殿對新科進士的名單進行最後的審核。皇帝此時的心情，大概和當年唐太宗的心情差不多，有「天下英雄盡入我彀中」的志得意滿。仁宗手裡的朱筆在一個個的名字上畫過，當筆尖到達一個名字的時候停住了。仁宗本來舒展的眉頭也緊鎖了起來，他提起筆，在名字旁邊寫了一句話：「此人好去『淺斟低唱』，何要浮名？且去填詞！」之後，用朱筆重重地把這個名字圈去。這個被圈去的名字，叫柳三變。

一句牢騷，壞了一輩子前途

——落榜狂言「忍把浮名，換了淺斟低唱」得罪宋仁宗

這已經是柳三變第三次落榜了，有人說是第二次，我們很難考證，因為像他這樣的人，正史不屑為他作傳。他的生平，只能靠後人在沾滿灰塵的詞句中尋找猜測。

柳永，字耆卿，初名三變，字景莊，因為他排行第七，因此人們又稱他柳七。柳永的父親柳宜原是南唐舊臣，入宋之後曾任工部侍郎。柳永兄弟三人，長兄三復，次兄三接，都才華出眾，三兄弟被人稱為「柳氏三絕」。柳永的父親、長兄、次兄都是進士出身，在書香門第長大的柳永，視功名為探囊取物，認為「對天顏咫尺，定然魁甲登第」（即使皇帝親自主考，也一定會登甲奪魁）[1]。可是他萬萬沒有想到，初次參加科舉，便名落孫山。

不過此時的柳三變，似乎沒有把落榜放在眼裡，他輕輕一笑，說：「富貴豈由人，時會高志須酬。」（功名利祿豈能如人所願，時時懷抱高遠志向才會有成就）[2]並興匆匆地準備參加下一次考試。可是，第二次科考又失敗了。柳三變坐不住了，鬱悶之下，寫了那首著名的〈鶴沖天．黃金榜上〉。

鶴沖天

黃金榜上，偶失龍頭望。明代暫遺賢，如何向？
未遂風雲便，爭不恣狂蕩？何須論得喪。
才子詞人，自是白衣卿相。
煙花巷陌，依約丹青屏障。幸有意中人，堪尋訪。
且恁偎紅翠，風流事，平生暢。青春都一餉。
忍把浮名，換了淺斟低唱！

【白話文】我偶然失去了金榜題名、狀元及第的機會。即使在政治清明的時代，君王也會錯失賢才，我今後該怎麼辦？既然沒有得到好的機遇，何不乾脆隨心所欲地遊樂！何必為功名患得患失？像我這樣的才子詞人，即使身在草野，也不亞於公卿將相。歌妓居住的街巷，擺放著丹青畫屏的繡房。那裡住著我的意中人，值得我追求尋

訪。與她們依偎，享受風流的生活，才是我平生最大的歡樂。青春轉瞬即逝，我寧願把功名，換成手中的一杯酒和耳畔低徊婉轉的歌唱。

《新唐書．卷二〇三》記載，據說唐代孟浩然一次在王維家遊玩時，與唐玄宗不期而遇，皇帝詢問他近來有什麼詩作，孟浩然便朗誦了自己的〈歲暮歸南山〉一詩。當皇帝聽到「不才明主棄，多病故人疏」（我本無才難怪明主見棄，年邁多病朋友也都生疏）的時候不高興了：「我沒有拋棄過你，是你自己不來見我，怎麼能說是『不才明主棄』呢？」（卿不求仕，而朕未嘗棄卿，奈何誣我？）言畢拂袖而去。於是孟浩然終身未被錄用。

落榜之後的柳三變，心態與孟浩然驚人相似：明明是自己名落孫山，卻說自己不小心沒考中狀元，還說政治清明的朝代居然也會遺漏自己這樣的賢才，順道為皇帝憂國憂民一下。詞人的失意其實也很明顯，但卻死鴨子嘴硬說：沒必要再去計較獲得與失去，我這樣的才子詞人，即是白衣卿相。

人生失意發點牢騷，自古皆然，但是柳三變的牢騷卻讓人側目。**文人仕途失意，大多選擇寄情山水，但柳三變卻是寄情紅塵。他毫不諱言，自己最喜愛的是煙花柳巷，尋訪「意中人」，平生最暢快的是「風流事」**。更大膽的是，他居然將士子們孜孜以求的功名斥為「浮名」，竟不知這是皇權控制文人最重要的手段、最有效的誘餌。在柳三變的眼裡，這些浮名根本不值一提，不如換得在勾欄瓦肆中的「淺斟低唱」！

柳永犯了大忌諱。

他不明白，自古失意文人寄情山水，其實不過是替自己進身找一個更合適的平臺罷了。東晉謝安

1 出自柳永〈長壽樂〉。
2 出自柳永〈如魚水〉。

曾經罷官，於是隱居東山，可是他的隱居，其實是為自己出山增添一個更有分量的籌碼，同時也展現自己「不慕名利」的「風骨」。果不其然，隱居後不久，他就在朝廷的一再懇請之下「極不情願」地出山了，同時也為中國文化留下了一個成語：東山再起。

唐朝處士盧藏用隱居終南山，但是又隱得很不安分，經常皇帝在哪裡他就出現在哪兒，被時人譏諷為「隨駕隱士」。後來他終於得償所願，以「高士」身分被徵召入仕。一次他和司馬承禎路過終南山，他指著山對司馬承禎說：「此中大有嘉處。」司馬承禎調侃說：「依我看來，這座隱居的山不過是仕宦的捷徑罷了。」（以仆視之，仕宦之捷徑耳，《新唐書．卷一二三》）盧藏用頓時愧不敢言。「終南捷徑」的典故也出自於此。

即便是聲稱不願「摧眉折腰事權貴」的詩仙李白，在得到朝廷徵召的詔書之後，也喜孜孜地高唱〈南陵別兒童入京〉「仰天大笑出門去，我輩豈是蓬蒿人」（開懷大笑地出門去，我豈是一輩子困居草野之人），絕塵而去。

由此看來，**中國古代絕大部分隱士，本質上其實是「著名隱士」。隱居是為了替自己找一個進可攻退可守的平臺。**一方面仙風道骨顯示自己棄塵絕俗，另一方面暗地鑽營孜孜以求進身之階。這些隱士的小算盤皇帝也未嘗不知道：他們並不是不想做官，只不過嫌現在給自己的官太小，做官的方式太卑微，於是透過這種欲擒故縱的方式以退為進罷了。一旦皇帝對這些人的才幹有所肯定，則會安車蒲輪、三顧茅廬請他們出山。這樣，一方面成全了皇帝愛才如命的美名，也顧全了他們本不樂仕進，不得已才勉為其難出來做官的面子。這種潛規則雙方都是心照不宣的。

凡有井水處，都唱柳詞

——柳詞清新通俗、音調優美，最受歌妓庶民喜愛

文人雅士即使不做官，行為也得符合雅的標準。吟詩作賦無疑是雅的，隱居林泉也是雅的，哪怕是垂釣溪邊、伐柯山林也是雅的，因為姜太公和《詩經》有了先例。文人做雅事，就是為自己留了後路，隨時可以出來做那件不算太雅但是人人都趨之若鶩的事：做官。如果實在做不了，退而求其次也可以高蹈世外，終老林泉，死後也許會有人給自己一個「靖節」的私諡。

柳永錯就錯在沒有為自己留後路。流連山水是大雅，而流連柳巷，詠懷男女之愛則是大俗。一兩次科舉失利就如此一俗到底，即使以後皇帝想起用你，也不得不因保持手下官員的純潔性而有所顧慮，這不是自斷後路嗎？

說起來柳永也頗委屈：男歡女愛向來是藝術永恆的主題，從《詩經》開始就詠嘆不絕，文人們不但不以為俗，反以為雅，為何到柳永手裡就變成大俗了呢？

有些事，聖人做得，凡人卻做不得。

《詩經》首篇便是「關關雎鳩」，寫男子想念女子睡不著覺「輾轉反側」，寫夢中情人是「所謂伊人，在水一方」，這些美麗的詩句本都是凡夫俗子的「昵昵兒女語」（兒女間的低聲細語），有著紅塵之中的永恆追求與美。可是孔夫子一句「思無邪」，硬生生地將《詩經》中那些新鮮靈動的情詩變成了廟堂之上的宏大敘事，後世腐儒陳陳相因，言閨情必是香草美人，柳永直寫閨閣之思，反倒成了不高雅，至少是不高尚。

原來兒女之情只能是個幌子，店裡賣的酒必須是「萬機宸翰」的味道，是為「興寄」。掛羊頭賣狗肉才是正宗，若掛羊頭賣羊肉，反而是俚俗之至，絕不能登大雅之堂。

由此可見，雅俗之涇渭分明，距離可以光年計，誰敢說大俗即大雅？

但是話說回來，柳永的遭遇，也不見得完全是打破了雅俗之間的潛規則，更大的原因，或許是得罪了皇帝隨即牆倒眾人推而已。

柳三變自己也不知道，從這首詞問世的那一天起，就注定了自己下次科舉失敗，也注定了他整個人生坎坷。

梁衡《讀柳永》寫道：

> 這本是一個在背處發的小牢騷，但是他也沒有想一想你怎麼敢用你最拿手的歌詞來發牢騷呢，他這時或許還不知道自己歌詞的分量。它那美麗的詞句和優美的音律已經征服了所有的歌迷，覆蓋了所有的官家的和民間的歌舞晚會，「凡有井水處都唱柳詞」。

被皇帝親手黜落的柳三變，似乎沒有汲取教訓，反而變本加厲地放浪形骸、流連聲色。他自嘲是「奉旨填詞柳三變」，出沒於花街柳巷之中，結交的都是歌妓朋友。他為她們寫詞，許多人因為他而走紅，在官場上慘敗的柳三變，在紅塵中卻獲得莫大的成功。**許多歌妓以能認識柳永為榮，若能得到他為自己寫的詞，那更是可以傲視同行。歌妓之間甚至流傳著這樣的說法：「不願穿綾羅，願依柳七哥；不願君王召，願得柳七叫；不願千黃金，願得柳七心；不願神仙見，願識柳七面。」**

沈家莊先生在《宋詞的文化定位》一書中說：

> 庶族文化構型所涵匯的平民文化因素及世俗傾向，是「宋型文化」最突出的特色。這反映出精英文化與通俗文化趨同，大傳統文化與小傳統文化合流的社會文明進步的必然趨勢。

柳三變與精英文化和通俗文化合流的趨勢不期而遇。他筆下出現最多的不是堂皇的宮殿，而是平常的市井；不是慷慨激昂的英雄豪傑，而是養家餬口的販夫走卒；不是宏大的忠君報國，而是與低賤歌妓之間的兒女情長。

如此一來，放浪形骸的柳三變，遭到文人幾乎一致的批評，也就在情理之中了。吳曾《能改齋漫錄》說柳詞多「淫冶謳歌之曲」，胡仔《苕溪漁隱叢話》稱柳詞多「閨門淫蝶之語」，陳振孫《直齋書錄解題》稱柳永「其詞格固不高」，黃升《唐宋諸賢絕妙詞選》說柳永「長於纖豔之詞，然多近俚俗，故市井之人悅之」，王灼的《碧雞漫志》則批判柳詞「不知書者尤好之。予嘗以比都下富兒，雖脫村野，而聲態可憎」。

此時的柳三變，已經成為文人的公敵。

其實柳三變並非不慕功名，被皇帝斥退之後，他改名為「永」，也許就是想改變自己在皇帝眼中的不良印象，在仕途上取得一席之地。終於，在經歷了三次失敗之後，柳永考上了進士。可是，放榜之後，吏部卻遲遲不替他安排官職。憤憤不平的柳永去找宰相晏殊。

晏殊問：「賢俊喜歡填詞是嗎？」（賢俊作曲子麼）

柳三變聽出晏殊話裡的指責之意，於是反唇相稽：「我和大人一樣，都喜歡填詞。」（祇如相公亦作曲子）

晏殊聽後冷冷地說：「我雖然也填詞，但卻不會作『彩線慵拈伴伊坐』這樣的淫詞豔曲。」（殊雖作曲子，不曾道彩線慵拈伴伊坐）[3]

筆力不凡才氣過人，求官詩贏得長官刮目相看！

——〈望海潮〉巧妙調動文字，蘇杭美景盡收眼底

如果不是宋史研究專家，很少有人會知道孫何這個名字。但是，這個名字在十一世紀初的柳永眼中，卻有著非同一般的分量，甚至，寄託著他對未來的所有希望。

科場失意的柳永並沒有完全失去對仕途的期望，他多方奔走於權貴之門，希望能夠有萬一之得。

3 此段故事出自宋朝張舜民《畫墁錄》。其中「彩線慵拈伴伊坐」出自柳永的〈定風波〉，正確的原句是「針線閑拈伴伊坐」。

柳永寓居杭州的時候，機會來了，他從前的布衣之交孫何擔任兩浙轉運使[4]，來到了杭州。可是，柳永對形勢的估計還是過於樂觀了，孫何並沒有因為兩人的舊交而對柳永另眼相看，他到任之後，「門禁甚嚴」，柳永連他的門都進不去，遑論得到他的提攜！無奈之下，柳永找了相熟的歌妓孫楚楚，對她說：「我想見孫大人，恨無門路，我寫一首詞交給妳，在他府裡宴會的時候妳唱，如果他問作者是誰，妳就說是柳七。」（欲見孫相，恨無門路。若因府會，願借朱唇歌於孫相公之前。若問誰為此詞，但說柳七）柳永對這次會面充滿期待，乃至於特地為此新創了一個詞牌〈望海潮〉。

望海潮

東南形勝，三吳都會，錢塘自古繁華。
煙柳畫橋，風簾翠幕，參差十萬人家。雲樹繞堤沙。
怒濤捲霜雪，天塹無涯。
市列珠璣，戶盈羅綺，競豪奢。重湖疊巘清嘉。
有三秋桂子，十里荷花。
羌管弄晴，菱歌泛夜，嬉嬉釣叟蓮娃。千騎擁高牙。
乘醉聽簫鼓，吟賞煙霞。
異日圖將好景，歸去鳳池誇。

【白話文】這裡是東南最優美的地方，是三吳地區最著名的城市，錢塘自古以來便十分繁華。如煙的柳樹、彩繪的橋梁，遮風的簾子、翠綠的帳幕，屋宇高高低低，約有十萬人家。高聳入雲的大樹環繞著沙堤，怒濤捲起霜雪一樣的浪花，天然的屏障綿延無邊。市場上陳列著珠玉珍寶，家戶裡充滿綾羅綢緞，爭講奢華。西湖四周重重疊疊的山嶺非常清秀美麗，秋天有桂花飄香，夏天有十里荷花爭豔。白天吹奏羌笛，夜晚划船採菱歌唱，釣魚的老翁、弄蓮的孩子都嬉笑顏開。地方長官在千名騎兵簇擁下，乘著酒意聽吹簫擊鼓，觀賞吟唱煙霞風光。他日畫下這美好景致，回歸朝廷時可以好好誇耀一番。

用一首僅有百餘字的小詞來表現一個城市，難度可想而知，但是柳永做到了。長期羈旅天涯的詞人一反憂傷哀婉的常態，起句便渾厚不凡，詞人彷彿是站在雲層之上，俯瞰神州大地，在一片蒼茫雄偉的山河中，熠熠閃耀的就是這東南海濱的璀璨明珠。詞人動於九天之上，目光呼嘯著穿過厚厚的雲層，穿過陣陣的香風，落到地面。晨霧未散，柳色如煙，畫橋宛然，清風吹拂著居民綠色的簾幕，重重簾幕之後，就是享受著這昇平氣象的十萬人家。海堤上綠樹如雲，海堤邊驚濤如雪，站在堤上遙望天涯，怎能不蕩氣迴腸，胸襟頓開？詞人從堤上收回目光，移到繁華的市井，市場上陳列著珍奇珠寶，家家戶戶堆滿了綾羅綢緞，爭奇鬥豔，富足美滿。

「上有天堂，下有蘇杭。」（典故出自范成大《吳郡志》）杭州不僅是富庶的魚米之鄉，更是景色美麗的人間天堂。西湖倒映出翠綠的層巒疊嶂，更增景色之秀美；桂子飄香，荷花滿眼，讓人見之忘返。陽光下，有人在吹響羌笛；月色下，姑娘在低唱菱歌，垂釣的老人，弄蓮的孩子，黃髮垂髫，怡然自樂，不是桃源，卻比桃源更美。好一派歌舞昇平，好一個太平盛世！

作為干謁詞，詞人當然沒有忘記奉承這位曾經的好友、現在的貴人：威武的騎兵簇擁著此地的父母官，醉飲西湖，忘情於山水，這是何等的逍遙、何等的自在！杭州的一片勝景，當然與您的英明領導分不開，改天將此景繪成圖畫，上奏朝廷，皇帝怎麼能不心花怒放呢？

梁衡先生說：「他（柳永）常常只用幾個字，就是我們調動全套攝影器材也很難達到這個情景。」**這首詞可算箇中典範。**中國詩人，多喜歡描寫山居閒散，鄉村野趣，卻很少有人敢於描繪一個龐大的都市。這除了與中國文人傳統的審美情趣有關之外，也與很多人筆力有限，生怕畫虎不成反類犬有關。而柳永卻敢試牛刀，**一首百餘字的小詞，竟如一篇輝煌的樂章，又如一幅潑墨的大畫，將這個當時的國際都市留在了方寸的紙頁上，更讓我們的目光越過紙頁的邊緣，見到那一千多年前的繁**

4 設置始於唐朝，掌管運輸財賦、糧食等事務，至宋朝則兼軍事、刑名、巡視地方之職。

盛和幸福。

孫何聽到這首詞之後，果然向歌妓打聽作者，知道是柳永之後，馬上命人請柳永赴宴，賓主盡歡而散。

柳永想請孫何提攜自己的目的是否有達到，書上沒有記載，大概這之後，再沒下文了吧。在孫何眼裡，曾經的好友柳永不過是個閒暇時供自己玩樂的伶人，這樣的人，官員身邊實在太多太多。但是孫何可能怎麼也想不到，多年之後，沒有人知道他的名字，但他蔑視的柳永卻永遠留在了中國的歷史上。公正的歷史給了他們兩人應有的地位，毫無偏私。

關於這首詞，還有個讓人啼笑皆非的故事。

據說當時金主完顏亮看到這首詞之後，被詞中的「三秋桂子，十里荷花」吸引，於是下決心要征服南宋，將此美景據為己有，於是隔年以六十萬大軍南下攻宋。儼然柳永的這首詞成了外敵入侵的緣由。宋人謝處厚還寫了一首詩：「誰把杭州曲子謳。荷花十里桂三秋。那知卉木無情物，牽動長江萬里愁。」（是誰唱那描寫杭州的〈望海潮〉，三秋桂子、十里荷花，景色美妙、歌聲動人，怎知草木無情，卻挑動了狼子野心，引發萬里長江邊上的廝殺）這種說法至為可笑，那些昂昂乎廟堂之器的朝廷重臣們，由於自己的無能而導致外敵入侵，竟將責任歸於一首小小的詞之上。好在完顏亮攻宋不成，反為部下所殺，不然，柳永豈不是要背上「賣國」的罪名？殊為可嘆，殊為可笑！

紅塵深處，才是詞人的歸宿

幾經周折之後，柳永終於得到了一個睦州團練推官的小小職務。他做過最高的官，不過是個屯田員外郎，從六品，是宋代京官中最低的官職。

柳永究竟死於何年，至今仍是一個謎。葉夢得《避暑錄話》中說，柳永是「死旅」，就是死在家鄉之外的意思。他死後，無人為他安排後事，於是停殯於潤州佛寺。這樣的結局，多少讓人有些傷感。好在，馮夢龍在《喻世明言》裡，講述了一個讓人感到溫暖的故事：

柳永死時，身無分文，當地妓女知道之後，出錢將他下葬。他的墓碑上只刻著「奉旨填詞柳三變之墓」幾個字。這是一種褒揚，還是一種示威？沒人知道。馮夢龍說：「出殯之日，官僚中也有相識的，前來送葬。只見一片縞素，滿城妓家，無一人不到，哀聲震地。那送葬的官僚，自覺慚愧，掩面而返。」以後每到清明時節，歌妓們都要到他的墓前祭奠，稱為「吊柳會」。沒有參加過「吊柳會」的，不敢到樂遊原踏青。這個習俗一直持續了百餘年。後來，有人在墓前題詩：

樂遊原上妓如雲，盡上風流柳七墳。
可笑紛紛縉紳輩，憐才不及眾紅裙。

【白話文】樂遊原上滿是歌妓，都是來柳永墳上祭祀的，可笑那些高官們，還不如商女來得知才惜才。

仕途坎坷的柳永是不幸的，流連紅塵的柳永卻是幸運的，梁衡先生說：

柳永是經歷了宋真宗、仁宗兩朝四次大考才中了進士的，這四次共取士九百一十六人，其中絕大多數人都順順利利地當了官，有的或許還很顯赫，但他們早已被歷史忘得乾乾淨淨，但柳永至今還享此殊榮。

在青雲之上遭受不公的柳永，終於在紅塵深處找回了自己的公道。

我是古今最懂得自嘲、最開得起玩笑的文人！

第十四章

蘇軾

微笑，走出豁達樂觀的最高境界

- 生卒年：西元1037～1101年
- 字：子瞻、和仲
- 號：東坡居士、鐵冠道人、真神仙中人
- 諡號：文忠
- 作品賞析：〈水調歌頭〉、〈卜算子〉、〈臨江仙〉、〈洗兒戲作〉、〈念奴嬌〉、〈定風波〉、〈蝶戀花〉、〈縱筆〉

御史台衙門裡有一個很大的庭院。

御史台衙門庭院中間有一株很大的樹。

御史台衙門庭院的樹上，有一個很大的烏鴉窩。

於是，御史台就被人們稱為「烏台」。元豐二年（一〇七九年）七月二十八日，四十三歲的蘇軾在湖州太守任上被逮捕，八月十八日送進御史台的皇家監獄，現在，他已經在這裡被關押了兩個多月了。和所有觸龍鱗逆聖聽而身陷囹圄的官員一樣，他每天都在擔心，不知什麼時候一個官員會毫無預兆地出現在牢門，宣布自己被判處死刑的消息。那個時候，他還不知道，自己的這段經歷將成為整個大宋王朝的恥辱，這個案件會被後人稱為「烏台詩案」，永遠載入史冊。

蘇軾已經在御史台被關押了兩個多月，他入獄前曾和長子蘇邁約定，如果案情一切尚好，給自己送飯的時候就只送蔬菜和肉食；如果案情嚴重，就送魚。此前，兒子派僕人送來的都沒有魚，這多少讓蘇軾有些心安，甚至開始做起了很快平反昭雪的夢。可是，今天，僕人送來飯菜，蘇軾打開食盒的時候，臉色一下變得慘白，手也開始顫抖——

今天送來的飯菜裡，赫然擺著一條熏魚。

科舉第一轟動京城，蘇軾卻自請下調杭州？

景祐三年（一〇三六年）十二月十九日，蘇軾降生在眉山，據說當天山上的草木一夜之間都失去了顏色。有人說，這是因為初生的蘇軾受到造物主得天獨厚的寵愛，將天地的精華靈氣都賜予了他。這固然只是一個傳說，正如流傳在民間關於蘇軾的其他傳說一樣，老百姓用這種方式來表達對這位與自己格外親近的文人的喜愛。

宋仁宗嘉祐元年（一〇五六年），蘇軾、蘇轍隨父出川，赴京趕考，兄弟雙雙得中進士。當時的文壇領袖歐陽修對蘇軾更是讚不絕口，認為將來取代自己地位的必是蘇軾（參見P.XXX）。不久父子三人因蘇軾母親去世而回家奔喪。三年後，父子三人回到京城，蘇軾和蘇轍參加了選拔高級人才的「制科」考試，蘇軾列為三等。這是最優秀的品級，自宋代開國以來，只有蘇軾和另一個叫宋育的人得此殊榮。而蘇轍也名列第四等。宋仁宗十分高興，對皇后說：「我今天為子孫得了兩個宰相。」（朕今日為子孫得兩宰相矣，出自《宋史．卷三三八》）一時間，「三蘇」之名震動京師。

蘇軾在家守喪期間，北宋王朝的政壇風雲突變。熙寧二年（一〇六九年），神宗起用王安石為副宰相，後又升為宰相，主持變法。王安石過於執拗的性格和他用人上的重大失誤不僅為他自己樹立了很多敵人，也直接影響到新法的貫徹和實施，在很多地方，新法甚至變成了殘害百姓的幫兇。蘇軾與王安石在政見上頗多不合，而借新法投機的小人紛紛趁機中傷蘇軾，無奈之下，蘇軾為了自保，請求外任，以離開這個政治漩渦。熙寧四年（一〇七一年），在自己的一再要求下，他終於得以辭去京職，任杭州通判。

林語堂先生說，杭州幾乎是蘇軾的第二故鄉。一到這座美麗的城市，蘇軾就寫下了〈六月二十七日望湖樓醉書〉「未成小隱聊中隱，可得長閒勝暫閒」（做不到隱居山林，就暫時做個閒官吧，這樣可以長期悠閒勝過暫時休閒）的詩句。**杭州提供生活在政治恐懼中的蘇軾，一個可以躲避風雨的棲身之地，而蘇軾也為這座美麗的城市增添了更多的光彩。**在蘇軾的筆下，水光瀲灩的西湖就是美女西子，不管淡妝還是濃抹，都是天姿國色，容貌不凡。雖然囿於職權之限，通判蘇軾不能為杭州百姓做出更大的貢獻，「但是他之身為詩人，地方人已深感滿足。」（林語堂《蘇東坡傳》）

三年後，蘇軾離開杭州，任密州太守，兩年之後又任湖州太守。蘇軾身到一處，總是想方設法為百姓造福。在密州時蘇軾收養了幾十個棄嬰；在徐州時，上任不過三個月，黃河決口，蘇軾帶領軍民日夜抗洪，四十餘日過家門而不入，保住了城池。

這時候的蘇軾，和宋代大多數士大夫一樣，奔走於各個任所，以後，他還會奔走於各個貶所。不過，讓我們把時間定格在西元一〇七四年，來看看蘇軾擔任太守的密州。

杭州期滿再遷密州，屢遭貶謫卻心胸豁達！

——「但願人長久，千里共嬋娟」寫盡對弟弟的思念與祝福

宋神宗熙寧七年（一〇七四年）九月，蘇軾在杭州任期滿了。那時，他的弟弟蘇轍在山東任職，蘇軾與弟弟一向情感深厚，於是他申請到山東任職，希望能與弟弟靠近一些。朝廷准許了他的請求，蘇軾被任命為密州太守。

可是，蘇軾到密州任職之後，自己與蘇轍都公事纏身，仍然無法相見。熙寧九年（一〇七六年）的中秋，對著一輪圓月，蘇軾醉飲達旦，寫下了這首千古傳誦的〈水調歌頭．明月幾時有〉。

水調歌頭

丙辰中秋，歡飲達旦，大醉，作此篇，兼懷子由。

明月幾時有？把酒問青天。
不知天上宮闕，今夕是何年。
我欲乘風歸去，又恐瓊樓玉宇，高處不勝寒。
起舞弄清影，何似在人間！
轉朱閣，低綺戶，照無眠。
不應有恨，何事長向別時圓？
人有悲歡離合，月有陰晴圓缺，此事古難全。
但願人長久，千里共嬋娟。

【白話文】（丙辰年的中秋節，我高興地喝酒直到第二天早晨，喝到大醉，寫了這首詞，同時思念弟弟蘇轍）明月從什麼時候開始出現的？我端起酒杯問一問蒼天。不知道在天上的宮殿，今夜是哪一年。我想要乘著清風回到天上，又怕天上的華美宮殿太過寒冷。翩翩起舞玩賞著月下清影，歸返月宮怎比得上人間。月光轉過紅色的樓閣，低低照進雕花的窗戶，照著毫無睡意的人。明月不該對人們有什麼怨恨吧，為什麼總在分離的時候又亮又圓？人有悲歡離合，月有陰晴圓缺，這種事自古以來難兩全。只希望我們永遠平安健康，即使相隔千里，也能共享這美好的月光，互寄思念。

李白〈把酒問月〉曾說：「青天有月來幾時？我欲停杯一問之。」（高懸在青天上的明月起於何時？我現在且停下酒杯一問之）詩仙在孤獨寂寞的時候舉杯邀明月，但是仍然只能對影成三人。**在出世與入世間徘徊，似乎是中國傳統文人永恆不變的猶豫。李白不例外，蘇軾也不例外。**詩人舉杯問月，問的是永恆的時間背後永恆存在的祕密。這個祕密求仙訪道者問過，帝王將相們問過，但是，卻從未如今晚一樣，顯得如此深沉，如此凝重。陶淵明在官場失意之後，轉向田園，李太白在賜金還鄉後，試圖求仙訪道，一個採菊東籬，一個放鹿青山。蘇軾似乎也累了，如果能乘著月色，逆流而上，飛向雲端，飛向月光之上，也許，永恆的存在就在那裡？

可是，雲捲雲舒，月缺月圓，難道在那天際雲端，真的能夠找到永恆所在？或者，只能如李商隱筆下的嫦娥一樣，後悔盜取靈藥，必須承受永恆的清冷和寂寞？高處不勝寒，何似在人間！

回來吧，還是回來吧！

詩人從無盡的浩渺中收回自己的目光和期待，從虛妄的逃避中收回自己的激憤和怨艾，回到這塵世中。何必為生命的不完美而遺憾？何必為幸福的不長久而感慨！如果生命只有完美，那麼完美必將不再是完美；如果幸福一定永恆，那麼幸福也不再是幸福了。生命的魅力，也許正在其跌宕，正在其起伏，正在其狂喜後的低沉、高歌後的落寞、喧鬧後的淒涼。

於是，詩人謝絕了曼舞飛天的邀請，謝絕了彩帶和瓔珞的誘惑，從虛無縹緲的空中，回到了熟悉而又堅實的大地。天地還是那片天地，但是，在月光與詩人智慧的共同洗禮下，天地已非開初的那片天地了。覺醒後的山還是山，水還是水，可是，已不是開初的那段山水了。

九百多年後，中國有一位詩人海子相信在塵世中能獲得幸福，相信面朝大海，也能春暖花開。可他自己沒辦法做到，那在海裡盛開的鮮花成了遙遠的絕唱。可是，蘇軾做到了。這個執著而又瀟灑的詩人面對人生的悲哀和苦痛，拒絕逃避離去，因為他知道，在這個熟悉得陌生的紅塵裡，還有太多的溫暖和幸福，還有太多的牽掛和惦記。這牽掛和惦記並不會成為詩人生命的沉重包袱，壓得他無法前行，而是成為動人的樂章，每一個音符都有著自己的重量，響在詩人的耳邊，放在詩人的心上。

但願人長久，千里共嬋娟……

這也許是有史以來，最溫馨、最有人情味的一句祝福。即使第一個說出這句祝福的詩人已經離開我們將近一千年，這句祝福依然被不同的口音甚至不同的語言重複著，在往後也必將繼續不斷地重複下去。現在，再次聽到這句祝福時，我突然想到，也許，這就是真正的永恆；也許，蘇軾就在那個月夜裡，發現了這永恆的祕密——回到紅塵，詩意棲居。

元豐二年（一〇七九年），蘇軾奉旨調任湖州太守。近十年的外任生涯是蘇軾生命中最安逸平靜的時光，可是，危險也在悄悄逼近他。

在蘇軾寫的謝恩奏章中，有一些批評時政的句子，引起了新黨的忌恨，這些文人官僚又從蘇軾以往的詩作中找出一些認為是怨謗朝廷的句子，於是以「文字譭謗君相」的罪名，將蘇軾逮捕下獄。這就是歷史上著名的「烏台詩案」。其實，蘇軾的罪名只有一個，用他弟弟蘇轍的話來說，就是「獨以名太高」。很多人相信幹掉了熊貓自己就能成為國寶，可是即便他們把松鼠都殺光了，也無法改變自己的排名。戰士終究是戰士，而蒼蠅始終不過是蒼蠅。

讓蘇軾幾乎魂飛魄散的「熏魚事件」後來證實是一場誤會。當時蘇邁為了照顧入獄的父親，盤纏已經花光，只好出去借貸，而把為父親送飯的任務暫時交給了一位朋友，但是又忘記告訴朋友自己與父親的暗號。出於對文豪的尊敬，這位朋友竭盡所能為蘇軾準備飯菜，卻不知這特意放進去的魚卻為蘇軾帶來了一場虛驚。

宋神宗根本不相信才華蓋世的蘇軾有造反之心，這多少使那些小人的誣陷沒有達到預期的效果。十一月二十九日，皇帝下詔，將蘇軾貶為黃州團練副使，不准擅離該地，不可簽署公文。

這一年的除夕，蘇軾終於走出待了四個月又二十天的監獄。第二天，元豐三年（一〇八〇年），蘇軾與蘇邁收拾行囊，踏上了前去黃州的旅程。

陷入烏台詩案，蘇軾三貶黃州

長江邊上，漢口下約六十里地，有一個窮苦的小鎮，叫黃州。

蘇軾被貶黃州，與其說是貶官，還不如說是作為罪犯被監管。二月初，蘇軾到了黃州。經過了「烏台詩案」死裡逃生，從監牢裡出來的蘇軾，已經不完全是以前那個意氣風發的太守了。初入仕途時，蘇軾曾經豪邁地宣稱：「有筆頭千字，胸中萬卷；致君堯舜，此事何難？」（〈沁園春．孤館燈青〉）可是，一場莫名其妙的文字獄似乎讓他明白，世上很多事情，並不是由才氣決定，甚至，有些事正是由於才氣太高而弄糟的。蘇軾說，自己眼見天下無一個不是好人。這種天真和純淨是藝術家最可寶貴的特質，但對政治家來說，過於奢侈，也過於危險。

蘇軾在黃州一個東面的山坡上蓋了三間房子，過起了半官半隱的生活，也替自己取了一個號，叫「東坡居士」。

可是，慘痛的記憶如此切近，絕非躬耕壟畝、長嘯林間可以消解。蘇軾到黃州的時候是二月初，那彎清冷的殘月大概就是在那時，將慘澹而溫柔的光輝灑在這個天真可愛的詩人肩頭吧？那隻失群獨飛的孤雁就是那時，飛過詩人的頭頂低頭與詩人對望吧？

卜算子・黃州定慧院寓居作

缺月掛疏桐，漏斷人初靜。
誰見幽人獨往來，縹緲孤鴻影。
驚起卻回頭，有恨無人省。
揀盡寒枝不肯棲，寂寞沙洲冷。

【白話文】彎月高掛在梧桐樹梢，夜深人靜，漏壺的水已滴光。誰能看見幽居的人獨自徘徊？只有那縹緲高飛的孤鴻知道我的惆悵。驚起的孤鴻不斷回頭探望，好像充滿無人理解的幽傷。牠挑遍了寒枝也不肯棲息，甘願在沙洲忍受寂寞淒冷。

真正的孤獨是難以與人言說的。那是一種痛徹心扉但是表面上淡定從容的鎮靜，就如巨江大河，江面上往往波瀾不驚，水面下卻有萬千氣象。學生時代聽柴可夫斯基《第六號交響曲》[1]，很好奇這首聽起來平靜甚至有些愉悅的曲子為什麼被評為「悲愴」。後來才明白，讓人一眼看出的只是悲哀，讓人無法一眼看穿的，才是悲愴。

缺月清冷，孤桐岑寂，幽人悄然踟躕，孤鴻無語高飛，誰能參透這孤獨的夜，誰能參透這孤獨的心？沒有大難臨頭的哭號，沒有絮絮叨叨的訴說，只有沉靜的月光清冷地掛在同樣沉寂的天空。

古代文人遭遇貶謫的很多，但是大多數人在遇事之後，選擇的是憤懣和牢騷，似乎總想為自己不公平的待遇找到一個發洩的窗口，這倒是為後人尋找前代黑暗來證明現世光明提供了很好的素材。但蘇軾卻不然，他選擇了孤獨的沉思。

孤獨者終究屬於孤獨，正如智者終究屬於智慧。

還有誰跟自己一起孤獨嗎？在這空無一人的天地間，承受這無言的痛和寂寞？人生的境遇與苦楚，如人飲水，冷暖自知，這是無法與人分享的，更無法與人分擔。

從汴州到杭州，從杭州到密州，從密州到湖州，命運之神此時跟蘇軾開了個不大不小的玩笑，他像被頑童扔掉的破舊玩具一樣，「啪」的一聲被扔到了黃州，扔到了清冷的月光和孤寂的梧桐下，扔到了被月色映得慘白的沙洲上。

好在，還有幾個朋友。

蘇軾在黃州結識了潘酒監、郭藥師、龐大夫等幾個朋友，他的同鄉，眉山的巢谷先生也不遠千里前來探問。這位巢谷，後來在蘇軾被貶海南的時候，更是不辭艱辛，以七十三歲高齡，不遠萬里去探問蘇軾，結果行囊被竊，困死在路上。這應該是歷來的友誼史上，最令人景仰和唏噓的一幕了。

可是，朋友散去之後呢？

1 柴可夫斯基（Pyotr Ilyich Tchaikovsky，一八四〇～一八九三年），俄國浪漫派作曲家，《第六號交響曲》是他的絕筆之作，也是畢生最滿意的作品。

由韓國名指揮家鄭明勳指揮的柴可夫斯基《第六號交響曲》

在困境之中，開展出「儒釋道」三家合一的境界

臨江仙．夜歸臨皋

夜飲東坡醒復醉，歸來彷彿三更。
家童鼻息已雷鳴。敲門都不應，倚杖聽江聲。
長恨此生非我有，何時忘卻營營？
夜闌風靜縠紋平。小舟從此逝，江海寄餘生。

【白話文】夜深在東坡飲酒醒了又醉，回家的時候彷彿已是三更。家裡的童僕早已睡熟，鼾聲如雷鳴。敲了敲門，屋內完全沒有回應，我只好獨自倚著枴杖、傾聽江水流動的聲音。我常常憤恨命運不歸自己掌控，什麼時候才能忘卻功名利祿、奔競鑽營！趁著這夜深風靜、江平無波，駕起小船從此遠去，泛遊江河湖海寄託餘生。

陶淵明〈歸去來辭〉曾經感嘆「既自以心為形役，奚惆悵而獨悲」（既然為了衣食而去做官，為何鬱鬱不快、獨自悲傷），蘇軾酷愛陶淵明，對這句話應該十分熟悉。人在窮途時經常會反問自己，為何要這樣東奔西走，人生的真正意義究竟何在？面對人世紅塵的熙熙攘攘，自然一如億萬年來的沉默，這種沉默往往讓人感到羞愧汗顏。面對這個永恆的空間，任何沉浮勝敗都顯得那樣的滑稽與可笑。**出身儒生的蘇軾對釋道兩家一直頗有心得，這使他在進取時充滿致君堯舜的豪氣，在低沉時又能用哲學家的眼光來觀照人生、觀照自然。**

詩人似乎明白了什麼，原來，世事的無常也許只是一個可笑的夢境，唯有長駐的山水才是佇立的永恆。與其在世間苟且營營，不如駕一葉扁舟，忘情湖海，只有在那裡，才能找到自己真正的歸宿。

據說，此詞寫出之後，曾經讓郡守虛驚一場。詞末的「小舟從此逝，江海寄餘生」很容易讓人聯想到蘇軾已經駕小舟而去，或者是投水自盡。而郡守接受朝廷命令，要求對蘇軾嚴加看管，要是他不見了，自己肯定難辭其咎。於是忙不迭地去蘇軾家裡看個究竟，結果「子瞻鼻鼾如雷，猶未興

也」（子瞻打鼾如雷，還未起床呢）[2]。郡守並不知道，此時的蘇軾，正如蛹化蝶，以痛苦和思索為養分，進行他一生中最重要的一次脫胎換骨。而這次轉變，不僅將在中國文學史上塑造出一個嶄新的蘇軾，更在未來無限的歲月裡澤溉無數後人，讓人們循著他思索的路徑去探求生命最本原的祕密。

就在黃州，蘇軾的侍妾，就是後來成為蘇軾最著名的紅顏知己的朝雲，為他生下了幼子蘇遁，在為孩子「洗三」[3]的時候，蘇軾作了一首調侃的詩：

洗兒戲作

人皆養子盼聰明，我被聰明誤一生。
惟願孩兒愚且魯，無災無難到公卿。

【白話文】每個人都希望自己的孩子聰明伶俐，我卻因為太聰明而被聰明耽誤了一生。我只希望自己的兒子愚笨遲鈍，沒有災難禍患，一直做到公卿。

孤獨得讓人心疼的蘇軾正從悲涼中甦醒，在痛苦的反思之後，一個幽默、善於自嘲、讓人喜愛的蘇軾開始露出本相。與此同時，梧桐樹梢上的那彎缺月正在慢慢變圓，江上的清風從遠古的洪荒吹拂而來，造物主用山與水細心地療治了蘇軾的創傷，又讓他與一輪明月、一場暴雨不期而遇，最終完成這場艱難但是偉大的蛻變。

2 這段故事出自宋朝葉夢得《避暑錄話》。
3 嬰兒出生第三日舉行的沐浴儀式，會邀請親友一起為孩子祝福。

人生的通透，從一個微笑開始
——〈赤壁懷古〉展現彌勒佛「凡事都可付諸一笑」的胸懷

念奴嬌．赤壁懷古

大江東去，浪淘盡、千古風流人物。
故壘西邊，人道是，三國周郎赤壁。
亂石穿空，驚濤拍岸，捲起千堆雪。
江山如畫，一時多少豪傑！
遙想公瑾當年，小喬初嫁了，雄姿英發。
羽扇綸巾，談笑間，檣櫓灰飛煙滅。
故國神遊，多情應笑我、早生華髮。
人生如夢，一樽還酹江月。

【白話文】大江浩瀚向東流去，千古以來多少英雄都如滔滔巨浪一去不返。人們說舊營壘的西邊，就是三國周瑜鏖戰的赤壁。陡峭的石壁直上雲霄，如雷的驚濤拍擊江岸，激起的重重浪花猶如千堆白雪。江山綺麗如畫，多少英雄豪傑在此相互較量。遙想當年周瑜春風得意，絕代佳人小喬剛嫁給他，他英姿煥發、豪氣滿懷。手搖羽扇、頭戴綸巾，談笑之間殲滅強敵。如今神遊當年的戰地，可笑我多愁善感，早早生出滿頭白髮。人生猶如一場夢，且灑一杯酒祭奠江上的明月吧。

黃州附近的長江岸邊，有一塊俯視江面的高崖，叫赤壁磯。有人說，其實應該叫赤鼻磯，以免將其與周瑜火攻曹操的赤壁混淆。這種擔心似乎不是沒有理由，因為至少從蘇軾的時代開始，就有人將二者搞混了。到了現代，更有很多學者站出來為蘇軾抱不平，說蘇軾沒有搞混，因為據他們的考證，這裡就是有名的赤壁之戰發生的地方。

今人爭論這些，多半是與當地的旅遊發展有關，據說就連牛郎織女的故里都已經被專家們考證出來了，不得不讓人佩服這些學者們有比胡適先生還嚴重的「考據癖」。不過，在九百年前的蘇軾眼裡，赤壁的真偽並不重要，重要的是，死裡逃生、傷痕累累的詩人，迫切需要一個地方，一個能將自己與無盡的時間和空間聯繫起來的地方。這樣，詩人才能將過往的歷史斟入酒中，細細品味；才能將自己的生命放在歷史的大幕前，用逝去的歲月來尋找人生的價值。

於是，上蒼為蘇軾安排了黃州赤壁，或者說，為赤壁安排了蘇軾。人與自然總是互相成就的。

宋詞史上公認的第一首豪放詞是蘇軾的〈江城子．密州出獵〉，那時蘇軾雖然避禍外放，但還算是一地的行政長官，雖有民生事務令詩人蹙額，但總括來說心情還是舒放的，因此有「老夫聊發少年狂」（我老頭子突然興起少年打獵的興致）之句也屬自然。但是黃州的蘇軾卻是戴罪監管。按照常理，這時候寫出的詩詞都應該是「缺月掛疏桐」（蘇軾〈卜算子〉）這樣的淒涼。可是這首詞的第一句卻如一聲發自叢林深處的長嘯，越過無盡的空間，穿過漫漫的時間，排空而來，在這江岸之上，驚濤之頂久久迴蕩。

其實蘇軾並非不知道此地可能不是曹操赤壁，因此在上闋還是小心翼翼地加了句「人道是」，似乎生怕別人說自己找錯了地方，抒錯了情。也許，是剛剛過去不久的文字獄讓蘇軾心有餘悸；也許，是學者固有的嚴謹和細緻使蘇軾在寫詩時也沒忘記尊重歷史，尊重事實。不過，這時候的蘇軾，還是學者，還不是一位詩人。

但是，當深埋於心底的岩漿終於隨著驚濤駭浪一起噴發的時候，博學多才的蘇軾竟然什麼都不顧了。周瑜在赤壁之戰時，與小喬結婚已十餘年，早不是什麼燕爾新婚、柔情蜜意，但是蘇軾卻不顧史實將兩件相距甚遠的事情安排在一起，公然「竄改歷史」。為何上闋要專門指出此地「人道是，三國周郎赤壁」，而下闋竟不管不顧，出現這麼大的常識錯誤？一些評論家認為蘇軾是故意為之，甚至替這位才子的每個作品都附會上微言大義。我不這樣認為。也許，蘇軾就是搞錯了，但是，這裡的錯，不是因為他疏忽，而是因為，他已經離開了上闋學者的境界，進入了詩人的境界，那個無拘無束、恣意妄為的境界。

年少的英雄，如花的美人，驚世的功業，屬於前人的幸運，在經過了歷史的濃縮之後，集中得刺眼，集中得讓後人汗顏。剛從監牢死裡逃生的蘇軾，別說和周瑜，就是與一般人庸常的命運都無法相比，哪裡能找到這樣如巔峰深淵一樣的反差？前人愈輝煌，愈顯出自己的黯淡；前人愈美好，愈顯出自己的坎坷；前人愈成功，愈顯出自己的失敗；前人愈年少，愈顯出自己的龍鍾。有誰到此，能不一哭？

可是，「多情應笑我」，蘇軾竟然笑了！

這一笑，將古往今來所有懷古傷今、臨風灑淚的悲涼硬生生止住，彷彿是一個演技高超卻喜歡捉弄人的演員，用盡渾身解數將觀眾弄得汪然出涕時突然停止表演，帶著嘲笑的眼光，故作無辜地看著觀眾問：「你們哭什麼呢？」

這令人匪夷所思的怪招，常人看來，詩人無疑是在自廢武功，將自己辛辛苦苦營造出來的詩境用一個字破壞殆盡！這還能叫詩人嗎？

蘇軾此時已經不是詩人了，就在剛才，他又由學者轉變為詩人；就在我們還沒來得及習慣他的角色轉換之際，他又從詩人，轉換成了哲人。

世尊在靈山拈花，眾人皆莫名所以，唯有迦葉長老破顏微笑，於是得正法眼藏，傳之後世。微笑的菩薩，用這最樸素的表情揭穿了世間無數幸福苦難、甜蜜苦澀、相聚離別的祕密，並將這無法用語言表述的祕密傳與後人。如彌勒佛楹聯所說：凡事都可付諸一笑。跳出三界之外，人世間的悲歡離合，其實皆可一笑了之。

可是，在危機四伏的凡塵，笑是危險的。對於小人們來說，他們最痛恨的不是受難者的金剛怒目，而是受難者不屑一顧的笑。這笑能剝去小人們身上的袞袞蟒袍，讓他們赤裸裸地站在陽光之下，無地自容，然後更惱羞成怒。

那麼，就讓我們從自嘲開始吧。

罕見的自嘲大師，用玩笑化解生命的苦楚！

中國人很缺乏自嘲的精神，甚至連別人笑一下，都會引發無限警惕：是否在嘲笑我？我的一位朋友說：「自嘲是胸懷寬廣的人所享有的奢侈品，沒有足夠的自信，人買不到這個東西。」自嘲是幽默的起點，沒有強大的自信和寬廣胸懷的人，是不配享有自嘲的。**適當的自嘲不僅可以舒緩人生的緊張，甚至能消解人生的苦難，走入哲學的通透。**

在翻閱蘇軾的資料時，我發現一個有趣的現象，蘇軾大概是中國古代文人中「笑話」最多的，這些笑話有他捉弄別人的，如以下這兩則：

（一）蘇軾一次去拜訪宰相呂大防，正值呂在午睡。蘇軾等候良久他才出來。蘇軾指著呂大防客廳水缸裡養的一隻綠毛烏龜說：「你這隻烏龜沒有什麼珍貴的，最珍貴的當屬一種六隻眼睛的龜。」呂大防驚訝地說：「有這樣的烏龜嗎？不是你杜撰的吧？」蘇軾一本正經地說：「唐中宗時，有人進獻六眼烏龜給皇帝。皇帝問：『這烏龜有什麼奇特之處？』進獻者回答：『這烏龜有三對眼睛，因此牠睡一覺抵別的烏龜睡三覺。』」（出自宋朝孫宗鑑《東皋雜錄》）

（二）一個素不相識的人攜自己的詩文去請教蘇軾，激情地朗誦完之後，滿心期待地問蘇軾：「您覺得我的詩文可以打多少分？」

蘇軾回答：「百分。」

此人大喜過望：「為何？」

蘇軾回答：「誦讀之美七十分，詩文之美三十分。」

而民間流傳很多蘇軾的笑話是關於蘇軾與佛印鬥嘴的，這些故事大多以蘇軾落敗為結局：

一天，蘇軾和佛印乘船遊覽瘦西湖，蘇軾笑指著河岸上一隻正在啃骨頭的狗，吟道：「狗啃河上（和尚）骨！」佛印大師突然拿出一把題有東坡居士詩詞的扇子，扔到河裡，並大聲道：「水流東坡詩（屍）！」

蘇軾鬥嘴甚至會敗在小沙彌手下：

閒來無事，蘇軾去金山寺拜訪佛印大師，不料大師不在，一個小沙彌來開門。蘇軾傲聲道：「禿驢何在？」小沙彌淡定地一指遠方，答道：「東坡吃草！」

不僅道行高深的佛印大師可以調侃蘇軾，甚至一些地位低下的販夫走卒都能與蘇軾開玩笑：

蘇軾在黃州時愛讀杜牧的〈阿房宮賦〉，常至夜深不寐。當時有兩個老兵被派來服侍蘇軾，深苦於此。一夜天寒地凍，蘇軾還在高聲朗讀，一個老兵抱怨說：「也不知道他讀的書有什麼好！夜深了也不睡覺！」另外一個人說：「也有一句很好的。」抱怨的老兵大怒說：「你懂得什麼！」回答：「就那句『不敢言而敢怒』很好。」

關於蘇軾的玩笑，甚至開到了他自己的生死上：

蘇軾臨終時，子孫在床側伺候。蘇軾問：「你們說生好還是死好？」一個兒子回答說：「當然是死好。」蘇軾問為何，兒子說：「你看這麼多人死了都沒回來，要是死不好，他們肯定早就回來了。」

如我那位朋友所說：「自嘲是一面縮小鏡，縮小了自己，彼此身上的刺就不容易刺到對方，人際關係轉圜的餘地也就更大。」有人說，那些蘇軾落敗的故事肯定是佛印編造出來的，我不以為然，一個善於自嘲的人，是不會在乎這些小故事裡的成敗的。而正因為蘇軾的自嘲與幽默，人們也願意將一些明顯看起來是編造的故事附會到他身上，為了加強這些故事的戲劇性，甚至還為蘇軾捏造出一個美麗聰明、時常與蘇軾鬥智鬥勇的妹妹。於是，這個從來缺乏幽默感的民族，終於有了一個納斯爾丁·阿凡提[4]式的人物，他屬於所有的階層，就如同蘇軾說自己：「上可以陪玉皇大帝，下可以陪卑田院乞兒。」**這個睿智的學者、詩人、哲學家，用微笑消解了自己生命的苦楚，也為我們消解生命的苦楚**。正如林語堂先生所說：

蘇東坡是個秉性難改的樂天派，是悲天憫人的道德家，是黎民百姓的好朋友，是散文作家，是新派的畫家，是偉大的書法家，是釀酒的實驗者，是工程師，是假道學的反對派，是瑜伽術的修煉者，是佛教徒，是士大夫，是皇帝的祕書，是飲酒成癮者，是心腸慈悲的法官，是政治上的堅持己見者，是月下的漫步者，是詩人，是生性詼諧愛開玩笑的人。可是這些也許還不足以勾繪出蘇東坡的全貌。我若說一提到蘇東坡，在中國總會引起人親切敬佩的微笑，也許這話最能概括蘇東坡的一切了。

於是，周瑜談笑間，牆櫓灰飛煙滅，蘇軾微笑間，小人、冤案、坎坷、痛苦皆隨風而去。天地通透了，宇宙澄澈了，回首前塵往事，蘇軾發現也無風雨也無晴。

4 納斯爾丁·阿凡提（Nasreddin），土耳其傳說中的智者，大智若愚，才辯超群。生卒年皆不可考，可能位於十一至十四世紀之間。其傳下的故事機智幽默，但寓意深遠。

回首向來蕭瑟處，也無風雨也無晴

——從〈定風波〉看見蘇軾、Bob Dylan古今相通的瀟灑男人氣魄

定風波

三月七日，沙湖道中遇雨，雨具先去，同行皆狼狽，余獨不覺。已而遂晴，故作此詞。

莫聽穿林打葉聲，何妨吟嘯且徐行。
竹杖芒鞋輕勝馬，誰怕？一蓑煙雨任平生。
料峭春風吹酒醒，微冷，山頭斜照卻相迎。
回首向來蕭瑟處，歸去，也無風雨也無晴。

【白話文】（三月七日，在沙湖道上下起雨來，拿著雨具的僕人先前離開了，同行的人都覺得很狼狽，只有我不這麼覺得。不久天放晴了，於是做了這首詞。）別去聽樹林中的風雨聲，不如放開喉嚨吟唱、從容而行。拄著竹杖、穿著草鞋，輕便勝過騎馬，又有什麼好擔憂？風雨中披一件蓑衣即可度過一生。帶著涼意的春風把我的酒意吹醒，微微覺得冷，山頭上斜陽已露出笑臉。回頭望一眼遇到風雨的路，我信步歸去，既無所謂風雨，也無所謂天晴。

每次看到這首詞的時候，巴布・狄倫（Bob Dylan）蒼涼又溫暖的歌聲總會在我的耳邊響起：

〈隨風飄蕩〉（Blowing in the Wind）[5]

一個人要走多少路才能配稱大丈夫？
一隻白鴿要飛越多少片海洋才能安息在沙灘上？

炮彈要飛多少次才能永遠被禁止？
我的朋友，答案隨風飄蕩。
答案隨風飄蕩。
一座山要生存多少年才能被沖入大海？
人們要等待多久才能獲得自由？
一個人要幾度回首才能視而不見？
我的朋友，答案隨風飄蕩。
答案隨風飄蕩。
一個人要仰望多少次才能看見蒼穹？
一個人多麼善聽才能聽見他人的吶喊？
多少生命的隕落才知道那已故的眾生？
我的朋友，答案隨風飄蕩。
答案隨風飄蕩。

男人要走過很多路，才能被稱作男人，那麼，那些沒有把路走完的人呢？也許，有的人中途跌倒，有的人畏懼山高水長，中途退縮。於是，很多男性即使已經成家立業，甚至有了所謂的成就，也仍然不是男人。

而蘇軾應該是男人中的男人吧？蘇軾可以說是中國所有知識分子的偶像，甚至還是百姓心中的最

5 巴布·狄倫一九六三年發表的反戰單曲，入選《滾石雜誌》「500首有史以來最偉大的歌曲」。

1963年Bob Dylan
演唱會〈隨風飄蕩〉
實況錄音

愛。林語堂先生說，中國百姓在遇到艱難和挫折的時候就會想起蘇軾，然後，嘴角浮現出一絲會心的微笑。而中國人崇拜蘇軾，應該不僅僅是他「上能給玉皇大帝蓋瓦，下能給閻王小鬼挖煤」的通達，更重要的是他在歷經磨難之後，仍然能保持一種瀟灑和豁達、從容與天真。於是，在這個多災多難的國度，蘇軾的經歷和瀟灑總是能為遭遇同樣不幸的人們帶來安慰和動力，使他們也能夠對磨難報以一絲微笑。

這首〈定風波．莫聽穿林打葉聲〉作於蘇軾被貶的第三年。當詩人經歷了人生的風雨之後，再來觀看現實中的風雨，他終於明白了，正如我們不能為每一次幸福都準備好心情一樣，我們不可能為每一次風雨都準備好雨具。面對波折甚至磨難，勇敢和堅強就是我們的雨具。與其在磨難中自怨自艾，還不如在狼狽和失意中尋找淡定和從容，在慌亂和迷茫中保存一份瀟灑。因為，正如所有的幸福都不是永恆的，挫折也不可能是永遠的。

這種境界並非庸人自我安慰，更不是阿Q的精神勝利法，而是一種智者覺解之後的智慧和通達。莊子說，當鳳凰飛過樹梢時，一隻正想以腐爛的老鼠為美餐的貓頭鷹以為鳳凰會來搶自己的食物，其實牠哪裡知道，鳳凰「非甘泉不飲，非竹實不食」。同理，當名利和地位在詩人眼裡已經成為腐鼠的時候，所謂的失意和波折在詩人心中還會有什麼影響呢？

莊子又說，有兩個世代結仇的國家，一個叫觸氏，一個叫蠻氏，每次打仗都流血遍野，而這兩個國家，一個在蝸牛的左邊觸角上，一個在蝸牛的右邊觸角上。英國作家斯威夫特（Jonathan Swift）在他著名的小說《小人國》（A Voyage to Lilliput）裡說，兩個小人國世代不共戴天，經常發生慘烈的戰爭，而他們的分歧在於一個國家認為早餐吃煮蛋的時候應該先敲圓的一頭，而另一個國家認為應該先敲尖的一頭……

蘇軾在他流傳千古的〈前赤壁賦〉中說：「蓋將自其變者而觀之，則天地曾不能以一瞬；自其不變者而觀之，則物與我皆無盡也。」（如果從「變」的觀點看事物，天地萬物每一瞬間都在改變；但是如果從「不變」的觀點來看，那麼宇宙萬物和人類都是長存的）這絕不是詩人自我安慰，因為他發現，當權者聲稱的榮譽、責任、義務，在去掉了依附在上面的權力光環之後，其實只是觸蠻氏的無聊爭鬥，或者是小人國關於雞蛋問題的無聊口角。詩人終於通透了，單純了，詩人變成孩子，天真而單純，眼中的山仍然是山，水仍然是水，但是卻也不是最初的山，最初的水。回首向來蕭瑟處，也無風雨也無晴。

再回到剛才的那首歌，一個男人，要走過很多路，才能被稱作男人，於是我想，這樣的男人應該是什麼樣的？應該是包容的、從容的、瀟灑的、淡定的，更重要的是，在歷經磨難之後，仍然保有對自己和人生的最可寶貴的幽默感。

此刻，沒有人注意到，江聲浩蕩，自屋後升起的圓月光輝照耀大地，在大江之上，天幕之下，與圓月一同升起的，是一顆從未有過的巨星。

重返朝廷登上高位，頻遭誣陷再次下放杭州
——蘇軾在江南水鄉中，找到人生的歸宿

元豐五年（一〇八二年）三月，蘇軾因患病求醫，與名醫龐安結為好友。兩人結伴遊覽蘄水清泉寺，蘇軾寫下了著名的〈浣溪沙．遊蘄水清泉寺〉，其中有這樣兩句：「誰道人生無再少？門前流水尚能西！休將白髮唱黃雞。」（誰說人生不能再回到少年時期？門前的溪水還能向西邊流淌！不要在老年感嘆時光飛逝）雖遭貶謫之禍，天性豁達樂觀的蘇軾並不認為這是自己人生的終結，他相信，只要勇往直前，流水都能向西流，人生哪裡不能回到青年時光呢？

宋神宗元豐七年（一〇八四年）三月，蘇軾命運的轉折點出現了。他接到詔令，由黃州團練副使轉為汝州團練副使。雖然官階並無改變，但是汝州離京師較近，生活也較為舒適，這其實是朝廷想要重新任用他的信號。

蘇軾從黃州啟程前去赴任，到達常州時，突然傳來神宗駕崩的消息。當時的皇太子哲宗剛滿十

歲，於是由宣仁太后垂簾聽政，舊黨領袖司馬光被任命為宰相（門下侍郎），王安石的新黨遭到重大打擊，而因反對王安石而被貶官的蘇軾也因此得以驟遷。

蘇軾的這次升遷讓人眼花撩亂：先是擔任登州知府，四個月後又以禮部郎中召還京師，遷起居舍人[6]，次年，遷中書舍人，尋除翰林學士知制誥，即掌管皇帝詔命。

蘇軾在短短八個月內被擢升三次，由七品到六品，再跳過五品到達四品，最後到達翰林學士知制誥（三品），這個官職永遠是由名氣最高的學者擔任，往往是擔任宰相的前奏。在宋代，最高品銜一品幾乎從未頒授過，宰相是二品，此時的蘇軾離一人之下萬人之上只有一步之遙。

可是，蘇軾卻未能像當權者希望的那樣「順應潮流，回應時變」。

司馬光上臺之後，對王安石變法的措施主張無論好壞一律廢除，而蘇軾在貶謫經歷中，看到了新法某些措施為百姓帶來的好處，因此主張有選擇地「較量利害，參用所長」。王安石因其個性執拗而被稱為「拗相公」，而司馬光的執拗一點也不亞於王安石。蘇軾與司馬光私交甚好，但是在與之爭辯「免役法」的興廢時，雙方意見不一，氣得蘇軾回家痛罵「司馬牛！司馬牛！」乃至於司馬光「忿然」要驅逐蘇軾。以反對變法而被貶謫的蘇軾，在新法失敗之後，又遭到了自己同黨的嫉恨。

蘇軾並不明白，在很多人眼裡，政治就是一筆筆股票投機交易。與股票唯一不同的一點是，股票投機是低價買進，高價拋出，而政治投機則是低價拋棄，高價趨附，不折不扣的追漲殺跌。政壇上永遠不缺少這種見風使舵、趨炎附勢者，新黨專權的時候，他們大唱讚歌，舊黨執政的時候，他們又馬上改頭換面。為了博得新主子的喜愛和信任，獻媚和告密就是他們最重要的晉身之階。因此，當蘇軾與司馬光的矛盾公開之後，一群「希合光意，以求進用」的投機分子看到了機會，紛紛上疏誣陷和攻擊蘇軾。蘇軾難以在京師立足，無奈之下，多次上疏「補外」。

元祐四年（一〇八九年）三月，蘇軾奉命以龍圖閣學士擔任杭州知府，這是蘇軾第二次到杭州任職。對他來說，如同十八年前離開京師到杭州擔任通判一樣，能離開京師那個是非之地是他最大的願望。

但是與上次不同的是，這次蘇軾擔任的是杭州的最高行政長官，手中權力更大，因此他有更好的條件為百姓做事了。蘇軾到任不久，適逢大旱，饑荒瘟疫並作。蘇軾上表朝廷要求減免賦稅，又施捨災民，建造病坊，配置良藥，為百姓治病。饑荒過後，蘇軾勘查西湖，發現湖中蔓草橫生，於是設計開河浚湖，興修水利。四個月後，工程竣工，但是如何處理堆積如山的蔓草和淤泥呢？蘇軾計上心來，用這些廢物建造了一座長堤，從此遊人可以漫步長堤，往來南北，堤上遍種花木，這就是有名的「蘇堤」。

在政治鬥爭中失勢的蘇軾，從百姓中重新找到自己的歸宿，對自己在政治上的「弱智」，蘇軾十分明白。據說，有一次蘇軾退朝回家，摸著大肚子對侍女們說：「妳們看我肚子裡是什麼？」有人說是文章，有人說是見識，蘇軾都不以為然，只有朝雲笑道：「學士滿肚子都是不合時宜。」（學士一肚皮不入時宜）**蘇軾捧腹大笑，為之絕倒。**

在這個天真可愛的詩人眼裡，真正的時宜是自己的良心、百姓的冷暖，而不是潮起潮落的權力更迭，更不是隨著權力更迭而改變的操守。於是，蘇軾在紛紛擾擾的權力集團之外，獨立為一棵樹，一棵不隨著風向搖擺的樹。但是，獨立的代價，必定是排擠和陷害。在「亂哄哄你方唱罷我登場」（出自《紅樓夢》）的政壇，他這種堅守無異於自尋死路。

元祐八年（一〇九三年）九月，一直在暗中支持蘇軾的太皇太后高氏去世，哲宗親政，起用章惇為相。章惇在歷史上以兩點聞名，第一：他是蘇軾年輕時的好友；第二：他是宋代最奸詐卑鄙的小人之一。因此，他注定成為蘇軾後半生的仇敵，並以這種方式把自己釘在歷史的恥辱柱上。

6 負責記載皇帝言行與國家大事，並送史館記錄存留。

再遭誣陷四貶惠州，侍妾「朝雲」黯然仙逝

宋哲宗紹聖元年（一〇九四年），蘇軾五十九歲。剛剛上臺的新黨把蘇軾過去的詩文翻出來尋章摘句，「烏台詩案」的故伎重演，誣陷蘇軾「語涉譏訕」、「譏斥先朝」，先撤去學士職，貶為英州（今廣東英德）知府。蘇軾在上任途中，詔書又多次改變，最後被貶為寧遠軍節度副使，惠州安置。

惠州地處嶺南，在宋代還屬於蠻夷之地，未開化之邦。蘇軾自認為生還無望，便把家小安頓在陽羨（今江蘇宜興），獨自攜幼子南下。臨行時，家中姬妾紛紛散去，唯有朝雲苦苦相隨。

朝雲是杭州人，原先是蘇軾的妻子買來當侍女的，後來被蘇軾收為侍妾。在京師的時候，蘇軾的第二任妻子王閏之去世了。於是，朝雲就成了蘇軾的妻子。眾所周知，朝雲是蘇軾最喜愛的知己，面對這個大自己二十六歲，卻天真得像個孩子的男人，朝雲反倒更像一位大姐姐，甚至像一位母親，用女性溫柔的光輝，護佑著蘇軾多災多難的人生。

蝶戀花

花褪殘紅青杏小。燕子飛時，綠水人家繞。
枝上柳綿吹又少，天涯何處無芳草！
牆裡秋千牆外道。牆外行人，牆裡佳人笑。
笑漸不聞聲漸悄，多情卻被無情惱。

【白話文】紅花凋零飄落，杏樹上長出小小的青澀果實。燕子掠過天空，清澈河流圍繞著村落人家緩緩流過。柳枝上的柳絮被吹得越來越少，但走遍天涯，處處都長滿茂盛的芳草。牆裡花園中掛著秋千，牆外是行人往來的小道。行人聽到牆內少女盪秋千發出動人的笑聲。慢慢的，牆裡笑聲不再，一片靜悄悄，行人悵然若失，彷彿自己的多情被少女的無情所傷。

《詞林紀事》卷五引《林下詞談》說：蘇軾被貶到惠州，一天和朝雲閒坐，那時剛入秋，天地蕭瑟，蘇軾要朝雲拿出大酒杯，唱這首〈蝶戀花．花褪殘紅青杏小〉。朝雲正想唱，卻淚滿衣襟，蘇軾詢問原因，朝雲說：「我感到難受的，是『枝上柳綿吹又少，天涯何處無芳草』這一句。」（奴所不能歌者，是「枝上柳綿吹又少，天涯何處無芳草」也）蘇軾笑著說：「我正悲秋呢，誰知道妳又在傷春了！」（是吾正悲秋，而汝又傷春矣）於是也就算了。關於「天涯何處無芳草」，似乎有多種解釋：天涯處處都有芳草，所以大丈夫四海皆可為家；春日已逝，春花凋零，芳草萋萋遍布天涯；芳草即美人，天涯處處皆有。

天涯似乎是男人永遠的夢，不管是自願逃離，還是被迫放逐，那條地平線在男人眼中都具有無比的誘惑力。於是，同樣是流浪，男人是因為誘惑而流浪，女人是因為愛而流浪，準確地說，是跟著自己愛的男人流浪。我們在歷史的幕前，看到的是男人無盡的漂流，卻經常忽視了在歲月的幕後，女人暗自神傷。

有時候我也想：朝雲為什麼哭？也許，是感傷春天已逝，年華不再？或者，感傷漂淪憔悴，不知路在何方？要不就是為自己心愛的男人而憤懣，抱不平？《林下詞談》沒有提供更多的訊息，只是給我一種感覺：男人眼中的瀟灑，在女人眼中，卻是悲涼甚至危險。

儘管悲涼，儘管危險，朝雲還是無怨無悔地跟著蘇東坡遠謫天涯，如影隨形。蘇東坡總是稱朝雲為「天女維摩」（表示純潔不染之意）。她就像是佛經中散花的天女，為命途多舛的蘇軾撒下漫天飛花，讓這個可愛男人灰色的生命多少有些顏色，有些溫度。

可是，命運似乎注定蘇軾要承受這些常人無法承受的痛苦吧，到惠州不到半年，他人生最後的一抹女性光輝就黯然消退了。朝雲因為水土不服，在惠州去世。臨終時，她念著《金剛經》的偈語：

一切有為法，如夢幻泡影，如露亦如電，應作如是觀。

按照朝雲的遺願，蘇軾將亡妻葬於惠州西湖孤山南麓棲禪寺大聖塔下的松林中，並在墓邊建亭，命名為「六如亭」。蘇軾為亭子撰寫楹聯：

> 不合時宜，惟有朝雲能識我；
> 獨彈古調，每逢暮雨倍思卿。

【白話文】只有朝雲了解我，了解我的不合時宜，如今獨自彈奏古調，每當下雨的夜晚就更加思念。

朝雲去世以後，蘇軾一直鰥居，未再婚娶，並終身不復聽〈蝶戀花．花褪殘紅青杏小〉詞。朝雲離去，使蘇軾陷入更悲涼的孤獨，但或許，他也該為朝雲感到慶幸吧？林語堂先生說：

> 他把她比做天女維摩的敬拜佛祖。她拋卻長袖的舞衫，而今專心念經禮佛，不離丹灶。一旦仙丹煉就，她將向他告辭，進入仙山。那時她不會再如巫山神女那樣為塵緣所羈絆了。

朝雲埋葬三天之後，夜裡，狂風暴雨大作。次日清晨，農人看見墓旁有巨人足跡，他們相信，朝雲是被佛接去西天樂土了。她離開了這個混亂污濁的世間，在天上，用悲憫的目光繼續注視這個她深愛的男人，用女性的光輝，一如既往地護佑著他。

頓悟，在人生的秋季

——蘇軾歷經無數劫難，練就「達觀」的人生大智慧

海明威說，男人可以被消滅，卻不會被打敗。如果說謫居黃州是蘇軾的第一次人生頓悟的話，這

次貶謫惠州便是他達到天地精神境界的第二次人生頓悟了。（朱靖華《蘇軾論》）蘇軾在惠州時，曾在嘉佑寺暫居，一次在亭子中歇息，苦思良久，突然想到：

> 「此間有甚麼歇不得處！」由是如掛鉤之魚，忽得解脫。若人悟此，雖兵陣相接，鼓聲如雷霆，進則死敵，退則死法，當甚麼時也不妨熟歇。（「為什麼不能在這裡休息呢？」這番頓悟，就好比上鉤的魚兒，忽然得到解脫。如果人們能明白這一點，就算在兩軍交戰之際，戰鼓隆隆，吶喊震天，向前衝會死在敵人手裡，臨陣退卻則死在軍法之下，怎麼辦呢？沒法子的時候，不妨歇一歇吧！）[7]

智慧的聖光照耀著這個遠竄天涯的書生，這聖光與他自身的才華融合，形成一道在中國文人身上極少見的光芒，這光芒中閃爍的是達觀、開朗、幽默和調侃。蘇軾寫信給朋友說，就假設我就是惠州的一個書生，多次考科舉，但是一直沒考中，又有什麼不可呢？

天地通透了，如詩人的心，了無塵滓。南國以其固有的熱情和友善接納了這個困窮中的詩人。蘇軾驚奇於「嶺南萬戶皆春色」（〈十月二日初到惠州〉），更感動於當地人的熱情好客，他說，到了沒多久，連雞犬都認識自己了。朝廷的名利之爭，仕途的坎坷之苦，甚至人生的喪偶之痛，都被這智慧的豁達和樂觀消解了。東坡似乎忘記自己過去曾煊赫一時，忘記曾經擁有過高官厚祿。拋卻名韁利鎖，回歸自然的蘇軾，欣然吟道：

7 出自蘇軾〈記遊松風亭〉。

惠州一絕

羅浮山下四時春，
盧橘楊梅次第新。
日啖荔枝三百顆，
不辭長作嶺南人。

【白話文】羅浮山下四季如春，天天都有新鮮的枇杷和黃梅。如果能每天吃三百顆荔枝，我願意永遠做嶺南人。

此時的詩人，已超越政壇的排擠和迫害，到達了與天地比壽、與日月齊光的更高境界。此時，即使遭遇更大的迫害，也不過是為蘇軾偉大的人生再加上一個注腳而已，哪怕是把他貶到天涯海角。

用狂傲的微笑，讓苦難黯然失色

——蘇軾五貶儋州，「此心安處是吾鄉」道出超然物外的自由精神

對一個遠謫蠻荒、歷盡艱辛的人來說，苦中作樂是他唯一的選擇。但是，這種可憐的「樂」往往也會成為小人的在背芒刺，欲除之而後快。蘇軾在惠州時，一天在病中寫了一首小詩：

縱筆

白髮蕭散滿霜風，
小閣藤床寄病容。
為報先生春睡美，

【白話文】鬢髮皆白、滿面風霜的我，一臉病容地睡臥在小樓閣的藤床上。家人告訴我，附近道觀裡的人因為知道我睡得正熟，不忍心打擾，五更例行敲鐘時，刻意輕了許多。

道人輕打五更鐘。

這首詩傳到京城，章惇看到之後，冷笑著說：「蘇子尚爾快活邪？」（蘇子瞻還很快活嘛）於是將蘇軾貶謫到當時的中國版圖和小人們想像力所得及的最遠處：儋州。

儋州位於今海南西北角，比起惠州，這裡更是蠻荒，「非人所居」。據說，章惇把蘇軾流放到這裡竟然是因為一個殘忍的兒戲，陸游《老學庵筆記》說：「蘇子瞻儋州，子由雷州，劉莘老新州，皆戲其字偏旁也。」拿大臣們的名字偏旁作為貶官的依據，這雖是一種創舉，但其欲置蘇軾於死地之心昭然若揭。

蘇軾也認為自己此行必死，起程時，「子孫慟哭於江邊，已為死別」（〈至昌化軍謝表〉）在蘇軾離開雷州時，雷州太守久仰蘇軾大名，送來酒食，為蘇軾餞別，次年，太守即遭彈劾丟官。到儋州之後，縣令張中仰慕蘇軾，讓他住在官舍，結果也遭彈劾被撤職。蘇軾也被逐出官舍，被迫棲身於城南污池畔的桄榔林下。在當地學子和百姓的幫助下，蘇軾蓋了幾間茅屋，命名為「桄榔庵」。這一年，蘇軾已是六十三歲的老人了。

不知道將蘇軾貶到儋州之後，章惇、呂惠卿之流是怎樣彈冠相慶，自以為得計。我們現在只知道，經過了接二連三折磨的詩人，已經超越了這滾滾紅塵，在天地境界裡自由翱翔了。

蘇軾在〈在儋耳書〉中這樣寫道：

吾始至南海，環視天水無際，淒然傷之，曰：「何時得出此島耶？」已而思之，天地在積水中，九州在大瀛海中，中國在少海中，有生孰不在島者？（我剛到海南的時候，環視天水之際，淒然神傷，對自己說：「我什麼時候才能走出這個島呢？」但是又想到，天地就是在水中，九州就是在大海中，中國也在這個海中，那麼，所有的陸地不都是島嗎？）

此時詩人已經如莊子筆下的大鵬，扶搖直上九萬里，在無垠的空間和時間裡俯視芸芸眾生，豁然開朗，神與天通。個人的得失，人世的憂慮，怎能不顯得如此渺小，如此可笑？

蘇軾在〈在儋耳書〉中繼續說道：

> 覆盆水於地，芥浮於水，蟻附於芥，茫然不知所濟。少焉水涸，蟻即徑去，見其類，出涕曰：「幾不復與子相見，豈知俯仰之間，有方軌八達之路乎？」念此可以一笑。（把一盆水倒在地上，小草葉浮在水上，一隻螞蟻趴在草葉上，茫茫然不知道會漂去哪裡。一會兒水乾了，螞蟻爬下葉子走了，見到同類，哭著說：「我以為再也見不到你了，哪知道一會兒後就出現了四通八達的大道呢？」想到這個可以笑一笑）

桄榔庵落成之後，蘇軾寫了一篇〈桄榔庵銘〉，大意是：天下九州就像一個居室，只要形神俱往，哪裡都是我的居處。我蘇東坡堅強地安居在這大屋的四個角落裡，以不變應萬變，觀照著我心靈的自由。

《本事詞》裡記載了這樣一個故事，王定國被貶遇赦，從嶺南回來。蘇軾去拜訪，賓主宴飲。王定國的家妓柔奴侍宴。蘇軾問柔奴：「嶺南的生活想必十分艱苦吧？」（嶺南風土應是不好）柔奴回答：「此心安處，便是吾鄉。」蘇軾大為讚賞，為賦〈定風波〉云：

常羨人間琢玉郎，天教分付點酥娘。
自作清歌傳皓齒。風起，雪飛炎海變清涼。
萬里歸來年愈少，微笑，笑時猶帶嶺梅香。
試問嶺南應不好，卻道，此心安處是吾鄉。

【白話文】常常羨慕這世間豐神俊朗的男子，就連上天也憐惜他，贈他柔美聰慧的佳人相伴。人稱那女子歌聲輕妙，笑容柔美，風起時，歌聲如雪花飛過炎熱的夏日使世界變得清涼。你從遙遠的地方歸來卻看起來更年輕了，笑容依舊，笑顏裡似乎還帶著嶺南梅花的清香。我問妳：「嶺南的風土應該不是很好吧？」妳卻坦然答道：「心安定的地方，便是我的故鄉。」

好一個「微笑」！好一個「此心安處是吾鄉」！這瀟灑而狂傲的微笑將皇帝的昏庸、宵小的讒言、仕途的曲折、人世的苦痛一股腦兒拋到腦後，心靈和生命的力量茁壯生長，人格之翼排雲而上，如秋日之鶴，詩情直上碧霄。

苦難在這位偉大的詩人面前黯然失色，蘇軾沒有逆來順受，也不是隨遇而安，而是用超然的態度，將自己的精神提升到天地之上、雲霄之間，苦難只能使他更加豁達樂觀。即便被貶到天涯海角，詩人依然能引以自豪：「九死南荒吾不恨，茲遊奇絕冠平生！」（被貶到這南疆的荒島上雖然是九死一生，但我並不悔恨，因為這次南遊見聞，是我此生最奇絕的經歷，〈六月二十日夜渡海〉）

仕途浮沉，與世長辭，蘇軾成為中國著名的「偉人典型」

元符三年（一一〇〇年），六十五歲的蘇軾獲赦北還，結束了七年的嶺南生涯。次年五月，蘇軾為自己的畫像題了一首詩：

自題金山畫像

心似已灰之木，身如不繫之舟。
問汝平生功業，黃州惠州儋州。

【白話文】我的心已無欲無求，不再為外物所動。這一生漂泊不定，好似無法拴繫的小船。有人問我平生的功業為何，我說黃州、惠州、儋州。

用被貶的三個地名概括自己的「平生功業」，很難說是示威還是自嘲，但是有一點可以肯定，就是蘇軾沒有被打倒，沒有被擊敗。從海南回來的蘇軾一路上受到了意料之外的歡迎，很多地方的官員百姓聽說蘇軾回來了，自發到路邊等待，欲一睹詩人風采。到常州附近時，成千上萬人在運河邊爭先恐後地等待蘇軾。蘇軾開玩笑說：「我應該不會被看死吧？」（莫看殺軾否？）[8]

就在這一年七月二十八日，飽受鞍馬勞頓之苦的蘇軾在常州與世長辭，吳越之民，無論士庶，相與哭於市，四方無論賢愚皆為之出涕。

請允許我用林語堂先生《蘇東坡傳》的最後一段話作為這章的結尾：

在讀《蘇東坡傳》時，我們一直在追隨觀察一個具有偉大思想、偉大心靈的偉人生活，這種思想與心靈，不過在這個人間世上偶然呈形，曇花一現而已。蘇東坡已死，他的名字只是一個記憶。但是他留給我們的，是他那心靈的喜悅，是他那思想的快樂，這才是萬古不朽的。

8 出自宋朝邵博《聞見後錄・卷二十》。蘇軾此話是引用南朝劉義慶《世說新語・容止》「看殺衛玠」的典故，述說西晉美男子衛玠，每次出遊都引來無數粉絲圍觀，結果勞累而死。

老夫有話直說，
從來不怕得罪
人！

第十五章 黃庭堅

用倔強豪邁回敬造化人生

・生卒年：西元1045～1105年
・字：魯直
・號：山谷道人、涪翁
・作品賞析：〈清平樂〉、〈定風波〉

熙寧四年（一〇七一年），蘇軾因為反對王安石變法，請求辭去京職，擔任杭州通判。當時，朝中還有一些大臣因為同樣的原因或離職，或離朝，如李公擇、孫莘老等。蘇軾在杭州以及後來到密州任太守時，經常跟他們交往。一次，蘇軾在孫莘老的家裡看到一個後輩的詩文，「聳然異之，以為非今世之人也」（不覺聳肩驚訝，認為這不是當代人能夠寫出來的文章）。孫莘老說：「這個人現在知道的人還很少，大人可以替他揚名。」（此人，人知之者尚少，子可為稱揚其名）蘇軾笑著說：「此人如精金美玉，不需要攀附名人，自然會有人來攀附他，即使不想出名都辦不到，何用我替他揚名！」（此人如精金美玉，不即人而人即之，將逃名而不可得，何以我稱揚為，蘇軾〈答黃魯直書〉）

這個人叫黃庭堅。

天才神童七歲能詩，「跨界詞人」詩文、書法兼擅

黃庭堅，字魯直，自號山谷道人。洪州分寧（今江西修水縣）人。

史書上說，黃庭堅自幼聰明好學，讀書幾遍之後就能背誦。一次他的舅舅李常來訪，隨意取書架上的書問他，黃庭堅都能成誦，李常十分驚奇，認為他是一日千里之才。黃庭堅七歲能詩，是名副其實的神童，據說，這首〈牧童詩〉就是他七歲時候寫的：

騎牛遠遠過前村，短笛橫吹隔壟聞。
多少長安名利客，機關算盡不如君。

【白話文】牧童騎著牛遠遠經過村莊，他把短笛橫吹著，我隔著田壟也能聽到，哎，多少到長安求取名利的人啊，機關算盡都不如這名牧童。

駱賓王七歲寫〈詠鵝詩〉，黃庭堅七歲寫〈牧童詩〉，兩個相去數百年的文人似乎都有同樣的神童經歷。但是，**駱賓王的〈詠鵝詩〉天真爛漫，童趣十足，黃庭堅的〈牧童詩〉卻顯得老氣橫秋，甚至有一種看破紅塵的頹廢，似乎這個七歲的小孩此時已經預見自己一生將要遭受的波折和痛苦，讓人不免有些驚訝**。

治平四年（一〇六七年），二十三歲的黃庭堅高中進士，被授為葉縣縣尉，後來又擔任北京（今河北大名）國子監教授、吉州太和知縣等職。步入官場之後的黃庭堅，詩名漸漸遠播，前文提到的李公擇和孫莘老，分別是黃庭堅的舅父和岳父，也不遺餘力地把黃庭堅推薦給當時的文壇高人。也就在這時，蘇軾知道了他的名字。但是對這位當時公認的文壇盟主，黃庭堅既有景仰，也有一些膽怯。他後來在〈上蘇子瞻書〉中說：「我年少，出身低微，又缺乏能力，沒有什麼可以侍奉先生的。我曾經在眾人廣座之中看見先生，但始終沒有勇氣上前見您。」（庭堅齒少且賤，又不肖，無一可以事君

子，故嘗望見眉宇於眾人之中，而終不得使令於前後）

但是，在元豐元年（一〇七八年），黃庭堅終於和蘇軾走到一起。黃庭堅上書蘇軾並寫了〈古詩二首上蘇子瞻〉，蘇軾也回信並和詩。之後，兩人書信密切，酬答往復不斷，**黃庭堅也自投蘇軾門下，執弟子禮，並與張耒、秦觀、晁補之一起被稱為「蘇門四學士」**。這一年，蘇軾四十二歲，黃庭堅三十三歲。

他雖以學生自居，但是在詩、詞、書法等方面卻不讓其師。黃庭堅詩歌書法成就尤高，在詩歌方面，他是江西詩派的創始人，與蘇軾並稱為「蘇黃」；他書法造詣極深，至今有墨跡傳世。而在詞方面，黃庭堅與秦觀齊名，他最為人讚賞的，應該是這首〈清平樂・春歸何處〉。

清平樂

春歸何處？寂寞無行路。
若有人知春歸處，喚取歸來同住。
春無蹤跡誰知？除非問取黃鸝。
百囀無人能解，因風飛過薔薇。

【白話文】春天回到哪裡去了？無聲無息，沒有足跡可尋。如果有人知道春天去了哪裡，請把她叫回來陪伴我們。誰也不知道春天的蹤跡，只好向黃鸝鳥詢問。可是有誰能明白牠婉轉啼叫的意思呢？黃鸝鳥乘風而去，越過了夏天盛放的薔薇。

傷春似乎是中國文人最喜愛的主題之一，從孟浩然的〈春曉〉到蘇軾的〈蝶戀花・花褪殘紅青杏小〉，表現的莫不是詩人對春日已去、落紅無數的惋嘆。但同黃庭堅這首〈清平樂・春歸何處〉這樣寫得趣味橫生的傷春之作反而少見。

《山海經》中記載，上古有夸父追日，而詩人卻在逐春。不同的是，太陽東升西落，夸父可以仰頭朝著那個不變的方向執著地追下去；可是春天消失得無跡可尋，如一個可愛而調皮的少女，「愛而不見」，讓尋找她的小夥子「搔首踟躕」。（出自《詩經・邶風・靜女》）

也許，有人會知道春天的去向？詩人尋覓無果之後，突發奇想。如果你看到她，請帶話給她，讓她回來吧，永遠不要離開。

春天在詩人眼裡，已經不是一個輪迴的季節，她似乎是詩人的情人，或者，是詩人的親人，不願她片刻離開，即使她還會再次回來。

可是，這世間的人似乎都和詩人一樣，無法知道春的去向。大自然的祕密，也許只有大自然的精靈才能知道吧？那長著羽翼的精靈；在花叢中翩翩飛舞的精靈，能告訴我春的去向嗎？

黃鸝，這造物主的使者，自然的精靈，很願意告訴詩人關於春的祕密，可惜，她的語言，無人能懂。人不管如何想融入自然甚至化入自然，終究是白費力氣，我們早已離自然愈來愈遠。我們無法讀懂花的語言，無法讀懂樹的嘆息，無法讀懂獸的呼喊，當然也無法聽懂黃鸝洩漏的天機。

黃鸝也累了，不耐煩了。跟這些毫無悟性的愚蠢人類沒有什麼好說的。她飛走了，飛過一片薔薇花。詩人終於明白：春天的確走了，因為薔薇花的夏日已經來臨。

古人曾說，好的詩歌應該如《論語》所言「哀而不傷，樂而不淫」，不管這樣的說法我們是否能接受，但是這首〈清平樂．春歸何處〉應該是箇中典範。黃庭堅用夸父追日的精神來追逐春天，但是卻沒有夸父那樣悲壯的結局。春日已去，留下的只是淡淡憂傷，如清靜的水面泛起一圈圈漣漪，靜靜蕩漾到池邊，在沒人注意到的那個早晨悄悄消失。

不爭名、不奪利，性格孤傲屢受誹謗

蘇軾第一次見到黃庭堅的詩文就給予了高度評價，但是蘇軾也說：「從詩文來看，這個人個性太強，以後恐怕不會得到當政者的賞識任用。」（然觀其文以求其為人，必輕外物而自重者，今之君子莫能用也，蘇軾〈答黃魯直書〉）蘇軾的判斷一點不錯，黃庭堅進入仕途之後，一直沉淪下僚，直到哲宗即位，才擔任校書郎、《神宗實錄》檢討官，仕途上似乎出現了一線曙光。但是，正是這個官職，讓黃庭堅在五十多歲之後，飽經坎坷，一直到死。

《神宗實錄》完成之後，黃庭堅先任起居舍人，後來擔任宣州知府，後改鄂州。此時，司馬光已經去職，章惇、蔡卞等新黨上臺。他們說《神宗實錄》多處不實，把參與修史的史官全部招來，安置在京城附近以便盤問。章惇、蔡卞及其黨羽從實錄中摘出了一千多條來，但是經過審查，大多沒有事實依據。最後剩下只有三十二條。當小人審問黃庭堅的時候，黃庭堅照實回答，無所顧忌，時人稱其膽氣豪壯。

事實上，《神宗實錄》不實只是一個藉口，黃庭堅被陷害的真正原因其實是他跟蘇軾關係過於密切。章惇等人上臺之後，不僅不遺餘力地陷害蘇軾，對與蘇軾有關的秦觀、張耒、黃庭堅等人也視為眼中釘、肉中刺。《神宗實錄》案審理結束之後，黃庭堅被扣上一個「誹謗先皇」的帽子，貶為涪州別駕[1]、黔州安置[2]。但是，黃庭堅孤傲剛直的性格並沒有因為這次貶謫而改變，他的孤芳自賞又得罪了不少人，其中就有李清照的公公趙挺之。趙挺之後來做了宰相，指使心腹揭發黃庭堅〈荊南承天院記〉裡有幸災樂禍的內容，黃庭堅再一次被除名，送到宜州管制。

接二連三的撤職、貶謫，詩人更加了解官場險惡。他在〈喜太守畢朝散致政〉中寫道：

功名富貴兩蝸角，險阻艱難一酒杯。
百體觀來身是幻，萬夫爭處首先回。

【白話文】功名富貴就好像蝸牛的兩個觸角，很渺小；而險阻艱難則如同一杯淡酒，遇到了也就一飲而盡。所有人包括自己的這個身體到頭來都是一場空，在大家極力爭搶的地方，我首先回頭。

1 通判的別稱。
2 安置非正式官職，而是指京官被貶後送去某地居住，等待發落。

黃庭堅已經下定決心，要在千軍萬馬爭搶著過功名利祿的獨木橋時，自己獨自回頭。富貴於我，已如浮雲。也許正因為有這樣的通達，才使他不管在怎樣的困厄之中，都能保持那份難得的瀟灑和樂觀吧？

晚年「狂性」不減，臨終不忘開懷痛飲！

定風波・次高左藏使君韻

萬里黔中一漏天，屋居終日似乘船。
及至重陽天也霽，催醉，鬼門關外蜀江前。
莫笑老翁猶氣岸，君看，幾人黃菊上華顛？
戲馬台南追兩謝，馳射，風流猶拍古人肩。

【白話文】黔中陰雨連綿，彷彿天破了個洞，終日被困家中，猶如待在一艘破船上。久雨放晴，又逢重陽佳節，在蜀江之畔，暢飲狂歡。不要取笑我，雖然年邁但氣概仍在。你看看，能像老翁我在白髮上插菊花的有幾人呢？若論吟詩作賦，我可追晉時的謝瞻和謝靈運；若論騎馬射箭，我仍可與古時的風流豪傑比肩。

這首詞是詩人因為《神宗實錄》案，被貶為黔州安置時所作。黔州安置事實上，就是戴罪被監管在這裡，與坐牢幾乎無異。黔中多雨，天彷彿破了一個洞似的，被困在屋內無法外出的詩人，感覺自己就像坐在波濤洶湧的大江上的一條小船上，隨時都有傾覆的可能。

可是，人生的困境不可能永遠延續；這雨也不可能永遠不停。到重陽的時候，天終於放晴了。雖然詩人身處「鬼門關」外，面對的正是曾出現在詩聖杜甫面前的滾滾長江，但是，他卻沒有老杜〈登高〉中「艱難苦恨繁霜鬢」（歷盡了艱難苦恨，雙鬢皆白）的悲涼，而是急不可耐地要酒，「擬把疏狂

黃庭堅。

用倔強豪邁回敬造化人生

圖一醉」（本想盡情喝酒，一醉方休，柳永〈蝶戀花．佇倚危樓風細細〉）！

黃庭堅的老師、好友蘇軾在密州出獵的時候，高唱「老夫聊發少年狂」（〈江城子〉），而黃庭堅被監管在黔州時，更是硬著脖子倔強地自稱「老翁猶氣岸」，其「狂性」不減蘇東坡。重陽之日到來，年少的人們頭上都插著菊花，可是已經老邁的詩人也要趕這個時髦，把黃菊插上自己的白髮，彷彿忘了自己的年齡。不僅如此，詩人還要模仿晉朝的謝瞻、謝靈運，戲馬台馳射賦詩之行，如廉頗老邁猶披甲上馬。**年華的老去，仕途的風雨，自然的陰晦，被黃庭堅豪邁豁達之氣衝擊得蕩然無存。他率性瀟灑，風流不讓古人！**

黃庭堅曾經題自畫像說：

似僧有髮，似俗無塵，作夢中夢，見身外身。（若說我是出家的和尚，卻又留著頭髮；若說是俗家子弟，卻又脫離凡塵；我在夢中做了一個比夢還奇異的夢，彷彿自己還有身外之身）

篤信佛教、精通禪理的他，此時已跳到世事的功名沉浮之外，了無掛礙了。

崇寧四年（西元一一〇五年）九月三十日，一次痛飲之後，黃庭堅在宜州城頭一座風雨飄搖的戍樓上告別人世。斯人已去，那些九百年前的朝廷黨爭、恩恩怨怨也離我們愈來愈遠。但是，那個如他的名字一樣剛強倔強的詩人形象，卻一直留存在他的詩詞上，在我們遭遇人生苦痛失意的時候，漸漸走近我們，用他的豪邁和豁達，溫暖我們淒冷的人生。

時間，阻隔不了我對妳的愛。

第十六章

秦觀

宋詞「言情派」掌門人

・生卒年：西元1049～1100年
・字：少游、太虛
・號：淮海居士
・作品賞析：〈鵲橋仙〉、〈踏莎行〉、〈好事近〉、〈臨江仙〉

同樣面對貶謫，秦觀跟蘇軾、黃庭堅的態度不同，正如柳宗元選擇了跟劉禹錫不同的態度一樣。蘇黃的樂觀固然令人欽佩，但也不必因此而貶低秦觀的悲觀。事實上，道路的選擇是由個性決定的，更重要的是，不管是悲劇還是喜劇的生活態度，都是認真而嚴肅的生活態度。

蘇軾門下高徒，夢想征戰沙場的婉約詞人

我站在三樓的一個窗戶，朝外望。樓下草坪上有一棵銀杏樹。這是一個初冬的早晨，小寒剛過去不久，銀杏樹的葉子全部轉成燦爛的金黃，很多已經落了下來，落在樹下的桂花樹枝葉上，落在樹下的草坪上。圍著樹幹，金黃的落葉深深淺淺地鋪了一圈。天色還未亮，桂樹和草坪都是深藍色，陰沉

秦觀

宋詞「言情派」掌門人

沉的，幾乎看不出輪廓。燦爛的金黃鋪在這深藍的底色上，顯得很熱鬧，但這熱鬧中，似乎又有些淒涼；這燦爛中，也滿含憂傷。

我突然想到，西元一一〇〇年的那天，秦觀在他生命的最後一刻，背後靠著的，是否也是和今天這棵一樣的銀杏樹。或者，至少也是這樣熱鬧中帶著淒涼、燦爛中滿含憂傷的一棵樹。

初次與秦觀結緣，應該是在二十年前我上高中時。一本薄薄的單行本《淮海詞箋注》是我的導遊，把我引入這個哀傷詞人的世界。秦觀，字少游，號淮海居士，是蘇軾的好友，也是「蘇門四學士」之一。後來看《宋史》，知道他「少豪雋，慷慨溢於文詞」。蘇軾任徐州太守的時候見到他，認為他有屈原、宋玉一樣的才華。可是，才華與仕途順遂似乎從來就不是成正比，秦觀最初兩次科舉都未高中。或許，這也與他的另一個愛好有關。史書說他為人志大而氣盛，見解獨到，喜歡讀兵書。或許，這個柔弱的書生竟有一顆強悍的心臟，時時刻刻做著投筆從戎、馳騁疆場的美夢吧。可是，在重文輕武的宋朝，夢想在疆場上建功立業的秦觀比他的老師顯得更不合時宜。無奈之下，他只得聽從蘇軾的建議第三次參加科舉，終於登第，被授予定海主簿[1]的小官，這一年是元豐八年（一〇八五年），秦觀三十六歲。

蘇軾第一次看見秦觀的詩文，就對他的才華讚不絕口，並把秦觀推薦給王安石，王安石說：秦觀的詩「清新嫵麗，鮑、謝似之」，還說：「公奇秦君，口之而不置；我得其詩，手之而不釋。」（你對秦觀讚不絕口，我看過他的詩之後，愛不釋手）有這兩位當時的文壇和政壇領袖稱許，秦觀的名聲迅速傳遍海內。雖然他當時只是擔任一個定海主簿後轉蔡州教授的小官，但是人們已經把他和最著名的詞人之一黃庭堅並提，並根據他們的排行稱為「秦七黃九」；蘇軾更是認為秦觀的才華不在柳永之下，分別摘取他們詞作中的名句，戲稱他們為「山抹微雲秦學士，露花倒影柳屯田」[2]。

1 主管文書簿籍及印鑑。

2 出自宋朝葉夢得《避暑錄話》。其中「山抹微雲」出自秦觀（秦學士）的〈滿庭芳〉；「露花倒影」出自柳永（柳屯田）的〈破陣子〉。

馮煦在《宋六十一家詞選．例言》說，秦觀的詞，「其淡語皆有味，淺語皆有致」；李調元在《雨村詞話》更是說：「首首珠璣，為宋一代詞人之冠。」**秦觀詞中的許多名句，即使歷經近千年風霜，仍如溫潤剔透的美玉，令人玩賞不忍離去。**

〈滿庭芳〉（三之一）

山抹微雲，天連衰草，畫角聲斷譙門。
暫停征棹，聊共引離尊。

【白話文】淡淡雲朵遮掩會稽山嶺；越州城外衰草連天，無窮無盡。時間已晚，城樓上的號角聲斷斷續續，遠行的船暫時放下風帆，來喝杯酒聊以話別吧。

〈浣溪沙〉

漠漠輕寒上小樓，曉陰無賴似窮秋。

【白話文】在微寒的春日裡獨自登上小樓，早上的天色陰沉，彷彿是在深秋。

〈望海潮〉

星分斗牛，疆連淮海，揚州萬井提封。
花發路香，鶯啼人起，珠簾十里東風。

【白話文】揚州上對南斗與牽牛二宿，地連淮河和東海二水，內有萬戶人家。花季時街道花香四溢，人們隨著鶯啼從睡夢中清醒，東風吹得繡戶珠簾不停翻飛。

〈八六子〉

倚危亭，恨如芳草，萋萋剗盡還生。

【白話文】我獨自倚靠在高高的亭子上，心中的幽怨就如春草，剛剛除乾淨，又發出新芽。

〈千秋歲〉

日邊清夢斷，鏡裡朱顏改。
春去也，飛紅萬點愁如海。

【白話文】位列朝堂的希望已如夢境消失，鏡中容顏也已老去。春天將逝，落花紛飛，我的愁緒似海，無邊無盡。

當然，少游最著名的，應該還是這首流傳千古的〈鵲橋仙．纖雲弄巧〉吧？

兩情若是久長時，又豈在朝朝暮暮？

鵲橋仙

纖雲弄巧，飛星傳恨，銀漢迢迢暗渡。
金風玉露一相逢，便勝卻人間無數。
柔情似水，佳期如夢，忍顧鵲橋歸路。
兩情若是久長時，又豈在朝朝暮暮。

【白話文】天空纖薄的雲彩變幻多端，天上的流星傳遞著相思的愁怨，今夜我悄悄渡過遙遠無垠的銀河。一年一度在秋風白露的七夕相會，更勝人間無數夫妻。脈脈柔情似水，短暫的相會如夢似幻，不忍回頭去看分離時要走的鵲橋。其實只要兩情堅貞、至死不渝，又何須朝夕相處呢。

《古詩十九首》中，「迢迢牽牛星，皎皎河漢女。纖纖擢素手，札札弄機杼。」（看那遙遠的牽牛星，明亮的織女星。織女伸出細長白皙的手，唧唧地操作著織布機，〈古詩十九首〉）這兩顆離地球數億光年的恆星，離中國人卻是最近的。也許，牛郎織女令人浩嘆的堅貞愛情和他們過於稀少的相會形成了巨大的落差，於是，人們的惋惜、欽佩、嚮往、思索便由此而生。對於自以為擁有了甜蜜和永恆愛情的人來說，牛郎織女似乎活該被嘲笑，唐玄宗和楊貴妃就「當時七夕笑牽牛」（李商隱〈馬嵬〉）。但更多的人還是為他們惋嘆：為什麼這樣動人的愛情卻得到這樣的安排？歐陽修〈漁家傲．七夕〉說：「一別經年今始見，新歡往恨知何限。天上佳期貪眷戀。良宵短。人間不合催銀箭。」（牛郎織女終年分別，只有七夕才能相會。這樣的苦樂分合何時才能結束？眷戀這一日相聚的時光，良宵苦短，希望時間不要頻頻催促）

一切的祕密都在七夕那晚浩瀚的天河兩邊埋伏。河漢清且淺，相去復幾許。要渡過這天河，似乎不是什麼難事，但是，心裡的那條天河，又何止迢迢千萬里！偷偷地過去，因為屬於心靈的故事從來都不會那麼張揚，總是在一顰一笑之間，舉手投足之時，一切都是前生就已注定。這前緣不屬於人世，而屬於前世那無數次的回眸，屬於前世那塊頑石與那棵小草的約定。那麼，即使相見短促，也已跨越了無數時空，還有什麼耳鬢廝磨，能與這眼神剎那的交會相提並論呢？

相見時難別亦難，東方已破曉，一場美夢被東風吹散。恨不能忘記來路，醉入這闌珊星光，隱入這熹微晨霧。

所有的淚水與哀愁，都與離別有關。

有多少年少時的激情與夢幻被時間的砂輪打磨得麻木，最後終於殘缺不全？有多少如膠似漆在歲月的長河裡分別被沖到兩岸，於是永遠只能在岸邊守望，永遠無法再靠近？當愛情已經不再，愛情是否還是愛情？如果愛情已經不是愛情，靠著習慣又能留住多少個春天？

兩情若是久長時，又豈在朝朝暮暮，可是，任何久長不都是朝朝暮暮的累積嗎？如果沒有瞬間，又哪裡會有永恆？

也許，天地間，還有另一種久長，無關時間匆促，也無關空間逼仄，重要的是純度而非長度，因為有了這個，就可以超越現世的空間而直抵無數的來世。因此，愛可以離經叛道，可以驚世駭俗，於是，注定要承受指責和非議，牛郎織女的故事，其實就是這樣一個離經叛道故事的原型。當真摯和依戀無法阻擋權勢和習俗，這樣的故事就注定會是一個悲劇。從焦仲卿、劉蘭芝到梁山伯、祝英台，從陸游、唐琬到羅密歐與茱麗葉，莫不是如此。相比之下，牛郎織女的結局也許還是最美好、最有人情味的。

我突然想到電影《麥迪遜之橋》[3]**，一次偶然的邂逅，一場轉瞬即逝的激情，卻一直深深地刻在男女主人翁內心最隱密的地方，在這凡俗得麻木的人世中，他們分別扮演著自己應該扮演的角色，但是在夜深人靜時，卻把這段往事悄悄翻出，晾曬在如水的月光下，那是自己最珍貴的財富，只能與一個人共用。**

而讓人無奈的是，這些燦爛都是如此短暫，如此倉促。也許，人類本不該如此貪婪，擁有了這如玉般的溫潤清純就不該再去奢求天長地久？或者，時間根本就是繾綣與柔情的天敵，任何愛情的火焰都會被時間的涼水慢慢浸滅，最後變成一堆死灰？

如果時間會成為愛情的殺手，那麼捨棄時間，追求擁有最高純度的愛，也許不失為一種選擇。人生，也許應該經歷這一場熊熊烈火，讓熾烈的火焰燃燒出生命缺少的激情。其實，任何東西即使如天長，如地久，也終有消亡的一天。人類的生命太渺小，太倉促，永恆不過是一個遙不可及的夢，永遠無法得到。

3《麥迪遜之橋》（The Bridges of Madison County）：一九九五年美國知名婚外情電影，講述男女主角（克林伊斯威特、梅莉史翠普飾）在四天之內從素昧平生，到互相了解、擦出火花、墜入情網的愛情故事。

電影《麥迪遜之橋》
官方預告

典型的憂鬱患者日記

——〈踏莎行〉悲觀看待生命的苦楚和癡狂

西元十一世紀的蘇軾像一塊磁石，將當時最有名的文士牢牢吸引在自己身邊，其中最出名的當然是以秦觀為首的「蘇門四學士」。元祐初年，蘇軾以「賢良方正」的名義向朝廷推薦秦觀，秦觀被任命為太常博士，兼國史館編修官，和黃庭堅一起預修《神宗實錄》。這段時間應該是秦觀仕途最順利的一段，可是當蘇軾倒楣的時候，秦觀自然也成為小人報復的對象。

紹聖初年（一〇九四年），哲宗親政，章惇等新黨重新起用，蘇軾及門下都以元祐黨人罪名被貶，秦觀被貶為杭州通判，不久，又因為御史劉振彈劾他增損《神宗實錄》，再貶到處州（今浙江麗水）去監酒稅。至此當權者仍未罷手，還安排心腹隨時隨地挑揀秦觀的過失，「承風望指，候伺過失」（出自《宋史．卷四四四》）。三年後，又找了個藉口，削去秦觀的官職，把他貶到郴州。

踏莎行．郴州旅舍

霧失樓臺，月迷津渡，桃源望斷無尋處。
可堪孤館閉春寒，杜鵑聲裡斜陽暮。
驛寄梅花，魚傳尺素，砌成此恨無重數。
郴江幸自繞郴山，為誰流下瀟湘去？

【白話文】樓臺在迷霧中依稀難辨，渡口在月色朦朧中也看不清。尋遍天涯，卻找不到理想中的桃花源。如何能忍受獨居在孤寂的旅館，初春天寒，夕陽西下，杜鵑聲聲哀鳴！驛站寄來了朋友親人慰問的書信，卻平添我深深的離愁。郴江啊，你原本繞著郴山，又是為什麼要流去瀟湘呢？

在郴州的一個旅社裡，日暮途窮的詩人寫下了這首〈踏莎行．郴州旅舍〉。龍應台說：「重讀秦觀的〈踏莎行〉，簡直就是典型的憂鬱患者日誌：『霧失樓臺，月迷津渡，桃源望斷無尋處。可堪孤館閉春寒，杜鵑聲裡斜陽暮。』」

此時的秦觀，如何能不憂鬱！**對他來說，人生就是一場永無停息的大霧。霧裡看花也許是審美的一種境界，但是，當自己的未來在霧中愈來愈迷茫，愈來愈遠離，最後終於無可挽回的時候，沒有人會覺得這有多少詩意。**月下的渡口是那樣的迷茫和不可捉摸，不知道前進一步，等待自己的會是期待的彼岸，還是無盡的深淵。春寒料峭，在孤寂的客棧裡，子規（杜鵑）在啼叫：「不如歸去，不如歸去！」可是，回望來路，歸去，談何容易！

三國時，陸凱遇到即將出發的驛使，順手折下一枝梅花，託他帶給自己的好友范曄，並寫下了著名的〈贈范曄〉：

折梅逢驛使，寄與隴頭人。
江南無所有，聊寄一枝春。

【白話文】折梅花的時候恰好遇到信使，於是將花寄給你這個身在隴頭的好友。江南沒什麼可以相贈，且送給你一枝報春的梅花。

這就是著名的「驛寄梅花」典故，和漢樂府〈飲馬長城窟行〉裡的「客從遠方來，遺我雙鯉魚」（有客人從遠方來，帶了藏著書信的鯉魚形木板給我）雙鯉魚一樣，都被後人用來指代遠方的來信。秦觀遭貶謫後，朋友並沒有忘記他，可是，當自己在江湖飄零憔悴的時候，朋友的關懷也許只會提醒詩人自己處境的尷尬和艱難，還不如就這樣糊裡糊塗地浪跡天涯。白居易被貶兩年，一直「恬然自安」，直到遇見身世相似的琵琶女，「是夕始覺有遷謫意」（這天夜裡才有被降職的感覺，白居易〈琵琶行．並序〉），原因也在於此。進亦憂，退亦憂，詩人知道，快樂早已遠去，永不再來。

前人對詞的最後兩句「郴江幸自繞郴山，為誰流下瀟湘去？」一直評價甚高，葉嘉瑩先生在《唐宋詞十七講》中說：「頭三句的象徵與結尾的發問有類似屈原〈天問〉的深悲沉恨的問語，寫得這樣沉痛，是他過人的成就，是詞裡的一個進展。」還有人說它是「故作癡語」。可是，如果是「故作」的話，請問什麼「故」，能夠這樣直抵內心，又游離出人的身體，化為這似癲似傻、如癡似狂的「癡語」呢？陳廷焯在《白雨齋詞話》中一語道破天機：「他人之詞，詞才也；少游，詞心也。得之於內，不可以傳。」

心太癡，情太癡，不會在人生的賣場上隨行就市，與世容與。於是，人癡了；人癡了，所以，口中吐出的，不是錦繡蓮花，而是瘋言亂語。

同樣面對貶謫，蘇軾與黃庭堅選擇了跟秦觀不同的態度，正如劉禹錫選擇了跟柳宗元不同的態度一樣。蘇黃的樂觀固然令人欽佩，但也不必因此而貶低秦觀的悲觀。事實上，道路的選擇是個性決定的，更重要的是，不管是悲劇還是喜劇的生活態度，都是認真而嚴肅的生活態度。宗白華先生在《悲劇的與幽默的人生態度》中說：

> 生活嚴肅的人，懷抱著理想，不願自欺欺人，在人生裡面體驗到不可解救的矛盾，永難調和的衝突。然而愈矛盾則體驗愈深，生命的境界愈豐滿濃郁，在生活悲壯的衝突裡顯露出人生與世界的「深度」。
>
> ……在悲劇中，我們發現了超越生命價值的真實性，因為人類曾願犧牲生命、血肉及幸福，以證明它們真實存在。果然，在這種犧牲中，人類自己的價值升高了，在這種悲劇的毀滅中，人生顯露出「意義」。

肯定矛盾，殉於矛盾，以戰勝矛盾，在虛空毀滅中尋求生命的意義，獲得生命的價值，這是悲劇的人生態度！

曲終人不散，詩人倚樹含笑而逝

可是，郴州也沒有秦觀的落腳之地。第二年，他就被逐到雷州（今廣東雷縣）。在這裡，他感到自己將不久於人世，於是為自己作了輓詞，打算埋骨遐荒了。可是，命運之神又跟他開了個不大不小的玩笑，他竟然在最後的歲月迎來了東山再起的一天。徽宗即位後，遷臣內移，秦觀也得到赦免，恢復了宣德郎[4]的職位，他終於可以離開貶所，回到朝廷了。

剛過五十卻已老態龍鍾的秦觀一路迤邐回京，到達滕州（今廣西藤縣）時，遊覽了當地的光華寺，他跟朋友說，幾年前，他在夢中作了一首詞，調寄〈好事近〉：

好事近．夢中作

春露雨添花，花動一山春色。
行到小溪深處，有黃鸝千百。
飛雲當面舞龍蛇，夭矯轉空碧。
醉臥古藤陰下，了不知南北。

【白話文】一場春雨，為山路增添了許多鮮花，鮮花在風中擺動，帶來了滿山春色盎然。我走到小溪深處，無數黃鸝飛翔啼鳴。天空中流動的雲彩千變萬化，宛如奔騰的蛟龍，在碧空中屈伸舒展，自由翱翔。我醉臥在古藤陰影下，渾然不知南北東西。

詩人說，自己累了，於是，他靠在一棵樹下休息。詩人說，我渴了，讓家人幫他打點水來。很快，家人把水端來，叫醒了靠在樹下的秦觀。秦觀睜開眼，看著水，笑了一下。然後，這笑容永遠留在了他的臉上。秦觀含笑而逝，時年五十一歲。秦觀的死訊傳來，蘇軾長嘆：「少游已矣！雖萬人

4 文官散官。有官名但無職務。

何曠！」（出自宋朝釋惠洪《冷齋夜話》）

這一天，一位姓譚的太守在合江亭大宴賓客，命令歌妓們唱〈臨江仙〉，其中一個歌妓只唱兩句：「微波渾不動，冷浸一天星。」賓客十分讚賞，問她為什麼不唱全篇，歌妓說：「妾身家住河岸邊，這幾天，經常聽見鄰舟一男子斜倚帆檣唱這首詞，聲調十分淒苦，但是我記性太差，只記得這兩句。船今天還沒走，願帶大家一起去聽。」（賤妾夜居商人船中，鄰舟一男子，遇月色明朗即倚檣而歌，聲極淒怨。但以苦乏性靈，不能盡記，願助以一二同列，共往記之）第二天晚上，大家一起來到岸邊，果然聽見一條船上一個男子在唱這首詞，歌妓中有一個叫趙瓊的，聽著聽著垂淚說：「這一定是秦少游的詞。」（此秦七聲度也）太守派人詢問，原來，這正是秦觀的靈舟。（此段故事出自南宋吳坰《五總志》）

臨江仙

千里瀟湘挼藍浦，蘭橈昔日曾經。
月高風定露華清。微波澄不動，冷浸一天星。
獨倚危檣情悄悄，遙聞妃瑟泠泠。
新聲含盡古今情。曲終人不見，江上數峰青。

【白話文】廣闊的瀟湘水色青青，屈原的蘭舟曾駛過這裡。明月高掛空中，清風漸漸停息，露珠清瑩，微波不興，漫天星斗倒映在江面上。我獨自倚靠桅杆，心中無限憂思，遠遠傳來湘妃淒清的瑟聲，低低訴說著古今的幽情。一曲終了依然不見伊人，只有江上重重青峰聳立。

曲終了，人散了，那棵少游在生命最後一刻曾經依靠過的樹，是否還枝繁葉茂？或者，和那個曾經依靠過他的人一樣，早已化為塵土？窗外草地上的那棵樹，也會讓誰在疲憊的時候倚靠一下嗎？

比起吟風弄月，我更想上陣殺敵！

第十七章

賀鑄

北宋最後的武士

- 生卒年：西元1052～1125年
- 字：方回
- 號：慶湖遺老、賀梅子
- 作品賞析：〈行路難〉、〈青玉案〉、〈六州歌頭〉

賀鑄因一句「一川煙柳，滿城風絮，梅子黃時雨」而得到「賀梅子」的雅號。不過，他自己也許並不喜歡這個稱號，對一個渴望在沙場上建功立業的武士來說，聲名由吟風弄月而出，反倒是對他最大的侮辱。而賀鑄一直到死都念念不忘的，仍然是年少時那段慷慨激昂、豪情萬丈的日子。

出身武將世家，香豔詞壇中的絕對異類

賀鑄如果生在別的朝代，肯定不會是現在我們看到的這個模樣。他最大的悲劇，就是生在宋代。

賀鑄，衛州（今河南衛輝市）人。和很多草根出身的詞人不同，賀鑄煊赫的家世令人注目：他家遠祖本居山陰，是唐朝著名詩人賀知章的後裔，還是宋太祖賀皇后的族孫，他的妻子也是宋宗室之女。

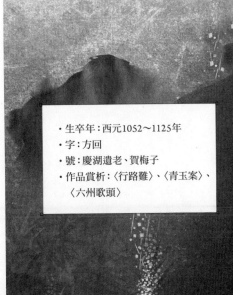

雖說到賀鑄的時代家族早已不如以前那樣興旺，但是畢竟餘緒猶在，因此，賀鑄也得以接受良好的教育。他年少讀書，博學強記，很早就顯露出文學天賦，但是，他又不是純粹的文人。

賀鑄的友人程俱為他作墓誌銘，其中說賀鑄「儀觀甚偉，如羽人俠客」（儀表端正威嚴，如同仙人俠客），這話可能一半是對的，一半是錯的。據史載，賀鑄身長七尺（約二二〇～一九二公分），可是據陸游《老學庵筆記》記載，賀鑄狀貌奇醜，面色青黑，時人稱「賀鬼頭」。程俱說他「儀觀甚偉」，有可能是為死者諱。但是賀鑄性格裡具有濃厚的豪俠之風，卻是不容置疑的。也許是因為出生於武將之家，賀鑄很少有當時文人常見的陰柔氣息，而是「任俠喜武，喜談當世事」（為人仗義，好武功，喜歡議論時事）。**賀鑄的性格不像一般文人那樣溫文爾雅甚至小心翼翼，而是敢說敢言，面對問題，「可否不少假借，雖貴要權傾一時，小不中意，極口詆之無遺辭」（是非對錯分明，即使是權傾一時的高官政要，只要看不順眼，就會嚴厲譴責、不留餘地，《宋史．卷四四三》）。在已經被宋詞的香風軟化得骨酥肉麻、面色蒼白的宋代文人之間，賀鑄是個絕對的異類。**

可是，賀鑄卻生錯了時代。北宋朝廷憑藉割地賠款的屈辱政策換得了一百多年的安全和發展，在這一百多年裡，國家文化發達，經濟繁盛，整個社會籠罩在盛世的祥和春光中。但是，這「盛世」背後，隱藏的卻是深深的危機。

姜戎《狼圖騰》說：「北宋無力收回漢唐原有的廣大草原國土。大宋大宋，實際上疆土連漢唐時期的一半還不到。北面是包括華北北部和蒙古草原幅員萬里的契丹遼國。西面是剽悍的黨項西夏和羌族土蕃。西南面是白族的大理國。這種局面導致了嚴重後果。」

可是，即使面對著亡國滅種的危險，北宋末年的統治者似乎仍然沒有大廈將傾的危機感，仍然沿襲宋初制定的重文輕武政策。在這種情況下，將門出身、渴望建功立業的賀鑄仕途坎坷也就是意料之中的事了。

賀鑄十七歲時赴汴京，曾任右班殿直，監軍器庫門，後出監臨城縣酒稅，這些都是地位卑下的武職。北宋武官本來地位就不高，賀鑄可以說是遭遇雙重歧視，一直不得志，在徐州的時候，他自稱

「四年冷笑老東徐」，心中抑鬱可見一斑。

擅長用典、不落窠臼，自帶一番恢弘氣度

行路難・小梅花

縛虎手，懸河口，車如雞棲馬如狗。
白綸巾，撲黃塵，不知我輩，可是蓬蒿人？
衰蘭送客咸陽道，天若有情天亦老。
作雷顛，不論錢，誰問旗亭美酒斗十千？
酌大斗，更為壽，青鬢常青古無有。
笑嫣然，舞翩然，當壚秦女十五，語如弦。
遺音能記秋風曲，事去千年猶恨促。
攬流光，繫扶桑，爭奈愁來一日卻為長。

【白話文】徒手即能縛虎，爭辯起來更是口若懸河，出入的坐車簡陋，拉車的馬匹瘦小。頭戴白巾，奔走於風塵中，我們這樣的人豈是屈居草野的人物？蒼涼蕭瑟的咸陽道上，枯萎的蘭花送我出京城，假若蒼天有情，看到此情此景也會傷心老去。英雄如雷義不重錢財，哪管酒樓的酒一斗千錢，也要暢快痛飲。用大斗喝酒吧，祝大家健康長壽，自古以來哪有人不老的呢！賣酒的秦姬年方十五，她笑得那樣美麗，舞得那樣飄逸，歌聲如此動人。聽著秦姬的歌聲，忽然想起漢武帝的〈秋風辭〉，雖然已事隔千年，那惆悵卻彷彿就在昨日。我要把太陽繫在扶桑樹上，不讓時光流逝，無奈當憂愁襲來，一天也會變得很長很長，難以忍受。

晚唐李商隱曾有綽號「獺祭魚」，因為據說義山寫詩喜歡使用典故，每次創作時，參考書堆滿了書桌。文人用典，大抵是這樣尋章摘句，語不驚人死不休的。可是「武夫」出身的賀鑄用典，卻是說：「吾筆端驅使李商隱、溫庭筠，常奔命不暇。」（《宋史・卷四四三》）明明是借用前人典故，卻

說「驅使」，還令其「奔命不暇」，賀鑄的豪俠性格使他即使在寫詞的時候似乎都有大將之風。**這首〈行路難‧小梅花〉最大的特點，就是整首詞基本上是引用或者借用前人典故詩句而成篇，卻能獨樹一幟。**

集句詩很容易受前人局限而落入窠臼，但是這首詞卻語意連貫，一氣呵成，不僅沒有拘束之感，反而自有一番「豪縱高舉之氣」。（宋朝趙聞禮《陽春白雪》）詞的上闋用典分別出自《詩經‧鄭風‧大叔于田》、《世說新語‧賞譽》、《後漢書‧陳蕃傳》、李白〈南陵別兒童入京〉、李賀〈金銅仙人辭漢歌〉、曹植〈名都篇〉，雖是使用前人語句，卻不影響詩人抒發內心鬱憤之氣，仍然是一瀉而出，澎湃不絕。

文武雙全的賀鑄生在一個錯誤的時代，錯誤的國度，因此付出了一生的代價，這種憤懣，哪裡是幾句詩詞所能束縛的呢？

縱使你武能縛虎，文若懸河，又能如何？官卑職小的賀鑄駕著小車瘦馬，在紅塵中沉淪。李白曾仰天大笑出門去，高唱「我輩豈是蓬蒿人」，而此時的賀鑄似乎不得不承認，自己已經注定要沉淪下僚，終此一生了。時間和空間的雙重錯位，使詩人對仕途失去了最後一點信心。那就讓我們舉起酒杯，和無數擁有同樣命運的古人一起，「徑須沽取對君酌，與爾同銷萬古愁吧」！（你只管端酒出來，我們一起消解這萬古怨愁吧，李白〈將進酒〉）

反正，人生總難免老去，不管你是達官貴人，還是販夫走卒，對生命，我們不能擁有同樣的過程，但是至少能擁有同樣的結局，這多少也算是個安慰。嬌美的妙齡歌女殷勤勸酒，舞姿翩躚，可是，你為什麼唱起了漢武帝那首〈秋風辭〉：「歡樂極兮哀情多，少壯幾時兮奈老何！」（歡樂到達極點反而會萌生更多哀愁，青春終將逝去，無論怎麼做，人都只能慢慢步向衰老）生命的短促，功業的無常，似乎真的是人類共同的悲涼和傷痛。從上一次嘆息，到今天的縱飲，千年時光似乎也只是轉瞬之間！詩人醉眼朦朧，歪歪倒倒地站起，想爬上樹梢，繫住西斜的殘陽，讓年華不再老去。一陣涼風吹來，詩人突然酒醒了，心裡想：帶著這樣的鬱憤，一天都覺得太長，時光如果真的從此停滯，如何才能排解這無邊的悲涼？

時間戛然而止。

詩人似乎在這猛然的自問中定格，時間的確就在這一刻停止。無數的古人，從詩句中走出來，和詩人一起，凝視這西斜的殘陽，心中懷著同樣的哀傷，從遙遠的遠古走來，走到詩人的身旁，和詩人並肩站在一起。在無盡的未來，還會有更多的人加入這個行列。在歷盡了世事的悲涼和坎坷之後，能夠與有過同樣的悲涼與坎坷的人們站在一起，這也是所有的失意者唯一的安慰。

每個人，都有屬於自己的憂愁

——〈青玉案〉道出年華老去、壯志落空的愁緒

青玉案

凌波不過橫塘路，但目送、芳塵去。
錦瑟華年誰與度？
月橋花院，瑣窗朱戶，只有春知處。
飛雲冉冉蘅皋暮，彩筆新題斷腸句。
試問閒情都幾許？
一川煙草，滿城風絮，梅子黃時雨！

【白話文】她輕盈的腳步沒有再出現在橫塘路，回想當初我只能眼睜睜看著她踏塵而去。青春年華的她與誰共度？是月下橋邊花園，還是花窗朱門大戶？只有春風才知道她的住處。雲朵在天上緩緩飄動，暮色籠罩長滿芳草的塘岸，我提筆寫下詩句抒發心裡的哀傷。若問我的憂愁究竟有多少，就像那一望無垠的煙草，滿城翻飛的柳絮，梅子黃時的綿綿細雨。

當「心」上壓著一個「秋」的時候，「愁」就來了。

也許是因為秋風的蕭瑟，或者是因為秋景的淒涼，或者是紛飛的落葉勾起了無限愁思，古詩中的

愁很多似乎都是在秋天發生的。所以冉雲飛先生在《像唐詩一樣生活》裡，笑稱「秋天是用來出氣的」。不過，在不同的詩人眼中，一般的愁，卻也有著不同的模樣。

在李白眼裡，愁就是無法用寶劍斬斷的江水，也是杯中永遠沖不去、洗不淨的暗色。「舉杯消愁愁更愁，抽刀斷水水更流。」（李白〈宣州謝朓樓餞別校書叔雲〉）才華蓋世的詩仙怎麼也不明白，為什麼這妝點了盛唐氣象的詩篇就不能為自己鋪平登上高山的道路，剷除無處不在的阻礙？

在李商隱眼中，愁大概就是那場似乎永遠也下不完的雨，和雨中旅舍那盞微茫的孤燈吧？「滯雨長安夜，殘燈獨客愁。」（李商隱〈滯雨〉）漂泊在外的李義山累了，倦了，燈芯上跳躍的，大概是家鄉的山水和親人的笑臉吧？

在蘇軾眼中，愁大概就是那陣若有若無的青霧。朝雲已經去世多時，但是東坡眼中，卻始終留存著她如天女維摩一般高潔脫俗的身影，「玉骨那愁瘴霧，冰肌自有仙風」。（蘇軾〈西江月〉）蘇軾的愁，是無法抑制的思念，是夜深人靜時的悲愴低首。

遠竄天涯的秦觀，他的愁是紅色的，如杜鵑啼出的血。「飛紅萬點愁如海。」（秦觀〈千秋歲〉）朋友孔毅甫聽了這首詞後對親近的人說：「少游將不久於人世了。」（殆不久於世矣）這樣的愁，生命脆弱的脊背怎能承受！

賀鑄的愁，在秋天來臨之前到來。

有人說，賀鑄的愁是被那個女子引發的。那天，她娉娉婷婷地走過那條湖邊的小路。詩人無法趕上她，只能呆呆地望著她的背影，漸漸遠去。她經過的小徑上，如散花一般，撒下了一路的愁緒。詩人跟隨她的足跡，將愁緒的花瓣撿拾起來，編成詞的花環，等待她下次路過。李清照〈一剪梅．紅藕香殘玉簟秋〉說「一種相思，兩處閒愁」，大概就是這樣如花的愁。

有人說，賀鑄的愁緒是被自己的身世引發的。有什麼哀愁能抵得上生命與時代的錯位？一身武藝無法施展，滿腹文采只能用來賞花吟月，眼看年華老去卻一事無成。那偶遇的女子，其實是詩人心中永遠夢想的化身，與屈原筆下的香草美人一樣，寄託的不是愛情，而是詩人對理想中的自我的期待。

多年以後，跟賀鑄有著極其相似生命感悟的辛棄疾在他的〈摸魚兒・更能消幾番風雨〉中寫道：「閒愁最苦！休去倚危欄，斜陽正在，煙柳斷腸處。」（長掛心頭的憂愁最是折磨人。千萬不要去登樓憑欄遠眺，西沉的夕陽掛在迷濛的柳樹梢上，怎能不令人柔腸寸斷）

也許，探究詩人發愁的原因根本就沒有意義，每個人的憂愁都只能屬於自己，別人無法複製，也沒必要猜測。不管這種愁是自君別後的憂傷，還是壯志難酬的悲涼。每個人的憂傷可以是不同的，但是憂愁的感覺卻經常是一樣的。那種極封閉又極空曠，極平靜又極躁動，極空虛又極沉重的感覺，就是憂愁的感覺。一川煙草，滿城風絮，迷茫的雙眼似乎在期待，但是又不知道自己到底在期待什麼。淅淅瀝瀝的雨從容不迫地敲打著庭院裡的芭蕉，也敲打在詩人的心上。

據說，此詞一出，人人都對最後一句讚不絕口，賀鑄也得到了一個雅號：「賀梅子」。不過，我想，賀鑄自己也許並不喜歡這個稱號，對一個渴望在沙場上建功立業的武士來說，聲名由吟風弄月而出，反倒是對他最大的侮辱。而賀鑄一直到死都念念不忘的，仍然是年少時那段慷慨激昂、豪情萬丈的日子。

一輩子委身文職，晚年坎坷離世

——千古名篇〈六州歌頭〉從滿腔熱血，到一地悲涼

・六州歌頭

少年俠氣，交結五都雄。
肝膽洞，毛髮聳。立談中，生死同。一諾千金重。
推翹勇，矜豪縱。輕蓋擁，聯飛鞚，鬥城東。

【白話文】少年時滿懷俠氣，結交各方豪雄之士。待人真誠，肝膽照人，遇到不平之事，便會怒髮衝冠。議論天下，生死與共，一諾千金。我們推崇的是出眾

轟飲酒壚，春色浮寒甕。吸海垂虹。
閒呼鷹嗾犬，白羽摘雕弓，狡穴俄空。樂匆匆。
似黃粱夢。辭丹鳳，明月共，漾孤篷。
官冗從，懷倥傯，落塵籠，簿書叢，
鶡弁如雲眾，供粗用，忽奇功。
笳鼓動，漁陽弄，思悲翁。
不請長纓，繫取天驕種，劍吼西風。
恨登山臨水，手寄七弦桐，目送歸鴻。

的勇敢，狂放不羈、傲視他人。輕車簇擁、騎馬馳騁，出遊京郊。在酒館豪飲，酒罈中自有誘人的春色，我們痛快豪飲，頃刻即乾。有時帶著鷹犬去打獵，剎那便蕩平狡兔的巢穴。雖然歡快，可惜時光太過短暫。

就像黃粱一夢，貶離京城，駕孤舟飄流水上，唯有明月相伴。散職侍從官位卑微，事多繁忙，情懷愁苦。陷入污濁的官場仕途，擔任繁重的文書工作。像我這樣成千上萬的武官，都被派到地方上去打雜，勞碌於文書案牘，不能殺敵疆場、建功立業。笳鼓敲響，漁陽亂起，戰爭爆發，想我這悲憤的老兵啊，卻無路請纓，不能為國禦敵，生擒西夏酋帥，就連隨身的寶劍也在秋風中發出憤怒的吼聲。恨自己不得志，只能滿懷惆悵遊山臨水，撫瑟寄情，目送歸去的鴻雁。

賀鑄自踏入官場，就擔任位低事繁的武官，一直鬱鬱不得志。後來，在李清臣、蘇軾的推薦下，改為文職，但也一直位卑職小。重和元年（西元一一一八年）以太祖賀后族孫恩，遷為朝奉郎（正六品），賜五品服。班超曾因厭惡文職官員的瑣碎與繁苛，憤然投筆從戎，賀鑄卻是被迫離開自己心儀的武職，陷身於刀筆吏庸常而無趣的生涯。

但是詩人心中永遠留存著那份懷念，那段年少輕狂的日子。豪俠是屬於少年的，肝膽相照，生死與共，快意恩仇，縱論天下事。每個人都有馳騁疆場建功立業的夢，即使不能出將入相，也願意馬革裹屍。他們縱酒馳馬，呼鷹喚犬，在獵場上一較高低，在高歌中滿載而歸。

可是，現在這一切只如一場舊夢。豪氣干雲已然散去，如今的詩人，在無聊而繁瑣的公務中消磨生命。雖然心中還懷著戎馬倥傯的舊夢，可是沉醉在盛世大夢裡的北宋，從天子到公卿都沒有意識到，一場巨大災難即將來臨，更無人居安思危。詩人想主動請纓，抵禦外寇，卻無人理會。西風中，匣中寶劍發出長嘯，可是詩人卻只有登上高山，手揮七弦，用純粹文人的方式來抒發武士的悲涼。

宣和七年（一一二五年），七十三歲的賀鑄在常州一個僧舍裡去世，結束了自己蹭蹬坎坷的一生。就在這一年，金滅遼。賀鑄是幸運的，因為，他不必看到，金滅遼之後立刻進攻北宋。北宋擁有當時世界上最多的人口、最繁華的都市、最燦爛的文化、最先進的科技、最有威力的火器，可是，卻沒有幾個稱得上有肝膽的武士。僅僅兩年之後，汴京城被攻破，宋徽宗、宋欽宗被擄到北方，北宋滅亡。

第三部

南宋詞人

繁華落盡，人比黃花瘦

概論

南宋詞

國之將盡，哀歌一片

女真洶湧入侵、徽欽二帝被俘，北宋王朝陷落

西元一一二三年，以首都汴梁為中心，整個北宋帝國都沉浸在一片狂歡之中。大宋王國從建立以來就與之互相爭戰不休的死對頭遼國滅亡了。在後晉時被石敬瑭割讓給遼國的燕京及其六州也回到了大宋的懷抱。在軍事和外交上嘗盡屈辱的北宋帝國，似乎一夜之間成了這塊土地上最強大的國家，收復燕京的「功臣」童貫被封為郡王，其他有功大臣也都加官晉爵。朝廷為出征將士立了「復燕雲碑」，以示表彰和紀念。整個帝國都在這突如其來的狂喜衝擊下，做起了國富兵強的大國之夢。

這場狂歡的源頭，應該追溯到十二年前，即西元一一一一年。這一年北宋朝廷派使節祝賀遼國皇帝耶律延禧的生日，副大使童貫在盧溝橋接見了一位神祕的客人。這個人叫馬植，是華裔遼國商人。他向童貫提出了收復燕雲十六州的祕密計畫。即，聯合遼國東北邊陲的女真部落，夾攻遼國，燕雲十六州唾手可得。

童貫將馬植帶回，引薦給宋徽宗，徽宗十分高興，從那時候開始，陸續派遣使節前往女真部落聯絡。宣和二年（一一二〇年），北宋與金訂立「海上之盟」，雙方約定，長城以南的燕雲地區由宋軍負責攻取，長城以北的地區由金軍負責攻

取，夾攻勝利之後，燕雲之地歸屬北宋，北宋則把此前每年送給遼國的歲幣送給金朝。

可是，北宋的大臣們對自己軍隊的實力過於樂觀了。

西元一一二二年，金軍攻占遼中京、西京，遼軍被金兵打得大敗，亡國已成定局。次年，北宋命种師道、辛興宗率兵分東西兩路進兵，在如狼似虎的金兵面前孱弱得如綿羊一般的遼軍，在宋軍面前又變成兇猛的豺狼。北宋兩支軍隊被遼兵打得大敗，狼狽逃回。不久，童貫、蔡攸又率兵攻擊遼國，但是這次仍然避免不了失敗的命運。宋將劉延慶遠遠望見遼軍營帳中起火，以為遼兵來攻，匆忙燒營逃跑，遼軍追擊，宋軍一路上死傷無數。

這年年底，金兵由居庸關進軍，攻克燕京。金軍以宋軍未能按時攻下遼國城池為由，拒絕交付燕雲十六州。經過雙方討價還價，最後金朝答應將燕京及其所屬的六州二十四縣交給宋朝，並要求宋朝不僅每年把交給遼國的歲幣交給自己，還要把這些地方的賦稅如數交給金朝，宋朝還要每年交一百萬貫作為六州的「代稅錢」，金朝才答應撤軍。這些條件，宋朝全部答應。於是，燕京終於在這次悲慘的勝利之後，「光榮」地回到了大宋帝國的懷抱。

但是，這場「勝利」背後的屈辱被童貫等人粉飾過去，宋徽宗趙佶更不會去追究這幕後的交易。對他來說，這場從天而降的勝利把自己打扮成雄才大略的漢武帝，而童貫、蔡攸就是自己的衛青、霍去病。對外一直飽嘗屈辱的北宋終於掃去孱弱的陰霾，似乎看到了強國的曙光。

一七九三年，英國特使馬戛爾尼伯爵[1]曾說：

大清帝國好像一艘破爛不堪的頭等戰艦。它之所以在過去一百五十年中沒有沉沒，僅僅是因為體積和外表。可是一旦沒有才幹的人在甲板上指揮，就不再有紀律和安全了。

這段十八世紀末用來形容大清帝國的話用來描述十二世紀初的北宋王朝竟然也是驚人地恰當。宋徽宗是歷史上有名的風流天子、畫家皇帝，但他絕對不是有才幹的船長。而且此時北宋已積弊一百餘年，即使真有位雄才大略的君主，要挽回頹勢恐怕也力不從心，更何況是這樣一位懦弱無能的昏君！

對金國來說，滅遼戰爭使他們更清楚地看到了大宋的衰弱與無能，諳熟叢林法則的金軍是怎麼也不願失去打擊這個衰弱巨人的機會的。一一二五年二月，遼國皇帝耶律延禧在應州被金軍俘虜。這年十月，金太宗兩路發兵，一路由完顏宗翰（粘罕）率領，進取太原，一路由完顏宗望（斡離不）率領，進攻燕京。北宋王朝危在旦夕。

金軍兩路軍本約定在開封府下會師，但是西路軍在太原遭到宋朝軍民阻擊，長期未能攻下。東路軍順利到達燕山府，宋守將郭藥師投降，金兵長驅直入，渡過黃河，進逼開封。

宋徽宗趙佶聽到消息之後悲號道：「想不到女真竟敢如此！」從龍床上一頭栽倒在地上。這個多才多藝的皇帝根本不敢承擔起抗敵的大任，慌不迭地把帝位傳給太子趙桓，自己當太上皇，帶著一些官僚逃向江南。這種鴕鳥鑽沙的伎倆竟然被天子當成撒手鐧，北宋怎能不亡！

趙桓即位，是為宋欽宗。此時金軍已經兵臨城下，並提出割地賠款等議和條件，欽宗只好接受。為了滿足金人的要求，朝廷派人搜刮民間和妓院金銀，分批繳納給金軍。

迫於形勢，宋欽宗起用主戰派李綱部署京城防禦，擊退金兵多次進攻。此時各地勤王部隊也陸續集結在汴梁附近，完顏宗望見取勝無望，帶兵北撤。

金兵撤退後，逃難的徽宗也從江南返回，大宋朝廷又恢復了文恬武嬉的舊觀。誰知僅僅在六個月之後，金軍又分兩路進攻北宋，數十萬宋軍驚恐逃散。十一月，兩路軍隊在開封會師。此時的欽宗不是積極組織軍隊抵禦，而是聽信一個叫郭京的無賴的鬼話。郭京號稱自己會「六甲法」，只要挑選七千七百七十九個男子，經過咒語訓練之後即可刀槍不入。到了「施法」那天，郭京命令守城軍隊撤退，大開城門，命「神兵」出擊，結果可以預料，「神兵」全被殲滅。金兵趁城上無人防守，猛烈攻擊，開封，這個十二世紀世界上最富庶繁華、堅不可摧的城市陷落。

一一二七年三月，金兵俘獲徽宗、欽宗，擄走皇族三千餘人，北宋滅亡。

日暮途窮，鄉關何處？

——末代皇帝的亡國絕筆詞

俘虜們到達金國之後，金朝舉行了獻俘儀式，命令徽、欽二帝和北宋宗室都穿上金人百姓的服裝，身披羊裘，袒露上體，到阿骨打廟行「牽羊禮」。徽宗的皇后朱氏受不了這奇恥大辱，當夜自盡。

1 第一代馬戛爾尼伯爵（George Macartney，一七三七～一八〇六年），英國政治家、外交官。一七九三年，率領使團到訪清朝覲見乾隆皇帝。

宋徽宗趙佶後來被送到五國城（黑龍江依蘭）的一棟破爛房屋裡居住。一百多年前南唐皇帝李煜的命運複製在趙佶身上。在被擄北上的途中，他寫道：「杳杳神州路八千，宗祧隔絕如千年。」（距離京都上千里遠已看不見，上一次入宗廟彷彿是千年前的事了）故國漸去漸遠，終於不可得見，從皇帝到囚徒的命運，徽宗此刻的心情是悔恨，還是悲涼？也許二者兼而有之吧。回望那個自己的寶座曾經占據的故都：「帝城春色誰為主，遙指鄉關涕泗漣。」（開封如今是誰當家，遙看家鄉不禁淚流滿面，宋徽宗〈七絕〉）日暮途窮，鄉關何處！

燕山亭・北行見杏花

裁剪冰綃，輕疊數重，淡著燕脂勻注。
新樣靚妝，豔溢香融，羞殺蕊珠宮女。
易得凋零，更多少無情風雨。
愁苦。問院落淒涼，幾番春暮。

憑寄離恨重重，這雙燕，何曾會人言語。
天遙地遠，萬水千山，知他故宮何處。
怎不思量，除夢裡有時曾去。
無據。和夢也新來不做。

【白話文】剪裁好白色的絲綢，輕輕疊成數層，又將淡淡胭脂均勻塗抹，漂亮新裝，豔麗的色彩融入四溢的清香，連天上的蕊珠宮女也自嘆不如。紅顏薄命，更何況經歷了多少無情的風雨，面對愁苦的情景，且問淒涼院落，還要經歷幾番春去秋來。重重的離愁向誰寄託，這雙飛的燕子怎懂得人間苦痛。天遙路遠，萬水千山阻隔，故園如今在哪裡？只有在夢中才能回去，但我無法入睡連做夢也難。

據說，這是徽宗趙佶的絕筆詞。在離開汴京八年之後，紹興五年（一一三五年），趙佶死在五國城一所破房子的土炕上。當欽宗趙桓發現他的時候，屍體已經僵硬。

最美的東西，往往消逝得最快。那朵曾經在汴梁怒放的杏花，哪能經歷北國凌厲的淒風苦雨！那曾令如花美女羞愧的容顏，一旦經歷無情風雨，便零落成泥碾作塵，連香味都不會留下一點。國破家亡的囚徒皇帝，就是自己眼中的那朵杏花吧？

南望故土，萬水千山，百餘年來家國，數千里地山河，全部都淪亡於敵手，歸鄉已經成為一個遙遠的夢。和李煜一樣，趙佶有時候也做到回家的夢，可是夢醒之後，五更的徹骨寒冷更無情地提醒他現在的悲慘身分。這樣的夢，也許不做更好吧！

徽宗死後，欽宗又活了二十一年。據《大宋宣和遺事》說：一一五六年六月，金主完顏亮命欽宗出賽馬球，欽宗身體衰弱，患有風疾，又不擅馬術，在比賽中從馬上摔下，被亂馬鐵蹄踐踏而死，時年五十七歲。

南宋詞：喪失漢賦的慷慨，找不回唐詩的激昂

金兵攻破汴京的時候，欽宗趙桓的弟弟、康王趙構正在黃河以北集結勤王軍隊，因此幸運地沒有成為俘虜。北宋滅亡之後，趙構在應天府（今河南商丘）登基，南宋建立。金兵對這個新建立的政權發動了第三次攻擊，趙構一度被驅趕至海上。南宋後來定都臨安（今杭州）。中國歷史上最著名的一個苟且偷生的朝代從此登上了歷史舞臺。

如湯恩比所說，北宋用重文輕武的方法消除了五代時的軍閥分裂，但是也付出慘痛的代價，他們在面對北方蠻族的侵略時屢戰屢敗，終於導致北宋的滅亡。而南宋似乎並沒有汲取北宋的教訓，反而在這條道路上愈走愈遠。

法國漢學家謝和耐（Jacques Gernet）曾在《蒙元入侵前夜的中國日常生活》（La Vie quotidienne en Chine à la veille de l'invasion mongole）中提及馬可波羅對當時的描述：

> 這片土地上的人民……絕非勇武的鬥士。他們貪戀女色，除此之外別無興趣。皇帝本人更是甚上加甚，除賑濟窮人之外，他滿腦子都是女人。他的國土上並無戰馬，人民也從不習武，從不服任何形式的兵役。而這些蠻子（指南宋百姓）的領地原本是很強固的，所有的城池都圍著很深的護城河，河寬在強弩的射程之外。因此，設若此處的人們為赳赳武夫，這個國家原是不會淪陷的。

一邊是半壁江山淪敵手，一邊卻是「直把杭州作汴州」（出自宋朝林升〈題臨安邸〉），西湖邊的醉生夢死不但無法讓人忘卻二帝被俘慘死的靖康之恥，更不能阻擋金軍南侵的鐵蹄。

南宋建立之初，宋金便簽訂了「紹興和議」，這個合約正式規定南宋向金稱臣，南宋每年向金納貢。一一六四年，又簽訂「隆興和議」，南宋對金不再稱臣，而改稱叔姪關係；之後在「嘉定和議」上，又改稱伯姪關係，加之割地賠款，喪權辱國，一敗塗地。

邊塞意味著大漠孤煙、金戈鐵馬、夜雪弓刀，而此時的南宋，連有沒有邊境都很難說，因為嚴格意義上，它已經成為金的附屬國了。

這注定了南宋詞人一個很沉重而悲涼的書寫主題：愛國。

他們愛的是一個已經失去了的天堂——北宋，也愛著一個定都在天堂（杭州），其實卻是地獄的祖國——南宋。南宋的愛國詞人們愛國愛得辛苦，更愛得辛酸。因為他們所有的愛國情懷都逃不開靖康的奇恥大辱，逃不開海陵王完顏亮血腥的南侵，更逃不開一個接一個喪權辱國的和議，逃不開南宋朝廷偏安苟活的猥瑣。

曾經在江北領導義軍抗金的傳奇人物辛棄疾回到南宋後被長期閒置，無奈之下，「卻將萬字平戎策，換得東家種樹書」（我看把那長達幾萬字能平定金人的策略，拿去跟東邊的人家換種樹的書吧，出自〈鷓鴣天〉），整天借酒避世，「近來始覺古人書，信著全無是處」（最近才明白古書上的話，完全不可信！出自〈西江月〉），夜闌酒酣，挑燈看劍，「了卻君王天下事，贏得生前身後名」（我一心想完成替君主收復故土的大業，讓我的名聲流傳生前死後，可惜鬢髮已斑白，出自〈破陣子〉），猛然驚醒，「可憐白髮生」（可惜鬢髮已斑白）。

長壽的詞人陸游，用他漫長的人生體驗到的卻是漫長的苦澀。年輕時一心報國卻壯志難酬，華髮蒼顏，孤村僵臥，涕泗交流，「此生誰料，心在天山，身老滄洲」。（這一生誰能預料，原想一心一意在天山抗故，如今卻只能老死於滄洲！出自〈訴衷情〉）

岳飛曾領軍多次大破金軍，高喊「直抵黃龍府」（出自《宋史．卷三六五》，黃龍府為金國腹地），誓言「待從頭收拾舊山河，朝天闕」（等哪天收復舊日山河，再上報朝廷，共慶太平，出自〈滿江紅〉），但是他也在夜深人靜時哀嘆「知音少，弦斷有

2 金國腹地。

誰聽？」（即使彈斷了琴弦又有誰聽呢？出自〈小重山〉）也許那時候他就已經感到了危機步步逼近。

張孝祥悲嘆「洙泗上，弦歌地，亦羶腥」（洙水和泗水沿岸，曾經是孔子講學、弦歌流傳之地，如今被金人占據蹂躪，出自〈六州歌頭〉），最大的作用，也不過是在席上讓大家感動一下，之後各回各家各找各媽，於時局絲毫無補；陳亮豪邁地宣言「且復穹廬拜，會向槁街逢！」（如今迫於情勢，就姑且去向金國軍主拜賀吧，總有一天我們會消滅他們，把金人統治者的腦袋懸街示眾，出自〈水調歌頭〉）也只是一場紙上殺敵的黑色幽默；相比之下，張元幹悲嘆「天意從來高難問，況人情老易悲難訴」（天意難測，國仇家恨漸被遺忘，人也老了，這腔悲憤向誰訴說？出自〈賀新郎〉）倒是說了些實話，因為他也知道，筆下的慷慨，已經無法挽回王朝敗亡的步伐。

有人說安史之亂後，唐朝元氣大傷，中唐的詞人因此氣骨中衰。而**宋朝經北宋靖康之恥後，偏安臨安的南宋完全被打斷了脊梁，再也找不回漢唐的豪邁、盛世的強音。**

我隔著一簾幽夢，獨自垂淚、斷腸。

第十八章

李清照

尋尋覓覓，冷冷清清，悽悽慘慘戚戚

- 生卒年：西元1084～1155年
- 號：易安居士、李三瘦
- 作品賞析：〈點絳唇〉、〈浣溪沙〉、〈醉花陰〉、〈一剪梅〉、〈添字採桑子〉、〈武陵春〉、〈漁家傲〉

多年以後，李清照都清晰地記得，宋高宗建炎三年（一一二九年）六月十三日，她在池陽與趙明誠分別時的情景。那時候，趙明誠奉旨去湖州赴任，臨別時，他「葛衣岸巾，精神如虎，目光爛爛射人」（穿著一身夏布衣裳，掀起覆在前額的頭巾，精神奕奕，目光明亮燦爛，出自李清照《金石錄．後序》）。雖然當時她就有了隱隱約約的不祥預感，卻還是怎麼也想不到，就在一個月之後，她就收到了原先精神如虎的丈夫病重的消息。兩個月之後，也就是八月十八日，世界上最關愛她的人棄她而去，只留下她，在這個兵荒馬亂的塵世中苟活。

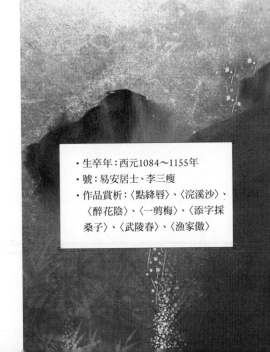

少女時期天真爛漫，情竇初開活潑可愛

宋神宗元豐七年（一〇八四年），蘇軾送長子蘇邁到饒州德興縣擔任縣尉，經過鄱陽湖湖口，寫下了著名的〈石鐘山記〉。就在這一年，他遠在山東濟南的學生李格非喜得嬌女，起名為李清照。李格非進士出身，卻是北宋著名的學者和散文家，好學不倦。晁無咎曾說李格非每天「則坐堂中，掃地置筆硯，呻吟策牘，為文章數十篇」。（《有竹堂記》）李格非妻子也是名門閨秀，擅長文學。書香門第，家學淵源，無疑給李清照的成長準備了良好的土壤。仕宦之家又培養了李清照開闊的眼界和高貴的氣質，而這種大家閨秀的眼界和氣質，更是那些小家碧玉永遠無望企及的。

歲月鎮靜而從容地輪換，李家的這個小女孩，已經長成亭亭玉立的少女了。閒適慵懶的生活給了她創作的閒暇，這個敏銳的女孩每年悄悄地觀察著「江梅已過柳生綿，黃昏疏雨濕秋千」（江邊的梅子已落，綿綿的柳絮隨風蕩漾，黃昏的細雨將院子裡的秋千都淋濕了，出自李清照〈浣溪沙〉），在春花秋日中打發著略嫌無聊的時間。情竇初開的女孩，已經有了一些莫名其妙的憂傷、無從訴說的鬱悶、隱隱約約的惆悵和期待了。

點絳唇

蹴罷秋千，起來慵整纖纖手。
露濃花瘦，薄汗輕衣透。
見客入來，襪剗金釵溜。
和羞走。倚門回首，卻把青梅嗅。

【白話文】少女剛剛盪完秋千，慵懶地揉著纖纖素手。細瘦花枝上掛著晶瑩露珠，涔涔香汗滲透薄薄羅衣。突然進來一位客人，少女趕緊走避，來不及穿鞋，連金釵也掉了。少女害羞地跑開，卻又好奇地回頭倚著門，假裝嗅著青梅，偷看客人的風采。

這首詞寫活潑可愛的少女剛盪完秋千，纖手如玉，嬌面如花。薄薄的一層細汗沁出，沾濕了貼身

的衣服。突然有外客到來，女孩嬌羞躲避，連鞋子都顧不得穿上，頭上的金釵也掉了。可是，調皮的少女卻無法抑制自己的好奇心，忍不住要回頭看看來客到底是誰：是仙風道骨的老者，還是英俊瀟灑的少年？倚門回首，卻又怕被人恥笑，於是「欲蓋彌彰」地裝作嗅青梅。李白〈長干行〉有「郎騎竹馬來，繞床弄青梅」的句子，從此，「青梅竹馬」成為一個甜蜜而幸福的典故。女孩掩飾的動作，正好暴露了內心的小祕密。

由於體裁特點，宋詞「男子作閨音」幾乎是公認的傳統，但是，真正屬於女孩的隱密心思，站在男人的角度是很難真正理解的。著名學者唐圭璋先生就認為：「清照是名門閨秀，少有詩名，亦不至不穿鞋而行走。含羞迎笑，倚門回首，頗似市井婦女之行徑。」而一些學者，如徐永端在《易安詞簡論》中表示，此詞「詞意淺顯，不類清照手筆」。不過，要求一個待字閨中的少女老成持重，似乎過於可笑，而要天真爛漫的少女文字深刻凝重，似乎也太過於苛求了。少女之美不僅在年齡和外表，更在於水一般的明澈和清淨，沒有矯飾、沒有偽裝的天真。這樣「淺顯」的詞，恰恰給過於老成乾枯的詞壇蒙上了一點水氣，使這種本屬於心靈的文字回復原有的光亮和潤澤。

也許是因為這種「淺近」，讓少女的祕密根本無祕密可言，少女的躲藏，在成年人看來，是顯得可愛而且可笑的。

浣溪沙

繡面芙蓉一笑開，斜飛寶鴨襯香腮。
眼波才動被人猜。
一面風情深有韻，半箋嬌恨寄幽懷。
月移花影約重來。

【白話文】微笑著掀開繡著荷花的帷帳，斜倚著香爐，雙手托著嬌羞的臉龐。少女心中滿懷情愫，眼神一動就彷彿訴說無限情深蜜意。一臉溫情飽含深韻，筆下的紙箋寫了一半，上面全是寄託思念的話語。月上欄杆，花影搖曳，期盼心上人前來相會。

歌德曾說：「哪個少男不鍾情？哪個少女不懷春？」（《少年維特的煩惱》）少男少女的祕密，是每個人的必經之路。當沉思中的少女無緣無故地失笑，或者當她剛剛還巧笑倩兮，轉眼又托腮沉思，其實那眼波是否移動都無關緊要了，懷春的少女心事，已經清楚地寫在臉上，寫在眉尖，寫在一舉手一投足之中。

心事重重的女孩把祕密全部寫在彩色的信箋上，那是一種轉瞬即逝的激動和欣喜，即使是深閨高院，也鎖不住的青春躁動和希冀。這個官宦之家的女孩，甚至也希望，在某個月圓之夜，在花影之中，去等待那個尚是朦朧的身影，和自己一起講述一個亙古未變的故事。

只是李清照當時未必知道，她的大名已經飛出了深深的閨閣，傳到了這個城市很多人的耳中，更想不到，她的名字會讓一個人寢食難安，坐臥不寧。

這個人就是趙明誠。

才子趙明誠設局，抱得才女詞人歸？

西元十二世紀的某一天，北宋宰相、時任吏部侍郎趙挺之的兒子趙明誠對父親說：「父親，昨夜我做了一個夢，夢見我在朗誦一首詩，但是醒來的時候只記得三句了。」

趙挺之問：「哪三句？」

趙明誠說：「『言與司合，安上已脫，芝芙草拔』，孩兒不知道是什麼意思。」

趙挺之大笑：「言與司合在一起就是『詞』字；安字把上面去掉是『女』字，芝芙二字將上面的草字頭去掉就是『之夫』兩個字，這個夢是說你應該娶一個詞女當妻子。」1

可是，誰是詞女呢？縱觀當時，只有一個女子享有詞女之名並且還待字閨中，就是李格非的女兒李清照。

我一直認為，這個故事的可靠性值得懷疑。並非說這個故事不真實，而是覺得趙明誠告訴他父親自己做這個夢其實純屬瞎掰。作為一個堅定的唯物論者，我對此事只有一個合乎常理的解釋，那就是：趙明誠肯定早已對李清照「垂涎三尺」，於是故意編了這個夢來哄騙他老爸，挾天意以令家長，達到自己不可告人的目的。

但是必須承認，在向來缺乏浪漫色彩的中國愛情史上，這個故事無疑是其中最亮眼的一筆。更關鍵的是，**這個才子才女的故事攪亂了傳統的才子佳人公式，女性第一次因為才華而被男子傾慕，即使在現代，也是令人驚訝的，何況在理學正「蓬勃發展」的宋代。**

這一年，趙明誠二十一歲，還是個太學生。李清照十八歲。

李清照的人生之舟告別了少女的渡口之後，來到了更甜蜜的愛情港灣。嬌憨的少女成了美麗的新娘，她臨水照花，對鏡描眉，買來一朵尚帶露珠的鮮花，插上鬢角，對著夫婿撒嬌，寫〈減字木蘭花．賣花擔上〉說道：「怕郎猜道，奴面不如花面好。雲鬢斜簪，徒要叫郎比並看。」（我怕丈夫看了花之後，認為我的容顏不如花漂亮，於是將花插在鬢間，教他比較看看，到底哪個比較漂亮）

更重要的是，兩人有著共同的情趣愛好——金石。李清照後來回憶，趙明誠還在當太學生的時候，每次放假回家，先當掉衣服換點錢，然後到相國寺買碑文和水果點心。回家後夫妻賞字品果，雖然寒素，卻是其樂無窮。後來趙明誠當官有了俸祿，兩人節衣縮食，「便有飯蔬衣綀，窮遐方絕域，盡天下古文奇字之志。」（立志即使節衣縮食，也要走遍天涯，收盡天下古文奇字，李清照《金石錄．後序》）家裡的金石碑刻日益堆積，落落大滿。

每次飯後，夫妻倆便煮茶，指著堆積的古書，賭哪件事在哪本書、哪一頁甚至哪一行。李清照天

1 此段故事出自元朝伊世珍《琅嬛記．卷中》引《外傳》：明誠晝寢，夢誦一書，覺來惟憶三句云：「言與司合，安上已脫，芝芙草拔」，以告其父。其父為解曰：「汝待得能文詞婦也。『言與司合』是『詞』字，『安上已脫』是『女』字，『芝芙草拔』是『之夫』二字，非謂汝為『詞女之夫』乎？」

性強記，於是勝時居多，每次勝利之後，總是掩飾不住自己的得意，於是端茶大笑，以至於茶潑灑在衣服上，結果誰也喝不成。多年之後李清照回憶起當時的情景，不禁喟嘆：「甘心老是鄉矣！」（甘願就這樣終老）

一種相思，兩處閒愁

——李清照的相思詞，融合少女的靈動和少婦的苦澀

在這樣的甜蜜之中，即使是偶爾的苦澀，想必也是甜的吧。

醉花陰

薄霧濃雲愁永晝，瑞腦銷金獸。
佳節又重陽，玉枕紗櫥，半夜涼初透。
東籬把酒黃昏後，有暗香盈袖。
莫道不消魂，簾捲西風，人比黃花瘦。

【白話文】薄霧瀰漫，烏雲密布，這樣的日子讓人發愁，龍腦香在金獸香爐中繚繞。又到了重陽時節，一個人躺在玉枕紗帳中，夜晚的寒意襲人。在花園裡飲酒直到黃昏後，淡淡的黃菊清香溢滿雙袖。莫要說憂愁不傷人，秋日西風捲起珠簾，簾內的人比那黃花更加消瘦。

暫時的小別，恰恰是使愛情更醇厚的調味料。哪怕這分別耽誤了重陽佳節，哪怕那個人不知什麼時候才能回來，但是，獨坐簾下的少婦明白，這種等待一定能有答案的。風乍起，黃花暗香浮動，才情與愛情交相漫溢的少婦寫下淡淡的愁緒和思念，等待丈夫回來的時候，惡作劇地跟丈夫比賽。她也許知道，丈夫會三天三夜廢寢忘食，寫出五十首〈醉花陰〉來跟自己較量，也許還會請他們的好朋友

陸德夫來當裁判，也許她早已胸有成竹，陸德夫一定會說：「還是『莫道不銷魂』這三句絕佳。」[2]她有這個把握，因為這幾句，**凝結了才女所有的機巧和靈氣，融合了少婦含著淡淡苦澀的幸福，還有對丈夫無法替代的愛。**所以清代王士祿也調侃說：趙明誠為了勝過李清照而損失了三天的睡眠和飯食，「豈不癡絕！」（《神釋堂脞語》）試想：以曠世之才氣寫沁入骨髓之相思，還有什麼文章，能勝過它呢？

一剪梅

紅藕香殘玉簟秋。輕解羅裳，獨上蘭舟。
雲中誰寄錦書來？雁字回時，月滿西樓。
花自飄零水自流。一種相思，兩處閒愁。
此情無計可消除，才下眉頭，卻上心頭。

【白話文】荷已殘，香已消，竹蓆透出深秋的涼意。輕輕脫下羅綢外裳，獨自坐上小船閒遊。雲中大雁是否會為我捎來錦書？雁羣南歸的時候，皎潔月光灑滿西邊的亭樓。花自顧飄零，水自顧漂流。你我分離兩地，卻一同相思。啊，這分愁思無處排解，剛從微蹙的眉間消失，又隱隱纏繞上了心頭。

菡萏香銷，翠葉凋殘，秋天總是讓思念從漸起的西風中浮起，從繽紛的落葉中揚起，從漸濃的涼意中升起。女人終日凝望著門前流水，無心梳妝，多少事，欲說還休。仰頭北雁南飛，雁字如人，是否有一隻，能夠給自己帶來遠方那個人的消息？武陵人遠，煙鎖悲秋，月上柳梢，瀉滿西樓。

秋天的思念，是那種不定的心情，霎時晴，霎時雨，霎時風，只有門前流水，一如往日的從容鎮

2 此段故事出自元朝伊世珍《瑯嬛記．卷中》引《外傳》：易安以重陽〈醉花陰〉詞函致明誠，明誠嘆賞，自愧弗逮，務欲勝之。一切謝客，忘食忘寢者三日夜，得五十闋，雜易安作以示友人陸德夫。德夫玩之再三，曰只三句絕佳，明誠詰之，答曰：「莫道不消魂，簾捲西風，人似黃花瘦。」正易安作也。

靜，負載著女人的思念，直到天涯，直到他的身邊。從今又添一段新愁。唯一值得安慰的是，遠方的他，此時一定也有相同的思念吧？思念春日原上的陽光，思念歸來堂上潑灑的茶水，思念夜裡燭光下纖手理開卷軸，思念燭光下脈脈的眼神，微微的笑意。想到這裡，女人輕輕地笑了。一直緊鎖的愁眉終於悄悄展開，一直徘徊的愁緒終於散去，可是，離開了眉心的愁，卻又悄悄種植到女人的心中，怎可消除啊！

就在李清照沉浸在這種羡煞旁人的幸福中時，誰都不知道，一場巨大的風暴，正在步步逼近，她念念不忘的溪亭日暮將被無情地擊得粉碎，那窗邊的綠肥紅瘦將被狂風吹落滿地，她與摯愛丈夫的琴瑟合鳴將成為絕響。

北宋滅亡、丈夫離世、改嫁被騙

——一夕之間墜入困頓，李清照相思婉約不再

一一二九年的李清照怎麼也想不到，自己那精神如虎、目光爛爛射人的丈夫，就在兩個月之後，突然離開了自己。

一一二七年，金兵的鐵蹄踏破了汴梁的城牆，徽、欽二帝被擄，北宋滅亡。和中原很多家庭一樣，趙明誠和李清照也踏上了流亡的道路。可是，夫妻倆多年來搜集的金石古器此時卻成了沉重的累贅，因為趙明誠有公務在身，這個累贅就落在李清照一個人的肩膀上。

在《金石錄．後序》中，李清照詳細回憶了她保護這些古物南遷的辛酸經歷：

乃先去書之重大印本者，又去畫之多幅者，又去古器之無款識者；後又去書之監本者，畫之平常者，器之笒大者。凡屢減去，尚載書十五車。（先去掉書籍中又重又大的印本，再去掉藏畫中重複的作

品，又把古器中沒有款識的去掉。後來又去掉書籍中的國子監刻本、畫卷中的平庸之作及笨重的古器數件。經番削減之後，還裝了十五車的書籍）

剩下的金石古物尚有十餘間屋，都儲存在青州家裡。是年十二月，金兵攻陷青州，十餘間屋子的古物化為灰燼。

在池陽，李清照與丈夫見面之後又分別，臨行時，趙明誠囑咐：如果事出緊迫，先丟棄輜重，再丟棄衣被，再丟棄書冊卷軸，再丟棄古玩，只有那些宗器，一定要隨身攜帶，與之共存亡。（必不得已，先去輜重，次衣被，次書冊卷軸，次古器，獨所謂宗器者，可自負抱，與身俱存亡）李清照說，那時候，她就已經有了不祥的預感，而一個月後就傳來了丈夫病重的消息，兩個月後，趙明誠去世。

失去了丈夫的李清照還無暇哭泣，因為她身上還擔負著保護金石古物的重任，那不僅是《金石錄》必需的資料，更是她與趙明誠僅剩的一點聯繫，每一件物品上面都有一個故事，每一張碑刻上都浸潤了那段刻骨銘心的愛情。那是她一生中最美的記憶，也是她人生中最幸福的歲月的見證。

安葬了丈夫之後，李清照也大病一場，幾乎撒手而去。痊癒之後，李清照聽說一個親戚在洪州，於是將大部分古物遣人暫寄他處。誰知十二月洪州又被金兵攻陷，這些古物散為雲煙，李清照手中留下的，只有數箱卷軸和一些石刻副本以及夏商周的青銅器了。

不久，官軍來收降叛亂士兵，又趁火打劫，搶走了李清照的一些古物。到了會稽，李清照住在民居，一夜，牆壁被挖了個大洞，偷走了五箱古物。李清照悲慟不已，設重賞收贖，一個鄰居拿出十八個卷軸求賞，李清照這才知道賊人就在附近。可是，其餘的再也沒有出現過。不久，這批失竊的物品被一個吳姓官員賤價「收購」。

經過這一路上無休止的劫難，這個失去了國又失去了家的女人，終於將失去與丈夫最後的一點聯繫。李清照無比沉痛地說，最後，自己手中只有一兩部殘缺的書和幾種一般的字帖了。

添字採桑子

窗前誰種芭蕉樹？陰滿中庭。
陰滿中庭，葉葉心心、舒捲有餘情。
傷心枕上三更雨，點滴淒清。
點滴淒清，愁損離人、不慣起來聽！

【白話文】不知是誰在窗前種下芭蕉樹，一片濃蔭，遮蓋了整個院落。葉片和不斷伸展的葉心相互依戀，一片片，一面面，遮蔽了庭院。傷心滿懷，無法入睡，偏偏又在三更時分下起了雨，點點滴滴，淒淒清清。雨聲不停敲打著我的心，愈聽愈難入眠，乾脆披衣起床。

這不是一首詞，而是一個遭遇了地坼天崩之後目光無神的祥林嫂[3]，不自覺地喃喃自語。國破家亡，丈夫棄世，萬里奔逃，一路上飽嘗痛苦，李清照終於來到了溫州，暫時在這異鄉住下。兩百年之後的文天祥，曾在《指南錄・後序》說：「痛定思痛，痛何如哉！」（痛苦過去之後再去回想，是多麼的痛苦）李清照在這暫時的安靜中，所有的疼痛都慢慢浮上心頭，化為窗前那幾株芭蕉，將天空遮蔽成陰霾，將眼光凝固在悲涼之前。

溫庭筠〈更漏子〉詞云：「梧桐樹，三更雨，不道離情正苦。一葉葉，一聲聲，空階滴到明。」但是，人生中很多離別是可以期待相見的，李清照的離別，卻是永訣，不論是與故國，還是與故鄉，還是與摯愛的丈夫。

這樣的霖雨，似乎總是在悲涼中從天上如約而降。詞人知道，自己已經成了「北人」[4]了，家園已成丘墟，夫君已為塵土，孤獨的女人，從此要一個人面對這世間的風風雨雨，面對這注定無休止的沸沸揚揚。

宋高宗紹興二年（一一三二年），疲於奔命的高宗趙構終於到了都城臨安，李清照隨即也到了這裡，在這年夏天，李清照再嫁張汝舟。

李清照為什麼改嫁，眾說不一，甚至很多學者乾脆否認此事，其原因無非是覺得詞女改嫁，破壞了他們心中的大好形象而已。而一個孤苦無依的婦人在這亂世怎麼活下去，似乎並不是他們考慮的問題，「餓死事小，失節事大」[5]，這古訓至今還留存於很多人的腦袋中。而李清照改嫁遇人不淑，更是讓有些人有了幸災樂禍的理由。

婚後的李清照才發覺，張汝舟竟是個無賴小人，最初的甜言蜜語過後，便對她冷言相侵，甚至拳腳相加。無奈之下，李清照只能選擇與張汝舟分手。但是，在理學昌盛的南宋，字典裡是沒有「離婚」這個詞的。幸運的是，張汝舟一次得意忘形之下，將自己科舉考試作弊過關的事情拿來向李清照誇耀，於是李清照告發張汝舟犯欺君之罪。

張汝舟罪行核實之後，被判處流放。而按照南宋法律，妻子告發丈夫，不管事情是否屬實，都必須坐牢兩年，於是李清照也深陷囹圄。賴朋友相救，她在獄中只待了九天便出獄了。

尋尋覓覓，冷冷清清，淒淒慘慘戚戚

——走近人生暮年，李清照詞風轉入悲涼沉重

武陵春

風住塵香花已盡，日晚倦梳頭。
物是人非事事休，欲語淚先流。

【白話文】風雨停了，枝頭的花落盡了，只有塵土散發微微的花香。日頭已高，我卻無心梳洗打扮。春日景物依舊，但人事

3 魯迅短篇小說《祝福》中的虛構人物，被視為舊中國農村勞動婦女的典型。
4 意指金兵入據中原後，被迫離開故鄉，逃往南方的人。
5 出自宋代理學家程頤《二程全書》：「只是後世怕寒餓死，故有是說。然餓死事極小，失節事極大。」

聞說雙溪春尚好，也擬泛輕舟。
只恐雙溪舴艋舟，載不動，許多愁。

全非，一切都已逝去。想要傾訴心中感傷，卻還未開口，就已潸然淚下。聽說雙溪的春色還不錯，也想去那裡泛舟散心，但只怕雙溪那單薄的小船，載不動我內心沉重的哀愁。

真正的悲苦，往往是不動聲色的。

家國喪盡，丈夫棄世，再嫁被騙，命運之神如此殘酷地將所有的悲涼加在李清照身上，即使是為了造就這位最偉大的女詞人，也過於殘酷。一夜西風緊，花落知多少。零落成泥碾作塵，只有香如故。暮色漸起，女人無心梳頭，因為梳妝還能給誰看呢？在似乎不變的事物面前，生命的脆弱和無常被無情地凸顯出來，如一枚鋼釘，無情地刺入內心深處，怎麼也無法拔出。

「物是人非事事休，欲語淚先流。」要歷經多少生活的創痛和悲愴，才能領略這痛楚，品出這無奈和悲愴？如花的春天，從來沒有像現在這樣，顯得如此的殘忍和淒涼。也許李清照經常站在窗前，看著落日西斜，暮雲合璧，卻無法停止詢問那個相同的問題：「人在何處？」曾經的恩愛已成一抔黃土，記載著過去甜蜜的信物也在奔逃中喪失殆盡。這劇變過於突然，也過於猛烈，使她從幸福的巔峰突然跌到悲慘的谷底，從溫柔多情的少婦一下變成了風鬟霜鬢的老人。

或許她經常想起年輕的時候在家鄉度過的那些美好歲月。「中州盛日，閨門多暇，記得偏重三五。鋪翠冠兒，撚金雪柳，簇帶爭濟楚。」（過去開封繁華的日子裡，女子常有閒暇出遊，尤其是正月十五。大家戴著裝飾翠鳥羽毛的帽子，以及加入金絲線的雪柳，打扮得整齊漂亮。李清照〈永遇樂〉）可是現在，即使是元宵佳節，即使是朋友相招，她也無心賞玩，只好謝絕了朋友的邀請，「不如向簾兒底下，聽人笑語。」（不如躲在簾子底下，聽別人家的歡聲笑語。李清照〈永遇樂〉）

年老的李清照，大概從此過著深居簡出的生活，無心遊玩，不管是觀燈還是到雙溪賞春。當她還是少婦時，那愁是幽幽甚至帶有一絲甜蜜的，眉頭心上，輕輕縈繞，如瓔珞，如花環，將思念中的女子打扮得更加楚楚動人。而現在的愁卻是那樣沉重，沉重得令人窒息，沉重得任何東西都無法承載，除了女人無盡的淚。

我想，我必須請求原諒，因為我實在無法再來讀李清照的〈聲聲慢〉。因為刺骨的寒冷和悲涼不是用筆，而是用淚和血寫就的，裝模作樣地吟哦這些血淚交織的詞句，是殘忍的；那種天塌地陷和滄海桑田的感覺，是無法複製的，在這種入骨的悲涼面前，任何同情都是虛偽的，任何感動都是矯飾可笑的。

聲聲慢

尋尋覓覓，冷冷清清，淒淒慘慘戚戚。
乍暖還寒時候，最難將息。
三杯兩盞淡酒，怎敵他、晚來風急？
雁過也，正傷心，卻是舊時相識。

滿地黃花堆積。憔悴損，如今有誰堪摘？
守著窗兒，獨自怎生得黑？
梧桐更兼細雨，到黃昏、點點滴滴。
這次第，怎一個愁字了得！

整天都在尋覓一切清冷慘澹，我不由感到極度的哀傷淒涼。乍暖還寒的秋季最難以調養。飲三杯兩盞淡酒怎能抵禦它、傍晚之時來的冷風吹得緊急。向南避寒的大雁已飛過去了，傷心的是卻是原來的舊日相識。

家中的後園中已開滿了菊花，我引憂傷憔悴無心賞花惜花、如今花兒將敗還有誰能採摘？靜坐窗前獨自熬到天色昏黑？梧桐淒淒細雨淋瀝黃昏時分、那雨聲還點點滴滴。此情此景，用一個愁字又怎麼能說的夠？

用一首詩，讓醉生夢死的男人蒙羞

——李清照的諷刺詩，戳破南宋苟且偷生的社會風氣

李清照因告發張汝舟而入獄，出獄之後，她在寫給友人的信中回顧了這段屈辱心酸歷史：「猥以桑榆之晚景，配茲駔儈之下材。」（我怎麼會在晚年，以清清白白之身，嫁給這麼一個骯髒低劣的市儈。李清照〈投內翰綦公崇禮書〉）而就是這一句，引來了無數男人的嘲笑：

「傳者無不笑之。」（宋朝胡仔《苕溪漁隱叢話》）

「見者笑之。」（《秀公集》）

「傳者笑之。」（清朝褚人獲《堅瓠集》）

明代張綖還道貌岸然地引用葉文莊的話說：「李公不幸而有此女，趙公不幸而有此婦。」（《草堂詩餘別錄》）

我經常在想，這些群聚看熱鬧的男人們到底在笑什麼？是笑一個孤苦無依的女人為了生存下去被逼無奈做出的選擇，還是笑一個過於單純善良的女人看不穿男人說的謊話？是笑這個不「守節」的女人終於得到了應有的「懲罰」，還是女人的遭遇見證了自己衛道的英明？

沒有人理會巧言令色的張汝舟是否有過錯，更沒有人理會自己是否有資格嘲笑這個千古一遇的女詞人。其實在她面前，南宋的大多數男人都早已失去了做男人的資格，從他們跟著趙構倉皇逃往臨安的那一刻起，從他們倚靠著這個殘破的朝廷苟且偷生的那一刻起。

刺破青天的金聲玉振・夏日絕句

生當作人傑，死亦為鬼雄。
至今思項羽，不肯過江東。

【白話文】人活著當作人中豪傑，死了也應是鬼中英雄。人們如今還念念不忘項羽，只因他不肯回江東苟且偷生。

關於這首詩所指，有兩種說法。

第一種是說這首詩是斥責丈夫趙明誠的。一一二八年，趙明誠被任命為京城建康知府。上任後不久，一天深夜，城裡發生叛亂。趙明誠不但沒有率領士兵平定叛亂，反而從城上縋城而下，倉皇逃走。事後，趙明誠被撤職，家族為之蒙羞。夫婦倆之後沿長江而上，路過烏江項羽自刎處時，李清照寫下了這首詩。

第二種說法是說這首詩是諷刺當時偏安江南、不思北伐的南宋朝廷。

其實不管是哪一種說法，有一點是共同的：**這是一首足以讓男人蒙羞的詩**。

《史記・項羽本紀》記載：項羽兵敗逃到烏江，烏江亭長欲助其逃亡，項羽笑曰：「天之亡我，我何渡為？且籍與江東子弟渡江而西，今無一人還，縱江東父老憐而王我，我何面目見之？縱彼不言，籍何不愧於心乎！」言畢，舉劍自刎。

《荷馬史詩・奧德賽》曾經記載，英雄阿基里斯在特洛伊戰爭中陣亡之後，靈魂到了地獄。尤利西斯在那裡遇見了他，這個人世間的英雄，在鬼魂裡，依舊是王者。這依靠的顯然不是肉體的存在，而是精神的不朽。東西方的價值觀在這裡彙聚了。在李清照的詩中，項羽是一個人世間的豪傑，即使肉體被消滅成鬼魂，他都依然保存著那份昂揚的豪氣，成為鬼中之雄。活，活得痛快淋漓；死，死得可歌可泣。

而這種豪氣和精神，在當時的男人身上，卻變成了稀有物品。宋高宗趙構在金兵的追趕下亡命狂奔，為了減少拖累，甚至拋棄了跟隨自己的大臣，駕船逃到海上。南宋建立之後，皇帝大臣偏安一隅，不思進取，反而在這江南煙雨中醉生夢死，直把杭州作汴州。

南宋軍旗上繪有雙環，取名為「二勝環」，寓「二聖還」之意。大臣楊存中用美玉雕成二勝環掛在帽子後面獻給高宗。高宗非常高興，對身旁伶人說：「這個叫二勝環。」伶人諷刺說：「二聖還掛在腦後了。」高宗臉色大變。（出自王曙《宋詞故事》）

面對這些昂昂乎廟堂之器的七尺男兒，女詞人發出了憤怒的指斥：

南渡衣冠少王導，北來消息欠劉琨！（〈佚句〉）[6]

可是，沒有人聽到這個憤怒女人的呼喊，男人們只關心誰與誰的感情糾葛，誰和誰的蜚短流長，誰和誰的家長裡短。在西湖邊的暖風裡吟詩作對，在南朝留下的四百八十寺中重溫江南溫柔鄉的舊夢。誰也不知道，這個女人，此時卻在做另外一個夢。

李清照超越苦難，如鳳凰浴火成就不朽

漁家傲

天接雲濤連曉霧，星河欲轉千帆舞。
彷彿夢魂歸帝所。聞天語，殷勤問我歸何處？
我報路長嗟日暮，學詩謾有驚人句。
九萬里風鵬正舉。風休住，蓬舟吹取三山去！

【白話文】天將明，晨霧濛濛，雲海翻滾。雲霧間星河流轉，好似有千帆飛舞。恍惚間我彷彿飛到天庭，聽到天帝殷勤地問道：妳可有歸處？我回報天帝：路途漫長且人已遲暮，空有驚人文采又有何用。長空九萬里，大鵬沖天飛正高。我請風莫要停息，將這一葉輕舟，載著我送往蓬萊三仙島。

對於離塵世太高的人來說，天就是海；對於離塵世太遠的人來說，海就是天。

雲海翻滾，曉霧蒼茫，千帆競渡。詞人在這世間無法尋求知音，於是如屈原一樣，前去叩響天庭的大門。天是寬厚的，也是慈祥的，失去了家園和丈夫的女人，終於在天庭找到了真正的男人。

李清照累了，因為她已經走了太多的路，經過了太多的坎坷和曲折。在這個女子無才便是德的時代，她顯得太另類，太不合時宜。但是她堅信：自己不屬於人間，必屬於仙界；不屬於當下，必屬於未來；不屬於瞬間，必屬於永恆。**這自信足以讓所有的男子失色。它來自女人開闊的胸襟，來自對苦難的咀嚼，對悲愴的反芻。**鮫人的淚珠，最終成了珍珠，於是超越時間，成為不朽。

莊子說，北冥有魚，其名為鯤，化而為鳥，其名為鵬。鵬水擊三千里，摶扶搖直上九萬里。如藐姑射的仙人一樣，蘇世獨立，卓爾不群。李清照相信，那才是屬於自己的地方；她也相信，借著大鵬騰飛時的風，自己能夠到那個地方，遠離塵囂，遠離苦難，回到自己來的地方——三山——屬於詩人的地方。

一一五五年四月十日，七十二歲的李清照離開了這個苦難塵世。我相信，她實現了自己的願望，順利抵達了三山，完成了不朽。套用杜斯妥也夫斯基的一句話：她無愧於自己遭受的苦難。她經過了苦難的洗禮，如鳳凰浴火，告別了舊的生命，完成了痛苦但是偉大的涅槃。從那時開始，她的名字成為一個符號，她的生平成為一個傳說，她的文字，負載著她，成為不朽。

6 李清照借古諷刺南宋偏安江南，朝廷中缺少王導、劉琨這般的將才。

我最看不起卑躬屈膝的求和姿態！

第十九章

張孝祥

在荒涼時代痛哭的血性男兒

- 生卒年：西元1132～1169年
- 字：安國
- 號：於湖居士
- 作品賞析：〈六州歌頭·長淮望斷〉

除了辛棄疾之外，暖風薰得遊人醉的南宋詞壇實在很難找出幾個還有男兒氣的詞人，張孝祥算是其中之一。可惜沒有強大國力的支撐，他們的雄壯變成了悲壯，說得不好聽一點，其實就是悲愴。

在亡國的狂風中，獨自義憤填膺

——詞人大膽戳破皇帝「抗金復國」的謊言

六州歌頭·長淮望斷

長淮望斷，關塞莽然平。

【白話文】從淮河長岸極目遠眺，我方邊關要塞湮沒在蔓生野草中。昔日戰事已被淡忘，寒冷的秋風強勁，邊

張孝祥。

在荒涼時代痛哭的血性男兒

暗，霜風勁，悄邊聲。黯銷凝。
追想當年事，殆天數，非人力；
洙泗上，弦歌地，亦膻腥。
隔水氈鄉，落日牛羊下，區脫縱橫。
看名王宵獵，騎火一川明，笳鼓悲鳴，遣人驚。
念腰間箭，匣中劍，空埃蠹，竟何成！
時易失，心徒壯，歲將零。渺神京。
干羽方懷遠，靜烽燧，且休兵。
冠蓋使，紛馳鶩，若為情！
聞道中原遺老，常南望、翠葆霓旌。
使行人到此，忠憤氣填膺，有淚如傾。

塞一片死寂。我佇立凝望，黯然神傷。遙想當年中原陷落，恐怕是天意難違；洙水和泗水沿岸，曾經是孔子講學、弦歌流傳之地，如今被金人占據蹂躪。河的對岸盡是金人的氈帳，黃昏時分，牛羊返回圈欄，敵軍的崗哨密布。看金兵將領夜間出獵，騎兵手持火把照亮整片平川，胡笳戰鼓的聲音悲壯，令人膽顫。想我腰間弓箭，匣中寶劍，只能閒置在那裡遭蟲蛀、積塵埃，毫無用武之地。時光匆匆，徒有雄心壯志，但一年又要過去，光復汴京的希望仍舊渺茫。朝廷想用禮樂感化敵人，邊塞烽火荒廢，也無軍事防備。穿著華服、乘坐大車的使者奔走金國求和，真讓人羞愧。聽說留在中原的父老，常常南望，期盼朝廷收復故土，再次看到皇帝的儀仗。讓人來到這裡忍不住義憤填膺，淚灑前胸。

張孝祥留下來的傳世之作並不多，在《詞林紀事》裡也只有他一首詞，就是這首〈六州歌頭・長淮望斷〉。六州歌頭詞牌原來是鼓吹曲，實際上就是輓歌，但是在南宋的時候，一些「好事者」以此詞牌寫國仇家恨，或者寫豪放派的宏大敘事，因而引起了轟動。比較有名的除了賀鑄的〈六州歌頭・少年俠氣〉，就是張孝祥的這首〈六州歌頭・長淮望斷〉了。

國家不幸詩家幸，這似乎是古往今來從未改變過的規律：沒有楚國的江河日下最後為秦所滅，也就沒有屈原〈離騷〉的「雖九死其猶未悔」（即使為之而死我也不會懊悔）；沒有「安史之亂」的動蕩和生活的顛沛，也就不可能有杜甫〈登高〉的「無邊落木蕭蕭下，不盡長江滾滾來」（無邊無際的秋樹落葉紛紛飄零，奔流不息的長江水滾滾而來）；沒有南宋的苟安一隅、不思進取，當然也就沒有辛棄疾〈破陣子〉的「可憐白髮生」，沒有陸游〈十一月四日風雨大作〉的「鐵馬冰河」（戰馬嘶鳴的北方戰場），也就不會有張孝祥〈六州歌頭〉的「長淮望斷」。

張孝祥出生時北宋已滅亡，由於家庭的影響，紹興二十四年（一一五四年）中進士後，即投入力主抗金的官員陣營，屢屢上書言事，從為岳飛辯誣到獻策抗金，從改革政治到整頓經濟，幾乎涉及當時所有最敏感的問題。因此，雖然他年紀很輕，影響卻很大。

宋高宗紹興十一年（一一四一年），南宋與金簽訂和議，兩國以淮河為分界。對南宋的皇帝和一幫朝臣來說，和議使他們終於獲得苟延殘喘的機會。面對兇殘的金兵，他們根本沒有想要抵抗外侮，收復失地，只想在江南的薰風中，台城的煙柳中，做著角落中的美夢。

此時，詞人就站在作為界河的淮河邊上。南宋的邊塞，荒草叢生，已經與戍樓一樣高了。曾經的戰事似乎已經遠去，邊境上是死一般的沉寂。可是，留存在記憶深處的恥辱卻不會因為時間而磨滅。就在不到四十年前（此詞作於一一六四年），金兵的鐵蹄踏破了汴京的城牆，徽宗、欽宗被金人俘虜，山河破碎風飄絮，生靈塗炭，流離失所。遙想洙水和泗水流經的地方，曾經是孔子聚徒講學處，曾經是華夏文明之光的源頭，可是現在已經淪入敵手，滿地羶腥！淮河這邊是一片死寂，遙望對岸，金人占據的大片河山，牛羊遍地，堡壘遍地。金國的將領率眾出獵，騎兵的火把照亮了整條淮河，笳鼓動地，戒備森嚴。敵人兵備如此充實，己方邊關竟如此荒涼蕭條，怎能不讓詞人觸目驚心！

寶劍在匣中悲鳴，弓箭在牆上閒掛，都已蒙上厚厚的灰塵，和詞人一樣，它們空有壯志，卻無法報國。時間從容而無情地流逝，再大的雄心，再豪邁的壯志，都在這歲月的流逝中被漸漸蠶食，漸趨於無。站在淮河邊上，詞人遙望被敵人占領的故都，可是自己的朝廷卻天天高喊著「以德服人」，要「舞干戚」，「懷遠人」。任何明眼人都明白，這不過是變相的求和投降罷了。那些高車駟馬，衣冠整齊，來往於宋金兩國的宋朝使者，似乎並不知道自己執行的只是卑躬屈膝、喪權辱國的使命，竟然沒有一絲難為情！可是在被敵人占據的中原，那些在鐵蹄下呻吟的父老鄉親，對著南方，已經望穿了雙眼，卻一直沒有看到王師北定中原！他們哪裡知道，在永無休止的西湖歌舞中，自己的皇帝和重臣們正沉醉在這無邊的風月之中，哪裡有閒心來管什麼故國，什麼故都，什麼遺老！站在淮河邊上，站在這條屈辱的界河上，狂風吹起詞人如憤怒一般賁張的鬚髮，詞人卻已淚流滿面。

這首詞是張孝祥在建康留守席上的一篇作品。按照常理，席上多為應景之作，聊聊風月，唱和應酬一下，也就算了，可是張孝祥應酬的，卻是如刀劍般鋒利的句子，每句三字，就像是三角形的箭頭，無情穿透飽經風霜的身體，倒刺上掛出破碎的皮肉，帶出噴湧的鮮血。當時的抗金主將、宰相張浚在聽了這首詞之後，竟然顧不得身分，變色痛哭離席！

永不遲鈍的熱血利箭

——援助岳飛得罪秦檜，年紀輕輕撒手人寰

《御選歷代詩餘》說張孝祥才華出眾，「筆酣興健，頃刻即成，卻無一字無來處」，看來頗有才子之風。《詞林紀事》裡說，張孝祥父輩與秦檜有仇，但是他是皇帝欽點的狀元，所以秦檜也沒有辦法。在他中狀元之後，秦檜跟他例行談話，問他：「你的書法是向誰學的？」（學何書）張孝祥回答：「我的書法是學顏真卿。」（顏書）秦檜又問：「你的詩是向誰學的？」（學何詩）張孝祥回答：「我的詩是學杜甫。」（杜詩）秦檜知道他話中有刺（顏真卿愛國、杜甫憂國），只好悻悻地說：「天下好事都讓你占盡了。」（好底盡為君占卻）其實，張孝祥占盡的，應該只是那份拳拳的愛國之心罷了。他登第之後，第一件事就是為岳飛叫屈，卻被秦檜指使黨羽誣告其謀反，將其父子投入監獄，直到秦檜死後才獲釋出獄。也許是因為牢獄之害，張孝祥只活了三十九歲，就撒手人寰。

數百年後，我從塵封發黃的書頁中再翻出這些永不磨滅的句子，感受到的是男人的熱血，噴薄的激情，和永遠不會遲鈍的箭頭。

人生是一場幽夢，不堪回首，太匆匆。

第二十章

陸游

綻放在大雪裡的一樹梅花

- 生卒年：西元1125～1210年
- 字／號：務觀／放翁
- 作品賞析：〈釵頭鳳〉、〈訴衷情〉、〈卜算子·詠梅〉、〈示兒〉

西元一一二五年，遼國在金和北宋的夾擊之下滅亡，整個大宋帝國沉浸在雪恥的狂喜和驕傲中，沒有人想到，僅僅兩年之後，北宋就被自己的「戰友」——金所滅。就在這一年，賀鑄去世，他是幸運的，沒有親眼看到自己國家的滅亡。也就在這一年，陸游出生了。相比於賀鑄，陸游顯然是不幸的，因為他失去的那個帝國，將成為一道深得無法癒合的傷口，在他漫長的生命中一直貫穿他的身體。陸游又顯然是幸運的，因為這傷口愈深，愈使他遠離那個偏安小朝廷下文人的苟且和狹隘，成為一個真正的詩人，一個真正的男人，一個真正的人。

錯，錯，錯，當年不該放開妳的手

——陸游母親命令休妻，令人心碎的愛情悲劇

宋徽宗宣和七年（一一二五年）十月十七日，陸游誕生在父親陸宰調任京西路轉運副使、離職赴任的船上。在他出生的前一天晚上，母親夢見了著名詞人秦觀，父親說：「秦觀字少游，這孩子就叫陸游吧。」[1]後來，陸游的字也叫務觀，有以秦觀為師的意思。

陸游的高祖陸軫曾在朝為官，祖父陸佃曾是王安石的學生，擔任過尚書右丞，父親也做過朝請大夫[2]、直祕閣[3]，負責皇家圖書館。生長在這樣的書香門第、官宦之家，陸游從小就得到了很好的教育。從陸游的名與字中，更可以看出家族對這個孩子的期許。

紹興十四年（一一四四年），二十歲的陸游與表妹唐琬結為夫妻，他們的婚姻只維持了兩年，唐琬就被迫離開了陸游。關於唐琬被休的原因，歷來有多種解釋：有人認為，陸游多次考進士未中，因此陸游母親遷怒於唐琬，認為是她耽誤了兒子的大好前程。也有人認為是因為唐琬與陸游結婚之後一直沒有生育，可是從唐琬與陸游結婚到她被逐，前後不到兩年時間，如果陸游母親真是為此而驅逐唐琬，那她性子也未免太急了些。還有些人認為是陸游、唐琬新婚燕爾，如膠似漆，陸母怕因此妨礙陸游考取功名，於是下決心驅逐了她。這個理由相比於前兩者，似乎更能站得住腳。

不過，關心唐琬被逐的真正原因，似乎沒有多大意義。**悲劇的源頭有時候並不在行動，也不在性格，只在命運。**不承認在人的眼界之上有一雙看不見卻操控一切的手，就無法抵達悲劇的真相。因此，人類應該更關注遭遇悲劇之後的行動，而不必去喋喋不休地追問悲劇的原因，更不要野心勃勃地

1 此一說法最早應是出自宋朝葉紹翁《四朝聞見錄》：「蓋母氏夢秦少游而生公，故以秦名為字而字其名。」
2 文散官名（無職務的文官）。
3 管理祕閣（宮廷藏書處）事務的官員。

企圖去預防所有悲劇的發生。

這也是後人們對沈園念念不忘的原因。

十一年後，陸游在紹興城裡的沈園與唐琬不期而遇。此時的陸游早已娶王氏女為妻，並且有了三個孩子，而唐琬也改嫁趙士程。物是人非，往事一言難盡。唐琬派僕人給陸游送來酒菜，可是酒入愁腸，只能化為淚，浸透了往事，浸漬了現實，將未來也化作一片酸楚。

釵頭鳳

紅酥手，黃縢酒，滿城春色宮牆柳。
東風惡，歡情薄。一懷愁緒，幾年離索。
錯，錯，錯。
春如舊，人空瘦。淚痕紅浥鮫綃透。
桃花落，閒池閣。山盟雖在，錦書難托。
莫，莫，莫！

【白話文】妳紅潤柔膩的手，為我送來一杯黃縢酒。滿城春光，宮牆邊綠柳搖曳。無情的東風，吹散了妳我的愛情。離別多年的愁緒湧上心頭。錯啊，錯啊，大錯特錯！美麗的春景如舊，人卻因相思消瘦。淚水洗盡臉上的胭脂，濕透手中的綢帕。桃花紛紛凋落，池畔樓閣冷清。永生不渝的誓言還在，卻再也無法寄出滿懷情意的書信。莫再想了，莫再相思，莫再相思！

可是，即使已知是錯，又能奈命運何？即使已不堪回首，可誰又能挽回時間的狂瀾，將一切重新來過？

唐琬看到這首詞之後，心碎欲絕，也和了一首〈釵頭鳳〉：

世情薄，人情惡，雨送黃昏花易落。
曉風乾，淚痕殘。欲箋心事，獨語斜闌。
難，難，難！
人成各，今非昨，病魂常恨秋千索。
角聲寒，夜闌珊。怕人尋問，咽淚裝歡。
瞞，瞞，瞞！

【白話文】世態炎涼，人情冷暖，黃昏細雨打落片片桃花。晨風吹乾了昨晚的淚痕，想訴說心事，卻只能倚著欄杆獨自呢喃。難啊，難啊，日子真難。勞燕分飛，今非昔比，我痛苦的心靈就像秋千擺盪。夜已深，遠方的號角聲如此淒涼。我怕人詢問，於是忍住淚水，強顏歡笑。瞞啊，瞞啊，一直瞞下去。

此後，唐琬鬱鬱成疾，不久就撒手人寰。斯人已去，但是那個熟悉的身影卻一直停留在陸游的心底，飄忽在陸游的眼中。在他往後的歲月裡，曾多次想起沈園，想起那次邂逅，想起那段短得難以回憶的幸福。

覺悟，收復中原全是夢
——陸游悲嘆泱泱大國出不了一個英雄人物

儘管沒有考上進士，但由於陸游是官宦之後，所以按照慣例還是蔭襲為登仕郎[4]。紹興二十三年（一一五三年），陸游來到都城臨安，參加鎖廳試。宋代規定，凡是現任官員及恩蔭子弟參加的科舉考試，稱為鎖廳試。這一年的主考官是兩浙轉運使陳阜卿。當時，秦檜的孫子秦塤也參加了這次考試。

4 文散官名。

其實，秦塤當時已經官居右文殿修撰，官位比主考官還高，但是秦檜希望孫子能夠考取狀元，以利於今後高升，因此，試前他就囑咐陳阜卿將秦塤取為第一名。

可是，在審閱試卷的時候，陳阜卿對陸游的文筆讚不絕口，竟然不顧秦檜的事前招呼，把陸游錄為第一名。秦檜知道之後十分震怒，想要降罪於陳。次年，禮部會試時，秦檜竟將省試成績第一的陸游刷去，讓秦塤得到了狀元，於是陸游又一次名落孫山。

秦檜陷害陸游，不僅是因為陳阜卿沒有照顧自己的孫子而讓陸游成為第一，還因為陸游在試卷中慷慨激昂地高呼堅決抗金，收復故土，而這恰恰戳中了秦檜等主和派的痛處。因此，只要秦檜當政，陸游就永無出頭之日。

幸運的是，四年後，秦檜死了，此時的南宋朝廷，主戰派逐漸得勢，形勢似乎有所好轉。孝宗即位後，特賜陸游進士出身。陸游先後擔任夔州通判、嘉州通判等職，淳熙二年（一一七五年），范成大鎮蜀，年近五十的陸游受邀到其幕中任參議官。一直盼望能夠「上馬擊狂胡，下馬草兵書」（上馬奮擊猖狂的胡虜，下馬草擬軍中文書，〈觀大散關圖有感〉）的陸游，此刻終於穿上戎裝，得償所願了。

可是，陸游低估了南宋朝廷的腐朽和黑暗。高宗在金兵揚言將率兵南下攻打南宋時，曾經迫於形勢，力主抗敵，可是當金兵北撤，攻勢暫時停止時，南宋朝廷又把杭州作汴州了。

北方在異族鐵蹄下呻吟的土地和人民，讓詩人總是夜不能寐，而朝廷的昏庸無能更是讓詩人拔劍擊柱，四顧茫然。詩人高聲提醒「遺民淚盡胡塵裡，南望王師又一年！」（中原父老在金人壓迫下眼淚已經流乾，一年又一年盼望王師北伐，〈秋夜將曉出籬門迎涼有感〉）可是，身居高位的廟堂諸公耳中此時只有歌女吟唱，只有絲竹婉轉，他的呼號，沒有人聽到，也沒有人想聽到。詩人憤然痛斥：「朱門沉沉按歌舞，廄馬肥死弓斷弦。」（貴族庭院裡只顧著隨歌舞打拍子，任馬棚裡的肥馬默默死去、弓弦朽斷，〈關山月〉）詩人終於明白，此時的朝廷，其昏庸無能與無恥，已經超出自己想像，「公卿有黨排宗澤，帷幄無人用岳飛」（公卿大臣結黨排擠宗澤，手握軍權的官僚不肯重用岳飛，〈夜讀有感〉）。

於是，詩人只好把自己的復國大志寄託於夢中，「夜闌臥聽風吹雨，鐵馬冰河入夢來」（深夜我躺在床上，聽窗外風雨呼嘯，也許到了夢中，又會回到戰馬嘶鳴的北方戰場上，〈十一月四日風雨大作〉）。在夢中，詩人才能毫無顧忌地抒發自己的一腔愛國情操：「我亦思報國，夢繞古戰場。」（我也想報效國家，卻只能在夢中回到過去的戰場，〈鵝湖夜坐書懷〉）甚至在夢中看到宋軍終於取得了勝利：「三更撫枕忽大叫，夢中奪得松亭關。」（三更突然抱著枕頭大叫，因為在夢中我們奪回了松亭關，〈樓上醉書〉）可是，夢醒之後，面對的仍然是殘破的國家，北方被異族侵占的大好河山。詩人不由得仰天長嘆：「楚雖三戶能亡秦，豈有堂堂中國空無人！」（楚國剩下三戶也能消滅秦國，泱泱中國豈會沒有一個英雄人物，〈金錯刀行〉）

可是在當時，陸游連做夢也不被允許。

在歌功頌德聲中，他的呼號太煞風景，在大好形勢下，他的警醒太過刺耳。官員們都明白一個潛規則：肉食者已謀之，又何間焉？（這是當權者的事，你何必參與呢？《左傳．曹劌論戰》）可是，陸游卻不識時務地高喊：「位卑未敢忘憂國，事定猶須待闔棺。」（雖然職位低微，卻從不敢忘記憂慮國事，人也要死後才能蓋棺論定，〈病起書懷〉）他不知道，在專制社會，國只是某姓的家而已，國事也只是某姓的家事，而別人的家事，外人是不能干涉的，哪怕山河破碎，哪怕洪水滔天。自己的呼號在這昇平的歌舞聲中顯得太異類，太不合時宜。**在范成大幕中的時候，陸游就被譏為「頹放」（意指不拘禮法，《宋史．卷三九五》），遭到排擠，可是他並未因此而收斂，反而乾脆自號「放翁」**。面對時人的不理解，陸游只好安慰自己：「浮沉不是忘經世，後有仁人識此心。」（我燕遊頹放，並不是忘了經世濟民的抱負，相信將來會有志士仁人了解我的想法，〈書嘆〉）

訴衷情

當年萬里覓封侯，匹馬戍梁州。
關河夢斷何處，塵暗舊貂裘。

【白話文】當年不辭萬里從軍，騎馬奔往梁州守衛邊疆，期盼建功立業。如今邊疆戍守的生活彷彿夢一場，夢醒後煙消雲散，只剩積滿灰塵、又暗又舊的軍裝。金兵還未消滅，鬢髮卻已霜白，憂國憂民的眼淚都白流了。豈料我這一生，心始終在前線抗敵，人卻老死在鄉下湖水邊。

胡未滅，鬢先秋，淚空流。
此身誰料，心在天山，身老滄州。

據說，這首詞是陸游寫給岳飛的。詩人心中的報國之志，與民族英雄的慷慨激昂同步。可是，不久岳飛就遭冤獄被害，千古奇冤。此時的詩人，「吟罷低眉無寫處，月光如水照緇衣」（魯迅〈無題〉）。

陸游在〈謝池春〉中，曾說自己「壯歲從戎，曾是氣吞殘虜」（壯年時參軍，也曾有過殺敵抗虜的氣魄），那時候的陸游，內心充滿了報國的渴望，復國的信心。可是，當曾經的夢煙消雲散之後，詩人不禁寫〈書憤〉自嘲：「早歲哪知世事艱，中原北望氣如山。」（年輕時哪知道世事艱難，每次北望中原便氣蓋山河，想要收復故土）而現在，詩人只能面對曾經穿戴過、已經蒙上厚厚一層灰塵的盔甲，回想當日的輝煌和豪壯。

歲月流逝，提醒詩人夢想正毫不留情地一步步走向幻滅，縱使心比天高，但是「天意從來高難問，況人情老易悲難訴」（天意難測，國仇家恨漸被遺忘，人也老了，這腔悲憤向誰訴說？張元幹〈賀新郎〉）僵臥孤村，即使是夜間的風雨，也讓詩人聯想到踏過冰河的鐵騎。可是，夢醒之後，戶外的風雨卻化作內心的秋風秋雨，風流都被雨打風吹去。

心還在大漠，還繫著孤煙，還會隨著夢中弓弦的破空之聲而悸動，可是，漸漸老去的身體卻在滄州，慢慢沉淪，沉入這無盡的紅塵。

時間依然流逝，街市依然太平，誰會在乎一個日漸衰弱的老人從喉底發出的呼喊呢？詩人的赤誠被譏為「頹放」，詩人的呼喊被視為譫語，無人在乎，一種悲涼，合著這孤獨從詩人內心升起。

鍾情梅花，透露性格中的孤高與倨傲

卜算子・詠梅

驛外斷橋邊，寂寞開無主。
已是黃昏獨自愁，更著風和雨。
無意苦爭春，一任群芳妒。
零落成泥碾作塵，只有香如故。

【白話文】驛館外斷橋邊，梅花孤單寂寞地綻放。暮色降臨，梅花獨自憂愁，卻又遭到風雨摧殘。梅花並不想在春天與百花爭奇鬥豔，也不在意其他花的妒忌。即使凋零飄落，變成泥土，碾作塵埃，梅花依然和往常一樣散發清香。

但凡偉大的人，總有一種甘與周遭為敵的勇氣，有一種寧為玉碎，不為瓦全的一意孤行。陸游活到八十五歲，漫長的一生，照理說有很多時間供他檢討前半生的「過失」，調整自己的人生態度，以期能與周圍的社會更為和諧。可是他沒有。

在人類的眾多品行中，愈是高不可攀的，愈意味著保有這品行的人會付出慘重的代價。如高潔，如執著，如遺世獨立。

弱者總以周圍為自己的尺規，不斷修正自己，將自己隱入紅塵中，在與周圍的一致中獲得安全感；強者的尺規只在內心，於是，他成為一個異類，被譏諷，被排擠，被打擊，可是，卻執迷不悔。

就像那枝堅信自己能喚回春天的梅花。

它不是不知道，即使自己喚回了春天，那些未曾經歷風雪的花兒便會一擁而上，搶奪這片春色，搶奪一個靠近陽光的位置，無人會關心它曾經付出，曾經堅守。可是，它仍然默默付出，默默堅守。世俗的得失它已置之度外，對它來說，在這冰天雪地中默默呼喚，直到春天返回，就是一切。它的價值不在於幸福和獲得，而在於宗教式的犧牲與苦難。

也許，這就是陸游鍾情梅花的原因。他一生寫了上百首詠梅詩，還寫了四首詠梅詞。詩人詠嘆的不是梅花，而是一如梅花的自己，他在〈梅花絕句〉中說：「何方可化身千億，一樹梅花一放翁。」（有什麼辦法可以讓我化為幾千幾億個，讓每一棵梅花樹中都有一個陸放翁）即使現實仍然殘酷，即使夢想終歸會破滅，即使香消玉殞，也無怨無悔。這種從屈原傳下來的「雖九死其猶未悔」的力量，一直支持著詩人的堅定，支持著詩人的執著，支持著他在日漸老去之時，仍然與年輕時一樣，保留著那個永遠的夢。甚至，用這夢的錐子刺破自己生命的布囊，用它的閃閃寒光，照亮以後無數黑暗的日子。

晚年憶起舊情、舊夢，詞人依舊心痛

開禧元年（一二〇五年），陸游已經八十一歲了，這天，他又夢見了沈園，夢醒之後，他的〈十二月二日夜夢遊沈氏園亭〉這樣寫道：

路近城南已怕行，沈家園裡更傷情。（走近城南，就有些不敢再向前走，一到沈園就會更加悲傷）

就在他去世前一年，陸游又來到了沈園。數十年的風雨並沒有讓這段刻骨銘心的感情有絲毫淡漠，反而在詩人的生命裡鐫刻下不可磨滅的印記。耄耋之年的老人回想起年輕時的這段戀情，寫下了〈春遊〉一詩。

沈家園裡花如錦，
半是當年識放翁。
也信美人終作土，
不堪幽夢太匆匆。

【白話文】沈家花園裡百花盛開，美如錦繡，其中一半當年就已認識我，唐琬已經去世多年，過去的甜蜜生活實在太短暫，不堪回首。

相比於殘酷的現實，人的生命和肉體的確太脆弱，好在，人還有一樣東西，可以超越這殘酷的時間與空間，那就是愛。

示兒

死去原知萬事空，
但悲不見九州同。
王師北定中原日，
家祭毋忘告乃翁。

【白話文】我知道人死後萬事皆空，但沒能親眼看到祖國統一實在讓我心痛。等哪天南宋軍隊收復了中原故土，舉行家祭時，千萬別忘了把這個好消息告訴我。

詩人要走了，離開這個他愛過恨過、笑過哭過的世界。他苦難的一生即將畫下句號，但是，他的苦難卻穿過時空，成為永恆。讓我們以羅曼．羅蘭《貝多芬傳》[5]裡一段不朽的名言為他送行吧！

悲慘的命運，把他們的靈魂在肉體與精神的苦難中磨折，在貧窮與疾病的鐵砧上鍛煉；或是，目擊同胞受著無名的羞辱與劫難，而生活為之戕害，內心為之碎裂，他們永遠過著磨難的日子；他們固然由於毅力而成為偉大，可是也由於災患而成為偉大。……在這些神聖的心靈中，有一股清明的力和強烈的慈愛，像激流一般飛湧出來。甚至無須探詢他們的作品或傾聽他們的聲音，就在他們的眼裡、他們的行述裡，即可看到生命從沒像處於患難時的那麼偉大、那麼豐滿、那麼幸福。

5 羅曼．羅蘭（Romain Rolland，一八六六～一九四四年），法國著名作家、音樂評論家，一九一五年獲得諾貝爾文學獎。《貝多芬傳》（*Vies des Hommes Illustres: Beethoven*）是他一九〇三年的作品。

天津人民出版社
《貝多芬傳》

白居易竟在光天化日下，把我抓回唐代喝酒！

第二十一章

劉過

是時空旅人還是白日遇鬼？

- 生卒年：西元1154～1206年
- 字：改之
- 號：龍洲道人
- 作品賞析：〈沁園春〉

世界的歷史像一個幻燈機。
它在現代的黑暗背景上，反映出明朗的片子，
說明那些造福人類的善人和天才的殉道者
如何走著荊棘路。

——安徒生《光榮的荊棘路》（*The Thorny Road of Honor*）

〈沁園春〉想像奇絕、令人驚豔

——詞人穿越時空，與白居易、蘇軾共飲杭州

劉過

是時空旅人還是白日遇鬼？

沁園春

寄辛承旨。時承旨招，不赴。

斗酒彘肩，風雨渡江，豈不快哉！
被香山居士，約林和靖，與坡仙老，駕勒吾回。
坡謂西湖，正如西子，濃抹淡妝臨鏡臺。
二公者，皆掉頭不顧，只管銜杯。

白雲天竺去來，圖畫裡、崢嶸樓觀開。
愛東西雙澗，縱橫水繞；兩峰南北，高下雲堆。
逋曰不然，暗香浮動，爭似孤山先探梅。
須晴去，訪稼軒未晚，且此徘徊。

【白話文】想到你將用酒和豬腿款待我，在風雨中渡過錢塘江到紹興與您相會，豈能不愉快。可半路上被白居易邀約的林逋和蘇東坡強行拉回。蘇東坡說，西湖如西施，無論濃妝或淡妝，鏡中人都很美麗。林逋、白居易兩人都置之不理，只顧暢飲開懷。白居易說，到天竺山去吧，那裡景色如畫，寺廟巍峨，流光溢彩。我愛東西二溪，繞著山石流淌，也愛南北二峯高低錯落、白雲靄靄。林逋說，我不認同，梅花的馨香幽幽飄來，天竺怎比得上到孤山探訪梅花。等雨過天晴再去探訪稼軒不遲，我暫且在西湖邊玩賞吧。

不論是論才能還是文采，劉過在南宋士人中絕不能進入第一流的行列。這也許就是他一直飄零江湖，擔任他人幕僚賓客的原因之一。

劉過早年就以詩詞聞名，但是他屢試不第，一生布衣。據史載，劉過曾經與辛棄疾交往甚密。元代郭霄鳳在《江湖紀聞》中說：劉過性格豪爽好施，曾做辛棄疾門客。有一次母親生病他想回家探望，但是苦於沒有盤纏。當晚兩人在一家酒樓喝酒，遇到一個小官僚，不認識辛棄疾，於是命人把他們趕走，兩人大笑而歸。回去之後就說有機密文書要那個官吏處理，後者多次傳喚未到，辛棄疾就說要將他充軍。那個官吏慌了手腳，請了很多人說情都沒奏效。於是拿出五千緡[1]給劉過母親做壽，可是辛棄疾還是不同意，要他加倍。無奈之下，那個後悔莫及的小官只好拿出一萬緡。辛棄疾給劉過買

了艘船，把一萬緡交給他，說：「別再像以前那樣一下子就花光了。」（無如常日輕用也）

那一萬緡劉過是不是一下子就花光了我們並不知道，但是他與辛棄疾過從甚密是無疑的。〈沁園春〉的序也說，此詞是辛棄疾召自己，但是不能赴約所作。但是，**此詞的奇崛之處在於，詞人將同一個地點——杭州，但不同時間的幾個名人強拉在一起，與自己推杯換盞，指點山水，歌吟贈答，不亦樂乎。其想像之奇妙，令人叫絕。**

香山居士白居易曾在杭州為官，在這人間天堂，他寫下了大量美麗的詩篇，直到多年以後，他還自問：「能不憶江南？」（〈憶江南詞〉）在他的〈寄韜光禪師〉中，曾有這樣的名句：「一山分作兩山門，兩寺原從一寺分。東澗水流西澗水，南山雲起北山雲。」

蘇軾曾先後在杭州任通判和太守，他對西湖的歌詠「欲把西湖比西子，淡妝濃抹總相宜」（〈飲湖上初晴後雨〉），已經成為人們一到西湖就會想起的詩句。

林逋是杭州著名隱士，他結廬孤山，梅妻鶴子，卓爾不群，「疏影橫斜水清淺，暗香浮動月黃昏」（〈山園小梅〉）這樣的淡泊與寧靜，是無數士人夢寐以求的境界。

而此時，這三位文豪，竟然跨越了時間的藩籬，與詞人同舟共飲，這種現實中絕不可能發生的情況，在詞人的作品中出現了。也許，劉過也是在委婉暗示辛棄疾，對方的才華不亞於香山、東坡和林和靖，也算是巧妙的奉承吧。難怪，辛棄疾看到這首詞之後大喜，馬上再派人請劉過前來共飲。

不過也有人對這首詞頗有微詞。據岳飛之孫岳珂《桯史》記載，他與劉過飲酒，劉過席間談到此詞，十分得意，岳珂笑言：「你這首詞倒是不錯，只可惜沒有良藥來醫治你白日見鬼的毛病。」（詞句固佳，然恨無刀圭藥，療君白日見鬼證耳）座中轟然一笑。岳珂此言即使是玩笑，也開得不大高明。詩歌本自於心，無關外物，精騖八極心游萬仞，思維的自由是詩歌自由的前提，若棄絕想像，詩歌也就被套上了絞索。

詞人不堪孤獨，遂遁入歷史尋找知音

而且，岳珂還漏掉了詞中另一個「鬼」：樊噲。

《史記．項羽本紀》記載，項羽請劉邦赴鴻門宴，席間項莊舞劍意在沛公，情勢萬分危機，樊噲帶劍擁盾闖帳。項羽十分欣賞他的勇氣，賜之卮酒，樊噲一飲而盡。項羽又命賜之豬腿（彘肩），手下給樊噲拿來一個生的彘肩，樊噲「覆其盾於地，加彘肩上，拔劍切而啖之」（樊噲將盾牌放在地上，把豬腿放在上面，拔劍邊切邊吃）。詞的首句「斗酒彘肩，風雨渡江」即指此事。而這裡的樊噲，其實就是指詞人自己。

誰能與巨人比肩？誰能與偉人共飲？長期飄零的劉過不是不知道自己位卑名微，難望古人項背。但是，他胸中有著帶劍擁盾、單人闖帳、破釜沉舟、風雨渡江的豪氣，這豪氣，難道比不上白居易的才華、蘇軾的瀟灑、林逋的恬淡？而這豪氣，恰恰又是喜愛「醉裡挑燈看劍，夢回吹角連營」（醉夢裡挑亮油燈觀看寶劍，夢中回到號角響徹的軍營，〈破陣子〉）的辛棄疾胸中激盪之物。英雄方能惜英雄，此種情懷，當然不足與外人道。

但是英雄注定也是孤獨的。

白居易之坎坷，蘇軾之沉浮，林逋之孤獨，都用同一種方式詮釋著英雄必然的命運。造物主將最優秀的人吝嗇地撒在無限的時空中，因此稀有的英雄必須承受當下時空的寂寞，因為他們的價值不是交予當時，而是交給歷史來衡量。在當世承受孤獨的人，必然能在歷史中找到與自己志同道合的人。

岳珂也曾經批評辛棄疾的詞用典過多，有掉書袋的嫌疑。我倒是以為，辛詞用典，也是在現世遭遇孤獨之後，被迫到歷史中去尋找知音罷了。當他面對無限江山時，自然會想到〈南鄉子．登京口北

1 一緡就是一串銅錢，每串約一千文錢。

固亭有懷〉中，曾「坐斷東南戰未休」（占據東南，堅持抗戰，不向敵人屈服）的孫權；想馳騁疆場的時候，自然希望自己有一匹日行千里的「的盧馬」；而功業未竟，年華老去的時候，怎能不想到曾遭遇同樣命運的廉頗？如果說孤獨是英雄不可避免的命運，那麼英雄之所以能成為英雄，是因為還有那盞前人點亮的明燈，照亮這條光榮的荊棘路，使他們能奮然前行。劉過在給辛棄疾的另一首〈沁園春．寄辛稼軒〉中曾說：「古豈無人，可以似吾，稼軒者誰。」（古今有誰可以和辛稼軒相比）這句話不僅是在稱讚辛棄疾，其實也是自己命運的寫照。因為同樣的孤獨，劉過也品嘗過。

劉過好談盛衰治亂之變，曾上書宰相，力主北伐，但是一直未被採納。於是浪跡江湖，與辛棄疾、陸游、陳亮等人交往。男兒的一腔熱血，與朝廷的苟且偷安形成了巨大的落差。隨著世事漸長，激情變成激憤，激憤變成悲憤，最終變成了悲涼。就在西湖邊，劉過曾經拜謁岳飛廟，在這裡，他寫下了〈六州歌頭．題岳鄂王廟〉，他悲憤地呼號：「中興諸將，誰是萬人英？身草莽，人雖死，氣填膺。」（中興時期的許多將領，有誰是真正傑出的英雄？就是岳飛。他雖然已慘死在草莽之中，但忠憤之氣依然留存）他控訴朝廷「狡兔依然在，良犬先烹」（金兵還未消滅，朝廷就先把自己的大將殺了）。可是自己一介布衣，「彈鋏西來路。記匆匆、經行十日，幾番風雨。」（際遇坎坷的我，從金陵匆匆西上，旅途漫長而艱辛）豪氣干雲，卻無處可施。「腰下光芒三尺劍，時解挑燈夜語。誰更識、此時情緒？」（腰間三尺長劍，夜晚挑燈看劍時，一腔殺敵報國的赤誠有誰能理解？〈賀新郎〉）時間催促年華老去，也催促這個沒落的帝國繼續走向沒落。當詞人如二十年前一樣站在黃鶴樓上，卻黯然吟道〈唐多令〉：「舊江山渾是新愁，欲買桂花同載酒，終不似，少年遊。」（眼前的江山如舊，卻又平添了綿綿新愁。想買些桂花與好酒，像往日般飲酒遊玩，但終究無法像少年時那樣盡興了）

我突然想到，如果白居易、蘇軾、林逋真的在劉過的安排下，跨越時空，與辛棄疾會面了，他們會怎樣？我想，他們大概都做過類似的夢，當在現世孤獨到絕望的時候；當自己在在造物主限制的這個框架中處處碰壁的時候；當在這個悲苦的世間承受苦難的時候。正是這絕望與苦難，跨越了時空，將歷史上所有的受難者聚集在一起，於是，一些無名之輩也有機會與巨人比肩。此時似乎有些明白杜斯妥也夫斯基《罪與罰》的那句話：「我唯一擔心的是，我能否配得上自己所受的苦難。」

總有一天，我會把敵人首級掛上大街！

第二十二章

陳亮

衰世中的一陣狂風

・生卒年：西元1143～1194年
・字：同甫
・號：龍川先生
・作品賞析：〈水調歌頭〉、〈念奴嬌〉

十二世紀的一天，辛棄疾正靠在自家樓上，等一個朋友初次來訪。不久，他看見那人騎著馬來到門前。辛棄疾門前有一座小橋，客人想縱馬躍過橋，可是馬怎麼也不肯上橋，一連三次，馬都往後退縮。客人大怒，下馬拔劍斬下馬頭，步行走進辛棄疾的院門。辛棄疾大驚，急忙命人下去迎接，此後，兩人成為至交。

這個人叫陳亮。

豪俠詞人高呼北伐，得罪朝臣三陷死劫

陳亮，字同甫，原名汝能，後改名亮。婺州永康人。《宋史・卷四三六・陳亮傳》說他「生而

目光有芒」，長大之後，「為人才氣超邁，喜談兵，議論風生，下筆數千言立就」，很得當時郡守周葵的賞識，認為他是國士之才。後來周葵當了宰相，極力向各級官員推薦陳亮，陳亮也得以結交各地官員。

隆興二年（一一六四年），金兵大規模南下，迫近長江，南宋被迫與金簽訂和約，史稱「隆興和議」。這個和議對南宋是一個不平等的屈辱和議，但是朝廷的主和派卻慶幸又有了享樂江南的喘息之機。陳亮憤然上〈中興五論〉，請求北伐，但是卻沒有得到回音。於是他退隱歸家，專心著書。

十多年後，淳熙五年（一一七八年），不甘寂寞的陳亮再次向皇帝上疏，極論北伐恢復之事，怒斥朝廷主和派忘記靖康之恥，認賊作父，侍奉仇敵，偏安江南，粉飾太平，罪不容誅。（忍恥事仇，飾太平一隅以為欺，其罪可勝誅哉！）這篇奏章全文收入《宋史》本傳。宋孝宗看到這篇奏章之後赫然震動，想召陳亮上殿，破格錄用。可是一班主和的大臣顧左右而言他，處處設置障礙。只有少保曾覿知道之後，想事先見一下陳亮，了解情況。曾覿好逢迎巴結，陳亮一向不屑其為人。聽說他來訪，陳亮竟翻牆逃跑，令曾覿十分難堪，於是幾乎所有大臣都極力說陳亮的壞話。十天之後，陳亮又連上兩封奏章，繼續鼓吹北伐中原。宋孝宗頗受打動，想授予他官職，陳亮大笑說：「吾欲為社稷開數百年之基，寧用以博一官乎！」（我想做的是為社會奠定百年基業，哪是為了求取一個官職）然後渡江回家。

雖然沒有功成，但是退隱鄉間，陳亮大概認為自己的行為頗為瀟灑。但是他低估了自己接連的幾篇奏章給朝廷帶來的震撼，更沒有意識到，得罪那些畏戰偷安的官僚後果有多嚴重。

歸隱鄉野的陳亮天天與村中的狂士飲酒，大醉之後說了一些犯上的話。在平時，這些話都不會有人在意，但是有一個士子一直嫉恨陳亮，於是上告到刑部。主審的侍郎何澹曾經是陳亮的主考官，黜落過陳亮，陳亮跟他有過爭執，何澹一直記恨在心，於是趁機把陳亮關入大理寺，嚴刑拷打，陳亮被打得體無完膚，何澹再定他一個「大逆不軌」的罪行，想置之死地。孝宗知道之後，說：「就是一個讀書人酒醉之後說點大話，何罪之有！」（秀才醉後妄言，何罪之有）他氣得把刑部的奏章扔到地上。陳亮終於死裡逃生，可是，這僅僅是陳亮牢獄之災的開始。

不久之後，陳亮的家僕殺人，被殺的人曾經侮辱過陳亮的父親，於是其家人懷疑是陳亮主使，又把陳亮和他父親關入監獄，想置之死地。幸好宰相知道皇帝比較看重陳亮，又有辛棄疾、羅點等大臣極力營救，陳亮才再次得以免除禍患。

陳亮的牢獄之災最離奇的是第三次。陳亮一次與鄉人宴飲，主人將胡椒放在陳亮的菜裡。南宋時，胡椒還是十分奢侈的調味料，一般人無緣品嘗，鄉人這樣做，其實是以最高禮節招待陳亮。可是宴會散後，與陳亮坐在一起的客人暴死，家人認為陳亮的菜中有「異味」，懷疑是他下毒，於是陳亮又一次被扔進監獄。此時孝宗已經遜位，即位的是光宗趙惇。刑部官員特別叮囑選酷吏審問陳亮，大家都認為陳亮此次必死。大理少卿鄭汝諧看了陳亮的案卷之後大驚說：「這是天下奇才啊！無罪而被國家殺戮，向上損害天和，向下也會傷及國脈！」（此天下奇材也。國家若無罪而殺士，上干天和，下傷國脈矣）於是向光宗力諫，陳亮終於第三次從死亡線上被拉了回來。

《宋史》說：「（陳）亮自以豪俠屢遭大獄。」這話其實只說對了一半。**陳亮性格豪俠粗獷使他得罪了不少人，這固然是他屢次入獄的原因之一，但是更根本的原因，是他大聲疾呼恢復北伐的主張危害了不少苟且偷安的大臣的利益。**而他在奏章裡對主和大臣的痛斥更是讓他們咬牙切齒，後者怎麼能不欲置之死地而後快呢？

國力凋敝，陳亮「愛國詞」淪為紙上殺敵的笑話

劉熙載《藝概》云：「陳同甫與稼軒為友，其人才相若，詞亦相似。」（陳亮與辛棄疾是好友，才華等高，詞風也相近）陳亮與辛棄疾相交甚厚，詞風受其影響很深，例如辛詞多喜用典，這在陳亮詞中也多有體現。陳亮曾有〈賀新郎・寄辛幼安和見懷韻〉、〈賀新郎・酬辛幼安再用次韻見寄〉、〈賀新郎・懷辛幼安用前韻〉等多首詞寫給辛棄疾，而辛棄疾著名的〈破陣子・醉裡挑燈看劍〉也是寫給

陳亮的。但是相比之下，**辛棄疾在晚年飽經仕途挫折，因此豪放之下也有沉雄和悲涼，而陳亮的慷慨激昂之氣則是貫串始終。以才能論，陳亮斷不能與辛棄疾比肩，因其有些詞作缺乏辛詞背後的厚重，而流於口號。**

很多宋詞選有陳亮的〈水調歌頭．送章德茂大卿使虜〉，一些學者對之評價頗高。

水調歌頭．送章德茂大卿使虜

不見南師久，謾說北群空。
當場隻手，畢竟還我萬夫雄。
自笑堂堂漢使，得似洋洋河水，依舊只流東？
且復穹廬拜，會向槁街逢！

堯之都，舜之壤，禹之封。
于中應有，一個半個恥臣戎！
萬里腥膻如許，千古英靈安在，磅礴幾時通？
胡運何須問，赫日自當中！

【白話文】南軍很久沒有北伐了，但金人不要以為中原已經沒有人才。我南宋還有章德茂大卿這樣獨當一面、力敵萬軍的英雄呢。自嘲身為堂堂大國的使節，居然像河水東流一般，對金人朝拜。如今迫於情勢，就姑且去向金國軍主拜賀吧，總有一天我們會消滅他們，把金人統治者的腦袋懸街示眾。唐堯建立的城都，虞舜開闢的土地，夏禹分封的疆域，應該不乏恥於向金國稱臣的人。萬里河山被金人占據蹂躪，自古以來愛國志士的英靈何在？民族正氣什麼時候才能伸張？金人的命運無須多問，我南宋將如燦爛太陽般照耀空中。

隆興和議規定：南宋對金不再稱臣，改稱「叔姪關係」；維持紹興和議規定的疆界；宋每年給金的歲貢改稱歲幣；宋割讓商州、秦州予金。每年元旦和雙方皇帝生辰，宋金都按例互派使節祝賀。但是金的使節到宋，宋待之如上賓，宋使節到金卻多受凌辱歧視。淳熙十二年（一一八五年）十二月，宋孝宗命章森前往金，賀金世宗完顏雍生辰。陳亮為之送行，於是作此詞。

國弱如斯，國恥如斯，已經不是哪個人能憑隻手之力改變的。儘管陳亮感情澎湃，一瀉千里，但是無奈之下，也只能以豪邁大言來安慰彼此而已。「且復穹廬拜，會向槁街逢」引用了一個典故：《漢書》記載，漢將陳湯曾斬匈奴郅支單于首懸之槁街。陳亮的意思是，現在暫且向胡人朝拜，終有一天，會將敵酋首級懸於國都大街之上。可是，這種金色的美好願望襯上南宋朝政的灰暗底色，就變成了一場黑色幽默。堯舜禹湯救不了國，萬古英靈也護不了家，南宋的衰亡將不以人的意志為轉移，執著地進行下去，直到滅亡。陳亮在最後發出的呼喊，只能說是無濟於事的口號。紙上殺敵固然痛快，但是，轉身面對殘酷的現實，才體味到這濃黑的悲涼。

所以我更喜歡陳亮的另一首作品：〈念奴嬌．登多景樓〉

〈念奴嬌〉以古喻今：借用晉朝的北伐歷史，諷刺南宋的醉生夢死

念奴嬌．登多景樓

危樓還望，嘆此意、今古幾人曾會？
鬼設神施，渾認作、天限南疆北界。
一水橫陳，連崗三面，做出爭雄勢。
六朝何事，只成門戶私計？
因笑王謝諸人，登高懷遠，也學英雄涕。
憑卻長江，管不到、河洛腥膻無際。
正好長驅，不須反顧，尋取中流誓。

【白話文】登樓極目遠眺，不覺百感交集、感嘆萬千，可古往今來，又有幾人能夠理解？鎮江一帶的山川形勢極其險要，堪稱鬼斧神工。然而這樣險要的江山卻不拿來當作進取的籌碼，而是作為天設的南疆北界。鎮江北面是波濤洶湧的長江，東、西、南三面都是起伏的山崗。這樣的地理形勢，正是進可攻退可守，足以與北方強敵爭雄的形勝之地。六朝的舊事，原來不過是為少數私家大族的利益打算。可笑王謝等人，空灑英雄淚，卻無收復神州的實際行動。朝廷依仗著長江天險，只想長

小兒破賊，勢成寧問強對！

保偏安，哪管廣大的中原地區，長久被異族占據蹂躪。憑藉這樣有利的江山形勢，大可長驅北伐，無須瞻前顧後，應該效法當年祖逖誓言收復中原。也應該像往日的謝安一樣，把握有利形勢，收復國土，何須顧慮對方強大呢？

淳熙十五年（一一八八年）夏，陳亮到建康和鎮江考察形勢，準備向朝廷陳述北伐策略。鎮江北固山甘露寺內，有一座高樓，名曰多景樓。長江從多景樓北面滾滾流過，本是一條內河，如今卻成了宋金之界。詞人登樓遠望，感慨萬千，但是，這樣的感慨，古往今來，又有幾個人能理解呢？鎮江一帶，地勢險要，古人曾依憑這天險，與中原爭雄。可是，這地勢卻被宋廷糊裡糊塗地作為與金國的疆界，「此為長江之險，已與我共之矣！」（《三國志．卷五四．周瑜傳》）難道真的是執政者昏庸無知嗎？詞人一句揭開謎底：「只成門戶私計！」原來所謂國家利益，不過是掩蓋在豪門大族私利之上的一塊遮羞布，所謂國仇家恨，只是那些袞袞諸公在需要的時候拿出來蠱惑人心、讓別人為自己賣命的一面旗子！

《世說新語．言語》記載：西晉滅亡之後，渡江的士大夫們經常在天氣好的時候相邀到新亭宴飲，一天，當中有人說：「風景還是和以前一樣，可是山河卻與以前不一樣了。」（風景不殊，正自有山河之異）眾人相視流淚。詞人在這裡借此典故，諷刺南宋諸大臣，只會憑空灑淚，但是又有誰能真的奮起領兵，克復神州？在天險的保佑下，宋廷的君臣過著醉生夢死的日子，哪裡在乎江北大片土地，以及在異族鐵蹄下輾轉呻吟，南望王師又一年的父老鄉親！

同樣是朝廷偏安江南，晉朝的祖逖卻能渡江北伐，《晉書．祖逖傳》說，當他的船到江心時，他擊楫立誓：「祖逖不能清中原而復濟者，有如大江！」（我若不能光復中原，就將如大江一樣有去無回）同樣是北方外敵入侵，宰相謝安派姪兒謝玄等領兵抗敵，前秦皇帝苻堅自以為兵強馬壯，聲稱能投鞭斷流，誰知在淝水一戰被打得風聲鶴唳、草木皆兵。當報告勝利的書信傳到時，謝安正在下圍棋，客人問何事，謝安漫不經心地回答：「小兒輩大破賊。」（《世說新語．雅量》）這樣十足的自信，這樣瀟灑的風度，讓詞人無限神往。可是，反觀南宋君臣，哪一個還有這樣的雄心，這樣的氣度，還能建立這樣的功業？天下大勢已成，可是執政者還顧忌敵人過於強大，甚至不敢備戰，怎不讓人扼腕長嘆！

也許，歷史和現實只是一張紙的兩面，對著燈光，我們可以清晰地看見背面是寫字，還是畫畫，或者只是無聊的塗鴉。但有時候我們會驚奇地發現，在背面那團黑斑相應的位置，正面也有一塊很相似的斑點，不是錯覺，不是誤解，也不是重演，因為歷史重演絕不是簡單地依樣畫葫蘆，而是有一個專有名字，叫重蹈覆轍。

紹熙四年（一一九三年），第三次坐牢出獄的陳亮，第二次應禮部考試，名列第三。皇帝看到陳亮的試卷後，十分滿意，擢為第一。待到拆開封套，才知道作者就是多年來名聞天下的陳亮，皇帝十分高興：「朕看中的人果然沒錯！」（朕擢果不謬）

五十歲的陳亮終於高中狀元。回家鄉的時候，弟弟陳充來迎接他，兄弟相對而泣。陳亮說：「等我富貴了，我一定提拔你，死了之後，我們就可以穿著官服到地下見先人了。」（使吾他日而貴，澤首逮汝，死之日，各以命服見先人於地下足矣，出自《宋史．卷四三六》）

陳亮五十歲及第之後，簽授建康軍判官廳公事。陳亮未到任便去世，時為紹熙五年（一一九四年），終年五十一歲。

欲說還休，欲說還休，卻道天涼好個秋。

第二十三章 辛棄疾

少年不識愁滋味

- 生卒年：西元1140～1207年
- 字／號：幼安／稼軒居士
- 稱號：與蘇軾合稱「蘇辛」、與李易安並稱「濟南二安」
- 諡號：忠敏
- 作品賞析：〈清平樂〉、〈破陣子〉、〈西江月〉二首、〈醜奴兒〉、〈摸魚兒〉、〈青玉案〉

宋紹興三十一年（一一六一年），金主完顏亮率兵大舉南侵。南宋朝廷大震。

為了支持對宋戰爭，金統治者在占領區大量強行徵收壯丁馬匹，一時民怨沸騰，不少百姓舉起義旗，奮起反抗，在山東地區，反抗尤其激烈。其中一支擁有兩千餘人的隊伍，為首的叫辛棄疾。

剽悍善戰，領導「飛虎軍」北伐金兵

辛棄疾，字幼安，號稼軒，曆城（今山東濟南）人。辛棄疾出生的時候，北方大片土地已經淪於金人之手十餘年了。《宋史・卷四〇一・辛棄疾傳》有言，辛棄疾少年時以學者蔡伯堅為師，與黨懷英為同學，當時人稱為「辛黨」。兩人在選擇自己前途的時候，借助占卜，黨懷英得到「坎」卦，於是

決定留下，後在金國為官；辛棄疾占卜得「離」卦，於是決意南歸。

完顏亮南侵未果，被部下所殺。此時中原豪傑並起，當時山東最大的一支部隊由耿京領導，耿京自稱天平軍節度使。辛棄疾起兵後不久，就率領人馬投奔耿京，耿京十分看重，任命他為天平軍掌書記。當時一個叫義端的和尚也起兵反金，有千餘人馬。辛棄疾前往義端軍中，勸說他歸附了耿京。可是不久，義端竟然竊取了耿京的大印逃跑。耿京大怒，要殺辛棄疾，辛棄疾說：「給我三天時間，抓不住義端，我再死未晚。」（丐我三日期，不獲，就死未晚）耿京答應了。辛棄疾肯定義端是帶著大印逃往金營邀功，於是快馬攔截，果然捉住了義端。義端求饒說：「我知道你的真相，你是天上的青牛下凡，力能殺人，希望你別殺我。」（我識君真相，乃青兕也，力能殺人，幸勿殺我）這些話當然不能打動辛棄疾。辛棄疾斬下義端頭，奪回了大印歸報耿京，耿京十分佩服其豪壯。

辛棄疾很明白，雖然義軍現在已擁有數萬眾，但是若無南宋朝廷支持，最終也無用武之地，因此他一直鼓動耿京歸宋。耿京終於聽從了辛棄疾的建議。紹興三十二年（一一六二年），辛棄疾受耿京委派，南渡長江，奉表歸宋。宋高宗在建康接見了辛棄疾，對他們歸附南宋的行動十分讚賞，並授辛棄疾為承務郎[1]、天平軍掌書記，授耿京為天平軍節度使，並讓辛棄疾把節度使印帶回，召耿京歸宋。誰知辛棄疾回到江北的時候，義軍卻發生大變。部下張安國、邵進趁辛棄疾不在的時候，竟然殺害耿京，投降金軍，義軍群龍無首，幾乎分崩離析。

辛棄疾對手下說：「我們是因為主帥耿京才歸朝的，沒想到事變如此，我們如何覆命？」（我緣主帥來歸朝，不期事變，何以復命？）於是辛棄疾約上王世隆和忠義軍一些士兵共五十人，徑直衝向金軍五萬人大營。張安國此時正與金將飲酒作樂，根本沒料到辛棄疾竟有如此膽略。辛棄疾縱馬衝到酒案之前，抓起張安國，放在馬背上就衝出大營，來去如風，剽悍善戰的金軍甚至還沒有反應過來，五十壯士的身影就已經消失了。

抓獲叛徒，辛棄疾又召集舊部，得萬餘人，渡江南下，將張安國斬於市中。辛棄疾驚人的勇武和豪壯在當時引起了巨大迴響，南宋洪邁《稼軒記》說他「壯聲英概，儒士為之興起，聖天子一見三嘆息。」（他的聲音雄壯、英雄豪氣，讓文士也忍不住油然而生投筆從戎的氣概，天子見了他也由衷感到讚賞欽佩）回到南宋之後，辛棄疾仍然被授予天平軍掌書記之職，又任江陰簽判[2]，這一年辛棄疾二十三歲。

多年以後，辛棄疾才知道，這段歲月是他一生中唯一稱得上叱吒風雲的日子，他後來不無留戀地回憶道：「壯歲旌旗擁萬夫，錦襜突騎渡江初。」（回想我年輕時曾率領上萬人的軍隊，生擒叛徒張安國後，帶領錦衣騎兵渡江歸順南宋，〈鷓鴣天〉）回到南宋之後，辛棄疾的熱血遇上官僚的冷漠，英雄的豪壯不得不面對庸人的猥瑣。原本能成為南宋最偉大將軍的辛棄疾，不得不在龐大浮冗卻無所事事的官僚機構裡，眼睜睜地看著自己的豪氣逐漸消磨殆盡，自己的夢想逐漸變成泡影。這是辛棄疾的悲哀，更是南宋朝廷的悲哀，但是卻成了宋詞的幸運。在內心與外界的強烈撞擊之下，天才迸發出悲憤沉雄的火花，點亮了一個黑暗的時代，以及無數後人黑色的眼睛。

回到南宋的辛棄疾，一心不忘銳意收復。宋孝宗即位之後，朝廷有北伐之志，辛棄疾連上〈九議〉、〈應問〉等奏章，並著《美芹十論》論南北形勢，雙方人才，堅信金國必亡。可是，他的觀點並不為當政者所喜。不久，南宋又與金國講和，收復之夢又成泡影。

辛棄疾先後被任命為湖北、江西、湖南、福建、浙東等地安撫使。當時各地多受兵災，井邑殘破，辛棄疾上任之後，均徭薄賦，招納流民，與民休息，每到一處，皆有善政。而他心中，始終沒有忘記北伐之夢，收復之志。

一一八〇年，辛棄疾時任潭州知州兼湖南安撫使。他上表朝廷，說為了維護地方治安，要求准許建立一支部隊，命名為「飛虎軍」。事實的真相是，辛棄疾看到當時南宋軍隊孱弱朽敗，「教閱廢弛，逃亡者不追，冒名者不舉。平居則奸民無所忌憚，緩急則卒伍不堪征行。」（軍隊中操練荒廢，士兵逃亡也不追究，冒名頂替也不查問。平時作姦犯科毫無忌憚，遇到戰事則不堪一擊，《宋史．卷四〇一．辛棄疾

1 文散官名。
2 掌諸案文移事務。

傳》）為了震懾金兵，他想親手訓練一支能征慣戰的隊伍，為北伐儲備力量。

不久朝廷回覆，委任辛棄疾親辦此事。得到准許之後，辛棄疾馬上命令修建營房，購買馬匹，招納士兵。南宋官僚機構的低效率在辛棄疾雷厲風行的作風下被擊得粉碎，一些官員找藉口拖延怠工，但是辛棄疾「疾行逾力」（更加盡力）。官僚們見怠工的方法不能奏效，於是轉而祭出誣陷的法寶，很快就有人給皇帝打小報告，說辛棄疾藉口建飛虎軍，聚斂無度。皇帝降下金牌，命令辛棄疾馬上停止。辛棄疾接到之後，將金牌藏起來，命令部下一月之內必須把營房建成，違者軍法處置。誰知部下說，因為造瓦不易，無法按期完成，寧願接受懲處。辛棄疾問：「需要多少瓦？」（須瓦幾何）部下回答：「二十萬。」辛棄疾說：「不用擔心。」（勿憂）然後命令手下在官舍、神祠以及民房上，每戶取瓦二十片，兩天之內，需要的瓦就全部備足，僚屬嘆服。

在辛棄疾的努力下，飛虎軍終於建立，軍成之後，「雄鎮一方，為江上之冠。」（《宋史・辛棄疾傳》）

對於雄才大略的辛棄疾來說，建立一支只有兩千五百人的飛虎軍，只不過是牛刀小試。但即使是這樣的小試，他也再沒有機會嘗試。在他擔任福州知州兼福建安撫使時，他又建議造萬領鎧甲，招兵買馬，嚴格訓練。可是這次官僚的應對更為直接和惡毒，一個叫王藺的大臣乾脆說辛棄疾用錢如泥沙，殺人如草芥，還說辛棄疾招兵買馬，莫非是「旦夕望端坐『閩王殿』」（暗示其想擁兵叛亂）。這一招可謂惡毒至極，也有效至極，無奈之下，辛棄疾只好辭官還鄉。

歸隱田園，以陶淵明為師

——田園詞「稻花香，蛙聲鳴」有清新的泥土香味

辛棄疾從四十三歲到六十三歲，兩次遭到彈劾，十八年在江西家中度過。辛棄疾的閒居對南宋王

朝究竟有多大的損失，無法估量，但是這個偏安江南的小朝廷失去了一次中興的機會是毋庸置疑的。

和中國幾乎所有的失意文人一樣，辛棄疾在閒居的時候，找到了最後的救主：陶淵明。他說：「待學淵明，更手種、門前五柳。」（〈洞仙歌〉）他還說：「穆先生，陶縣令，是吾師。」（〈最高樓〉）但是，**陶淵明最吸引辛棄疾的，並非常人所見的五柳居士的恬淡瀟灑，而是在這恬淡瀟灑背後高昂的頭顱，在菊花叢中隱現的傲岸身影。**

張忠綱在《辛棄疾與陶淵明》中說：

> 如果我們剝去陶淵明所謂「隱逸之士」的外衣，還他本來面目，就可發現，這位所謂「渾身靜穆」的詩人，何嘗「靜穆」，根本是一位「金剛怒目」的錚錚漢子。他不為五斗米向鄉里小兒折腰的反抗精神，「我醉欲眠卿且去」（李白〈山中與幽人對酌〉）的率真態度，「性剛才拙，與物多忤。」（本性剛直，才學拙劣，與時下社會風氣多有衝突，陶淵明〈與子儼等疏〉）的倔強性格，「懷此貞秀姿，卓為霜下傑」（松樹和菊花有這種堅貞美好的特質，在寒冷的風霜之中，松樹和菊花也不屈服、不零落，陶淵明〈和郭主簿〉）的高尚情操，都證明他不是一個「渾身靜穆」的人。「豈知英雄人，有志不得騁」（明朝張志道〈題海陵石仲銘所藏淵明歸隱圖〉），這才是陶淵明的真實面目。他是積極進取的，也是壯志未酬的。

遁歸田園的隱士與壯志難酬的武士在南宋的田間就這樣相遇了。不過，在辛棄疾身上，金戈鐵馬的武士與激情澎湃的詩人完美地結合為一人。於是他在歸隱時的很多田園詩便少了一些文人的酸腐氣，多了很多田園的泥土香味。這些美麗的樂章，即使在數百年之後，仍然讓人們嗅到宋朝稻花的香味，聽到宋朝蛙聲的和鳴。

西江月．夜行黃沙道中

明月別枝驚鵲，清風半夜鳴蟬。
稻花香裡說豐年，聽取蛙聲一片。
七八個星天外，兩三點雨山前。
舊時茅店社林邊，路轉溪頭忽見。

【白話文】明月升上樹梢，驚飛了枝頭上的喜鵲，清涼晚風吹來遠處的蟬叫聲。稻穀飄香，蛙叫陣陣，預示著即將來到的豐年。天空中七八顆星星時隱時現，山前下起了淅淅瀝瀝的小雨。詩人急忙從小橋過溪，再拐個彎，就看到往日土地廟附近樹林旁的茅屋小店。

很多士大夫對田園的歌詠，只不過出於偶一為之的雅興。如同城裡人厭倦了高樓大廈，想到農家住住草房小院；厭倦了山珍海味，想換換口味，品嘗一下野菜蕨根。而且很多文人的田園詩詞，總是極力避免「俗」，筆下的農夫似乎都天生一副仙風道骨，絕非庸常小卒可比。可是辛棄疾卻不避「俗」，不諱「實」，他的筆下不是經霜的秋菊，也不是傲雪的紅梅，竟是普普通通的稻花，而這種帶著泥土滋味的香氣氤氳在詞人周圍，他想到的跟一個老農夫想到的沒有區別：豐年。

大俗，才是大雅。此時的詞人，遠離了殺聲震天的沙場，也遠離了危機四伏的朝堂，在這最平常卻最切實的美中，沉醉於這最質樸也最原始的愛。

清平樂．村居

茅簷低小，溪上青青草。
醉裡吳音相媚好，白髮誰家翁媼。
大兒鋤豆溪東，中兒正織雞籠；
最喜小兒無賴，溪頭臥剝蓮蓬。

【白話文】低矮的茅草房屋，緊鄰的小溪邊上長滿碧綠的小草。一對白髮老夫妻，帶著醉意，親密地用吳儂軟語聊天說笑。大兒子在溪東邊鋤豆地，二兒子在家門口編織雞籠；他們最喜愛的調皮小兒子，趴在溪邊剝蓮蓬。

若非全身心沉醉於這個文人們不屑一顧的鄉村，誰能寫出這樣充滿溫情的詞句？被人譏為「掉書袋」的辛棄疾沒有使用任何典故，沒有佶屈聱牙的詞句，平白如話，就像是那個寫詩之後都要讀給不識字老婆婆聽的白居易。詞人筆下的田園，不再是知識分子理想中的烏托邦，也不是仕途失意者最後的養傷地，而是一個切切實實的農村。如季續先生在《辛棄疾農村詞的藝術成就》中所說：「**辛棄疾在農村詞中，成功地塑造了農民的詩意形象，讓農民第一次在詞苑中獲得了主人翁的地位。**」而溫暖明媚的農村經他的筆，被保存在歷史永恆的記憶中，也因為這位偉大的詞人，再也無法被抹去。

可是，在某個寥廓無邊的清秋，落日之下，詞人還是會獨自登上那座同樣孤獨的高樓，北望千里江山，斷鴻聲裡，在〈水龍吟〉說道：「把吳鉤看了，欄杆拍遍，無人會，登臨意。」（看了看吳鉤寶刀，在樓台上踱步，拍遍欄杆，可有誰能理解我為何登上樓台北望大好江山）

曾經親上戰場，「愛國詞」獨具深度

破陣子．為陳同甫賦壯語以寄

醉裡挑燈看劍，夢回吹角連營。
八百里分麾下炙，五十弦翻塞外聲，沙場點秋兵。
馬作的盧飛快，弓如霹靂弦驚。
了卻君王天下事，贏得生前身後名。可憐白髮生！

【白話文】醉夢裡挑亮油燈觀看寶劍，夢中又回到響徹號角聲的軍營。連營八百里的將士吃著烤牛肉，各種樂器演奏著雄壯的軍樂。在秋天在戰場上，檢閱軍隊。戰馬如的盧馬一樣，跑得飛快，弓箭像驚雷一樣，震耳離弦。我一心想完成替君主收復故土的大業，讓我的名聲流傳生前死後，可惜鬢髮已斑白。

在我心目中，辛棄疾不僅是像文學史說的，與蘇軾並稱，他還與另外一個人不分伯仲，因為他們都文武雙全，而且分別在文武兩個領域彪炳後世，這個人就是岳飛。雖然現在有學者認為〈滿江紅〉並非岳飛所作，但是我不以為然，如果沒有「三十功名塵與土」的歷練，何以寫出「八千里路雲和月」此等氣象的文章？所以我想岳飛如果專注寫詞的話，必為一代大家。而辛棄疾主要因為他的文章為人所知，而他的武藝膽略，反而經常被人忽視。

這首詞有一個小序〈為陳同甫賦壯詞以寄〉。陳同甫就是陳亮，辛棄疾與陳亮相交甚篤。辛棄疾在〈賀新郎〉序中曾說過他們的一段往事：一次陳亮來看望辛棄疾，兩人同遊鵝湖，十餘天後，陳亮告別。次日，辛棄疾十分不捨，騎馬去追，追到鷺鷥林，雪深路滑，無法前行。只好在方村獨飲悶酒，後悔不該讓陳亮走。晚上的時候，寫了一首〈乳燕飛〉表達自己的思念。過了五天，陳亮就寫信來要辛棄疾寫的詞。這樣的默契，讓辛棄疾自己也感嘆：「心所同然者如此，可發千里一笑。」（如此心意相通的朋友，即使相隔千里也能發自會心一笑）而之所以有這樣的默契，是因為在辛棄疾和陳亮心中，都有一個無法淡忘的夢，一個恢復中原、洗雪國恥的夢。

一個夢要做多久才能醒？夙願要多久才會放棄？陸游說：「事定猶須待闔棺。」（人要死後才能蓋棺論定）可見，也許只有死，才能阻斷內心的夢想與殘酷現實之間的巨大鴻溝。但是，在溘然長逝之前的漫漫歲月裡，詩人卻無時無刻不受理想與現實衝突帶來的煎熬。

這種煎熬在南宋很多詞人身上都出現過，包括張孝祥、陸游、劉過、陳亮等。但是，**辛棄疾早年實實在在的戎馬倥傯和赫赫武功，與後來的寂寂無聞，使得這種煎熬更具有一種現實的深度**。這種深度是一條深深的刻痕，將辛棄疾與趙括、房琯一類的紙上談兵的文人分隔開來；這條刻痕也深深地刻在詞人的心上，隨著臉上歲月的刻痕，逐漸加深，無法再抹平。

我有時候想，當辛棄疾「卻將萬字平戎策，換得東家種樹書」（我看把那長達幾萬字能平定金人的策略，拿去跟東邊的人家換種樹的書）的時候，心中是怎樣的一種淒涼和愴然；在他酒醉「以手推松曰去」

（我用手不耐煩地推著松樹）的一刻，臉上除了醉意之外，還有幾許無奈和滄桑；當詞人年事已高，終於「欲說還休，卻道天涼好個秋」的時候，心中泛起的一定是比清秋更加淒冷刺骨的寒意。

所以，酒真是個好東西，在醉意中，我們可以回到過去，或者將過去複製黏貼成未來，我們的思想似乎可以不受任何限制，願望可以在朦朧醉眼中一一實現。醉裡挑燈看劍，那劍上也許曾經有敵人的鮮血，叛徒的哀號。燈光反射著冷冷的清輝，這清輝穿越時空，劍嘯，馬嘶，戈矛林立，弓箭在腰，詩人眼前狼藉的杯盤化作整齊的行伍，旌旗蔽日，沙場點兵……

醉眼中的世界，是另外一個世界，一個將過去的輝煌與未來的夢想交織在一起的世界。於是，這個世界塗上了逝去功業的神光，又將這神光塗抹在未知的未來大氅上。於是，幻想與夢想交織在一起，昏暗的燈光也變成了戰場上照亮黑暗的鋒刃寒光。可是，這個混淆了過去與未來的世界，唯獨遺忘了一個最沉重也最無奈的座標——現在。

記夢的作品很多，但是將徹骨的冰水嘩的一聲倒向滾燙的柴堆，將熊熊的烈火瞬間變成一堆死灰的，卻並不多見。這首詞以醉起興，以夢前行，但是在劍的鋒刃返照下，辛棄疾看見的卻是自己蒼蒼的白髮！

詩人哭了嗎？詩人醒了嗎？詩人憤怒了嗎？我不知道，也許並沒有必要知道，因為他並不想告訴我們，或者，早已經明明白白地告訴了我們。對每個人來說，現實都是那麼的殘酷，過去都是那麼的美好，未來都是那麼的不可捉摸。那麼，就別再琢磨了吧，且讓我們一飲三百杯，「醉裡且貪歡笑」（喝醉了酒後恣意歡笑，出自〈西江月〉），將愁的工夫都託付給杯外那個冷冰冰的世界，慘淡淡的人生吧！

專制政權步步進逼，詞人酗酒逃避現實

——辛棄疾成不了酒神、酒仙，淪落為酒奴

西江月・遣興

醉裡且貪歡笑，要愁那得工夫。
近來始覺古人書，信著全無是處。
昨夜松邊醉倒，問松「我醉何如」。
只疑松動要來扶，以手推松曰：「去！」

【白話文】喝醉酒後恣意歡笑，我哪裡有那閒工夫發愁呢。最近才明白古書上的話，完全不可信！昨晚我在松樹邊喝醉了，醉眼迷濛，把松樹看成了人，就問他：「我醉得怎麼樣啊？」恍惚中看見松樹活動起來，似乎是要來扶我，於是我用手不耐煩地推著松樹說：「走開走開！」

要找到一個不喝酒的詩人，可能比找一個不吃奶的嬰兒還難。或者說，**酒就是詩人的乳汁，只不過，這乳汁維持的不是詩人生理上的生命，而是維持他們藝術層面上的激情，或者說，夢想。**

辛棄疾自從南渡之後，基本上就與前半生的戎馬倥傯告別了。曾經的功業此時成為只能在夢裡出現的連營和畫角，醉裡挑燈看劍之後，醒來要面對的是現實的無奈和悲哀。詩人忽然發現，以前讀過的書，相信過的名詞，竟然全部是一場騙局。是悲，是痛，是倒塌，還是迷茫？也許都是，也許都不是。這時候，詩人只想醉，大醉，最好沒有醒來的時候。信念的倒塌，是沒人能夠扶助的。長久以來，心靈和信念中的上帝已經死去，不會再復活，而此時唯一的救世主，只有酒。

酒與詩人結緣，似乎也不是中國的專利。古希臘人也很喜歡酒，在酒的陪伴下，蘇格拉底與朋友們一起探索真理的奧祕，柏拉圖與學者們激烈爭辯，海克力斯痛飲美酒打敗了九頭蛇，伊阿宋與朋友們舉杯之後，踏上尋找金羊毛的旅程……在愛琴海溫柔海風的吹拂下，宙斯的子民們用美酒歌詠他們的生活、智慧和愛情；在太陽神阿波羅的理智之光照耀下，戴歐尼修斯用美酒澆灌他們的健康、生命

和自由。於是，在這片神祕的土地上，孕育出人類最偉大的一種精神——酒神精神。酒神精神一直是西方文化中一個極其核心的部分，而尼采更是將酒神精神作為自己哲學的核心，其哲學的主要命題，就是用貫穿著酒神精神的審美評價，取代基督教的倫理評價。

可是，更偏重日神精神的中國卻少有這樣的酒神精神。紫色的葡萄酒與白色的米酒之間的距離，就像古銅色皮膚與長袍下面終年不見陽光的蒼白皮膚之間的距離一樣大。漢彌爾頓在《希臘之道》[3]中，一語道破天機：

> 希臘人生活在主體自由和倫理的中間地帶。這就不像東方人那樣固執一種不自由的統一，結果產生了宗教和政治的專制，使主體淹沒在一種普遍實體或其中某一方面之下，因而喪失掉他的自我，因為他們作為個人沒有任何權利，因而也就沒有可靠的依據。

因此，**當希臘人用美酒表達自己對生命的讚頌，並孕育出了偉大的酒神精神的時候，中國人只能用酒澆心中之塊壘，做神而不得，只有當酒仙。**

神是俯瞰世間的，帶著透徹的眼光和悲憫的手觀照芸芸眾生，透視悲劇又執著悲劇，以入世的姿態正視奧林帕斯山下的一切，享受生命中的大歡喜和大悲哀。神是積極入世的，用自己的神聖和激情來照耀世間，觀照生命和靈魂；仙是消極出世的，道不成，乘浮槎於海，有一點吃不到葡萄就再不看葡萄藤的味道。仙所有的，只是舉杯消愁的無奈，是醉裡貪歡的忘卻，不是用昂揚的精神，如漢彌爾頓所說的「活力，而不是活著」的姿態切入人世，而是以忘卻和逃避的姿態轉身而去，不再回頭。就像李白當不了神，只好成仙，放白鹿於青崖，散髮弄扁舟去也。

3 伊迪絲．漢彌爾頓（Edith Hamilton，一八六七～一九六三年），美國教育家及作家。《希臘之道》（The Greek Way）出版於一九三〇年，是她的第一本書。

聯經出版公司
《希臘之道》

所以，神是一種堅強的回歸，仙則是無奈的逃避。

於是，紫色的液體中，蕩漾的總是意志之直覺的酣醉歡悅；而白色的液體中，晃動的卻總是夢魘的杯弓蛇影。魯迅在《魏晉風度及文章與藥及酒之關係》中，以阮籍為例說：

> 就是他的飲酒不獨由於他的思想，大半倒在環境。其時司馬氏已想篡位，而阮籍的名聲很大，所以他講話就極難，只好多飲酒，少講話，而且即使講話講錯了，也可以借醉得到人的原諒。

劉伶病酒，經常邊走邊喝，讓一個僕人扛著鋤頭跟在自己後面，說：「死便埋我。」（《晉書．卷四九》）喝到這個地步，別說神了，連仙也做不成了。

再回到辛棄疾吧。當他把自己畢生的心血《美芹十論》「換作東家種樹書」的時候，心中是如何的悲涼和悽愴？當發現所有的信念原來只是一場夢，所有的名詞實際上只是一場騙局的時候，詩人甚至不敢說出自己的疑慮，只有在大醉之中含含糊糊地表達一點自己的悲涼，這與黑格爾描述的「所有的事物都要被懷疑、被驗證，思想沒有界限」的希臘人相差何止天壤！如果說，李白尚能懷「散髮弄扁舟」之志，借逃避來成為仙的話，隨著專制政治愈加完善和知識份子生活空間愈加逼仄，辛棄疾那時候的人，連這點逃避的勇氣和能力都沒有了。於是，**酒仙精神在中國也絕種，剩下的，只有酒奴，或者說，成了喪失獨立人格和自我精神的專制的奴隸。**

說到這裡，我想起，蘇格拉底死去五十多年後，柏拉圖的學生亞里斯多德（因此也可以說是蘇格拉底的學生），寫下了這樣的話：

> 有一種生活，遠非人性的尺度可以衡量：人達到這種生活境界，靠的不是人性，而是心中一種神聖的力量。有人說，我們作為人要去思考人的東西，不應該相信這些人的勸說，而要依照他們內心中的那種更高尚的東西來要求生活，雖然這種東西很熹微渺茫，但是，其力量和價值遠勝其餘。

這樣的生活，真正作為人的生活，距離我們何其遙遠！

從「少年不識愁滋味」到「中年識盡愁滋味」

——詞人成熟，覺悟時代已經走入窮途末路

《詞苑叢談》說：「辛稼軒當弱宋末造，負管樂之才，不能盡展其用，一腔忠憤，無處發洩。觀其與陳同甫抵掌談論，是何等人物。故其悲歌慷慨，抑鬱無聊之氣，一寄之於詞。今乃欲與搔頭傅粉者比，是豈知稼軒者。」可是，在歌舞沉醉的南宋，士大夫的時尚恰恰卻是「搔頭傅粉」（搔首弄姿、在臉上塗抹淡粉），辛棄疾英雄般的豪壯和悲涼，在一片鶯鶯燕燕的呢喃中，顯得太刺耳，太不合時宜。

醜奴兒．書博山道中壁

少年不識愁滋味，愛上層樓，
愛上層樓，為賦新詞強說愁。
而今識盡愁滋味，欲說還休，
欲說還休，卻道天涼好個秋。

【白話文】年少時涉世未深，不知道憂愁的滋味，喜歡登高遠望。登高遠望，為寫一首新詞而刻意傷春悲秋。如今歷盡艱辛，嘗盡了憂愁的滋味，想說卻不能說。想說卻不能說，只能說，好一個涼爽的秋天呀！

我不得不佩服中國官僚機構力量的強大，令英雄斂手，令詩人住口，這兩件最難做到的事情，它都做到了，而且是在集英雄和詩人為一體的辛棄疾身上。

少年時的愁，無非是青春朦朧的感傷，或者若有若無的憂鬱，甚至只是為了寫詩填詞而強加上自己虛假的憂傷。而當詞人年華漸老，飽經世事滄桑之後，才知道，這少年的愁與人生真正的愁相比，相去太遠！

能夠說出的愁，其實已經不是愁了。當詞人如少年時一樣再次登上高樓，愁緒已經不在眉間心上，而是覆蓋了整個蒼天，整個大地，無處不在。可是，在這愁之上，一雙看不見的手卻在收緊，鉗制著詞人的雙手和他的喉嚨。「識盡愁滋味」，要多少滄桑與感慨才能凝聚成這一句！而最大的愁並不是愁本身，而是身心被愁纏繞無法自拔，卻無法言說。罷了！罷了！即使倔強如稼軒，也不得不學會官場慣見的圓滑，也不得不學會毫無意義的閒扯：「多涼爽的秋天啊！」官員們終於放下了心：這個桀驁不馴的武人，這個總讓人不放心的文士，終於變得「成熟」了。沒人注意到，詞人捏緊的雙拳，睜圓的雙眼，和眼裡隱約可見的淚光。

可是，詞人還是想開口，還是想如壯年時一樣，發出自己壓抑已久的吶喊。可是，他發覺，當這吶喊發出時，已不再是吶喊，而是一聲斷斷續續的嗚咽，如泣如訴。

摸魚兒

淳熙己亥，自湖北漕移湖南，同官王正之置酒小山亭，為賦。

更能消、幾番風雨？匆匆春又歸去。
惜春長怕花開早，何況落紅無數。春且住。
見說道、天涯芳草無歸路。
怨春不語。算只有殷勤，畫簷蛛網，盡日惹飛絮。

【白話文】人生還禁得起幾回風雨，春天又將匆匆歸去。我珍惜春天，經常怕花開得過早，此時卻已落紅無數。春天啊，請暫且留步，難道沒聽說，連天的芳草已阻斷你的歸路？真讓人恨啊，春天就這樣默默無語，看來殷勤多情的，只有雕梁畫棟間的長門事，準擬佳期又誤。蛾眉曾有人妒。
千金縱買相如賦，脈脈此情誰訴？
君莫舞，君不見、玉環飛燕皆塵土！
閒愁最苦。休去倚危欄，斜陽正在、煙柳斷腸處。

蜘蛛網，為留住春天整天沾染飛絮。長門宮阿嬌盼望重被召幸，約定了佳期卻一再延誤。一切只因太美麗遭人嫉妒。縱然用千金買了司馬相如的名賦，這脈脈深情又能向誰去傾訴？奉勸你們不要得意忘形，難道你們沒看見，紅極一時的玉環、飛燕都化作了塵土。長掛心頭的憂愁最是折磨人。千萬不要去登樓憑欄遠眺，西沉的夕陽掛在迷濛的柳樹梢上，怎能不令人柔腸寸斷。

淳熙六年（一一七九年），辛棄疾已經四十歲了，距他獨領五十騎勇闖金兵大營，並帶領一萬餘義軍南渡已經十三年了。這十三年裡，他和南宋帝國所有的官僚一樣，不停地由一個地方轉到另外一個地方。不管到哪裡，都與他年輕時的願望相去甚遠，他只是認認真真地做著帝國龐大官僚機構中的一顆小小螺絲釘。這一年，他由湖北路轉運副使調任湖南路轉運副使，同僚王正之置酒為他送行。正值壯年的詞人，此時卻感到年華已逝，以及功業未竟的無奈和悲涼。

再絢爛美麗的春色，也禁不起幾次風雨的摧折，青春又何嘗不是如此？這個已經不再龐大的帝國，要做點事，真是太難了。面對滿地落花、流水而去的人生，讓詞人更感到心底升起的悲涼。春天，能留住嗎？留下來好嗎？蘇軾曾樂觀地說，天涯何處無芳草？那由地平線而來的芳草，能幫我阻擋春天歸去的腳步嗎？春天對這個請求一如既往地不屑一顧。詞人的央求，不過是自作多情而已，一如角落裡的蛛網，努力黏住飄飛的柳絮，以為這樣就可以將春光留住。

寫到這裡，我看見詞人的筆停了。他在沉吟，他在憤怒，惜春的悲戚落寞已無法容納心中鬱積已久的憤怒，花下的酒杯已無法承受如黃河一樣滾滾而來的一江愁水。詞人的筆在停頓良久之後，突然無比突兀地寫下一行字：「長門事，準擬佳期又誤！」

漢武帝的陳皇后一直很受皇帝寵愛，當然也就遭到其他女人的嫉妒。後來，她幽居在長門宮，愁悶悲思。為了挽回皇帝對自己的愛，她出千金，請文名滿天下的司馬相如，為自己寫了一篇〈長門賦〉，進獻給武帝。可是，漢武帝早已忘記年幼時喜愛皇后、並做出金屋藏嬌的許諾，陳皇后的無限期許，最後只得到無比慘澹的兩個字：又誤。司馬相如美麗的文字，也無法令武帝回心轉意。原因很簡單：「蛾眉曾有人妒。」（只因太美麗有人嫉妒，如此而已）

可是，真的就這樣了嗎？詞人不甘心，怎麼都無法甘心！當滿腔的怒火終於借千年前的舊事噴發出來之後，誰還能將之撲滅？這個曾經馳騁疆場的英雄踢翻了面前的酒案，杯盤碎裂，圓睜雙眼，對著那制式的點頭制式的微笑，咬牙切齒地吐出幾個字：「君莫舞！君不見、玉環飛燕皆塵土！」這不僅是警告，更是控訴，甚至像詛咒，足以讓小人破膽，讓奸臣噤口！

可是，眼前，只有狼藉的杯盤，只有漸去的春光。這個圓滑無比的官場，沒有人站在詞人面前，讓他痛罵，讓他憤恨。詞人掀起了一場憤怒的海嘯，卻不知道將巨浪打向何方，於是巨浪只好折回，重重地打在詞人身上，將他頹然打回座位，四顧茫然。閒愁最苦！誰能明白其中況味？誰能了解詞人心中的酸楚？夕陽西下，煙柳腸斷，怎一個愁字了得！

四十歲的詞人，此時已經品嘗到了英雄末路的苦澀。也正因為這樣的英雄，這樣的苦澀，才讓我們看到了這首「肝腸似火，色笑如花」（語出夏承燾先生，意指在哀怨愁苦、柔美委婉的外表之下，掩藏的是噴湧如火的熱情和堅忍不拔的意志，骨子裡蘊含了一種剛勁深厚的力量）的驚世之作。而這種苦澀，在詞人後來的歲月中，將一直伴隨著他，直到他離開這混濁黑暗的世間。

晚年依舊渴望馳騁沙場，詞人苦澀離世

一二〇七年秋，辛棄疾病重。

彌留的詞人，想起了多年前那個燈火璀璨的元夜。

青玉案

東風夜放花千樹。更吹落，星如雨。
寶馬雕車香滿路。
鳳簫聲動，玉壺光轉，一夜魚龍舞。
蛾兒雪柳黃金縷，笑語盈盈暗香去。
眾裡尋他千百度，
驀然回首——那人卻在，燈火闌珊處。

【白話文】滿城花燈和煙火，就像是春風一夜間吹散花兒掛滿千枝萬樹，又將萬點流星吹落。寶馬拉著華麗的車子穿梭，滿路飄香。鳳簫吹奏的樂曲動人，玉製的燈柔光流轉，魚龍花燈通宵飛舞。看燈的女子打扮得花枝招展，戴著蛾兒、雪柳、金黃的絲縷，她們笑意盈盈地走過，留下淡淡的香氣。在茫茫人海裡我一次又一次地尋找她，卻不見蹤影；突然回首，她就孤零零地站在燈火稀落的地方。

正月十五那個美麗的夜晚，花市燈火通明，如同白晝。焰火升騰，吹落漫天星雨，美不勝收。觀燈的人們駕著高車大馬，興致勃勃。五彩的燈光映照在每個人的臉上，樂音美妙，人們熙來攘往，好一派盛世祥和的景象！

可是，詞人卻一直在默默尋覓，尋覓著一個人，或者說，尋覓著一個夢，一個從年少時就做著的夢，直到他老去、甚至彌留都無法忘卻的夢。這個夢曾激勵他在異族的鐵蹄下憤然拔劍，挺槍躍馬，曾帶領著他勇闖敵營，視死如歸。在往後無數困頓的日子裡，這個夢也一直鼓勵著他，隨時準備聽到那聲召喚，如廉頗般披甲上馬，馳騁沙場。

詞人可能曾經有過很多其他的夢，以他的文韜武略，完全可以出將入相，享有高官厚祿；以他的才華，完全可以瀟灑人生，歸隱山林，享受山間野趣，成為讓人羨慕的隱者。這些美夢也曾微笑著向他招過手，可是，他都沒有理會，因為他的心中一直執著於追尋那個夢。在萬眾歡騰、笑語喧譁的時候，詞人仍苦苦地追尋，苦苦地求索，因為他相信，只要自己沒有遺忘那個夢，那麼夢就不會背棄自己。他相信，在某個安靜的角落，夢就在那裡，一直在那裡靜靜地等著自己。

詞人找到了，就在那燈火將盡的角落，她靜靜地佇立在那裡，從一開始，就沒有換過地方。只是詞人走了太長的路，經歷了太多的事，直到今天，這個美麗的元夕，才得以走到她的面前。

一切戛然而止，飛舞的焰火凝住，璀璨的燈火失色，美妙的音樂靜止，喧囂的人群退隱，詞人在夢中，與夢相對而立，無語凝眸。過了很久，詞人嘴角浮現出一絲微笑，有些苦澀的微笑。

一二〇七年九月十日，辛棄疾躺在病榻上，身邊兒孫圍繞。兒孫們驚奇地發現，已經昏迷很久的詞人，嘴角突然浮現出一絲微笑，雖然有些苦澀，但的確是微笑。正在他們驚詫莫名的時候，垂死的詞人突然高舉雙手，大呼數次：「殺賊！」撒手而去。

七十年後，南宋滅亡。

要打敗我，比撼動一座山還難！

第二十四章

岳飛

渴飲匈奴血的剽悍將軍

・生卒年：西元1103～1142年
・字：鵬舉
・諡號：忠武
・作品賞析：〈小重山〉、〈滿江紅〉

朱仙鎮離汴京只有四十五里，四十五里，是輕騎兵不須兩個時辰就可以跑完的路程。但是這四十五里卻成了岳飛永遠也無法跨越的距離，也成為南宋朝廷永遠也無法跨越的距離。

威震天下，用五百騎兵擊破十萬大軍

岳家軍進駐朱仙鎮的時候，金將完顏宗弼（金兀朮）在此與岳家軍對壘。岳飛派遣猛將率兵奮擊敵軍，金軍大敗，金兀朮逃回汴京，並且準備全線撤兵。其實，金兀朮的膽早在郾城之戰中就已經嚇破了。

根據《宋史．卷三六五》記載，紹興十年（一一四〇年）金兀朮探知岳飛只有少量部隊駐紮郾城，

便親率精銳騎兵一萬五千人直逼郾城，企圖一舉消滅岳家軍。這次戰役，金軍使用了最具威力的重甲騎兵「鐵浮圖」，並以精銳騎兵為左右翼，號稱「拐子馬」，期望一戰而勝。岳飛遣旗下背嵬軍和游奕軍迎戰，並派步兵持麻札刀、大斧，上砍敵兵，下砍馬足，金軍損失慘重，大敗而逃。金兀朮哀嘆：「自海上起兵，皆以此勝，今已矣！」（我自海上起兵以來，都是以拐子馬取勝，如今完了）而這次在朱仙鎮的戰役，岳家軍僅派遣五百人就擊敗了金兀朮的十萬大軍，金軍哀嘆：「撼山易，撼岳家軍難！」

此時，汴京城裡的金軍已經看到了滅亡的黑翼在自己的頭頂上飛翔。在此之前的紹興五年，岳飛就預先派遣梁興等人深入敵後，招納豪傑，預備在時機到來時，能以之作為內應。此時，原來嘯聚山林的韋銓、孫謀等擁兵抗金，等待官軍到來。義軍首領李通、胡清、李寶、李興、張恩、孫琪等率眾歸降岳家軍。義軍主動為岳家軍通風報信，因此金軍的一切行動以及山川險要之處，岳飛均瞭若指掌。河南、山西的義軍都約定日期同時起兵，回應官軍，所舉義旗上面都書「岳」字。百姓簞食壺漿，爭相迎接岳家軍。河北以南，金軍的號令已經毫無作用。連金兀朮想徵兵抵抗岳家軍，河北都沒有一人應徵。金兀朮哀嘆說：「自我起北方以來，未有如今日之挫敗。」（自我起北方以來，未有如今日之挫衄）金軍將官很多也紛紛投降岳家軍，金軍統制王鎮、統領崔慶等都率部來降。一些暫時沒有投降的金將，也祕密接受岳飛的招降，準備克日起兵反金，金將軍韓常準備率五萬人投降。金軍統帥烏陵思謀向來以殘忍狡詐聞名，此時竟也無法統御部屬，只好對部下無奈地說：「大家不要輕舉妄動，等岳家軍來了，你們投降就是了。」（毋輕動，俟岳家軍來即降）

岳家軍官兵都已經看到了勝利的曙光，戒酒已久的岳飛也不禁高興地說：「直抵黃龍府，與諸君痛飲爾！」（等消滅了金人，我們再來痛快暢飲）

感覺大勢已去的金兀朮準備撤兵。正準備走的時候，一個書生在馬前叩首說：「太子不用走，岳少保馬上要退兵了。」（太子毋走，岳少保且退矣）金兀朮說：「岳飛用五百騎兵就擊破我十萬雄師，京城的百姓也日夜盼望他到來，汴京怎麼能堅守？」（岳少保以五百騎破吾十萬，京城日夜望其來，何謂可守）書生說：「權臣在朝中，而大將在外立功的事情，自古就沒有過。岳少保自身都難保了，怎麼可能成功？」（自古未有權臣在內，而大將能立功於外者，岳少保且不免，況欲成功乎）金兀朮大悟，於是留了下來。

《宋史》上沒有說這個書生叫什麼名字，但他對中國官場的熟諳卻是令人吃驚，這種熟諳使他的話成了一個悲涼的預言，後來發生的事情，竟絲毫不出他的預料。此時，岳飛已經接到退兵的詔書。

奸臣秦檜使毒計，宋高宗十二道金牌強迫退兵

這一晚，岳飛無法入睡。

小重山

昨夜寒蛩不住鳴。
驚回千里夢，已三更。起來獨自繞階行。
人悄悄，簾外月朧明。
白首為功名。
舊山松竹老，阻歸程。欲將心事付瑤琴。
知音少，弦斷有誰聽？

【白話文】昨夜深秋的蟋蟀不斷鳴叫，驚醒我千里廝殺的夢。已是三更，我獨自一人起來繞著臺階徘徊，四下寂靜，簾外的月光明亮。為了收復故土轉戰南北，如今頭髮已經斑白，那裡的松竹也漸漸凋零，卻仍然無路回去故土。我想要將心事寄託在琴聲上，但知音難覓，即使彈斷了琴弦又有誰聽呢？

夜風襲來，吹得軍帳裡那面「精忠岳飛」的戰旗獵獵作響，這是紹興三年（一一三三年）九月，岳飛第二次朝見宋高宗的時候，高宗親筆書寫的。皇帝要岳飛把此做成戰旗，在用兵行軍時作為大纛。

岳飛想起高宗親自嘉勉自己的話：「有臣如此，顧復何憂，進止之機，朕不中制。」（有你這樣的大臣，我還有什麼可憂慮的，進退的時機，由你把握，我不從中干預牽制）高宗還招來內閣大臣，當眾說：「中興之事，一以委卿！」（中興宋朝的大事，全部委託給你了，《宋史・卷三六五》）岳飛怎麼也想不明白，曾經對自己如此看重，並承諾絕對不干擾牽制自己行動的皇帝，怎麼突然之間就變了臉色，乃至於一天之內，下十二道金牌逼迫自己班師回朝呢？岳飛在此前的奏章中報告皇帝：「金人銳氣沮喪，盡棄輜重，疾走渡河，豪傑向風，士卒用命，時不再來，機難輕失。」（金兵士氣低迷，拋棄全部輜重，急忙渡河北逃，兩河地區豪傑聞風回應，我軍士兵拚死效命，這樣的時機不會再來，難得的機會不應輕易放棄）即使是對軍事一無所知的人，也能看出這是千載難逢的大好時機，洗雪靖康之恥，恢復被占河山，正在此時。而就在這勝利的曙光顯現之際，怎麼能退兵？

岳飛不甘心。

一一二六年冬，也就是「靖康之變」的前一年，岳飛第三次投軍，終於歸入劉浩軍中，當時年方二十三歲。從那時候起，他和戰友們出生入死，奮勇殺敵，建功無數，從一個從八品的秉義郎，成了一個令金人聞風喪膽的名將。自他從戎那一天起，洗雪國恥，驅除敵寇就是他心中最高的夢想。面對金人的兇殘和百姓的流離，他曾長嘆：「兵安在，膏鋒鍔。民安在，填溝壑。嘆江山如故，千村寥落。」（我大宋多少士兵，鮮血染紅了敵人的刀劍；多少百姓在戰亂中喪生，屍首填滿溪谷。可嘆大好河山依舊，無數村莊卻已荒蕪）更期望能「請纓提銳旅，一鞭直渡清河洛」（請皇上准我率領精銳部隊出兵北伐，揮鞭渡過長江，掃蕩中原的金人，〈滿江紅・登黃鶴樓有感〉）。在他親提銳旅渡過長江時，他曾效仿祖逖中流發誓：「飛不擒賊，不涉此江！」（岳飛如不擒獲賊寇，再不渡江，《宋史・卷三六五》）

現在，他終於站在勝利的邊緣，為了能夠站在這裡，他和他的將士們付出了多大的代價啊！在小商河一戰中，猛將楊再興率三百騎兵與敵主力猝然相遇，楊再興率部與敵人死戰，消滅包括萬夫長、千夫長在內的敵高級軍官百餘人，斃敵上千人。敵人箭如飛蝗，楊再興身上每中一箭，就折斷箭桿，繼續作戰，最後馬陷泥中，被亂箭射死，三百將士全部陣亡。後來張憲軍找到楊再興的遺體，火化後，熔化的鐵箭頭竟二升有餘！穎昌之戰中，二十二歲的岳雲率領八百士兵，與金軍主力左右拐子馬苦戰十餘回合，身上百餘處受傷。岳家軍殺得「人為血人，馬為血馬」，可是沒有一個退縮，使敵人肝膽俱碎，倉皇敗逃。

這些將士們，跟著自己，吃了多少苦，受了多少委屈！岳雲曾經多次率先登上敵城樓，居功至高，但是岳飛卻從未將其名字上報請功，連名將張浚也說：「岳侯躲避榮耀到這個地步，廉潔倒是廉潔了，可是卻不公正了。」（岳侯避寵榮，廉則廉矣，未得為公也）岳飛回答：「父親教育兒子，怎能讓他急功近利呢？」（父之教子，豈可責以近功）而更重要的是，岳飛明白，在這個國度，最鋒利的箭往往不是來自敵營，而是來自背後。

在當世名將中，岳飛的年紀最輕，資歷最淺，戰功卻最引人注目。他認為「文官不愛錢，武將不惜死」，天下方能太平，自己也身先士卒，嚴於律己。但是他更明白，要在這個人心惟危的朝廷做點事，不能只依靠自己一人。岳飛並不是個武夫，在平定楊么之亂後，他為了搞好關係，主動向張浚、韓世忠贈送繳獲的樓船。在襄陽六郡之戰中，岳家軍已經取得了勝利，劉光世的部隊才趕到，但是岳飛卻上表請求先獎賞劉光世部隊。為了不讓同僚難堪，寧願自己的士兵受屈。這樣的將士，強迫自己帶著他們無功而返，怎能甘心！

岳飛更不忍心。每次調集軍糧的時候，他總是長嘆：「江南民力凋敝，已經到了極限了！」（東南民力，耗敝極矣）可是，為了北伐大業，又不得不硬著心腸徵集軍糧。而北方國土上的父老鄉親，更是望眼欲穿，盼著朝廷的軍隊能回來，趕走敵寇。當撤軍的消息傳出時，老百姓痛哭流涕，紛紛說：「將軍軍隊來時，我們戴香盆、運糧草等待將軍，現在您走了，金兵回來，我們怎麼還能活命！」（我等戴香盆、運糧草以迎官軍，金人悉知之。相公去，我輩無噍類矣）岳飛也泣不成聲，只好取出詔書給百姓們看：「我不能擅自留下啊！」（吾不得擅留）

其實，逼迫岳飛退兵最關鍵的因素倒不見得是那十二道金牌，而是秦檜的毒計。在十二道金牌頒下之前，秦檜就知道岳飛肯定不願退兵，於是事先命令張浚、楊沂中等友軍撤退，岳家軍原本是全線出擊的主力，一夜之間變成了懸師深入的孤軍。釜底抽薪之後，秦檜再要求岳飛撤軍，此時岳飛已經沒有選擇。

夜深了，岳飛還是無法入睡，三十功名，八千里路，隨著這十二道金牌，化為烏有，散作雲煙，再也無法挽回。

朱仙鎮離汴京只有四十五里，四十五里，輕騎兵不須兩個時辰就可以跑完的路程。可是，岳飛的軍隊在勝利觸手可及的時候，班師南歸了。

從此，他們的足跡再也沒有到過這裡。岳飛騎在馬上，望著近在咫尺的故都，長嘆一聲：「十年之功，毀於一旦！」（十年之力，廢於一旦）

將熱血生命，獻祭給黑暗時代

——千古戰歌〈滿江紅〉：歷代愛國詞的最高典範

岳飛班師之後，北方大片剛剛恢復的故土，馬上又重新落入敵手。心灰意冷的岳飛多次上表請求解除兵權，都沒有得到皇帝的允許。而此時，一個巨大的陰謀，正在悄悄地醞釀。

秦檜入相之後，不以恢復中原為己任，卻一心求和，高宗趙構更是以偏安江南、做金國的藩屬為滿足，根本不想雪靖康之恥，恢復中原。當金人入侵的時候，君臣慌不迭地求良將禦敵，當情況緩和時，又安於現狀，不肯再興兵北伐。而且秦檜與岳飛的矛盾，在秦檜入相時就產生了。

紹興八年（一一三八年），金國遣使求和，願歸還侵宋的河南土地，岳飛說：「金人不可信，和好不可恃。」（金人不可信賴，議和不能依恃）還說秦檜作為宰相，不能正確為國謀劃，會成為後人的笑柄。秦檜十分惱怒。

岳飛一次讀秦檜的奏章，當他讀到「德無常師，主善為師」（德行沒有一定的師法標準，只要主張為善就可以師法）的時候十分憤怒，說：「君臣大倫，根於天性，大臣怎麼能這樣當面欺騙皇帝！」（君臣大倫，根於天性，大臣而忍面謾其主耶）

岳飛撤軍之後，秦檜又多次向金國請和，金兀朮給秦檜寫信說：「你朝夕求和，而岳飛卻在河北用兵，只有把岳飛殺了，才能講和。」（汝朝夕以和請，而岳飛方為河北圖，必殺飛，始可和）秦檜認為岳飛不死，始終是和議最大的障礙，甚至會危及自己，於是下決心殺害岳飛。

但是，殺害岳飛最關鍵的人物，還是坐在江南金鑾殿上的高宗趙構。

漢語中的「國家」是個頗堪玩味的詞：表面上看，國在前而家在後，國似乎比家重要；可是若按照構詞規則，家才是中心，國不過是個修飾罷了。國是家前面的大旗，在必要的時候打出來，號召天下，莫敢不從。而家的中心又是什麼呢？是皇帝，不管這個人是傻子還是白癡，是陰險小人還是狠毒惡漢，只要他坐在那個高不可攀的位置上，他的話就是金玉良言，他的決定就是聖旨。《宋史》說：「高宗忍自棄其中原，故忍殺飛。」而在這一對君臣的謀劃下，岳飛的千古奇冤已成定局。

紹興十一年（一一四一年），岳飛父子及部將張憲被捕下獄。韓世忠痛恨秦檜專權，詰問他岳飛何罪之有，秦檜竟說「莫須有」（也許有）。

當年十一月，宋金簽訂和議，南宋在戰爭大勝之後，正式向金朝稱臣，每年納貢銀二十五萬兩，絹二十五萬匹，並以淮水為界，將淮水以北的土地都劃歸金朝。這就是臭名昭著的「紹興和議」。

和議簽訂後，紹興十一年十二月二十九日岳飛父子和張憲被害。臨死前，岳飛在供狀上寫下八字：「天日昭昭，天日昭昭。」（蒼天必定明白我的赤膽忠心）。當時漢人洪皓在金國，偷偷以蠟書上奏高宗說：「金國人害怕的只有岳飛一個，到了把他叫作父親的程度。當岳飛死訊傳來時，金人喜不自勝，酌酒相賀。」（以為金人所畏服者惟飛，至以父呼之，諸酋聞其死，酌酒相賀）岳飛被害時，年僅三十九歲。

《宋史》說：「從西漢至今，像韓信、彭越、周勃、灌嬰那樣的將軍，各個朝代都有。但是要尋找像岳飛那樣文武全才、仁智雙全的人才，卻是很困難的。史書說關羽精通《春秋左氏》，可是他沒有文章流傳。而岳飛北伐，軍隊到朱仙鎮，皇帝下詔班師，岳飛自己寫奏章答詔書，忠義之言，流出肺腑，有諸葛孔明之風。」

岳飛的死，對南宋朝廷來說，是巨大的恥辱，對中華民族來說，卻是巨大的幸運。南宋小朝廷不配擁有北方失去的大片國土，但是中華民族卻不能沒有精忠報國、矢志不渝的精神。**岳飛用自己的生命獻祭，讓無數人開始明白「保家衛國」這種精神，他的名字也成為一個象徵，一個矢志報國、殞身不恤的象徵。**從那時開始至今的數百年裡，每當外敵入侵、國難當頭的時候，很多人都會不由自主地想起這個名字，想起這位文武全才的元帥寫下的那首激勵過無數愛國志士的〈滿江紅．寫懷〉，而很多的人就是高歌著這首〈滿江紅．寫懷〉，踏上為國捐軀的征程。

滿江紅

怒髮衝冠，憑欄處、瀟瀟雨歇。
抬望眼、仰天長嘯，壯懷激烈。
三十功名塵與土，八千里路雲和月。
莫等閒、白了少年頭，空悲切。

靖康恥，猶未雪。臣子恨，何時滅！
駕長車、踏破賀蘭山缺。
壯志饑餐胡虜肉，笑談渴飲匈奴血。
待從頭收拾舊山河，朝天闕。

【白話文】狂風大雨剛剛停歇，我憤怒得無以復加，獨自登上高樓，憑欄遠眺。我抬頭望著天空，大聲長嘯，抑不住心潮澎湃、滿懷激昂。三十年來建立的功名就如塵土，微不足道，南北轉戰八千里，經歷多少風雲。千萬不要枉費青春，等年老時才來徒自傷悲。靖康之恥至今仍然沒有洗雪，國家臣子的憤恨，何時才能泯滅！我要駕著戰車奔過賀蘭山，將敵人踏得粉碎。吃金人的肉、喝金人的血，以消心頭之恨。等哪天收復舊日山河，再上報朝廷，共慶太平。

命運已定，我只能默默同時代走向滅亡……

第二十五章

姜夔

見證王朝滅亡的送葬者

- 生卒年：西元1155～1209年
- 字：堯章
- 號：白石道人
- 作品賞析：〈揚州慢〉

宋代詞人能寫詞還能自己作曲、創造新詞牌的並不多，北宋有周邦彥和柳永，南宋最著名的大概就只有姜夔了。但是姜夔似乎沒有因此而聞名，人們想到他，往往會想到他的〈揚州慢〉。在某種程度上，他是南宋被侵略被蹂躪的見證人，也是南宋走向滅亡的送葬者。

〈揚州慢〉千古絕唱，實為空洞的末世哀歌？

宋孝宗淳熙三年（一一七六年）冬至，一年中最冷的一天，姜夔與揚州相遇。

這一天，也成為姜夔人生中最冷的一天，因為，他再也找不到記憶中的揚州。

記憶中的揚州，應該是李白在煙花三月送孟浩然去的那個人間天堂[1]，遠在長江的那一頭。重視友情的孟浩然決定離開好友太白，前去領略那無窮的美景，這讓李白感覺有些落寞。

其實李白自己，又何嘗能忘卻揚州呢？他在長安被玄宗賜金還鄉，便迫不及待地一頭栽進了揚州，〈酬崔侍御〉還說自己「自是客星辭帝座，元非太白醉揚州」（我也像嚴光一樣，客星辭帝座，回歸江湖，並不是太白金星醉臥揚州）。

就是命運坎坷、一臉苦相的杜甫，也禁不起繁華世界的誘惑，他熟識的胡商離開他說去揚州，弄得詩聖心癢難耐，也禁不住「老夫乘興欲東遊」（〈解悶十二首〉）了。

揚州也曾讓杜牧流連忘返。他在〈寄揚州韓綽判官〉中說：「二十四橋明月夜，玉人何處教吹簫？」（明亮月光映照著風景勝地「二十四橋」，老友你是否還在那兒聽著美人吹簫？）這樣的月色，這樣的繁華，這樣的人間仙境，難怪張〈縱遊淮南〉一聲長歎：「人生只合揚州死，神智山光好墓田。」（人要死就應該死在揚州，禪智山風光旖旎是最好的墓園）

可是，這樣的揚州，只能存在於姜夔的記憶裡了。

唐玄宗天寶十五年（七五六年）七月，安祿山叛軍攻陷長安，杜甫被叛軍俘虜，押送長安，此時的長安，已經飽受兵火摧殘，凋敝殘破。杜甫目睹此景，寫下了這首著名的詩：

春望

國破山河在，城春草木深。
感時花濺淚，恨別鳥驚心。

【白話文】國都已被攻破，只有山河依舊，春天的長安城滿目瘡痍，到處草木叢生。繁花也傷感國事，不禁涕淚四濺，親人離散鳥鳴驚心，反增離恨。

四百年後，姜夔就在揚州，與杜甫相遇了。

揚州慢

淳熙丙申至日，予過維揚。夜雪初霽，薺麥彌望。入其城則四顧蕭條，寒水自碧。暮色漸起，戍角悲吟。予懷愴然，感慨今昔，因自度此曲，千岩老人以為有「黍離」之悲也。

淮左名都，竹西佳處，解鞍少駐初程。
過春風十里，盡薺麥青青。
自胡馬窺江去後，廢池喬木，猶厭言兵。
漸黃昏，清角吹寒，都在空城。

杜郎俊賞，算而今、重到須驚。
縱豆蔻詞工，青樓夢好，難賦深情。
二十四橋仍在，波心蕩、冷月無聲。
念橋邊紅藥，年年知為誰生！

【白話文】淳熙年丙申月冬至這天，我經過揚州。夜雪初晴，放眼望去，全是薺草和麥子。進入揚州，一片蕭條，河水碧綠清冷，天色漸晚，城中響起淒涼的號角。我內心悲涼，感慨揚州城今非昔比，於是自創了這支曲子。千岩老人認為這首詞有〈黍離〉的悲涼意蘊。

揚州是淮河東岸著名的大城，竹西路一帶風光秀麗，我經過此處時解下馬鞍稍事停留。以往杜牧描述的春風十里繁華似錦，現在只有野菜麥苗，一片青綠。自從金兵進犯長江以後，城里池苑荒廢，樹木減色，人們至今仍厭惡說起舊日戰爭。黃昏漸近，淒涼的號角在寒風中吹起，劫後的揚州城空曠而孤寂。杜牧非常欣賞揚州，料想他今日重遊此地一定會相當驚訝。即使他有寫出〈贈別〉、〈遣懷〉的才華，面對如今的揚州，也很難再寫出那樣深情的詩篇。揚州二十四橋仍然健在，可繁華已逝，只剩橋下江波蕩漾，月色清冷，萬籟俱寂。橋邊紅色的芍藥花，為誰年年開得那樣豔麗？

1 指李白〈送孟浩然之廣陵〉一詩。

宋高宗紹興三十一年（一一六一年），金主完顏亮率兵大舉南侵，自古繁華的揚州，變成了完顏亮的渡江基地，慘遭戰爭浩劫。十五年後，二十一歲的姜夔來到揚州，這浩劫的創痛仍遠未平復。揚州的竹西亭，曾是士大夫們聚會歌詠的地方，杜牧曾經留下過「誰知竹西處，歌吹是揚州」（這條寂靜的竹西路，通向那歌吹繁華的揚州，〈題揚州禪智寺〉）的名句，還讚嘆道：「春風十里揚州路，捲上珠簾總不如。」（看遍揚州城十里長街的青春佳麗，捲起珠簾賣俏粉黛沒有比得上我愛慕的歌妓，〈贈別二首〉）可是，那繁華的十里長街，現在已經長滿薺菜和野麥，荒涼蕭瑟，愁緒瀰漫。十五年的時間，能平復很多傷痕，可是，卻無法使揚州忘卻曾經的噩夢。池塘已經荒廢，古木沉寂，這一如既往的沉默尤其回避那十五年前的硝煙和戰火。

黃昏如約降臨，清冷的空氣中，曾經無比留戀揚州的杜牧，如果現在故地重遊，一定會驚愕莫名的。二十四橋仍在，但是物是人非，怎能不激起人無限的傷感！那就沉默吧！橋在沉默，橋下的清波也在沉默，清冷的月色也在沉默，橋邊的芍藥花仍然沉默。這樣的沉默，令人想起魯迅先生的一句名言：「不在沉默中滅亡，就在沉默中爆發。」

可是，在屈辱中建立的南宋，似乎從來沒有在沉默中爆發的決心和勇氣。武人的剛強，已經被專制的齒輪消磨殆盡，文人的豪壯，也被無數的先例弄得心灰意冷。士兵無法忘記傷痛，百姓無法忘記傷痛，就連池塘與樹木都無法忘記傷痛，但是帝王與公卿大臣們的健忘症卻比任何時候都嚴重，他們在忘卻中沉默，在沉默中更加忘卻，一直走向滅亡。

此時，即使偶有一點聲音，也早已不是怒髮衝冠的吶喊，而是喃喃自語的哀歌了。當文人無法在現實生活中解救急難的時候，他們會很聰明地退而求其次，在文字上表達自己的苦痛。這苦痛似乎關乎現實，其實與現實無干，既不會上達天聽，下面的蠢蠢小民也不會懂得。於是，**文字從山河退回了書齋，再次成為小圈子裡的玩物，成為彼此欣賞標榜的工具**。所以，姜夔得意地特意強調，這首詩曾得千岩老人的青睞，讚譽其有「黍離之悲」。千岩老人名叫蕭德藻，姜夔曾向他學詩，後來娶了他的姪女。也許姜夔對老師的評價頗為得意，可是在我看來，這句自我感覺太過良好的補敘，卻讓人大倒胃口，就像是一個正在台上傾情演出的悲劇演員，自己慷慨激昂，也把觀眾惹得滿臉淚水的時候，突然收起表情，嚴肅地說：「專家都說我這段戲演得最好。」此時，下面的觀眾怎能不一片譁然！表演者只會以演技相標榜，不管自己扮演的是忠臣孝子還是逆子貳臣，只要裝扮得像，就是最好的演員，其本質，已與鄉間出殯、喪家雇請的哭喪者沒有區別了。

哀歌唱得再好再感動人，也是於事無補的，因為哀歌者，無非也就是哀歌而已。

後記——

香銷詞歿

見證宋詞謝幕的最後四位詞人

中國歷史上很難找到宋代這樣奇葩的朝代，兩宋的滅亡幾乎如出一轍：北宋助金滅遼，之後自己滅於金；而南宋的滅亡則是從助元滅金開始，之後滅於元。這一方面說明了無論北宋南宋，其軍事實力在當時的世界只能作為卑微的配角，另一方面也說明了苟安的南宋從來沒有吸取歷史教訓，他們不知道自己頭頂上一直高懸著一把利劍。

西元一二三五年，一直高懸在南宋朝廷頭頂上的達摩克利斯之劍[1]終於落了下來。

悲憤遺民「林景熙」：字字血，聲聲淚，亡國恥辱訴陸游

歷史總是驚人地相似。北宋滅亡是從助金滅遼開始，而南宋的滅亡則是從助元滅金開始。

蒙古原本是金朝統治下的一個小部落，頭領接受金朝官職。而到十三世紀，金朝的統治已日趨腐朽，走向滅亡的深淵，而蒙古的勢力卻逐漸強大。

從金大安三年（一二一一年）至天興三年（一二三四年），蒙古對金展開了強大的進攻。成吉思汗在滅亡西夏之後就想移兵滅金，但沒想到他病死了。成吉思汗遺言囑咐應迅速滅金，並說「若假道於宋，宋金世仇，必能許我」（借道南宋，南宋和金是世仇，一定會答應，出自《續資治通鑑．卷一六四》），要

求後人取得南宋的幫助協力滅金。

金哀宗天興元年（一二三二年），蒙古將領速不台率軍三萬圍攻汴梁，金朝十萬援軍在鄭州全軍覆沒。汴梁外無援兵，內無糧草，金哀宗率眾逃往歸德（今河南商丘），後又逃往蔡州（今河南汝南）。天興三年（一二三四年）二月，蒙古與南宋聯軍對商丘發動最後攻擊，金哀宗見大勢已去，自殺身亡。

南宋終於借蒙古之手，消滅了宿敵金朝。在戰前，蒙古與南宋約定，金亡之後，河南東部的一些地區歸南宋所有。但也許是對金戰爭的勝利沖昏了南宋君臣的頭腦，使他們高估了自己的能力。在元軍撤離之後，宋軍長驅直入中原，沒有經過戰鬥就收復了汴梁和洛陽。但是，飽經戰火摧殘的中原幾乎已赤地千里，軍隊根本無法得到給養。蒙古掘開黃河大堤，合圍宋軍，宋軍大敗。南宋與元的戰爭就這樣揭開了帷幕。

戰爭從一二三五年全面爆發，至一二七九年崖山保衛戰南宋徹底滅亡，歷時近五十年。很難說清這五十年的苦難究竟有多深重，因為，哀號和淚水是無法用文字記錄的，更無法透過史官的筆再現。

一二七一年，忽必烈稱帝，改國號為元。一二七四年，元軍二十萬沿江東下，直逼臨安。元軍所到之處，宋軍或逃或降。一二七六年，元軍兵臨城下，謝太后帶小皇帝宋恭帝投降，臨安被攻陷。

臨安失陷之後，大臣陸秀夫、張世傑等人在福州擁立端宗為帝。端宗在逃亡途中去世，陸秀夫又擁立七歲的趙昺為帝，這個氣數已盡的小朝廷一直在廣東一帶堅持抗元。一二七九年，元軍與宋軍在崖山決戰。宋軍大敗。陸秀夫見突圍無望，背著八歲的趙昺跳海自殺，不少宮人與大臣也隨即跳海。據史載，以身殉國者達十餘萬人。南宋終於滅亡。

十三世紀世界上最先進的文明，最領先的科技，最繁盛的社會，終於在淒風苦雨中，無奈地降下了帷幕。中國終於再次「統一」了。但是，這樣的統一，在當時的人看來，其酸楚與悲涼卻是無法言

1 The Sword of Damocles：出自希臘傳說，比喻危險時刻都潛在，末日隨時會降臨。

表的。

元朝建立之後，南宋遺民林景熙一次讀到陸游的詩，當他看到〈示兒〉中的「但悲不見九州同。王師北定中原日，家祭無忘告乃翁」時，悲憤莫名：現在，九州終於「同」了，可是陸放翁哪裡能想到，此「同」非彼「同」啊！也許，林景熙這首〈書陸放翁詩卷後〉是含淚寫出來的吧，因為，這最後四句，分明已是字字血，聲聲淚！

青山一發愁濛濛，干戈況滿天南東。
來孫卻見九州同，家祭如何告乃翁！

【白話文】遠處的青山籠罩著愁雲慘霧，元軍已經占領了東南邊的南宋領土，陸游的來孫確實看到了九州統一，但家祭時，他如何能把這個亡國恥辱告訴陸游呢！

正氣凜然「文天祥」：人生自古誰無死，留取丹心照汗青

這個多災多難的古老民族，總有那麼些人，在經歷了無數毀滅性的打擊之後，仍然能從血泊裡踉踉蹌蹌地站立起來，擦乾臉上的血痕，再次前行。這不是因為他遭受的打擊不夠大，蒙受的災難不夠深，而是因為他被擊倒在地上的時候，抬起了頭，看見了無數的身影在雲端傲然挺立，看見了無數的目光，透過陰沉沉的暮靄，凝視著自己。從這些身影和目光中，他得到力量。希臘神話中巨人安泰的母親是地球之母加亞，每當巨人被擊倒，母親就會透過地面重新為他注入力量，只要他還站在地面上，這個力量就源源不斷，永不枯竭。站在這片大陸上的巨人也和安泰一樣，只要他還在這片土地上，哪怕遍體鱗傷，哪怕九死一生，那些身影都將攙扶起他，那些目光都會擁抱著他，使他再次站立，繼續前行，直到他成為雲端的一員，用自己的身影和目光，溫暖支持那些後來的人。

文天祥就是這樣的人。

在他的〈正氣歌〉裡，為我們羅列了那些雲端的身影，那些永恆的目光：

在齊太史簡，在晉董狐筆。
在秦張良椎，在漢蘇武節。
為嚴將軍頭，為嵇侍中血，
為張睢陽齒，為顏常山舌。
或為遼東帽，清操厲冰雪，
或為出師表，鬼神泣壯烈。
或為渡江楫，慷慨吞胡羯，
或為擊賊笏，逆豎頭破裂。

【白話文】在齊國有捨命記史的太史簡，在晉國有堅持正義的董狐筆。在秦朝有為民除暴的張良椎，在漢朝有赤膽忠心的蘇武節。還有寧死不降的嚴將軍的頭，拚死抵抗的嵇侍中的血。張睢陽誓師殺敵而咬碎的齒，顏常山仗義罵賊而被割的舌。又有避亂遼東喜歡戴白帽的管寧，他那高潔的品格勝過冰雪。又有寫出〈出師表〉的諸葛亮，他那死而後已的忠心讓鬼神感泣。以及祖逖渡江北伐時的楫，激昂慷慨發誓要吞滅胡羯。段秀實痛擊奸人的笏，逆賊的頭顱頓時破裂。

寫作這首長詩的時候，文天祥已經被元朝關押在大都（今北京）數年了。文天祥是祥興元年（一二七八年）被俘的，那時，元軍大舉進攻，他率部向海豐撤退，途中，遭到元將張弘範攻擊，兵敗被俘。事實上，這是他第二次深陷敵營了。

宋恭帝德祐元年（一二七五年），元軍入侵，朝廷號召各地勤王，文天祥捐出家財，招募義勇，開赴京城臨安。

一二七六年正月，元軍兵臨城下，謝太后打算與元軍講和，元軍統帥伯顏要求丞相出城商議，丞相陳宜中聞聽後竟連夜出逃。無奈之下，謝太后任命文天祥為右丞相兼樞密使，出城與元軍議和。

文天祥出城後，抗詞慷慨，不為所屈，結果被敵人扣留。謝太后見大勢已去，向元軍投降。

元軍欲把文天祥押解到北方，在鎮江時，文天祥趁押解者不注意，逃出敵手。在連天戰火中輾轉兩個月，才到達溫州。景炎元年（一二七六年），文天祥輾轉到達福州，被宋端宗趙昰任命為右丞相，並在東南率軍堅持抗元，兩年後，兵敗被俘。

文天祥被俘之後，南宋叛臣張弘範曾逼他招降當時尚在崖山抗元的張世傑等人。文天祥說：「我不能保護父母，難道還能叫人背叛父母嗎？」（吾不能捍父母，乃教人叛父母，可乎？出自《宋史・卷四一八》）張弘範不聽，一再逼迫文天祥寫信，文天祥便把自己的〈過零丁洋〉抄錄給他：

過零丁洋

辛苦遭逢起一經，干戈寥落四周星。
山河破碎風飄絮，身世浮沉雨打萍。
惶恐灘頭說惶恐，零丁洋裡嘆零丁。
人生自古誰無死，留取丹心照汗青。

【白話文】我在國家遭逢變故時考中進士、入朝為官，至今起兵抗元已有四年。大宋江山支離破碎，像被風吹散的柳絮，我一生浮浮沉沉，如同水中風吹雨打的浮萍。之前領兵勤王過惶恐灘頭，心中無限惶恐，而今被俘虜過零丁洋，感嘆孤苦零丁。自古以來誰能不死，但要死得有價值，我要讓我的赤誠之心永遠光耀史冊。

曾為南宋叛臣的張弘範看後，無言以對。

元世祖至元十九年（一二八二年）十二月九日，文天祥被害。就義前，他向南方跪拜，從容引頸，時年四十七歲。死後，人們在他衣服裡發現一首詩：

孔曰成仁，孟曰取義，唯其義盡，所以仁至。
讀聖賢書，所學何事？而今而後，庶幾無愧。

避世隱士「劉辰翁」：家國淪亡，我甘願老死山中

劉辰翁生活於南宋末年，曾擔任過臨安府教授等官職。因不滿賈似道專權，後來堅決不做官。南宋滅亡之後，他更是隱居不仕，埋頭寫書。可是，青山綠水，素几琴書，也只能暫時解憂罷了，國破山河在，家國淪亡之痛總是在不經意間湧上心頭。秋天的深夜，蕭瑟的秋風提醒詞人，故國已遠，「此恨難平！正襟危坐二三更！」（〈浪淘沙．秋夜感懷〉）推開窗戶，「看青山，白骨堆愁。」（〈唐多令〉）兵火未消，生靈塗炭，觸目驚心。關上窗吧！「天下事，不如意十常八九，無奈何。」（〈大聖樂〉）

可是，擋不住的時間卻又送來一個元夜。

劉辰翁說，自己曾經朗誦李清照的〈永遇樂〉，忍不住淚如雨下，即使多年過去之後，每讀此詞，仍不能堪。李清照經過十年的戰亂流離，國破家亡，痛苦至極，她晚年時，在南宋都城臨安過元宵節，都會想起在北宋都城汴梁過元宵節的快樂情景，怎麼能不觸景傷情？可是，比起劉辰翁，李清照也算幸運了，因為畢竟還有一個偏安江南的小朝廷，而劉辰翁作〈柳梢青〉的時候，南宋已經徹底覆亡，絕無復興之望。

柳梢青．春感

鐵馬蒙氈，銀花灑淚，春入愁城。
笛裡番腔，街頭戲鼓，不是歌聲。
那堪獨坐青燈，想故國、高台月明。
輦下風光，山中歲月，海上心情。

【白話文】到處都是披著毛氈的蒙古戰馬，亡國後去觀看上元燈市，花燈好像也在落淚。春天來到這座悲慘的城市。蒙古人在街頭打鼓雜耍，橫笛吹奏起異族的歌曲，聽起來不成腔調。亡國之人，如何能獨自坐在微弱的燈光下，故國風光、明月下的高高樓台，都不堪回想。我念念不忘故都美麗的景色，如今隱居山林，度過寂寞歲月，想到那些逃到海上的抗元英雄就心生嚮往。

這個月夜不再熱鬧，蒙古人的鐵馬在街頭橫行，元夜的焰火似在一灑亡國之淚，街頭的音樂夾雜著蒙古人的曲調，再沒有熟悉的景象，再沒有動聽的歌聲。詞人不願走上街頭，走進這已經改元的元夜。獨坐青燈，想起故國的一切。詞人甚至不想再走出自己的家門，甘願老死山中，甘願如蘇武一樣放牧海上，把自己最後的歲月作為祭品，奉獻給逝去的故國。

憔悴老人「蔣捷」：聽見下雨的聲音

在這個元宵節，孤獨的不止劉辰翁一個人。時間無法挽回故國的淪亡，凡有人心者怎能不黯然傷魂！蔣捷〈女冠子．元夕〉也哀嘆：「而今燈漫掛。不是暗塵明月，那時元夜。」（而今隨隨便便掛上幾盞小燈，再不如往日士女雜沓，彩燈映紅了塵埃鋪天蓋地，車水馬龍，萬眾歡騰）在宋詞最後的歲月裡，那些曾經歌詠過明月清風、遊子思婦的文字，就伴隨著遺民鬢角的斑斑白髮，被滴入了點點濁淚，變得酸楚悲涼。

虞美人．聽雨

少年聽雨歌樓上，紅燭昏羅帳。
壯年聽雨客舟中，江闊雲低斷雁叫西風。
而今聽雨僧廬下，鬢已星星也。
悲歡離合總無情，一任階前點滴到天明。

【白話文】年少的時候，在歌樓上聽雨，紅燭照耀著羅帳。人到壯年，在旅途的小船上聽濛濛細雨打在船篷上，江面開闊，烏雲低沉，西風中，一隻落單的孤雁陣陣哀鳴。而今亡國後，人已暮年，兩鬢已是白，我獨自一人在寺廟屋簷下，聽細雨點點。我已經歷太多悲歡離合，只想聽著台階前的雨聲直到天明。

蔣捷少年時聽的，大概是溫庭筠〈更漏子〉描繪的那場雨吧？「梧桐樹，三更雨，不道離情正苦。」（窗外的梧桐樹，淋著三更的冷雨，也不管屋內的人正為別離傷心）愛情就是少年的天，就是少年的地，山崩海嘯只為那眉間唇角的一顰一笑，雨過天晴只因為顧盼中的似怒還嗔。

但是，一切已經風流雲散。

而蔣捷壯年的那場雨，陸游也聽過，他曾說「夜闌臥聽風吹雨，鐵馬冰河入夢來」（深夜我躺在床上，聽窗外風雨呼嘯，也許到了夢中，又會回到戰馬嘶鳴的北方戰場上。陸游〈十一月四日風雨大作〉），也曾仗劍行走，浪跡天涯，「當年萬里覓封侯，匹馬戍梁州」（當年不辭萬里從軍，騎馬奔往梁州守衛邊疆，期盼建功立業。陸游〈訴衷情〉）曾經的少年已成為堅強的男人，建功立業是永恆不變的追求，哪怕前路坎坷，哪怕危機四伏。

但是，一切都已不堪回首。

如今，一位孤獨的白髮老人，站在僧廬下，聽雨。不再有少年時的期待，不再有壯年時的豪邁，木然的雙眼，透過雨幕，凝視著已經易主的江山，凝視著雨幕中折射數十年的生命和歲月，然後從嘴角艱難地呢喃出一句：「一切，隨它去吧！」然後，弓著腰，拄著杖，顫顫巍巍回頭走進門，身後，破敗的木門「砰」的一聲關上。

一個時代也就此關閉。在異族的鐵蹄下，在刀劍的寒光裡永遠地關閉了。幕謝得很匆匆，很突然。讓人驚詫，一個曾經是世界上最繁華的國度，竟然就這樣匆忙地告別了歷史舞臺。但這卻是事實，大幕落下，一切歸於沉寂，只是偶爾，還能隱約聽見幾聲哀歌，作為最後的告別。慢慢地，這些哀歌聲也消逝了，宋詞也走完了最後的歷程，被迫畫下句號。

繁華落盡。